I0694260

BRENDA NOVAK

CRIMEN PERFECTO

Editado por Harlequin Ibérica.
Una división de HarperCollins Ibérica, S.A.
Núñez de Balboa, 56
28001 Madrid

© 2009 Brenda Novak. Todos los derechos reservados. CRIMEN PERFECTO, Nº 21 - 1.11.12
Título original: The Perfect Murder
Publicada originalmente por Mira Books, Ontario, Canadá

I.S.B.N.: 978-84-687-0948-2
Depósito legal: M-29396-2012

Para mi tía Judy y todas sus amigas. Me encantó enterarme de cómo intercambiáis mis libros en la peluquería. Espero que disfrutéis también de este último.

Prólogo

Esos tipos que mataban a sus esposas no tenían la menor idea de cómo hacer las cosas bien, de cómo liquidarlas y salir después de rositas.

Malcolm Turner frunció el ceño disgustado mientras aparecían los créditos que señalaban el final de un programa basado en crímenes reales que acababa de ver en la televisión. El de aquel día había tratado el caso de un enfermero que había asesinado a su esposa, una mujer rubia y respondona. Por lo que a Malcolm concernía, se merecía la muerte, porque se había comportado como una auténtica perra. ¿Pero qué clase de estúpido hablaba con nadie de cloruro de succinilcolina justo antes de utilizarlo para poner fin a una vida?

—Qué estupidez —musitó Malcolm.

Miró de nuevo a su esposa, que dormía a su lado. Cuando él matara a su mujer y a su hijastro, nadie se haría ni una sola pregunta. Creerían exactamente lo que quería que creyeran, porque él sabía lo que se hacía.

No podía ser de otra manera. Al fin y al cabo, llevaba quince años trabajando como policía.

Capítulo 1

Mary tenía muy buen aspecto. Mejor que cuando estaba en el instituto. Habían aumentado sus curvas, su rostro mostraba una nueva sofisticación y parecían ocultarse muchas cosas tras su sonrisa. Pero se mostraba recelosa. El divorcio le había pasado factura. Y estaba completamente entregada a sus dos hijos.

Malcolm, que estaba parcialmente oculto tras un álamo, cambió de postura y se agachó al oír el ruido de un motor. A juzgar por el volumen de la música de lo que parecía ser un potente automóvil, el conductor del coche que se acercaba debía de ser un adolescente tan ensimismado y despistado como todos los de su edad. Pero aun así, no quería que le viera mirando por la ventana de Mary.

El coche, con los bajos atronando a través de los altavoces, pasó sin reducir la velocidad. El sonido de la música y del motor se fueron desvaneciendo y el vecindario volvió a quedar envuelto en el silencio de la noche. Aquella era la hora en la que a Malcolm le gustaba contemplar a Mary. Pero a veces, si pensaba que habría vuelto ya del trabajo, también se acercaba de día. Desde que se había quedado sin trabajo le resultaba difícil llenar las veinticuatro horas del día. Su nueva vida no se parecía en absoluto a lo que había imaginado cuando había comenzado a planificarla.

Echaba de menos a sus viejos conocidos, se moría de ganas de ponerse en contacto con alguno de ellos, pero todos le daban por muerto y él prefería que así fuera.

A lo mejor esa era la razón por la que, al cabo de tantos años, se había decidido a localizar a su primer amor y le había seguido hasta California. De otro modo, no tendría ningún sentido aquel impulso de reencontrarse con el pasado. Veinte años atrás, se había alejado de su lado sin preocuparse si quiera. Se había casado dos veces, se había divorciado una y...

No quería pensar en lo que le había hecho a su segunda esposa. No se arrepentía de haberla matado, ni de haber matado a su hijastro. Se lo merecían. Pero desde que se había jugado la mayor parte del dinero del seguro que se había llevado de Jersey, se veía obligado a vivir en casas miserables que alquilaba en áreas rurales, en las que el olor a estiércol era tan fuerte que a veces se sentía como si estuviera rodeado de excrementos de animales. Era difícil conseguir algo mejor cuando solo tenía acceso a trabajos en compañías de seguros de segunda categoría por los que le pagaban poco más que el salario mínimo.

Maldijo en silencio al recordar su último empleo. No le molestaba tanto lo exiguo del salario como la falta de respeto. Después de haber sido un auténtico policía, no lo soportaba.

Rebuscó en la bolsa que llevaba siempre con él y se sentó cerca de la ventana para poder disfrutar de una mejor vista de Mary mientras esta consultaba su ordenador. Probablemente esperaba tener noticias suyas. Diciendo ser alguien a quien Mary una vez había conocido brevemente, se había puesto en contacto con ella a través de la web en la que Mary publicitaba sus joyas y había conseguido mantener una relación con ella.

Pero aquella noche no le bastaba con esconderse tras un alias y un ordenador. Estaba aburrido, inquieto.

Después de pasar unos cuantos minutos frente al ordenador, Mary se levantó y comenzó a apagar las luces de la casa. Tenía dos hijos en edad escolar y trabajaba como enfermera, de modo que sus horarios eran extraordinariamente predecibles. Malcolm sabía que de allí iría al dormitorio, bajaría las persianas y el espectáculo habría terminado.

A no ser que no se molestara en bajar las persianas. Durante los meses que llevaba observándola, solo se había olvidado de bajar las persianas en una ocasión, pero eso le hacía albergar esperanzas.

Se dirigió a escondidas hacia el otro lado de la casa, se agachó detrás de un seto y esperó a que entrara en el dormitorio.

La vio llegar, encender la televisión, apartar la ropa que antes había doblado y sentarse en una butaca. Después se acercó a la ventana. Estaban a solo unos centímetros de distancia, tan cerca, de hecho, que podía apreciar que se le había corrido la máscara de ojos, lo que quería decir que se los había estado frotando.

Y entonces bajó las persianas.

Mierda. Malcolm se agachó todavía más. ¿Qué podía hacer? ¿Debería dirigirse al casino y esperar allí durante unas horas?

No. Necesitaba algo más visceral, más emocionante. Algo que le recordara el poder del que en otro tiempo había disfrutado. Jugó con la idea de meterse en la casa, explorar las habitaciones vacías, acariciar los objetos de Mary y robarle una prenda de ropa interior. Quizá incluso de observarla mientras dormía. La tentación de hacer algo así era más fuerte cada día. Pensaba mucho en ello. Pero temía que pudiera descubrirle y arruinar de esa forma la posibilidad de mantener una verdadera relación cuando reuniera el valor suficiente como para revelar su auténtica identidad. Había ido demasiado lejos como para echar todo a perder por culpa de su impaciencia.

Tenía que marcharse. Pero es no significaba que tuviera que renunciar a la noche. Al pensar en la sirena que conservaba en la furgoneta mejoró su humor. Hacerse pasar por policía no le iba a llevar a la cama de Mary, pero le proporcionaría la adrenalina que tanto ansiaba... y quizá también algunos favores sexuales.

Tres semanas después...

Jane Burke era capaz de reconocer una oportunidad cuando la veía. Desde que había empezado a trabajar en El Último Reducto, había estado esperando que se presentara algún caso que le permitiera demostrar su valía.

Y estaba segura de que ese caso acababa de cruzar la puerta de la organización.

—El chico que me ha acompañado hasta aquí me ha dicho que usted podría ayudarme.

Una mujer de escasa estatura y cuerpo voluminoso permanecía vacilante en la puerta del despacho de Jane, secándose las lágrimas.

Jane la invitó a entrar con un gesto y le ofreció una caja de pañuelos de papel.

—Haré todo lo que pueda —le prometió—, pero antes tienes que contarme por qué estás aquí.

La obesidad de la recién llegada hacía difícil adivinar su edad, pero Jane le calculó unos veinticuatro o veinticinco años. Gerald, el voluntario que la había recibido, le había explicado a Jane que sus dos hermanas habían desaparecido recientemente. Hasta el momento, eso era lo único que sabía Jane. Ni siquiera estaba al tanto de si el caso había llegado a los informativos. Pero no era extraño que no lo supiera, estaba tan ocupada que ni siquiera tenía tiempo de encender la televisión.

—¿Cómo te llamas? —le preguntó.

Intentando controlarse, la mujer tomó dos pañuelos y se sonó la nariz.

–Gloria. Gloria Rickman.

–Gloria, soy Jane Burke. Por favor, siéntate para que podamos hablar.

Jane retiró los papeles de la mesa y acercó la silla que estaba pegada a la pared al escritorio, al lugar en el que habría estado si ella también atendiera sus propios casos. Todavía estaba en periodo de pruebas. Llevaba así seis meses, ocupándose del trabajo de oficina de las tres compañeras que realmente conformaban la columna vertebral de aquella organización de defensa de las víctimas de la violencia. Pero tenía la sensación de que estaba a punto de poner a prueba todos los cursos que había realizado y todo lo que había aprendido durante aquellos meses de trabajo. Con Skye Willies y Ava Trussell en Sudamérica, contratadas para seguir la pista de un hombre que había secuestrado a su propio hijo, y Sheridan Granger con baja por maternidad, Jane se había quedado a cargo de la oficina. Aquella era la situación ideal para ocuparse de su primer caso. Aparte de los tres voluntarios que iban a la oficina a rellenar sobres y a buscar donaciones, ella era la única representante de la organización.

–Déjame ir a buscar una libreta. Después, quiero que me cuentes qué es lo que te está afectando tanto.

La silla crujió bajo el peso de Gloria cuando esta se sentó. La carne parecía desbordar la madera, pero a Jane no le impactó en absoluto aquel exceso de peso. También ella lo había sufrido. A lo mejor no hasta ese punto, pero había sido una mujer muy gruesa. Si no hubiera sido por los psicólogos, el ejercicio diario y las clases de autodefensa, todo ello producto, de una u otra forma, de su amistad con Skye, probablemente continuaría siendo una mujer desencantada y gruesa.

Pero en ese momento de su vida, corría una hora al día,

no sobrepasaba nunca los cincuenta kilos y había dejado de intentar matarse con el tabaco. Lo único que le quedaba era una voz de fumadora. Y las cicatrices dejadas por aquella etapa de su vida, por supuesto. Jamás desaparecerían por completo, sobre todo, las del alma.

–He venido por mis dos hermanas –le explicó Gloria–. Desaparecieron hace tres semanas.

–¿Tres semanas? –repitió Jane, incapaz de disimular su sorpresa.

Los ojos de Gloria volvieron a llenarse de lágrimas.

–Sí, desaparecieron hace tres semanas. Un sábado.

Era lunes por la mañana. Eso añadía otro día más. Dos casi.

–¿Por qué no he sabido nada al respecto?

–No lo sé. Han salido algunos artículos en la prensa. Denuncié la desaparición esa misma tarde, pero el detective que se ocupa del caso todavía no ha averiguado nada. Lo está intentando, pero... nadie sabe dónde están mis hermanas. Por eso he venido aquí. Tengo que hacer algo, no puedo pasarme el día esperando. Yo soy lo único que tienen. Lo único que han tenido nunca.

–¿Dónde están tus padres?

–Tenemos diferentes padres, pero nunca se han hecho cargo de nosotras. Nuestra madre no supo elegir a sus parejas. Murió de una sobredosis cuando yo tenía veintitrés años. Soy la mayor de las hermanas y ya vivía en mi propia casa, así que mis hermanas se vinieron a vivir conmigo. Latisha, la más pequeña, todavía no había empezado el instituto.

Jane se identificó fácilmente con la situación de Gloria. Sus padres habían muerto en un accidente de coche cuando ella tenía seis años y había sido criada por una tía que había permanecido soltera durante toda su vida y que también había muerto.

–¿Dónde vives?

–En Marconi, en un apartamento de una sola habitación. No nos hemos movido de allí desde que mis hermanas vinieron a dormir conmigo. Es una casa pequeña, pero nos las arreglamos bien. No quiero desarraigarlas constantemente, como hizo mi madre conmigo.

–Me parece maravilloso que hayas sido capaz de proporcionarles cierta estabilidad –dijo Jane–. ¿Cuánto tiempo hace que empezaste a hacerte cargo de ellas?

–Tres años. Ahora tienen dieciocho y diecisiete años. Se graduaron en el mes de junio –anunció con orgullo–. Marcie sencillamente lo aprobó, pero Latisha es tan inteligente que le adelantaron un curso. Se graduó con honores y consiguió una beca.

De modo que las hermanas desaparecidas eran adultas. Probablemente esa era la razón por la que el caso no había tenido una mayor repercusión. Eso y el hecho de que no hubiera nada más que decir sobre ellas.

–¿Habíais discutido? ¿Las habías amenazado con castigarlas? ¿Ocurrió algo que pudiera enfadarlas tanto como para irse de casa?

–Discutíamos continuamente, pero no era nunca nada serio, señora…

–Jane, llámame Jane.

–Jamás se habían ido de casa. Saben que yo me enfado con ellas porque quiero que lleguen a ser algo más de lo que fuimos mi madre y yo. Ellas tienen que seguir estudiando. A veces dicen que quieren dejar de estudiar para poder ayudarme económicamente. No es fácil ganar un sueldo digno como dependienta. Trabajo sesenta o setenta horas a la semana. Pero tengo que pagar los estudios de Marcie, además de las cuentas de la casa. Y si me merece la pena tanto sacrificio es porque sé que tendrán una vida mejor que la mía. No puedo perderlas –las lágrimas volvieron a empapar sus mejillas–. Hemos sufrido mucho. No puedo permitir que todo termine así.

Jane comenzaba a temer que aquel caso estuviera por encima de sus posibilidades. «Ten cuidado con lo que deseas…», se regañó en silencio. No había parado de perseguir a Skye para que le permitiera llevar algún caso y Skye no paraba de decirle que todavía no estaba preparada. Pero si no se involucraba en aquel, Gloria tendría que esperar a que Skye y Ava regresaran. Y, dependiendo de lo que pasara en Sudamérica, podrían tardar de una semana a diez días en volver. Quizá incluso más. Con la situación económica que estaba atravesando el país, las donaciones eran cada vez más bajas. Skye y Ava necesitaban cerrar aquel caso para poder mantener el centro abierto. Esa era la única razón por la que el marido de Skye había aceptado que se fuera tan lejos. También había sido él el que había insistido en que la acompañara Ava, pues él no podía abandonar su trabajo. Sabía que no regresarían hasta que la mujer que las había contratado recuperara a su hijo. Y Sheridan, la tercera compañera, pensaba pasar los próximos cuatro meses atendiendo a su bebé.

—¿Te has puesto en contacto con todos sus amigos? —le preguntó Jane—. ¿Tenéis más familia?

—He hablado con todo el mundo. Me paso día y noche colgada al teléfono. Y nadie las ha visto.

—¿Cuándo las viste por última vez?

—Ese mismo sábado. Latisha todavía estaba durmiendo cuando Marcie me llevó al trabajo. Latisha tenía que estar a las doce en la cafetería en la que trabaja de camarera y Marcie en el Rancho Cordova Marriott a las tres —se inclinó hacia delante, como si fuera a compartir con Jane una confidencia—. Dejo que trabajen los fines de semana si llevan los estudios al día —se reclinó de nuevo en la silla—. El caso es que Latisha no se presentó en el restaurante. No sé por qué no me llamó nadie. Pero cuando Marcie no apareció, me llamaron del hotel para preguntar qué le pasaba. Intenté localizarla, pero me saltaba el buzón de voz.

—Entonces, ¿crees que desaparecieron del apartamento?

—No. En cuanto encontré a alguien para que me sustituyera, me fui a casa en autobús y lo encontré todo perfecto. La casa estaba cerrada con llave. Pero el coche había desaparecido. Tenemos un Honda Civic.

Jane anotó la información.

—¿Existe alguna posibilidad de que tus hermanas tengan alguna relación con las drogas, Gloria?

—¡Claro que no! ¿Crees que lo habría permitido después de haber visto morir a mi madre por culpa de esa porquería? ¿Después de todo lo que he hecho por ellas? No se atreverían. Saben que les daría una buena paliza como se les ocurriera probarlas siquiera.

Jane la creía capaz.

—¿Dónde crees que pueden haber ido?

A Gloria le tembló la barbilla mientras sacudía la cabeza.

—Teniendo en cuenta el precio al que está la gasolina, no creo que hayan podido ir muy lejos. Apenas tenemos dinero para sobrevivir. Normalmente utilizamos el autobús. Pero a lo mejor Marcie decidió comprar algún periódico y unos donuts. Llevaba tiempo hablando de la posibilidad de conseguir un trabajo mejor. Encontraron su coche cerca de un Hank's Donuts, uno de nuestros establecimientos favoritos.

Jane intentó imaginarse rápidamente aquel escenario. Un coche abandonado, dos chicas desaparecidas… Las dos hermanas compaginaban los estudios con el trabajo. Y vivían en un entorno difícil, eso era evidente, pero también parecían dos personas que por lo menos debían de sentirse queridas. ¿Qué podría haber ocurrido?

—¿En qué condiciones estaba el coche?

—El coche no había parado de darnos problemas. Apenas vale un puñado de dólares. La policía lo encontró aparcado en una calle de Franklin Boulevard, a varias manzanas de la cafetería que te he dicho. Y funcionaba perfectamente.

—¿Había algo dentro que pudiera indicar que tus hermanas lo habían utilizado esa misma mañana? ¿Una bolsa con comida? ¿Un vaso de cartón?

—Solo los libros y las cosas que se dejaban en el coche constantemente. Siempre les decía que no dejaran nada en el coche. ¡Ni siquiera cierra bien! Pero a veces se olvidan. Ya sabes cómo son los jóvenes.

Aquella mujer apenas tenía veinticinco años, pero hablaba como si estuviera más cerca de los cuarenta y seis de Jane. Habiendo asumido tamaña responsabilidad a tan corta edad, seguramente se sentía como si tuviera cerca de cuarenta.

—¿Y los móviles? ¿La policía ha comprobado si han vuelto a utilizarlos después de su desaparición?

—Los teléfonos están en el coche —se cubrió la cara y rompió a llorar—. Esa es otra de las razones por las que sé que no se han escapado. No se habrían dejado los móviles. No tenemos dinero para permitirnos el lujo de tener dos móviles en casa, pero ellas preferirían quedarse sin comer a renunciar al móvil.

No sonaba muy esperanzador. Jane forzó una sonrisa para disimular su preocupación.

—¿Tienes los teléfonos? Habrá que revisar las llamadas. Es posible que conozcan a alguien que tú no conoces. A lo mejor esa persona las ha visto.

—Los teléfonos los tiene la policía. Y hay un detective investigando las llamadas más recientes.

—¿Qué detective es?

—Le han asignado el caso a un tal Willis. Es muy atractivo, pero lleva alianza de matrimonio.

Jane se habría echado a reír ante aquella respuesta si no hubiera sido por el nombre que acababa de oír.

—¿Has dicho Willis?

–Sí, eso es lo que he dicho.

Era una lástima. Willis era el marido de Skye. A Jane le resultaría imposible ocultar a sus jefas su relación con el caso y sabía que no les iba a hacer ninguna gracia que lo aceptara sin su permiso.

Por otra parte, también era una suerte poder contar con David, puesto que siempre estaba dispuesto a colaborar con El Último Reducto. No todos los miembros del departamento se mostraban tan receptivos. Algunos consideraban que la mera existencia del centro era una manera de demostrar que la policía no era suficientemente efectiva. Las declaraciones poco complacientes con las fuerzas del orden que Skye, Ava y Sheridan hacían de vez en cuando a los medios tampoco ayudaban.

–¡El que es policía es tu marido, no tú! –le había gritado alguien a Skye hacía unas cuantas semanas.

Jane tampoco era policía. Ni siquiera era todavía una trabajadora social. Pero si algo había aprendido durante los últimos seis meses, era que con trabajo y determinación, podían conseguirse grandes cosas.

Gloria estaba explicando la situación con todo lujo de detalles. Jane tomó aire y volvió a concentrarse.

–Por lo visto el detective Willis resolvió algunos casos cerca de American River varios años atrás –se secó el sudor de la nariz–. Asesinatos. Creen que podrían estar relacionados.

Jane arqueó las cejas. Si esos casos eran los que acudieron inmediatamente a su mente, no estaban relacionados con el de Gloria. No podían estarlo. Jane conocía al asesino. Había estado viviendo con él. Oliver Burke estaba muerto. Pero el recuerdo de todo lo que había hecho durante el tiempo que había estado casado con ella todavía le hizo estremecerse. Oliver había sabido compartimentar su vida de forma perfecta, jugaba el papel que en cada momento necesitaba para evitar que le descubrieran.

La había engañado incluso a ella, desde el principio hasta el final.

Eso era precisamente lo que ella podía ofrecer a El Último Reducto, lo que nadie más podía ofrecerles, se recordó a sí misma. Sabía cómo funcionaba la mente de un psicópata, cómo se comportaba... lo manipulador que podía llegar a ser. No solo había compartido toda una vida con Oliver, sino que Oliver había estado a punto de matarla a pesar de que tenía una hija con él.

—Llamaré al detective Willis —le dijo a Gloria—. Le conozco, es amigo mío.

La silla de Gloria crujió cuando su ocupante cambió de postura.

—No pensarás que mis hermanas están muertas, ¿verdad? No soy capaz de imaginar lo que haría si estuvieran muertas.

Jane quería prometerle que seguían con vida. Pero habían pasado tres semanas desde que Latisha y Marcie habían desaparecido. Habían dejado el coche y los teléfonos móviles tras de sí y no habían encontrado una sola pista que pudiera conducir a ellas. ¿Qué probabilidades había de que sus cadáveres estuvieran abandonados en medio de un bosque? Lo único que podía salvarlas era el hecho de que estuvieran juntas. Eso era mejor que una desaparición solitaria. A no ser que hubiera ocurrido lo peor. En ese caso, Gloria habría perdido a sus dos hermanas a la vez.

—De una u otra forma, las encontraremos —le aseguró a Gloria—. ¿Puedes conseguirme alguna fotografía de ellas?

—Aquí las tengo —sacó unas fotografías de un bolso enorme, además de un rudimentario folleto.

—He distribuido estos folletos por todas partes.

Jane tomó los folletos y las fotografías. Fijó la mirada en los rostros de aquellas jóvenes desaparecidas y experimentó una renovada sensación de urgencia cuando se materializaron ante ella. Una de las hermanas tenía la tez mucho más oscura que la otra, tenía rastas y un piercing en la nariz. «Marcie» era el nombre que aparecía bajo la fotografía. La otra, Latisha, tenía los ojos almendrados, una enorme sonrisa y el pelo cortado con una elegante media melena.

—Buena idea. Haré todo lo que esté en mi mano a partir de aquí.

—Gracias —Gloria se secó las mejillas empapadas de lágrimas—. Yo… no tengo dinero, pero haré todo lo que…

—No te preocupes por el dinero —la interrumpió Jane mientras dejaba en una esquina del escritorio las fotografías y el folleto con la palabra «DESAPARECIDAS», impresa en unas letras enormes—. Ofrecemos un servicio gratuito para todas aquellas personas que lo necesitan.

Parte de la tensión de Gloria desapareció.

—¡Aleluya! ¡Gracias a Dios!

—Sin embargo, es posible que necesitemos hacerte algunas preguntas más durante la investigación —continuó diciendo Jane—. ¿Puedes darme algún teléfono de contacto?

Gloria le dio una dirección, el número de teléfono del trabajo y un número de móvil.

—¿Tenemos alguna manera de localizar a los padres de tus hermanas o a tu padre?

—¿De qué serviría hablar con mi padre?

—No quiero dejar de investigar nada.

—No quiero volver a saber nada de mi padre —se hundió en el asiento—. Pero… si eso puede servir de ayuda, haré todo lo que haga falta. Se llama Timothy Huff. No tengo su número de teléfono, pero puede encontrarle en una sala de billar de Florin Road todos los viernes, completamente borracho.

Desde luego, no parecía un buen contacto.

—¿Y el padre de Marcie?

—Llama de vez en cuando desde la cárcel.

Por lo menos a él podían descartarlo.

–¿Por qué le detuvieron?

–Por posesión de drogas.

–Así que nos queda el padre de Latisha.

Gloria sacudió la cabeza.

–Es mejor no molestar a Luther Wilson. Tiene serios problemas para controlar su genio. Nosotras le llamamos Lucifer, siempre a sus espaldas, por supuesto. Es un hombre horrible.

–¿Sabe que su hija ha desaparecido?

–No, no se lo he dicho. No serviría de nada. No le importa nada su hija. Nunca le ha importado.

Jane dejó el bolígrafo en la mesa y unió las manos, juntando las yemas de los dedos.

–¿Cómo conoció tu madre a todos esos hombres?

–Prostituyéndose. Era su manera de pagarse las drogas.

Aquello explicaba muchas cosas.

–¿Por qué es tan terrible Luci... quiero decir, Luther? –se corrigió a tiempo.

–Era su chulo y le daba unas palizas terribles.

Jane comprendió entonces que aquel caso la sobrepasaba. Le gustaba creer que un pelo teñido de rubio y un par de tatuajes le daban un aspecto duro, pero desde luego, no se consideraba capaz de enfrentarse a un proxeneta enfadado.

–Lo tendré en cuenta –se levantó y consiguió esbozar una sonrisa–. Gracias por venir. Te llamaré en cuanto haya tenido oportunidad de averiguar algo.

Acompañó a Gloria hasta la puerta. Cuando estuvieron allí, Gloria le dijo:

–Gracias, muchas gracias.

Jane no estaba preparada para el abrazo con el que acompañó sus palabras, pero al sentir los hombros de Gloria temblando bajo sus brazos, se reafirmó en su determinación. Quería ayudar a Gloria, ¿pero sabría cómo hacerlo?

Proxenetas, drogas, prostitutas… Jamás había formado parte de ese mundo. Había vivido con un psicópata, pero Oliver estaba muerto y ella se sentía completamente a salvo. Llevaba cinco años viviendo segura…

Y aceptar ese caso sería buscarse problemas. La mayor parte de las víctimas de la violencia lo eran por parte de algún familiar o amigo cercano. Eso significaba que tendría que ponerse en contacto con el padre de Latisha. Tenía que hablar con todas las personas relacionadas con aquellas jóvenes desaparecidas. Esa era una de las primeras reglas de cualquier investigación.

Pero si Luther tenía algo que ver con lo que le había pasado a su hija y a su hermana, no le iba a gustar verla husmeando a su alrededor.

Capítulo 2

Sebastian Costas sostenía en la mano el recibo que acababa de dispensar el cajero automático. Aquella no era la mejor manera de comenzar la semana. ¿Se habría quedado sin tinta aquella maldita máquina? Porque a la cifra que estaba viendo tenía que faltarle algún cero. Sabía que no andaba muy bien de dinero. Había pasado más de un año desde que había dejado de trabajar. Además de pagar el apartamento de Manhattan y sus coches, por no mencionar el aparcamiento de esos coches, había gastado una fortuna en investigadores privados, billetes de avión, hoteles y coches alquilados. Pero aun así...

–¡Mierda! Supongo que pensaba que el dinero me duraría eternamente –al parecer, estaba demasiado acostumbrado a comprar todo lo que quería.

¿Qué iba a hacer entonces? No podía continuar a ese ritmo.

–Perdón, ¿ha terminado?

Había una mujer tras él, esperando a utilizar el cajero. Sebastian no la había oído acercarse, no había sentido su presencia. Estaba demasiado absorto en sus pensamientos, intentando comprender lo que significaba aquella cifra.

Musitó una disculpa, arrugó el recibo y lo tiró a una papelera de camino hacia el coche. Quedarse sin fondos significaba quedarse sin tiempo. Tenía un mes, como mucho. Después, estaría completamente arruinado y todo el esfuerzo volcado en aquella búsqueda sería inútil, porque tendría que detener definitivamente sus pesquisas.

Y no podía permitir que eso ocurriera cuando estaba más cerca que nunca de su objetivo.

Sonó su teléfono móvil. En el identificador de llamadas apareció el nombre de Constance, la mujer con la que estaba saliendo cuando dos meses atrás había abandonado Nueva York. Estaban juntos desde antes de que Emily y Colton fueran asesinados. Pero Constance estaba comenzando a impacientarse por su larga ausencia y por la intensidad de su preocupación.

Sebastian estuvo a punto de silenciar el teléfono y dejar que se activara el buzón de voz. No le apetecía hablar con ella en aquel momento. Pero ignorar aquella llamada podía suponer el fin de su relación. Una relación que pendía ya de un hilo. ¿De verdad quería que su vida quedara completamente en ruinas después de aquella pesadilla?

No, necesitaba luchar por Constance. Tenía que luchar por lo poco que quedaba de su anterior existencia.

—¿Diga?

Constance no se molestó en saludar.

—¿Has pensado en ello? —le preguntó directamente.

—¿A qué te refieres?

Sabía exactamente de lo que le estaba hablando, pero necesitaba ganar tiempo. Aunque había estado pensando en ello durante toda la mañana, no estaba más cerca de tomar una decisión que la noche anterior, después de haber oído su ultimátum.

—¡A lo de volver a casa! Tienes que renunciar a esta… a esta obsesión, Sebastian.

¿Una obsesión? ¿Era en eso en lo que se había convertido? Suponía que sí. Un hombre no abandonaba la clase de vida de la que había disfrutado hasta entonces por menos.

Sebastian había estado ganando más de medio millón de dólares al año, era uno de los mejores agentes de inversiones de Nueva York… hasta que habían asesinado a su exmujer y a su hijo. A partir de entonces, ya solo había sido capaz de pensar en encontrar a su asesino.

Por supuesto, teniendo en cuenta cómo se había comportado el mercado desde que había abandonado su trabajo, probablemente no habría seguido ganando tanto aunque hubiera continuado en activo.

Abrió el Lexus que había alquilado.

—¿A qué viene tanta prisa, Constance?

—¿Prisa? —repitió Constance con incredulidad—. ¡Llevo dieciocho meses esperando a que nuestras vidas vuelvan a la normalidad!

—Solo llevo dos meses fuera.

—¿Estás de broma? Durante el último año y medio, te has dedicado a viajar por todo el país y a hablar con toda la gente que has podido en busca de alguna pista. Hasta cuando estás aquí te cierras en tu apartamento y trabajas como si fueras una especie de científico loco. Desde aquella noche tan terrible no eres capaz de pensar en nada que no sea en tu búsqueda. Hace cuatro meses que no hacemos el amor y no hemos vuelto a mantener una conversación decente desde que te has convertido en Dick Tracy.

Sebastian había querido mucho a aquella mujer. Si aquel asesinato no hubiera destrozado su vida, se habría casado con ella. Pero el pasado ya no importaba. Colton y Emily habían muerto y el dinero de Emily había desaparecido. ¿Por qué? No descansaría hasta que no descubriera la verdad. Él era la única esperanza de Emily y de Colton, la única persona, además de su propia madre, quizá, que creía que Malcolm Turner todavía estaba vivo.

—No puedo culparte por sentirte decepcionada —se sentó tras el volante y puso el motor en marcha.

El invierno en Sacramento no era tan frío como el de

Nueva York, pero sí lo suficiente como para invitar a poner la calefacción.

—Entonces, ¿qué piensas hacer?

Estaba siendo mucho más directa que en otras ocasiones, lo que le hizo suponer que estaba saliendo con alguien. Sebastian esperaba que aquello ocurriera antes o después. No podía culparla por haber decidido seguir viviendo. Era una analista de bolsa, inteligente, atractiva y con una carrera de éxito.

Y cada día era mayor la brecha que se abría entre ellos. No podía prometerle que iba a volver a Nueva York porque sabía que rompería su promesa. Cuando otros miembros de la familia y él habían ido a la casa en la que Colton y Emily vivían a recuperar sus pertenencias, no había encontrado todo lo que debería haber estado allí. Para empezar, había desaparecido dinero, una cantidad de dinero que la propia Emily le había mencionado a Sebastian una semana antes de su muerte. Le había dicho que había guardado en la caja fuerte los quinientos mil dólares que le había pagado el seguro por haber chocado con un conductor bebido. Le había explicado que guardaba el dinero en efectivo porque estaba ahorrando para comenzar una nueva vida, una vida de la que Malcolm no formara parte, y le había indicado dónde podía encontrar la llave de aquella caja en el caso de que le ocurriera algo.

Sebastian, que pensaba donar ese dinero a la Universidad de Nueva York, en la que Colton esperaba llegar a estudiar algún día, había intentado recuperarlo. La llave estaba allí donde Emily le había indicado, pero la caja estaba vacía. Y no había nada que indicara dónde podía estar ese dinero.

Malcolm no solo había matado a Emily y a Colton, sino que se había aprovechado de su muerte. Sebastian estaba seguro.

—Malcolm no murió en ese accidente, Constance.

—¡Dios mío, ya estamos otra vez!

Estaba empezando a llover. Los limpiaparabrisas se activaron mecánicamente, un lujo menor que ya no podría volver a permitirse durante mucho tiempo. Teniendo en cuenta su situación económica, tendría que comenzar a alquilar coches más baratos.

–¿Y qué pruebas tienes? –continuó–. ¿Ese dinero del seguro del que siempre estás hablando? Tú mismo me dijiste que a Malcolm le gustaba hacer apuestas relacionadas con todo tipo de deportes. ¿No se te ha ocurrido pensar que a lo mejor utilizó ese dinero para pagar sus deudas?

–Si pagó sus deudas, ¿por qué no dejó pagadas las que había contraído con sus tarjetas de crédito cuando algunas estaban a un treinta por ciento de interés?

Sebastian había encontrado las cuentas cuando había ido a vaciar la casa. Los padres de Emily habían muerto en un accidente de avión justo después de que Emily y él se divorciaran, de modo que era él el que tenía que quedarse con sus cosas.

–A lo mejor no era tan previsor. O a lo mejor lo utilizó para pagar deudas que desconoces –respondió Constance–. A lo mejor utilizaron ese dinero para ayudar a algún miembro de su familia que estaba a punto de perder su casa. Ya no estabas casado con Emily, Sebastian. Malcolm era su marido. Es posible que lo invirtieran todo y lo perdieran.

Aunque Constance no podía verle, Sebastian negó con la cabeza.

–Habrían quedado pruebas, rastros de esas inversiones.

–¿Quieres que hablemos de pruebas? –prácticamente le gritó–. ¡Tenemos las pruebas de ADN que hizo la policía! ¿Sabes lo que significa una prueba de ADN? Es una prueba irrefutable y demuestra que el cadáver que encontraron en el coche es el de Malcolm Turner.

Sebastian apretó la mandíbula, haciendo un esfuerzo para dominarse. Últimamente, Constance siempre parecía dispuesta a sacarle de sus casillas.

—No puede hablarse de cadáver. Solo quedaban cenizas. Y estoy convencido de que Malcolm no se suicidó, Connie.

—La única alternativa que le quedaba era ir a prisión, y ya sabes cómo tratan a los policías en las cárceles.

Sebastian imaginó al hombre al que había estado persiguiendo desde hacía un año. El pelo rojo, las pecas que cubrían su rostro y sus brazos, los ojos azules rodeados de pestañas doradas, la mandíbula decidida, y aquel cuerpo fornido rozando el sobrepeso.

—Era demasiado arrogante como para renunciar con tanta facilidad.

—Arrogante —repitió Constance disgustada—. ¿Eso es todo lo que puedes concluir después de haber removido hasta la última piedra de este país? Sebastian, hemos hablado de esto docenas de veces. No es ningún secreto que Emily y Malcolm estaban teniendo problemas. Emily le contó a mucha gente que quería divorciarse. Probablemente intentó hacerlo y Malcolm, que era un hombre obsesivamente controlador, reaccionó matándolos a ella y a Colton. Cuando se dio cuenta de lo que había hecho, decidió suicidarse.

—A lo mejor no te resultaría tan fácil aceptar esa explicación si hubiera muerto tu hijo y no el mío.

Constance no tenía hijos, pero aquel era un golpe bajo. El dolor sufrido por la pérdida de su hijo corroía a Sebastian como un ácido, le hacía comportarse de una forma de la que nunca se habría creído capaz. En parte porque se sentía parcialmente responsable de la indefensión de Emily. Ella no tenía familia, solo podía apoyarse en él. Debería haber hecho mucho más para ayudarla.

—Vete al infierno. Estoy cansada de ser comprensiva. He hecho todo lo que he podido para ayudarte, y ahora…

—Y ahora que por fin comienzo a encontrar algo, quieres que renuncie. Malcolm está en Sacramento. Ha localizado a una antigua novia de cuando estaba en el instituto y se ha mudado aquí para estar cerca de ella. Y está viviendo del dinero que le robó a Emily.

—A lo mejor eres tú el que estás más interesado en su exnovia de lo que estás dispuesto a admitir.

Sebastian elevó los ojos al cielo. Jamás había habido nada entre él y aquella mujer que le había llevado hasta la Costa Oeste. Solo se habían visto en un par de ocasiones en una cafetería.

—Somos amigos, Constance. Estoy aquí porque Malone está aquí. Has visto sus chats, te los he enviado todos.

—Pero ese hombre podría ser cualquiera. Él dice que se llama Wesley Boss y vive en Los Ángeles. Y por lo que hasta ahora sabemos, podría ser cierto.

—Es Turner, Connie. Mary puede saberlo mejor que nadie. Estuvo dos años saliendo con él.

—¿Y por qué se puso en contacto contigo? —musitó Constance.

Porque antes la había localizado él. Se había puesto en contacto con Mary y con todos cuantos habían tenido algún tipo de relación con Malcolm para pedirles que le llamaran en cuanto supieran algo de él. Por supuesto, les había explicado los motivos.

—¿Estás de broma? Fue un gesto maravilloso por su parte. A juzgar por algunas de las cosas que ha dicho ese supuesto Wesley Boss, está mucho más familiarizado con el norte de California que con el sur. No creo que esté en Los Ángeles. Creo que está viviendo aquí, en Sacramento.

—Muy bien. Pues yo ya no puedo seguir soportando esta situación. Estoy comenzando a darme cuenta de que he estado aferrándome a un sueño, al recuerdo de un hombre que ya no existe.

Sebastian cerró los ojos y echó la cabeza hacia atrás. Constance acababa de acusarle de estar interesado en otra mujer, pero era muy probable que fuera al contrario.

–¿Cómo se llama? –le preguntó.

No hubo respuesta.

–¿Constance?

–¡Basta ya! Esto no tiene nada que ver con otro hombre. El problema es que soy incapaz de seguir enfrentándome a la persona en la que te has convertido. A partir de ahora, se ha acabado todo entre nosotros –le espetó, y colgó el teléfono.

Sebastian estuvo a punto de llamarla, presa del pánico provocado por el tono de aquella frase. Pero no lo hizo. Jamás se pondrían de acuerdo. Además, Constance estaría mejor sin él. Sebastian solo era capaz de pensar en las preguntas que le atormentaban desde el verano anterior. Desde el día en el que el vecino de Emily se había acercado a su casa para ver por qué Emily no había ido a llevar a sus hijos al entrenamiento de baloncesto y se había encontrado con su cadáver y el de su hijo. Los habían asesinado la noche anterior.

Sebastian abrió los ojos y se concentró en las conversaciones transcritas que tenía en el asiento de al lado. La persona que había enviado aquellos mensajes a Mary decía ser alguien que la había conocido en el pasado, alguien llamado Wesley Boss. Pero Mary no conocía a nadie con aquel nombre. Su primer contacto había sido a través de la web que Mary utilizaba para vender las piezas de bisutería que ella misma creaba, de modo que podría haber sido cualquiera. Pero tras llevar varios meses hablando con esa persona, había llegado a la conclusión de que tenía que ser un antiguo amor de sus tiempos de instituto, Malcolm Turner. Sabía demasiadas cosas sobre ella.

Sebastian había volado hasta Sacramento esperando que el alias que Malcolm utilizaba fuera suficiente para encontrarlo, pero de momento, no lo había conseguido. Había conseguido seguir el rastro a cuatro residentes de California que respondían al nombre de Wesley Boss. Tres de ellos vivían en Los Ángeles, y el cuarto en Bakersfield. Uno era un sacerdote anciano que ni siquiera tenía ordenador. El otro, un hombre felizmente casado y con cinco hijos, el tercero un niño de diez años y el cuarto, el que vivía en Bakersfield, estaba muriendo de cáncer. Mary había intentado conseguirle a Sebastian una dirección desde que había caído en la cuenta de quién era su interlocutor, pero Malcolm era demasiado prudente. Un hombre con su pasado era consciente de lo mucho que arriesgaba al ponerse en contacto con una persona que le conocía. Eso le convertía en un hombre ilocalizable, en el caso de que alguien se molestara en investigar. Pero Sebastian estaba haciendo mucho más que investigar. Estaba examinando todas y cada una de las posibilidades de encontrarle. Incluso había contratado un detective privado para ver si podía seguir el rastro a aquellos mensajes por cualquier medio, legal o ilegal. Pero Malcolm utilizaba siempre un servidor remoto. Al parecer, había pensado en todo.

Sebastian puso la marcha atrás y salió del aparcamiento. A pesar del precio que estaba pagando, no podía renunciar. Mary podía llevarle hasta el canalla que había matado a Emily y a Colton y, estuviera bien o no, él pensaba mantener la promesa que había hecho a su hijo cuando le estaban enterrando.

Jane había decidido entrevistarse con Luther antes de regresar a casa. Aquella era la primera tarea de la lista del caso de las chicas desaparecidas. Pero Oak Park era el barrio más peligroso de Sacramento y Jane era plenamente consciente de ello.

Notaba el metal de la pistola en la cintura mientras cruzaba el jardín cubierto de malas hierbas y salpicado de basura que conducía a la casa de Luther. Durante los meses posteriores al funeral de Oliver, había aprendido a utilizar una pistola. Skye había sido testigo de ello, pero aquello no tenía nada que ver con las prácticas del campo de tiro. Jamás había ido armada a casa de nadie. Nunca se había acercado a alguien pensando que tendría que utilizar su arma. Hasta ese momento.

Aunque se encontraba en los últimos meses del proceso, todavía no había conseguido la licencia de armas. De modo que estaba infringiendo la ley. Pero no había conseguido localizar a David y, por el bien de esas chicas, no podía esperar. Tenía menos miedo de la policía que de Luther. Tenía una hija esperándola en casa, una hija de doce años que ya había perdido mucho en su corta vida. Jane no iba a permitir que quedara completamente huérfana.

Tomó aire para intentar calmar el revoloteo que tenía en el estómago, alzó la mano y llamó a una puerta con tantos arañazos que parecía que hubieran intentado abrirla las hordas del infierno. Apenas eran las cinco de la tarde, pero en aquella parte de la ciudad parecía oscurecer más rápidamente que en la de Watt Avenue, donde ella trabajaba.

Como temía encontrarse con perros del tamaño de un caballo, no la sorprendió la cacofonía que llegó hasta sus oídos.

Ladridos, golpes, arañazos.

Asustada por aquella fiereza, Jane decidió que quizá debería haber retrasado la visita hasta el día siguiente. A lo mejor Jonathan, el detective privado que trabajaba muchas veces como voluntario para El Último Reducto, estaría disponible para entonces. O David. Estaba a punto de regresar al coche cuando una voz de hombre puso fin a aquel alboroto.

—¡A callar!

Los perros se quedaron en completo silencio.

Con las manos empapadas en sudor, Jane observó vacilante cómo giraba el pomo antes de que la puerta se abriera.

El interior de la casa era tan oscuro como el exterior, lo que dificultaba ver cualquiera otra cosa que no fueran los ojos de aquel hombre.

—No sé quién demonios es, pero no pinta nada aquí.

Tenía tres pitbulls a sus pies. No eran tan grandes como parecían a juzgar por sus ladridos, pero tenían aspecto de estar dispuestos a despedazarla a la menor oportunidad. Afortunadamente, sabían que era preferible no atacar sin permiso. Ni siquiera asomaban los hocicos por la puerta, como tantos otros perros hacían.

Definitivamente, el hombre los dominaba. No parecía que fueran a desobedecerle... O, al menos, eso esperaba.

—Yo... —se le quebró la voz, así que se aclaró la garganta y volvió a intentarlo—. Soy Jane Burke, de El Último Reducto.

—No sé lo que vende, pero no me interesa —replicó, y cerró de un portazo.

El golpe fue tan brutal que Jane se encogió. Miró con nostalgia su coche, aparcado en la acera, pero la imagen de Gloria llorando en la oficina la impulsó a llamar otra vez. No podía renunciar tan fácilmente. Su cliente confiaba en ella.

Un perro ladró en al oscuridad, pero el ladrido cesó bruscamente para convertirse en un agudo lamento.

Obviamente, acababan de darle una patada. Jane giró hacia su coche, pero se obligó a detenerse en medio del camino cuando oyó que la puerta se abría.

En aquella ocasión, el hombre salió al porche, donde podía verle mejor. Pero verle no le hizo sentirse más segura. Medía cerca de un metro ochenta, debía pesar más de ciento veinte kilos y tenía el cuello y los bíceps de un jugador de rugby.

—Espero que sea algo bueno —le advirtió.

Tras él, esperaban los perros, mostrando sus dientes con un gruñido amenazador.

Jane desvió la mirada de los perros.

—¿Es usted Luther Wilson?

—Eso no es asunto suyo —entrecerró los ojos—. Pero sí, supongo que ese soy yo. ¿Qué quiere?

Jane dio un paso adelante. Permanecía en medio del jardín. Sabía que si se negaba a ponerse cerca de su alcance mostraría su debilidad.

—Estoy buscando a su hija

—Latisha no vive conmigo. Nunca ha vivido conmigo.

Dio media vuelta, pero después de haber llegado tan lejos, Jane no podía renunciar. No podía marcharse sin la información que necesitaba. ¿Qué clase de trabajadora social sería si huía? Una cobarde. Desde luego, no sería esa la manera de ganarse la confianza de Skye y de Sheridan. Ava consideraba que no era la persona adecuada para llevar a cabo aquel trabajo y al principio se había negado a contratarla. Si se marchaba en aquel momento, demostraría que Ava tenía razón.

Habló rápidamente, antes de que Luther pudiera cerrar la puerta.

—Ha desaparecido, señor Wilson. Y también Marcie. Hace tres semanas que nadie sabe de ellas. La policía está investigando y Gloria está desesperada.

Tras aquella rápida explicación, Luther se volvió de nuevo hacia ella.

—¿Qué está diciendo? ¿Han secuestrado a Latisha? ¿Han secuestrado a Latisha y a Marcie?

—Todavía no lo sabemos, pero es posible. También es posible que hayan huido, o que estén heridas y perdidas —el frío omnipresente de mediados de febrero le calaba los huesos—. Por supuesto, el asesinato también es otra posibilidad.

Aunque Luther no dijo nada, sus ojos revelaron una gran cantidad de información. No sabía que su hija había desaparecido. No estaba seguro de cómo reaccionar ante aquella información, pero tampoco estaba tan impactado como lo habría estado cualquier otro padre. Probablemente, viviendo en aquel barrio, había visto demasiadas cosas como para sorprenderse al oír la palabra «asesinato».

—¿Por qué iban a querer matarla? —preguntó por fin—. Es una buena niña.

—Eso es lo que estoy intentando averiguar. No ha sabido nada de ella durante estas últimas tres semanas, ¿verdad?

—No, pero nunca sé nada de ella. Es muy buena estudiante. Demasiado buena como para tener un padre como yo —echó los hombros hacia delante—. Pero a lo mejor esa es la razón por la que yo no he sido un buen padre.

Jane intentó disimular la sorpresa causada por aquella demostración de sinceridad y arrepentimiento.

—¿Sabe si tenía relación con alguna banda o…?

—Ya se lo he dicho. Es una buena chica. No tiene nada que ver con ninguna banda —se pasó la mano por la cabeza afeitada—. ¿Qué dice Gloria?

—Que Marcie y Latisha han desaparecido. Eso es todo. La policía no ha podido localizarlas.

Luther retrocedió y la recorrió de los pies a la cabeza con la mirada.

—Si usted no es policía, ¿qué es exactamente? Gloria no tiene dinero para pagar a un detective privado.

El Último Reducto era una organización muy conocida en algunos ambientes. Skye y sus compañeras habían resuelto algunos casos que habían tenido una gran repercusión pública, lo que la había hecho muy popular. Aun así, probablemente una gran parte del millón de habitantes de Sacramento nunca había oído hablar de ella o apenas le había prestado atención.

—Trabajo como defensora de las víctimas para una organización benéfica que lleva siete años trabajando en esta zona. Gloria vino a pedirme ayuda.

Luther se rascó la barbilla.

—Entonces, ¿ha venido hasta aquí porque tiene un gran corazón?

Jane ignoró su escepticismo.

—Me pagan un salario, si es eso lo que me está preguntando.

—Le paguen lo que le paguen, no es suficiente. En este barrio no tiene ningún trabajo que hacer. Le recomiendo que no vuelva por aquí.

Ansioso por conquistar la libertad, o por morder a Jane en la yugular, uno de los pitbull dio un paso adelante. Sus garras resonaron sobre las juntas metálicas de las puertas, pero Luther gruñó un rápido «adentro», y el perro le obedeció con el rabo entre las piernas.

—Preguntaré por esta zona, veré si puedo averiguar algo y la llamaré —le prometió a Jane.

Jane buscó la tarjeta en el bolso. Al hacerlo, se le abrió ligeramente el abrigo y Luther debió de reconocer entonces la forma de la pistola, porque chasqueó la lengua y sacudió la cabeza.

—No vuelva a traer un arma a casa de un hombre a no ser que esté preparada para usarla.

Al parecer, pensaba que llevaba la pistola como si fuera una especie de accesorio, como unos pendientes o unas uñas de cerámica.

—¿Perdón? —le preguntó.

—Ya me ha oído. Eso solo le causará problemas. La gente de por aquí no respeta a las personas arrogantes, por muy finas que parezcan.

Jane le miró a los ojos. Tras haber sido capaz de enfrentarse a él, comprendía que no le resultaba tan intimidante. A pesar de su tamaño, no era ni la mitad de amenazador que Oliver. Jane no creía que nadie pudiera ser tan temible como su calculador esposo, un hombre de modales suaves que jamás levantaba la voz.

—Mi marido era un asesino en serie, señor Wilson. Asesinó a cuatro personas apuñalándolas hasta la muerte y estuvo a punto de hacer lo mismo conmigo —alzó la barbilla para mostrar la cicatriz que cruzaba su cuello—. Fue un milagro que sobreviviera, pero lo conseguí. Y le prometo que estoy preparada para disparar a cualquiera que intente hacerme daño otra vez.

Sonrió y le entregó la tarjeta.

—Por favor, llámeme si averigua algo de Latisha. Estoy decidida a encontrarla a ella y a su hermana.

El aire condescendiente de Luther que tanto la había irritado se esfumó, pero no fue sustituido por otro sentimiento más positivo.

—Bueno… ya veremos —contestó distante.

Capítulo 3

—¿Estás segura de que quieres involucrarte en esto?

La voz del detective Willis llegaba a través del teléfono mientras Jane removía la sopa de brócoli y queso que estaba preparando en la cocina para que cenara Kate. Ella se había comido una ensalada de pollo a la hora del almuerzo y no pensaba comer nada más. Le había costado mucho adelgazar y no quería ganar peso. No quería tener nada que ver con la mujer en la que se había convertido cuando estaba casada con Oliver. Ni con su estatus de mujer de la alta sociedad. No quería recordar la caída en desgracia y la consiguiente expulsión del club de tenis. El hundimiento provocado por la desesperación, su aventura con el hermano de Oliver… Quería dejar atrás el pasado. Y hacerse cargo de aquel caso formaba parte de su transformación.

—Sí, estoy segura.

—Estamos haciendo todo lo que podemos, Jane —le explicó—. He ido tres veces a casa de Luther Wilson. No está o no quiere abrirnos la puerta. Le he dejado mi tarjeta, pero no me ha abierto la puerta.

—A mí me la ha abierto.

—Probablemente porque eres mujer y es evidente que no trabajas para la policía. No se ha sentido amenazado.

–Por lo menos he conseguido hablar con él. Y eso viene bien para el caso, ¿no?

–Claro que nos viene bien, pero no tienes la experiencia suficiente como para…

–¿Cómo voy a conseguir experiencia si nunca me hago cargo de un caso? Además… tú ya tienes mucho trabajo. Estando Skye y Ava fuera y Sheridan de permiso de maternidad, tengo tiempo suficiente como para concentrarme en él. ¿Por qué no me dejas ocuparme de los preliminares del caso?

–Porque no me hace ninguna gracia que vayas por Oak Park, como has hecho esta noche. ¿Quién sabe qué otros riesgos estás dispuesta a correr?

Ella sabía desde un primer momento que era arriesgado. Por eso se había llevado la pistola. Cuando se había casado con Oliver, no tenía la menor idea del monstruo que se escondía tras aquel rostro agradable.

–¿Me estás diciendo que he hecho algo que no habría hecho Skye? –le preguntó desafiante.

Se produjo una ligera pausa.

–No, y el hecho de que esté ahora en Sudamérica ya lo dice todo. Desde luego, tampoco es algo que me haga mucha gracia.

–Exacto. El caso es que he hecho lo que tenía que hacer y he manejado bastante bien la situación. Creo que Luther Wilson comenzará a hacer preguntas por la zona, como él mismo ha dicho, y nos llamará si averigua algo.

–¿Y si el caso se calienta? ¿Y si resulta ser realmente peligroso?

La mención del calor le hizo acordarse a Jane de la sopa y bajó rápidamente el fuego para que no se quemara.

–Si todas las personas que velan por el cumplimiento de la ley pensaran solamente en el peligro, los malos siempre ganarían y nadie estaría a salvo –si Skye no hubiera sido capaz de arriesgarse, Jane no continuaría viva–. En cualquier caso, creo que en este momento las posibilidades de que yo corra algún peligro son mínimas. Es muy posible que esas pobres chicas estén muertas.

No le gustaba reconocerlo, pero era cierto. Y si quería hacer bien su trabajo, tenía que ser capaz de enfrentarse a la verdad. De tratar con la verdad. Cuando todo aquello terminara, podría considerarse afortunada si era capaz de explicar a Gloria lo que les había ocurrido a sus hermanas.

—¿Crees que podrás manejar el caso? ¿Crees que serás capaz de recibir una llamada diciéndote que han encontrado los cadáveres?

—Deja de intentar protegerme. Sé que esa parte del trabajo es dura, pero forma parte de lo que tengo que hacer. Estoy cansada de tantas atenciones. Skye lleva demasiado tiempo protegiéndome. Ya llevo seis meses trabajando en la organización. Creo que estoy preparada para comenzar a hacerme cargo de mis propios casos.

David suspiró.

—Entonces, ¿qué puedo decirte?

—Dime que te alegras de que os pueda ayudar.

Kate entró en la cocina, le dio un beso a su madre y tomó una rebanada del pan que Jane había cortado para la cena.

—Hola, cariño —musitó Jane antes de reanudar la conversación—. ¿David?

—De acuerdo, puedes ayudarnos.

—¡Genial! ¿Sabes algo que estés dispuesto a compartir conmigo?

—Ojalá tuviera algo que contar. Llevo tres semanas ocupándome del caso y hasta ahora no tenemos prácticamente nada.

—¿Has tenido oportunidad de hablar con Timothy Huff?

—¿Con el padre de Gloria? No te preocupes por él. Tiene una buena coartada. Estaba en Arkansas cuando las chicas desaparecieron, en casa de uno de sus primos. De hecho, todavía sigue allí.

Así que no tendría por qué ir al billar el viernes por la noche.

–¿Y el coche?

–Lo hemos revisado de cabo a rabo y no hemos encontrado nada sospechoso. No hay sangre, ni restos de pelo ni ningún rastro que pueda servir como prueba. Ningún objeto fuera de lo normal. Ni un solo recibo, nada. Estoy empezando a pensar que quienquiera que se haya llevado a estas chicas, no tuvo que sacarlas a la fuerza del coche.

–¿Quieres decir que salieron voluntariamente?

–Eso parece.

–¿Es posible que algún conductor les hiciera un gesto como si estuviera pidiéndoles ayuda? ¿O que les indicara que tenían algún problema en el coche?

–También es posible que vieran a alguien a quien conocían y en quien confiaban –añadió David–. Un tipo que pueden haber conocido en una noche de fiesta, un amigo del trabajo…

–Eso abre muchas posibilidades.

–Este caso no va a ser fácil de resolver.

Jane le hizo apartar a Kate la mano de la ensalada de fruta que había preparado para el postre.

–¿Y qué me dices de los medios de comunicación? –le preguntó a David–. ¿Podrían servirnos de ayuda?

–He estado en contacto permanente con ellos. Volverán a dar la noticia esta noche.

Tendría que grabar la noticia.

–A lo mejor así surgen algunas pistas.

–Suele pasar, pero eso no quiere decir que sean pistas fiables.

–Ya te has entrevistado con otras chicas del barrio y con sus compañeros de trabajo, ¿verdad?

–Por supuesto.

–¿Puedes pasarme una copia de esas entrevistas?

–No veo por qué no. Pero no le digas a nadie que te las he pasado.

–No lo haré –apagó el fuego de la cocina. La sopa ya estaba lista–. ¿Dónde estás ahora?

–En casa, con los niños. Pero me he traído el informe y tengo un fax en casa. ¿Quieres que te envíe los documentos esta noche?

–Si no te importa.

–No, claro que no me importa.

Jane dejó la cuchara con la que había estado removiendo la sopa en el fregadero.

–Envíalos al fax de El Último Reducto y pasaré a recogerlos en cuanto cene Kate.

–¿Qué vas a recoger, mamá? –preguntó Kate cuando Jane colgó el teléfono.

Jane dejó el móvil en el mostrador y se volvió hacia su hija, que parecía madurar día a día.

–Unos informes de mi caso nuevo.

–¿Tu nuevo caso? ¿Te estás ocupando de tu propio caso?

–Sí. He comenzado esta mañana.

Kate esbozó una sonrisa radiante. Sus enormes ojos negros, su pelo castaño, su cutis cremoso y las curvas que comenzaban a insinuarse en su cuerpo, prometían convertirla en una gran belleza. Tenía un rostro que a Jane le recordaba al de Brook Shields, aunque tenía pocas posibilidades de ser tan alta como ella con una madre que apenas medía un metro sesenta y un padre que no llegaba al metro setenta y cinco.

–¿Y qué caso es? –preguntó Kate mientras extendía la mantequilla en el pan.

Oliver había ido a prisión cuando Kate tenía tres años y había muerto poco después de salir, cuando Kate había cumplido siete, de modo que la pérdida de su padre no la había afectado tanto como el tener conciencia de lo que había hecho. Era difícil vivir con una sombra como aquella. Por eso Jane prefería ocultarle a su hija los detalles más sórdidos de los casos de los que se ocupaban en El Último Reducto.

—Estoy intentando encontrar a dos chicas, posiblemente se han ido de casa.

—¿Cuántos años tienen?

—Diecisiete y dieciocho —contestó Jane.

—¿Y por qué se han ido de casa?

—No estamos seguros.

Kate tragó el pedazo de pan que tenía en la boca.

—Espero que las encontréis.

Jane sonrió. A lo mejor había tenido mala suerte al elegir a su marido, pero tener una hija tan maravillosa como aquella lo compensaba todo. O al menos, muchas cosas. A veces, Jane permanecía despierta por la noche pensando en cómo había sido su relación con Noah, el hermano de Oliver. A pesar de la traición que tanta angustia le había causado, había sido un buen hombre, exactamente, todo lo contrario que Oliver. Alto, atractivo, fuerte, sincero, generoso. Se había ganado completamente su corazón.

—¿Qué te pasa, mamá?

Jane se sacudió rápidamente la melancolía que la amenazaba cada vez que pensaba en Noah, en el amor que habían compartido, en sus errores, en su corazón roto, en su asesinato, y forzó una sonrisa.

—Nada, ¿por qué lo preguntas?

—Porque has vuelto a ponerte triste —respondió Kate, insinuando un puchero.

Jane llevó el plato de sopa a la mesa.

—No estoy triste. Tenemos una casa cómoda y acogedora y las dos estamos sanas y salvas. Me gusta mi trabajo y a ti te va muy bien en el colegio. Además, vas a pasar todo un fin de semana con los abuelos, ¿qué más podemos pedir?

Volvió a aparecer en su mente la imagen de Noah estrechándola entre sus brazos y buscando sus labios. Pero Jane no solo echaba de menos sus caricias. Echaba de menos su risa, sus conversaciones, su apoyo. Durante todo el tiempo que Oliver había pasado en prisión, Noah había formado parte de su vida.

Pero, ¿y si ya nunca era capaz de conseguir la compañía que anhelaba? Después de cinco años de celibato, su cuerpo comenzaba a necesitar la caricia de un hombre. No tenía novio y las aventuras de una sola noche estaban completamente descartadas. Tenía demasiado miedo de lo que podía esconderse tras la sonrisa de los hombres que conocía. Ya se había confundido en una ocasión. Cuando había conocido a Oliver, este era un dentista de éxito. Un hombre complaciente, inteligente y amable.

Y un psicópata.

Permanecer soltera era más seguro que volver a iniciar una relación. Sabía, por experiencia propia, que había cosas mucho peores que la soledad.

Malcolm estaba completamente seguro de que había cometido un error táctico. En un primer momento, había pensado que hacerse con un par de esclavas le serviría para romper la monotonía. Ellas se encargarían de la colada, de hacerle la comida y de limpiar la casa. Era lo que más echaba de menos del matrimonio. Emily siempre había sabido llevar la casa.

Pero liberarse de aquel trabajo no merecía el esfuerzo que se requería para alimentar a aquellas dos chicas y para mantenerlas siempre vigiladas. Desde que las había hecho prisioneras, le resultaba mucho más difícil llevar la vida a la que se había acostumbrado. No podía ir a casa de Mary a observarla, no podía jugar en el casino, no podía conducir con la sirena de policía fingiendo ser un agente de la ley. No había sido fácil conseguir las cadenas que necesitaba para restringir los movimientos de las chicas, así que se había limitado a utilizar las esposas y la cuerda hasta que había podido ir a la ferretería. Ya lo tenía todo montado, e incluso les había conseguido ropa en una tienda de segunda mano, pero estaba mortalmente aburrido. Y odiaba no poder moverse con tranquilidad.

Al menos podía llamar a su corredor de apuestas y hacer alguna que otra apuesta de vez en cuando. Afortunadamente, vivía en Turlock, a las afueras de Sacramento, entre huertos y granjas de productos lácteos, al sur de Sacramento. De otra forma, le habría resultado mucho más complicado dejar solas a sus víctimas mientras él salía a ocuparse de sus cosas.

Aun así, continuaba preocupándole el haber corrido aquel riesgo. En aquel momento, tenía que dejar sola a una de las chicas. La otra tendría que ir con él. Con el tiempo, había llegado a la conclusión de que si tenía que salir, lo más seguro era llevarse a una con él, de modo que la otra quedara siempre como rehén. Además, de ese modo no tenía que temer una posible huida. Ambas chicas habían demostrado ser más inteligentes de lo que esperaba. El día anterior, habían conseguido soltarse de las cadenas y habían estado a punto de escaparse por la puerta de atrás. Si no hubieran estado tan calladas, algo poco normal en ellas, no habría ido a comprobar lo que estaban haciendo y habrían conseguido marcharse.

Pero llevar a una chica secuestrada en un vehículo implicaba tener que viajar de noche y por zonas aisladas. Era un auténtico fastidio.

—Como intentes hacer cualquier cosa mientras estamos fuera, te mataré —le advirtió a Marcie.

La llevaba en la parte de atrás de la furgoneta, amordazada, esposada a la puerta lateral y con los pies atados. El supermercado estaba a punto de cerrar, así que no había muchos clientes. Aun así, aparcó en la parte de atrás, era más seguro. Necesitaba comprar leche, pan y huevos si no querían pasar hambre al día siguiente...

–Si cuando vuelva no estás aquí, haré pedacitos a tu hermana antes de desaparecer –le advirtió–. Yo me libraré de cualquier posible castigo y tu hermana acabará muerta, ¿entendido? Como hagas algo, cualquier cosa que me pueda molestar, estarás firmando su sentencia de muerte.

Como Marcia no daba ninguna señal de haberle comprendido, insistió:

–¿Lo has entendido?

En aquella ocasión, Marcia gimió aterrorizada.

–Estupendo –la cubrió con una manta raída–. No estoy seguro de cuánto tiempo estaré dispuesto a aguantaros, así que será mejor que os portéis bien.

Marcie contestó con otro gemido. Inmediatamente después, él abrió la puerta y salió corriendo.

Estaba tan concentrado en reunir todas las provisiones lo más rápidamente posible, que no se dio cuenta de que se había dejado el teléfono móvil en la furgoneta hasta que no llegó a la cola de la caja. Normalmente lo dejaba en el asiento de pasajeros para poder sincronizarlo con el Bluetooth. En California estaba prohibido hablar por teléfono móvil mientras se conducía, y no podía permitirse el lujo de que la policía le parara por algo tan estúpido. Pero dejarse el móvil en la furgoneta estando allí Marcie era uno de los errores más estúpidos que podía imaginar.

–¡Hija de perra!

La mujer que estaba tras él debió de oír aquel juramento. Frunció el ceño con desaprobación, pero a él le importaba muy poco que pudiera sentirse ofendida. ¡Se había dejado el maldito teléfono en el coche! Le había dicho a Marcie que no intentara nada y después le había dejado la tentación a solo unos centímetros de distancia.

Dejó el carrito a un lado, abandonando la comida, y corrió hacia la salida.

Rodeó el edificio corriendo, con la respiración agitada. A primera vista, todo parecía normal. Lo más probable era que encontrara a Marcie tal y como la había dejado. Al fin y al cabo, le había dejado muy clara su amenaza.

Pero en el instante en el que se asomó a la furgoneta a través del parabrisas, supo que tenía motivos para estar preocupado. Marcie había conseguido liberar una mano, tal y como temía. También se había quitado la mordaza. Lo sabía porque la luz de la pantalla del móvil bañaba su rostro con un misterioso resplandor… Estaba hablando por teléfono.

Si había llamado a la policía, podrían localizar la llamada por un sistema de localización satélite. Pero incluso en el caso de que no hubiera llamado a la policía, podrían localizarla por la señal enviada a las antenas más cercanas.

Abrió la puerta bruscamente, se inclinó hacia delante y le arrebató el teléfono. Después, lo apagó, utilizó su propia camiseta para borrar cualquier huella y lo lanzó con todas sus fuerzas al descampado que había detrás del supermercado.

Marcie todavía conservaba puesta una de las esposas. La mano que había conseguido sacar de la otra le sangraba. Pero eso no le impidió intentar sacar las piernas por la puerta para intentar escapar.

Sin previa advertencia, Malcolm cerró la puerta, pillándole las piernas. Cuando gritó, volvió a abrirla, pero solo lo suficiente como para que pudiera meterlas. Después, la cerró con fuerza.

—No he llamado a nadie importante —sollozó Marcia cuando Malcolm se puso tras el volante.

Si hubiera tenido tiempo, le habría dado un puñetazo en pleno rostro.

—¡Estás mintiendo!

—¡No, lo juro! Solo quería decirle a nuestra hermana que estamos bien. No sabe dónde estamos. Ni siquiera sabe…

—Acabas de firmar tu sentencia de muerte.

Procurando no hacer ningún movimiento que pudiera delatarle, dio marcha atrás, giró en la intersección y tomó la carretera a una velocidad normal. Tenía que alejarse de la zona del supermercado antes de que llegara algún policía.

Y tenía que hacerlo sin que nadie le viera salir precipitadamente.

Capítulo 4

El sonido del teléfono penetró en el sueño de Jane. Lo oyó sonar, pero no tuvo ninguna relevancia para ella. No era su teléfono. Era un sonido distante. Después, silencio… hasta que algo mucho más sutil la despertó.

Abrió los ojos en medio de una oscuridad total y parpadeó. Meses después de que Oliver la hubiera dejado agonizando, soñaba con frecuencia que le oía en el pasillo, que volvía para terminar lo que había empezado. Aparecía siempre con un cuchillo en la mano y mirada asesina. Jane conocía aquella mirada porque era una de las pocas personas que tras verla había sobrevivido para contarlo. La pesadilla era tan real que podía oler a Oliver, podía sentir el calor de su cuerpo mientras se acercaba, sentía sus uñas clavándosele en el brazo mientras la estrechaba contra él…

–¿Mamá?

Jane jadeó. Podía respirar. No era real. Oliver había muerto. Era Kate la que la había despertado.

Su hija esperaba en el marco de la puerta.

–¿Qué… qué pasa? –preguntó, deseando que el corazón dejara de latirle con tanta fuerza.

Kate se acercó a la cama.

–¿No me has oído? Te llama alguien por teléfono. Y parece que está llorando.

¿Quién podía llamarla llorando en medio de la noche? ¿Sheridan? ¿Skye? ¿Habrían tenido un accidente?

Alarmada, apartó las sábanas y se sentó en la cama. Recordó entonces todos los acontecimientos del día, además de las noticias que había visto antes de acostarse, y comprendió que la llamada podía ser de una tercera persona.

—Gracias, cariño.

El reloj de la radio despertador indicaba que no estaban en medio de la noche, tal como en un principio había pensado. Eran solo las diez y media. Llevaba media hora dormida.

—Vuelve a la cama —le pidió a Kate, pero su hija no se movió.

Con comprensible curiosidad, puesto que era raro que recibieran llamadas a esa hora de la noche, Kate se sentó en el borde de la cama mientras su madre contestaba el teléfono.

—¿Diga?

—¿Jane?

No eran ni Skye ni Sheridan. Era Gloria, tal y como había imaginado.

—¿Sí?

—Acaban de llamarme —le explicó con un hilo de voz.

Jane se aclaró la garganta para eliminar de su voz cualquier vestigio dejado por el sueño.

—¿Quién te ha llamado? ¿Latisha, Marcie?

—Creo que Marcie, pero no estoy segura. Hablaba tan bajo que apenas se la oía.

Jana se olvidó inmediatamente del cansancio del día.

—¿Y qué ha dicho?

—Me ha dicho que tenía que ayudarlas. Le he preguntado que dónde estaban, le he dicho que iría a buscarlas. Pero me ha dicho que no lo sabe. Así que le he dicho que colgara y llamara a la policía y me ha dicho que ya lo había intentado y que le habían dicho que esperara mientras enviaban a un coche patrulla.

—Esa es una buena noticia.

—Sí, lo sé, pero estaba aterrada. Le he pedido que me diera alguna pista que pudiera ayudarme a encontrarlas, pero lloraba de tal manera que no podía hablar. Después, ha gritado «¡Dios mío, está aquí!», y ha colgado.

A Jane se le heló la sangre en las venas. Las chicas estaban vivas. ¿Pero dónde? ¿Y en qué condiciones?

—Alguien se las ha llevado. Hablaba en todo momento en plural. Están vivas, pero no sé durante cuanto tiempo seguirán estándolo. ¡Tenemos que encontrarlas!

Jane se aferró con fuerza al teléfono. Si estaban vivas, necesitaban a alguien con más experiencia y recursos que ella. Le había bastado oír la repetición de las palabras de Marcie, «¡Dios mío, está aquí!», para que su propio pasado se le apareciera ante ella. Había intentado dominar el miedo, pero con muy poco éxito. De hecho, estaba ya empapada en un sudor frío.

—¿Jane? —gritó Gloria al no obtener respuesta.

Jane tomó aire y fingió una calma que no sentía. Tenía que aparentar ser todo lo que Gloria pensaba que era. Tenía que actuar como si supiera lo que estaba haciendo, si no quería que su cliente se hundiera. Lo último que quería era añadir sufrimiento a los temores de aquella mujer.

—¿Te has puesto en contacto con el detective Willis?

—Le he llamado al número de teléfono que me dejó, pero me ha saltado el buzón de voz.

Por supuesto. Jane ya había pensado en ello cuando le había hecho la pregunta. Los detectives trabajaban las veinticuatro horas del día, pero eso no significaba que estuvieran a disposición de todo el mundo.

—Puedo llamarle a su casa. ¿Aparece en tu móvil el número desde el que Marcie te ha llamado?

—Sí. No es un número privado. Lo tengo aquí mismo, en

la lista de llamadas recibidas. Pero ya lo he marcado cerca de una docena de veces y no contesta nadie. Salta una grabación diciendo que el buzón de voz no está activado.

Jane habría preferido que Gloria no hubiera devuelto la llamada. El sonido del teléfono podía haber alertado al secuestrador de que alguna de las chicas lo había utilizado. Pero no quería que Gloria se sintiera mal por haber hecho lo que habría hecho cualquiera en sus circunstancias.

—Dame el número de teléfono. Con un poco de suerte, podremos encontrar al propietario a través de la guía. O quizá David pueda conseguir la información llamando a su compañía de teléfonos.

A Gloria le temblaba la voz mientras dictaba los números, pero lo hacía con exquisito cuidado.

—Le pediré a David que te llame —le prometió Jane.

A lo largo de toda la conversación, Gloria había mantenido el tipo de forma admirable, pero en aquel momento, rompió a llorar.

—Tienes que encontrarlas. ¡Tienes que encontrarlas cuanto antes! No puedo vivir sin ellas. ¡Son todo lo que tengo!

Y contaba con que ella se las devolviera. Jane deseó que aquella llamada a la policía fuera más efectiva de lo que en un principio parecía. A lo mejor solo era cuestión de tiempo el que la policía les devolviera la llamada. A lo mejor el coche patrulla que habían enviado había llegado a tiempo...

Sí, y a lo mejor habría sido capaz de creer en esa posibilidad si el hombre que retenía a Marcie y a su hermana no hubiera aparecido cuando Marcie estaba utilizando el teléfono.

—Lo sé. Te llamaré dentro de unos minutos.

Un movimiento en la cama la sobresaltó. Estaba tan concentrada en la conversación que había olvidado que su hija estaba en el dormitorio.

–¿Qué pasa, mamá? –preguntó Kate, acercándose a ella.

–Hay alguien que necesita ayuda.

Kate tomó la mano de su hija. Como siempre, tener a Kate a su lado le hizo agradecer el que siguieran juntas y vivas. Lo ocurrido cinco años atrás podría haber terminado de forma muy diferente. Pero después de la llamada de Gloria, ni siquiera la presencia de Kate podría evitar las dudas que tenía sobre su capacidad para continuar ocupándose de aquel caso.

A lo mejor Ava tenía razón, pensó. A lo mejor Oliver la había puesto en una situación tan extremada que ya no tenía el valor que se necesitaba para hacer aquel trabajo. Se sentía físicamente enferma al pensar en lo que podrían estar sufriendo Latisha y Marcie. Y no podía imaginar ni a Skye, ni a Sheridan ni a Ava tomándose aquella información de una forma tan personal. Todas ellas parecían enfrentarse a los desafíos que se les presentaban con fría resolución.

Kate se abrazó a ella.

–¿Esas chicas que se han escapado necesitan ayuda?

–Sí.

–¿No se han escapado?

–No.

–¿Y vas a rescatarlas?

Jane se llevó la mano de su hija a la mejilla.

–¿Crees que soy capaz de rescatar a alguien?

Kate respondió dándole un beso en la mejilla.

–A mí me salvaste, ¿no? –respondió–. Puedes hacer cualquier cosa.

A Jane se le hizo un nudo en la garganta.

–Haré todo lo que pueda –le prometió.

Después, envió a su hija a la cama y llamó a David.

Hola, ¿estás ahí? Ayer volvió a escribirme a la hora de

la cena. Pero tuve que dejarle porque tenía una reunión para una recogida de fondos para la escuela. Hasta ahora no he podido volver a conectarme.

¿Hola?

Me dijiste que te avisara si tenía noticias suyas.

Sebastian acababa de salir de la ducha cuando vio el mensaje de Mary McCoy en el portátil. Por la hora que aparecía, había intentado ponerse en contacto con él veinte minutos antes. ¿Continuaría conectada?

Temiendo que fuera demasiado tarde, se sentó frente al ordenador con solo una toalla encima y respondió rápidamente.

Sí, estoy aquí, ¿qué te ha dicho?

No hubo una respuesta inmediata. Al ser madre soltera, Mary solía acostarse tarde. Le había comentado en una ocasión que era el único momento del día que tenía para ella. Pero ya eran casi las doce y Mary tenía que estar en el hospital en el que trabajaba a primera hora de la mañana. A lo mejor ya se había acostado.

—¡Vamos, vamos! —tamborileó con los dedos en el escritorio.

Mary le había dado su número de teléfono, pero no podía llamarla a esa hora, y tampoco podía conducir hasta su casa. Procuraba guardar las distancias por si Malcolm estaba más cerca de lo que pensaban. Si Malcolm llegaba a verle, lo echarían todo a perder.

Volvió a teclear un mensaje, pero continuó sin obtener respuesta.

Desesperado, se apartó el pelo húmedo de la frente para evitar que goteara sobre el teclado, se reclinó en la silla y se distrajo durante unos segundos con el reflejo que le mostraba el espejo de la pared. Apenas se reconocía a sí mismo. El pelo, tan tupido y negro como el de sus antecesores griegos, lo llevaba tan largo que se le rizaba a la altura de la nuca. Sus ojos negros estaban apagados y ligeramente hundidos y los ángulos de sus mejillas sobresalían de forma exagerada. Una sombra de barba cubría la mandíbula y una barbilla que, al igual que sus pómulos, parecía mucho más pronunciada que antes. En otra época de su vida había cuidado mucho más su aspecto. Corte de pelo cada seis semanas en la peluquería Lucio, con cita previa. Un afeitado apurado dos veces al día, para evitar la sombra de barba al final del día. Zapatos italianos y trajes de diseño. En aquella nueva etapa de su vida, iba casi siempre con vaqueros, camisetas y una cazadora marrón. Rara vez se cortaba el pelo y se afeitaba cada tres días. Lo único que no había abandonado, además de la higiene personal, era la costumbre de levantar pesas y salir a correr cada día. Se obligaba a ello, pero no porque le importara mejorar su físico. Solo era una manera de desahogar su frustración y de mantenerse en forma por si llegaba el momento de la venganza.

Ese mismo reflejo le mostraba la pistola que descansaba en la mesilla de noche. Había pasado mucho tiempo aprendiendo a utilizarla. A veces incluso anhelaba sentirla en la palma de su mano.

¿En qué se había convertido?, se preguntó. ¿Estaba permitiendo que lo que le había pasado a Colton cambiara mucho más que su aspecto y sus hábitos? ¿Estaba permitiendo que le destrozara el corazón?

Constance así lo creía. Pero Sebastian se sentía incapaz de escapar a la compulsión que dirigía sus movimientos. Era como una especie de fuerza centrípeta que le absorbía por completo.

Connie le pedía que intentara continuar con su vida. Que volviera a su lado y no permitiera que Malcolm le arrebatara más de lo que ya le había quitado.

Por un instante, se aferró a la esperanza que destilaban aquellas palabras. A lo mejor no era demasiado tarde. A lo mejor todavía estaba a tiempo de volver a Nueva York con ella.

Tomó el teléfono para ver si Connie había vuelto a llamar, pero ni siquiera se molestó en comprobarlo cuando advirtió un cambio en la pantalla del ordenador. Era la respuesta de Mary McCoy.

Chica de ojos castaños: Estoy aquí.

Aliviado, Sebastian lanzó el teléfono a la cama para poder teclear.

S. Costas: ¿Qué ha dicho nuestro amigo esta noche?

Chica de ojos castaños: No gran cosa. Casi todo lo he dicho yo. He hecho lo que me pediste que hiciera. Le he dicho que me gustaría que nos viéramos y he sugerido que podía ir a Los Ángeles este fin de semana para que nos encontráramos.

Con un poco de suerte, Mary iba a llevar a Malcolm allí donde Sebastian quería que estuviera. Teniendo en cuenta la cantidad de tiempo que había invertido en recuperar aquella relación, tenía que guardar la esperanza de verla. De otro modo, las largas conversaciones que habían mantenido por Internet, a veces elevadas de tono y con un marcado contenido sexual, no tendrían ninguna recompensa.

¿Pero sería ese deseo suficientemente intenso como para llevarle a revelar su identidad? Aquella era la gran pregunta.

S. Costas: ¿Y le ha parecido bien?

Chica de ojos castaños: No le ha parecido mal, pero tampoco ha hecho ningún comentario. Le he pedido su dirección, le he dicho que quería saber a qué distancia estaba de Sacramento. Me ha contestado que Los Ángeles está a seiscientos treinta kilómetros, así que le he dicho que a lo mejor podía ir a buscarme al aeropuerto, pero él ha dicho que este fin de semana tenía muchas cosas que hacer y que era preferible dejarlo para otro momento.

Estaba dándole largas. Quería trabajar en terreno seguro.

S. Costas. ¿Te ha dicho cuándo?

Chica de ojos castaños: No, ha dicho que tenía que revisar su agenda y después ha desconectado.

¡Mierda! Sebastian esperaba no haberle asustado.

S .Costas: ¿Parecía nervioso o receloso?

Chica de ojos negros: La verdad es que no. Solo un poco cauteloso. A lo mejor me propone otro encuentro más adelante, como él mismo ha dicho.

Evidentemente, buscaba otro tipo de relación con ella. En caso contrario, no se habría puesto en contacto con Mary. Y Malcolm era suficientemente vanidoso como para estar convencido de que podía conseguir cualquier cosa. Los asesinatos habían tenido lugar en Newark y New Jersey. Malcolm y Mary habían ido al instituto en San Antonio, Texas, y Mary estaba viviendo en Sacramento. A lo mejor consideraba que estaba suficientemente lejos del escenario del crimen. Si Sebastian no hubiera encontrado aquella vieja caja de zapatos en el trastero que Malcolm tenía encima del garaje, con las cartas y las fotografías de Mary, jamás habría tenido noticia de aquella relación, y era posible que Mary no hubiera llegado a enterarse nunca de la tragedia que había tenido lugar en New Jersey. De hecho, se había quedado estupefacta cuando Sebastian le había contado lo ocurrido. La noticia le había hecho llorar. Cinco meses más tarde, había recuperado la tarjeta que sebastian le había entregado y le había llamado para decirle que estaba recibiendo unos misteriosos correos electrónicos que le recordaban a alguien que los dos conocían bastante bien.

S. Costas: No vuelvas a decirle que quieres volver a verle. Tenemos que tener cuidado de no echar todo esto a perder.

Chica de ojos castaños: Si es Malcolm, no creo que quiera quedar conmigo después de haberme dicho que era otra persona. ¿Cómo lo va a justificar?

S. Costas: Es fácil.

Chica de ojos castaños: ¿Cómo?

S. Costas: Diciendo que está formando parte de un programa de protección de testigos o algo parecido.

Conociendo a Malcolm y sus aires de grandeza, era exactamente la clase de argumentación que utilizaría.

Chica de ojos castaños: No se me había ocurrido.

S. Costas: Si no quisiera verte, no te escribiría tanto.

Chica de ojos castaños: Actúa como si quisiera verme, pero nunca se compromete a nada.

S. Costas: algún día lo hará.

Chica de ojos castaños: Y si llegamos a quedar, ¿qué puede pasar? Si apareces tú en mi lugar, puede llegar a dispararte. No permitirá que le lleves ante la policía después de todo lo que ha hecho para escapar.

S. Costas: Será mejor que quedéis en un lugar público, un restaurante o un bar, si es posible.

Chica de ojos castaños: A lo mejor debería continuar fingiendo que está despertando el amor entre nosotros e invitarle a una copa en mi casa. Podría conseguir restos de ADN en un vaso. Si demuestras que está vivo, la policía tendrá que hacerte caso.

Sebastian ya no estaba seguro de si quería que la policía interviniera en el caso. Había empezado a soñar con vengarse personalmente de Malcolm. Le parecía mucho más fácil, más eficiente. Hasta ese momento, la policía no había hecho nada, salvo darle largas.

S. Costas: De ningún modo. Ese hombre es un asesino. Tienes que evitar por todos los medios acercarte a él. No le habrás dado tu dirección, ¿verdad?

Chica de ojos castaños: No, pero me la ha pedido.

A Sebastian no le hizo ninguna gracia.

S. Costas: No se la has dado, ¿verdad?

Chica de ojos castaños: Claro que no, ya te lo he dicho. Le dije que no quería compartir esa clase de información por Internet.

S. Costas: Si no quiere que os veáis, ¿para qué necesitaba tu dirección?

Chica de ojos castaños: Dijo que quería enviarme unas flores.

S. Costas. Muy astuto.

Chica de ojos castaños. En realidad, creo que es una coincidencia muy reveladora.

S. Costas: ¿Qué quieres decir?

S. Costas: Mañana es el aniversario del día que me pidió que saliera con él. Durante los dos años que estuvimos juntos, celebrábamos el día diecinueve de cada mes.

Interesante...

S. Costas: ¿La mención de las flores podría ser alguna clase de insinuación?

Chica de ojos castaños: Podría ser.

S. Costas: ¿Cómo ha respondido cuando no se la has dado?

Chica de ojos castaños: Ha dicho que podría conseguirla si quería.

Eso era cierto. Mary aparecía en la guía telefónica. Cualquiera podía localizarla. Pero, probablemente, hacía tiempo que Malcolm tenía su dirección. En primer lugar, Sebastian creía que Mary era la razón por la que se había trasladado a California. Ambos sabían que meses antes de los asesinatos, había coincidido con un conocido mutuo en Nueva York y había sido éste el que había mencionado que Mary estaba viviendo en Sacramento. Ese amigo se había puesto en contacto con ella para decirle que le había visto.

Chica de ojos castaños: Ha dicho algo más que supongo que te gustará saber.

S. Costas: ¿Qué es?

Chica de ojos castaños: Me ha dicho que antes era policía.

A Sebastian se le pusieron los pelos de punta. Si necesitaban otra prueba, además de la del aniversario, tenían aquella. Wesley era Malcolm. Lo tenían. Ya solo necesitaban atraparlo. ¿Pero era prudente que Mary continuara haciendo de cebo? Si Malcolm llegaba a enterarse de lo que estaba haciendo...

S. Costas: Esto podría llegar a ser peligroso.

Y como había sido él el que la había animado a mantener la comunicación con Malcolm, si llegaba a ocurrirle algo se sentiría muy culpable. Tendría que tener cuidado.

Chica de ojos castaños: No tiene ningún motivo para hacerme daño. No tengo dinero.

A lo mejor no tenía dinero, pero Malcolm se había puesto en contacto con ella con alguna intención. ¿Necesitaría alguien ante quien presumir? ¿Estaría aburrido? ¿Se sentiría solo? ¿Estaría enamorado de ella? ¿Buscaría un encuentro sexual?

¿O se habría arrepentido de haberla abandonado cuando eran jóvenes? Malcolm se había divorciado de su primera esposa y había asesinado a la segunda. No parecía ser fácil de satisfacer en lo que a las mujeres se refería, pero era imposible saber lo que tenía en mente.

Chica de ojos castaños: ¿No fue esa la razón por la que asesinó a tu esposa? ¿Para quedarse con su dinero?

En realidad, Sebastian todavía no había descifrado las razones de aquel asesinato. Emily le había pedido que quedaran para comer. Estaba muy alterada cuando le había llamado. Pero habían concertado la cita para una semana después. Se suponía que Malcolm iba a viajar a Las Vegas con su hermano. Pero había asesinado a Emily antes de que pudieran llegar a verse.

S. Costas: ¿Te ha dado alguna otra información, además de hacerte saber que antes era policía y que recuerda la fecha de vuestro aniversario?

Chica de ojos castaños: No, todo ha sido lo mismo que siempre.

S. Costas: ¿Qué exactamente?

Chica de ojos castaños: Coqueteos, cumplidos. Lo que has leído otras veces. Dice que le habría gustado que nos hubiéramos conocido antes. Que su vida habría sido diferente. Sus comentarios son cada vez más explícitos y... ¡Acaba de mandarme un mensaje!

Sebastian se irguió en la silla.

S. Costas: ¿Malcolm?

Chica de ojos castaños: ¡Sí! Me ha enviado un mensaje. Me pregunta que si todavía estoy despierta. ¿Crees que debo responder?

¿Sería más inteligente ponérselo más difícil? Probablemente. Pero Sebastian estaba perdiendo la paciencia. Y se estaba quedando sin dinero. Tenía que presionar antes de que las circunstancias le obligaran a abandonar.

S. Costas: Desde luego. A lo mejor te propone un lugar y una hora para quedar.

Chica de ojos castaños: La verdad es que estoy empezando a arrepentirme. No sé si quiero quedar con él.

S. Costas: ¿Por qué?

Chica de ojos castaños: Porque tengo miedo de lo que puedes llegar a hacer si tienes oportunidad de encontrarte frente a él. No me gustaría que le pegaras un tiro y tuvieras que pasar el resto de tu vida en la cárcel.

S. Costas: No te preocupes por mí.

Mary, que tenía solo tres años menos que él, estaba sola desde que se había divorciado, pero a pesar de lo que Constance pensaba, su relación jamás había tenido nada de romántico.

S. Costas: Entérate de lo que quiere.

Mary no contestó inmediatamente. Ansioso por saber lo que estaba ocurriendo, Sebastian se levantó y estuvo paseando hasta que aparecieron en la pantalla las palabras *no tengo buenas noticias*. ¿Qué podrían significar?

S. Costas: ¿No quiere que os veáis?

Chica de ojos castaños: No. Dice que está pasando una

noche infernal y que va a estar ocupado durante los próximos fines de semana.

Hijo de perra.

S. Costas: De acuerdo. En ese caso, necesito que hagas algo más por mí.

Chica de ojos castaños: ¿El qué?

S. Costas: Deja que me haga cargo de todo a partir de ahora.

Chica de ojos castaños: ¿A qué te refieres?

S. Costas: Quiero ser yo el que esté en contacto con él. No tienes por qué seguir haciendo esto. Es peligroso.

Además, era frustrante tener que jugar una partida a tres bandas. Estaban muy cerca, pero todavía no había conseguido atraparle.

Chica de ojos castaños: ¿Cómo piensas hacerlo?

S. Costas: Es muy sencillo. Lo único que tienes que hacer es permitirme acceder a tu cuenta de correo. Será solo durante una semana o dos. Quiero ver si puedo hacer algo para que ese canalla confíe en mí.

Chica de ojos castaños: Estás loco. En seguida se dará cuenta de que no soy yo. Tú no escribes como una mujer.

S. Costas: Pero puedo hacerlo.

Sebastian había leído las transcripciones de los mensajes anteriores. Por lo menos las que Mary había guardado. Si no estaba seguro de cómo responder a una determinada pregunta, podía echar un vistazo a las transcripciones que Mary le había entregado para ver cómo había manejado ella el tema anteriormente. O podría ponerse en contacto con ella. Si no la localizaba a tiempo, no contestaría y echaría la culpa de la falta de respuesta a la conexión. Al estar convencido de que estaba hablando en todo momento con su ex novia, Malcolm no sospecharía nada, siempre y cuando no dijera algo demasiado estúpido.

Chica de ojos castaños: Pero esta es la única dirección electrónica que tengo.

S. Costas: Te abriré otra cuenta y te reenviaré todo lo que llegue a esta.

Chica de ojos castaños: No lo comprendes. Ahora mismo, con dos hijos pequeños, el correo electrónico es mi vida. No puedo salir de casa para conocer gente.

Estaba ignorando intencionadamente la solución que le ofrecía, no quería dejar de estar informada de lo que sucedía. Aquello era lo único que la mantenía entretenida por las noches, tener noticias de Malcolm e informarle de lo que ocurría. De hecho, en algunas ocasiones, Sebastian le llamaba y decidían juntos las respuestas que daban.

S. Costas: No sería durante mucho tiempo. Y ya te he dicho que te reenviaré todo lo que no esté relacionado con el caso. Además, puedo pagarte mil dólares para compensar los inconvenientes causados.

Esbozó una mueca al pensar en su cuenta bancaria, prácticamente vacía, pero sabía que si había algo que podía convencerla, era la posibilidad de ganar algo de dinero. Mary vivía con un presupuesto muy ajustado.

Chica de ojos castaños: No tienes por qué pagarme. Sabes que esto lo hago porque somos amigos.

S. Costas: Te vendría bien ese dinero, y yo estaría encantado de poder ayudarte.

No creía que fuera difícil convencerla. Al fin y al cabo, ella le consideraba un hombre rico.

Chica de ojos castaños: Si eso es lo que quieres... Pero tendrás que mantenerme al día de todo lo que ocurre; ¿de acuerdo? Quiero saber lo que está pasando. Llevo semanas pendiente de todo lo que está pasando y quiero ver cómo termina.

Sebastian lo comprendía. Contestó que estaba de acuerdo y Mary le pasó su contraseña.

Capítulo 5

Horas después, Sebastian continuaba levantado, pendiente del correo de Mary mientras releía las transcripciones de las sesiones que había mantenido anteriormente con Malcolm. Quería asegurarse de que podía reanudar las conversaciones con pleno conocimiento de todo lo que se había dicho hasta entonces.

Se había puesto un par boxers y una camiseta, pero no había sido capaz de relajarse lo suficiente como para dormir. Malcolm estaba conectado. Llevaba toda la noche conectado. Sebastian lo imaginó chateando con otras mujeres, seduciéndolas con cumplidos y promesas de flores, como estaba haciendo con Mary.

¿Cómo podría sacar a aquel canalla de su escondite?

Sebastian se moría de ganas de iniciar una conversación, de ver qué podía hacer una vez había conseguido el control. Pero eran casi las cuatro de la madrugada y Malcolm sabía que Mary tenía hijos y madrugaba para llevarlos al colegio. También sabía que trabajaba, de modo que sería muy raro que permaneciera despierta hasta tan tarde.

No debía romper el patrón de conducta habitual, se advirtió a sí mismo. Pero no podía permitir que Malcolm continuara marcando el ritmo. Tenía que sacarle de su escondite y obligarle a comprometerse.

Decidió olvidar la prudencia y posó el cursor sobre el sobrenombre «¿Quién manda aquí?». *Brandon acaba de despertarse por culpa de la gripe. Pobre*, tecleó.

No, «pobrecito» sonaría más femenino. Hizo el cambio y continuó escribiendo: *y ahora no puedo dormir*.

Envió el mensaje, pero no obtuvo respuesta.

—Vamos —musitó—. Olvídate de la página porno que estás viendo y muerde el anzuelo. ¿Es que no te importa el pobrecito Brandon?

Sebastian colocó la silla para poder estirar las piernas. Llevaba demasiado tiempo sentado.

—Por supuesto, Brandon te importa muy poco —añadió en voz alta mientras cambiaba de postura—. Tú eres el único que te importa.

Al cabo de cinco minutos, volvió a intentarlo:

No dejo de pensar en ti. A lo mejor esa es la razón por la que no puedo dormir. Me siento muy sola por las noches.

Esperó y esperó, pero seguía sin obtener respuesta.

Con una maldición, recuperó las transcripciones y ojeó las conversaciones que no había releído. Muchas de ellas habían tenido lugar en septiembre, antes de que Mary comprendiera que estaba hablando con alguien que no era quien decía ser. Continuó leyendo.

¿Quién manda aquí?: ¿Estás tan excitada como cuando tenías dieciséis años?

Chica de ojos castaños: ¿Es que no lo sabes?

¿Quién manda aquí? : Hace siglos que no te veo.

Chica de ojos castaños. Te he enviado fotografías. Eres tú el que no me ha enviado ninguna. ¿Dónde están, por cierto?

¿Quién manda aquí?: He perdido la cámara. Pero pronto me haré una.

Sebastian pasó las hojas hasta encontrar la fotografía que Malcolm había enviado. Era la de un hombre suficientemente atractivo como para tener gancho con las mujeres, pero no tanto como para que no resultara creíble. Era una opción inteligente y, probablemente, ni siquiera el propio Malcolm era consciente de ello. Imaginaba que había elegido aquella fotografía al azar y la había utilizado para satisfacer la curiosidad de Mary. A lo mejor hasta la había comprado.

La dejó a un lado y continuó leyendo.

Chica de ojos castaños: Hazte mañana la foto. Quiero ver con quién estoy hablando.

¿Quién manda aquí?: Ya sabes con quién estás hablando.

Chica de ojos castaños. No, la verdad es que no. No recuerdo haberte visto en la fiesta de Joe.

¿Quién manda aquí?: Desde luego, sabes como herir el ego de un hombre. Supongo que no destacaba de forma especial.

Chica de ojos castaños: Había cerca de doscientos chicos en esa fiesta. Y yo tenía novio, así que tampoco les prestaba mucha atención.

¿Quién manda aquí?: Me acuerdo de tu novio. ¿Cómo se llamaba, por cierto?

Chica de ojos castaños: Malcolm Turner.

¿Quién manda aquí?: Sí, exacto. Estabas loca por él.

Chica de ojos castaños: Desde luego. Me tenía completamente loca.

¿Quién manda aquí?: Un tipo con suerte.

Chica de ojos castaños: Me haces sonreír.

¿Quién manda aquí?: ¿Le has visto últimamente?

Chica de ojos castaños: No. Perdimos el contacto cuando nos graduamos.

¿Quién manda aquí?: ¿Sabes qué ha sido de él?

Chica de ojos castaños: No tengo ni idea.

¿Quién manda aquí?: Pero a veces piensas en él, ¿verdad?

Chica de ojos castaños: A veces.

¿Quién manda aquí?: Si te hubieras casado con él, a lo mejor todavía estaríais juntos. Y a lo mejor tus hijos serían suyos.

Chica de ojos castaños: No creo que nos hubiéramos llegado a casar. Me engañó con Sherry Stewart. Les pillé juntos en casa de Dennis Marchant. Me destrozó el corazón.

Sebastian volvió a mirar la pantalla del ordenador. Malcolm seguía sin responder.

¿Quién manda aquí?: Solo un estúpido podría engañar a una mujer tan guapa como tú.

«Entonces, tú eres un estúpido», pensó Sebastian, y continuó leyendo.

Chica de ojos castaños: Estuvieron juntos cuando rompí con él, pero no duraron mucho.

¿Quién manda aquí?: La vi en una ocasión. No era ni la mitad de guapa que tú.

Chica de ojos castaños: Gracias. La verdad es que nunca llegué a comprender qué había visto en ella.

¿Quién manda aquí?: Era una mujer muy atrevida y a esa edad, los chicos no piensan con la cabeza. Están demasiado influenciados por las hormonas como para apreciar lo que tienen.

Chica de ojos castaños: ¿Y eso cambia con la edad? ¡Ja, ja!

¿Quién manda aquí?: Yo nunca me arriesgaría a perder a alguien como tú. De eso puedes estar segura. ¿Tú renunciaste a Malcolm?

—En realidad ya lo sabes —dijo Sebastian en voz alta—. Pero te gusta pensar y hablar sobre ello.

Chica de ojos castaños: Supongo que puedes imaginar la respuesta a esa pregunta.

¿Quién manda aquí?: La respuesta es sí.

Chica de ojos castaños: No fue fácil. Llevábamos dos años saliendo juntos.

¿Quién manda aquí?: ¿Serías capaz de hacerme esperar dos años para permitirme acariciarte?

Chica de ojos castaños: Eso depende.

¿Quién manda aquí?: ¿De qué?

Chica de ojos castaños: De mi nivel de confianza.

¿Quién manda aquí?: Puedes confiar en mí, pequeña.

Chica de ojos castaños: Me encantaría.

¿Quién manda aquí?: ¿Hablaste alguna vez con Sherry Stewart?

Chica de ojos castaños: Después de esa noche, no.

¿Quién manda aquí?: ¿Y has sabido algo de algún compañero de instituto?

Seguramente quería enterarse de la información que tenía sobre él. Malcolm siempre estaba sondeándola. Pero unas veces era más sutil que otras.

Chica de ojos castaños: La verdad es que no. Mi mejor amiga murió de cáncer cuando estábamos en la universidad. Entonces me di cuenta de que quería algo más profundo de lo que mayor parte de las personas con las que me relacionaba en el instituto parecían buscar. Continuaban celebrando fiestas los fines de semana y ligando todos con todos. Pero para mí ya había llegado el momento de tomarme la vida más en serio. Fue entonces cuando conocí a Jimmy.

¿Quién manda aquí?: ¿En la Universidad de California?

Chica de ojos castaños: Sí.

¿Quién manda aquí?: ¿Volviste a San Antonio después de ir a la Universidad?

Chica de ojos castaños: No, nos quedamos en California para estar cerca de su familia.

¿Quién manda aquí?: ¿Cuánto tiempo hace que no has vuelto a Texas?

Chica de ojos castaños: Años. Mis padres se mudaron a Portland cuando yo estaba estudiando en Berkeley, así que no he tenido nunca un motivo para volver.

Afortunadamente, era cierto, así que no tenían por qué preocuparse de que Malcolm pudiera tener otra información.

¿Quién manda aquí?: ¿No quieres volver a ver a Malcolm?

Chica de ojos castaños: Ni siquiera sé si todavía está allí. Lo último que supe fue que su familia andaba por allí, pero que él se mudó.

¿Quién manda aquí?: ¿Y qué ocurriría si supieras algo de él? ¿Cómo reaccionarías?

Sebastian había subrayado esa parte. Demostraba que Malcolm estaba tanteando el terreno. Quería saber cómo sería recibido si revelaba su verdadera identidad.

Chica de ojos castaños: No estoy segura. Eso depende de los motivos por los que se pusiera en contacto conmigo. Creo que todavía no le he perdonado. Jamás he sufrido tanto como entonces, ni siquiera cuando me separé de mi exmarido.

¿Quién manda aquí?: A lo mejor ha cambiado. Seguramente, habrá crecido.

Chica de ojos castaños: O a lo mejor no. Un hombre infiel nunca deja de serlo. Por lo menos eso es lo que yo pienso.

¿Quién manda aquí?: No puedes estar tan segura.

Chica de ojos castaños: Creo que no podría confiar en él.

Desgraciadamente, aquella conversación había tenido lugar antes de que Mary comenzara a sospechar con quién estaba hablando. En ese caso, su respuesta habría sido muy diferente.

¿Quién manda aquí?: Pobre Malcolm. Seguro que te echa mucho de menos.

Chica de ojos castaños: No me digas eso. Él mismo se lo buscó. Aunque esté divorciada, no estoy desesperada.

¿Quién manda aquí?: Yo te trataría mejor.

¿Mejor de lo que la había tratado años atrás?

Chica de ojos castaños: Me encantaría creerte.

—Sería mucho más inteligente que no lo hicieras —se dijo Malcolm con una mueca.

¿Quién manda aquí?: Te lo demostraré.

Chica de ojos castaños: ¿Alguna vez has sido infiel a una mujer?

¿Quién manda aquí?: Nunca he engañado a ninguna mujer tan guapa como tú.

Chica de ojos castaños: Así que has sido infiel.

¿Quién manda aquí?: A mi primera esposa no le fui infiel.

Chica de ojos castaños: ¿Cuántas veces te has casado?

¿Quién manda aquí?: Dos.

Igual que Malcolm.

Chica de ojos castaños: ¿Y a tu segunda esposa la engañaste?

¿Quién manda aquí?: Ella me engañó antes a mí. Creo que continuaba acostándose con su primer marido mientras estábamos casados. En realidad, nunca dejó de estar enamorada de él. Me comparaba constantemente con él.

Chica de ojos castaños: ¿Cómo se llamaba su marido?

¿Quién manda aquí?: Gilipollas. Por lo menos así le llamaba yo. ¡Ja, ja!

Sebastian vaciló un instante. Malcolm estaba hablando de él y de Emily, pero no podía estar más equivocado. Era cierto que en algunas ocasiones, Sebastian había sentido la química que había entre su exesposa y él. No podía negarlo. Se querían el uno al otro y adoraban a su hijo. Pero jamás se habían acostado juntos después del divorcio. Si Emily no se hubiera casado con Malcolm, a lo mejor se habrían reconciliado, pero las cosas no habían ocurrido de esa forma. Después, Sebastian había conocido a Constance y todo había cambiado.

Cerró los ojos, intentando imaginarse cómo habría sido su vida si hubieran conseguido reconciliarse. Emily y Colton seguirían vivos y Colton habría podido disfrutar de la familia unida con la que siempre había soñado.

Había sido Malcolm el que había arruinado aquella posibilidad. Primero, había convencido a Emily para que se casara con él fingiendo ser mejor persona de lo que era. Después, cuando había decidido que Emily le estaba engañando, había decidido matarla.

¿O la acusación de infidelidad había sido solamente una excusa para deshacerse de ella y quedarse con su dinero?

Tenía los ojos demasiado cansados como para continuar leyendo. Sebastian dejó las transcripciones a un lado y alargó la mano para apagar el ordenador. Pero justo en ese momento apareció en la pantalla el mensaje que estaba esperando.

¿Quién manda aquí? ¿Estás despierta? Lo siento, no había visto tu mensaje.

El cansancio se borró de pronto, mientras consideraba su posible respuesta. No quería más cháchara sin sentido. Él estaba allí para atrapar a Malcolm mientras éste fantaseaba con la posibilidad de recuperar a su exnovia.

Tras masajearse el cuello para intentar relajar la tensión muscular, tecleó:

Chica de ojos castaños: Sí, estoy despierta, y deseando que estés a mi lado para abrazarme.

¿Quién manda aquí?: Estaremos juntos algún día.

Chica de ojos castaños: Me encantaría. Me haces sentirme especial. Me haces sentirme algo más que una madre cansada de llevar a sus hijos a los entrenamientos.

¿Quién manda aquí?: Porque eres especial.

Chica de ojos castaños: ¿Lo dices en serio, o solo es palabrería para llenar la pantalla?

¿Quién manda aquí?: Acaríciate para mí. Conviértete en mis manos. Te diré lo que tienes que hacer.

Sebastian elevó los ojos al cielo. ¿Sexo por Internet? No, «Mary» no estaba dispuesta a llegar tan lejos.

¿Quién manda aquí?: Es lo mejor que puedo ofrecerte. No puedo estar contigo, pequeña, pero puedo cumplir con mi parte desde aquí.

Chica de ojos castaños: ¿Por qué no quieres que nos veamos en Los Ángeles? No estamos tan lejos.

¿Quién manda aquí?: No puedo.

Chica de ojos castaños: ¿Y si voy a verte yo? Ya te he dicho que estoy dispuesta a ir. Me gustaría que quedáramos para ver si lo que sentimos es tan real como parece.

Se produjo una ligera demora.

¿Quién manda aquí?: Ahora mismo mi vida es bastante complicada, Mary.

Chica de ojos castaños: No estás casado, ¿verdad? ¡Espero que no estés hablando conmigo mientras tienes a tu esposa durmiendo en la habitación de al lado!

¿Quién manda aquí?: No, de verdad. Te lo juro. No es nada de eso.

Chica de ojos castaños: Entonces, ¿qué pasa?

¿Quién manda aquí?: Es solo que... estoy teniendo problemas con las personas con las que comparto el piso. Ha sido una noche complicada.

Chica de ojos castaños: No sabía que compartías el piso.

¿Quién manda aquí?: Son unas amigas que no tenían dónde quedarse y decidí traérmelas a mi casa.

Chica de ojos castaños: ¿Cuándo?

¿Quién manda aquí?: Hace unas semanas.

Chica de ojos grandes: Y por lo que has dicho, son mujeres.

¿Quién manda aquí?: Sí, dos hermanas. Pero no hay nada entre nosotros. No son mi tipo. Pensaba que podrían ayudarme a cocinar y a limpiar, eso es todo.

¿Chica de ojos castaños?: Sí, claro.

¿Quién manda aquí?: *¿Qué se supone que quiere decir eso?*

Sebastian no respondió.

¿Quién manda aquí?: *Sé lo que estás pensando, pero no tiene sentido. Ya te he dicho que no me estoy acostando con esas chicas.*

Chica de ojos castaños: *¿Entonces por qué no quieres verme?*

¿Quién manda aquí?: *Claro que quiero. Llevo años deseando estar contigo.*

Chica de ojos castaños: *Y lo único que haces es chatear. Seguro que es por alguna razón. Tienes que esconderte de tu novia o de tu esposa.*

¿Quién manda aquí?: *¡No es verdad! Lo único que estoy haciendo es intentar ir despacio, como tú me pediste. No intentes provocar una pelea. Hasta ahora todo ha ido muy bien.*

Chica de ojos castaños: *¿Te parece que todo ha ido bien cuando no hemos tenido ningún contacto físico? ¿Cuándo nos hemos limitado a mantenernos en contacto a través de un ordenador? Dices que nos hemos conocido en una fiesta, pero ni siquiera me acuerdo de tu aspecto.*

¿Quién manda aquí?: *Te envié una fotografía.*

Chica de ojos castaños: *Con eso no basta.*

Como Malcolm no respondía, Sebastian se levantó y se abrió una cerveza, cortesía del mini bar. La adrenalina bombeaba de tal manera por sus venas que no era capaz de permanecer sentado. ¿Estaba siendo demasiado agresivo? A lo mejor. Pero aquella relación telemática no podía durar de forma indefinida. Tenía que conseguir que Malcolm hiciera volar su tapadera.

Por lo menos, consiguió que Malcolm respondiera.

¿Quién manda aquí?: *Algún día llegaremos a vernos, ya te lo dije. Te lo prometo. Pienso constantemente en ti.*

Sebastian estudió aquellas palabras. ¿Debería renunciar

de momento? ¿Debería recular? Decidió que, por lo menos, debería intentar una forma de aproximación distinta. Volvió a sentarse y escribió:

Chica de ojos castaños: Olvida lo que te he dicho.

¿Quién manda aquí?: No. Me parece bien que quieras verme. Me gusta. Yo también quiero verte a ti.

Chica de ojos castaños: ¿Y por qué no eliges un lugar en el que podamos encontrarnos? Harris Ranch está entre Los Ángeles y Sacramento. Podemos vernos allí.

¿Quién manda aquí?: No entiendo a qué vienen de pronto tantas prisas. Eras tú la que querías tomarte las cosas con calma.

Chica de ojos castaños: Pero es que es como si ya te conociera. Quiero decir, como si te conociera desde hace mucho tiempo. Hay una conexión entre nosotros que hacía tiempo que no sentía. ¿O crees que estoy loca?

¿Quién manda aquí?: En absoluto.

Chica de ojos castaños: Creo que es porque me recuerdas a alguien a quien quería mucho.

¿Quién manda aquí?: ¿A quién?

Sebastian esperó, pensando que aquellos segundos de retraso darían más credibilidad a su respuesta. Quería que pensara que Mary no se atrevía a responder.

¿Quién manda aquí?: ¿No vas a decírmelo?

Chica de ojos castaños: No.

¿Quién manda aquí?: ¿Por qué no?

Chica de ojos castaños: Porque no tiene ninguna importancia. Es una persona a la que no volveré a ver nunca más.

¿Quién manda aquí?: ¡Dime quién es!

La verdadera Mary había dado a entender que continuaba dolida por la traición de Malcolm. Sebastian necesitaba dar un giro a aquella impresión para que no pareciera tan negativa. Si jugaba de manera inteligente, a lo mejor podía conseguir que Malcolm estuviera tan ansioso por reclamar las alabanzas que recordaba de los días de gloria de su relación que no pudiera evitar dar un paso adelante.

Chica de ojos castaños: Solo es alguien a quien conocí.

¿Quién manda aquí?: ¿Esa es la única información que piensas darme?

Chica de ojos castaños: En realidad, es una persona a la que conoces. Ya le has mencionado en alguna ocasión.

¿Quién manda aquí?: ¿Estás hablando de tu ex marido?

Chica de ojos castaños: No.

¿Quién manda aquí?: ¿De alguien a quien conociste antes que a él?

Chica de ojos castaños: Sí.

¿Quién manda aquí?: Todo esto está volviéndome loco, Mary. Dime en quién estás pensando.

Chica de ojos castaños: Mañana sería nuestro aniversario.

¿Quién manda aquí?: ¿Estamos hablando de Malcolm Turner?

¡Bingo! Recordaba la fecha de su aniversario.

¿Quién manda aquí?: He acertado, ¿verdad? Es Malcolm.

Chica de ojos castaños: A lo mejor.

¿Quién manda aquí?: Sí, claro que he acertado.

Chica de ojos castaños. De acuerdo, lo admito. Pero si hablas con él o con cualquiera que le conozca, por favor, no digas nada. Ese hombre no es bueno para mí. Aunque esté soltero, estoy decidida a dejarle para siempre en el pasado.

Sebastian esperaba no estar siendo demasiado obvio. Malcolm no era ningún estúpido. Pero era suficientemente arrogante como para pensar que podía engañar a una chica, romperle el corazón y dejarla suspirando por él durante quince años.

¿Quién manda aquí?: ¿Quieres decir que todavía estás enamorada de él?

Chica de ojos castaños: La verdad es que no sé lo que digo. Es tarde y no pienso de forma coherente.

¿Quién manda aquí?: A mí me parece que piensas de forma muy coherente.

Chica de ojos castaños: ¿Ah, sí?

¿Quién manda aquí?: Sí. Hay alguien a quien yo tampoco puedo olvidar.

Chica de ojos castaños: ¿A quién?

¿Quién manda aquí?: A ti.

Chica de ojos castaños: ¿Qué me dices entonces de lo de este fin de semana?

¿Quién manda aquí?: Te diré algo más adelante.

Chica de ojos castaños: ¿Cuándo?

El minuto de espera dio paso a otros dos, y esos dos minutos se convirtieron en cinco. Sebastian temía haberle perdido, por lo menos por aquella noche. Sabía que debería apagar el ordenador y meterse en la cama. Apenas era capaz de mantener los ojos abiertos. Pero intentó continuar despierto, por si acaso, y terminó dormido sobre el escritorio.

Capítulo 6

¿Debería contestar? ¿O dejar que pasara la noche, con la esperanza de que Mary fuera menos demandante la próxima vez que hablaran?

Malcolm pasó otros veinte minutos delante del ordenador que tenía sobre la mesa de la cocina, intentando decidir. No quería que Mary se mostrara tan indiferente como al principio. Sus últimas conversaciones eran mucho más estimulantes. Le gustaba que expresara lo que sentía por él. A pesar de su enfado por su infidelidad, sabía que la química que había habido entre ellos continuaba existiendo. Pero no estaba seguro de adónde podía llevarle esa relación una vez Mary comenzaba a responder como esperaba. Odiaba tener que distanciarse de ella, pero no podía permitir que le viera.

Sentirse atrapado entre lo que quería y lo que sabía que debía hacer le enfurecía.

¡Maldita fuera! Ojalá no hubiera empezado nunca todo aquello. Si hubiera podido ir a algún casino, o salir a patrullar como falso policía secreto para conseguir un poco de emoción, no se habría metido en aquel lío. Desde que había secuestrado a Latisha y a Marcie pasaba demasiado tiempo hablando con Mary.

Pero no tenía ningún sentido lamentarse por ello, se dijo a sí mismo. A la larga, su relación tenía que llegar a aquel punto. Mary no era un mero pasatiempo. Llevaba dos meses visitando regularmente su casa. Había visto a sus hijos jugar en el jardín, la había visto moverse por su casa. Durante años, había pensado muchas veces en ella, pero, sobre todo, desde que había comenzado a juzgar su propio pasado. Mary habría sido la mujer perfecta para él, la única a la que no debería haber abandonado. Si hubiera permanecido junto a ella, su vida no se habría convertido en lo que era en aquel momento. Deberían haberse casado y formado una familia. La separación no les había salido bien a ninguno de los dos.

Qué desastre. Con el incentivo de medio millón de dólares y la posibilidad de poder empezar desde cero, había creído que sería capaz de alejarse de su familia y sus amigos sin mirar atrás. De hecho, estaba deseando hacerlo, e incluso le reportaba una suerte de sensación de triunfo el poder terminar de aquella manera. Había impresionado y herido a todos ellos, y se lo merecían. Sobre todo su familia más inmediata. Nada de lo que hacía bastaba para complacer a sus padres, todo lo contrario que su hermano mayor. Y a su hermana pequeña la idolatraban.

Pero aquellas personas conformaban el tejido de su vida. No podía renunciar a ellas sin perder parte de su propia identidad. Y había descubierto que también le resultaba muy duro abandonar a sus amigos y conocidos. Cuando estaba planificando su desaparición, pensaba que lo que más echaría de menos sería su trabajo. El hecho de conservar la placa y la sirena había suavizado el golpe. Disfrutaba de los beneficios de la autoridad sin tener que responder ante nadie. Era a su gente a la que echaba de menos. Quizá fuera esa la razón por la que había buscado a Mary.

Había sido una cuestión de suerte el localizarla tan fácilmente. Si no se hubiera encontrado con Francine, la amiga de Mary en el instituto, le habría resultado mucho más difícil. Pero tras encontrarse con ella en Nueva York, a donde Malcolm había ido de vacaciones con Emily, había descubierto la afición de Mary por la bisutería, la existencia de su página web e incluso la ciudad en la que vivía. No había hecho falta nada más.

El hecho de localizarla había sido una auténtica fuente de emoción. Había vuelto a sentirse vivo, había recuperado la esperanza de recrear una vida normal.

Pero ya no disfrutaba teniendo que mantener su identidad en secreto. Era un problema para su relación. Mary le echaba de menos, le deseaba, y él no podía quedar con ella. No soportaría aquella situación eternamente. Podía enamorarse de cualquier otro hombre que apareciera en su vida.

¿Pero qué podía hacer él? Si le contaba la verdad, Mary le daría la espalda. No podría comprender lo acorralado, lo atrapado que se había llegado a sentir. El camino que había elegido era la única manera de salvarse de las deudas que había contraído y de un matrimonio a punto de romperse. Solo una medida tan extrema le había permitido empezar de nuevo.

¿Sería preferible mentir?

No sabía cómo. A lo mejor podía presentar una visión diferente del pasado, pero no podría evitar que Mary hablara con su familia y sus amigos. Les contaría que había vuelto con él y la noticia correría hasta llegar a oídos de los amigos que tenía en San Antonio. No pasaría mucho tiempo antes de que alguien le contara que había oído que estaba muerto, que había matado a su mujer y a su hijastro y después se había suicidado en New Jersey. Y con eso bastaría para desenmascarar el que hasta entonces había sido un crimen perfecto.

Un ruido procedente de la habitación de al lado le hizo alzar la cabeza y ponerse en alerta. ¿Qué estaba ocurriendo? Él pensaba que las hermanas estaban dormidas. Había castigado muy severamente a Marcie. Le parecía increíble que se atrevieran incluso a respirar, y mucho más a moverse. Pero era obvio que estaba pasando algo.

Con una maldición, se alejó de la mesa y cruzó el pasillo.

—¿Qué demonios estáis haciendo? —les gritó mientras encendía la luz.

Marcie se hizo un ovillo. Latisha gateó hasta la esquina. La cadena repiqueteó mientras doblaba las rodillas contra su pecho. Los colchones que les había comprado Malcolm cuando había llegado a la casa estaban en el jardín. Las había obligado a dormir en el duro suelo para castigarlas por la conducta de Marcie.

—¡He hecho una pregunta! —insistió.

—No estamos haciendo nada. Le… le sangra la boca… —con los ojos entrecerrados para protegerse de la luz, Latisha señaló a su hermana—. Solo estaba intentando parar la hemorragia.

—Si está sangrando es porque me ha desobedecido. Y como no te tumbes y dejes de hacer tanto alboroto, tú también vas a sangrar. ¡Tu hermana tiene suerte de que no la haya matado!

El cielo sabía que se había sentido tentado. Si no hubiera estado tan concentrado en la conducción, probablemente lo habría hecho.

—Intenta escapar otra vez y te mataré, ¿comprendido? No tiene ningún sentido intentar escapar. Desde aquí no podéis ir a ninguna parte. No tenemos vecinos cerca ni nadie que pueda ayudaros.

Por el rostro de Latisha comenzaron a rodar las lágrimas.

—Por favor, déjenos marcharnos —suplicó con apenas un hilo de voz—. No diremos nada, lo juro. No se lo diremos a la policía. Solo queremos volver a casa.

Parecía sincera. Pero Malcolm sabía que en cuanto estuvieran a salvo cambiaría de opinión. No era tan estúpido como para pensar que podría llegar a liberarlas. Pero tampoco tanto como para hacérselo saber. Le resultaría mucho más fácil controlarlas si creían que todavía tenían alguna posibilidad de salir vivas.

—Te diré una cosa —le propuso—. Lo que tenéis que hacer es portaros lo mejor que podáis y trabajar con todas vuestras fuerzas durante otra semana, y después veremos lo que podemos hacer, ¿de acuerdo?

Latisha intercambió una mirada con su hermana y asintió.

—Sí, señor. Haremos todo lo que nos diga, ¿verdad, Marcie?

Marcie parecía menos proclive a doblegarse.

—¿Verdad, Marcie? —insistió Latisha.

—Sí, señor.

Malcolm ignoró el tono sombrío de su réplica.

—Me alegro de que por fin nos entendamos.

Consiguió sonreír, pero la sonrisa abandonó su rostro en cuanto salió de la habitación.

—Perras estúpidas —musitó para sí.

La mayor parte de las mujeres no valían para nada, excepto para…

La imagen que conjuró su mente liberó tal oleada de testosterona que se detuvo bruscamente. Siempre había sabido cómo aprovecharse de las mujeres que se arrojaban a los brazos de cualquiera que llevara un uniforme. Pero a Marcie y a Latisha no las había tocado. Se había dicho que no debía caer tan bajo. Los policías con los que trabajaba consideraban el sexo con las detenidas como lo más despreciable del mundo. No se atrevía ni a pensar lo que podrían decir de él si supieran que había llegado a hacer algo así.

Pero a sus compañeros no volvería a verlos nunca, de

modo que, ¿cómo iban a enterarse? Además, Marcie y Latisha eran las culpables de que no pudiera acercarse a Franklin Boulevard a buscar una prostituta.

Después de haber estado hablando con Mary, necesitaba estar con una mujer. Desesperadamente. Y allí tenía dos. Dos mujeres que no tenían nada mejor que hacer. Dos mujeres que estaban a su entera disposición.

Eran negras, sí, ¿pero qué importancia tenía?

«Vamos, adelante», se dijo. A lo mejor, si aliviaba parte de la tensión sexual, sería capaz de concentrarse y tomar una decisión sobre Mary. De esa forma no se sentiría tan presionado por las ganas de acostarse con ella.

Regresó al dormitorio y encendió la luz. Las dos chicas se alejaron de él, pero Malcolm tenía clavada la mirada en Latisha. Desde que era un niño, su padre le había enseñado que la gente que no tenía la piel blanca no merecía la menor atención. Pero la más pequeña era... bastante atractiva, si se permitía reconocerlo. Tenía buenos pechos, una cintura estrecha y las caderas redondeadas. Y no tenía los labios hinchados ni el ojo morado por culpa de los golpes, como Marcie, a la que había arrastrado hasta la casa desde la furgoneta.

—Ya sé cómo podéis aseguraros la vuelta a casa.

Latisha abrió los ojos con evidente recelo. Había notado el cambio en el tono de voz, pero la promesa de una posible vuelta al hogar era demasiado tentadora como para resistirse.

—¿Cómo?

—Pasando media hora conmigo en el dormitorio. Haciendo todo lo que pida. Después, te dejaré ir. Te lo prometo.

—¿En el dormitorio? —repitió, como si estuviera a punto de vomitar.

—¿Qué son treinta minutos a cambio de la libertad? —preguntó, intentando hacer más tentadora su oferta.

–¿Y mi hermana también podrá marcharse?

–Claro que sí. Pero para eso tendrás que pasar toda la noche conmigo.

Marcie luchó contra la cadena para acercarse a Latisha.

–¡No lo hagas! –le advirtió–. ¡Es mentira! Te sacará de aquí y no volverás, y no porque te vaya a permitir volver a casa. Va a matarnos a las dos. Eso es lo que piensa hacer.

Malcolm apretó los puños. Marcie tenía razón. No tenía otra opción. Pero le enfurecía que no tuviera ninguna esperanza.

–¡Cierra el pico! ¡No estoy hablando contigo, estúpida!

–Por favor, no le haga nada –le suplicó Marcie–. Es conmigo con quien está enfadado. Ella no ha hecho nada.

–Pero es con ella con quien quiero estar, así que apártate –le dio una patada a Latisha en la rodilla–. Desnúdate.

Latisha gimió, pero no hizo nada.

–¡Vamos! –insistió–. Tu hermana no sabe lo que dice. Podría haberla matado, pero a ti no te haré nada si eres buena conmigo.

Las lágrimas comenzaron a escapar de sus ojos, pero fue Marcie la que comenzó a suplicar:

–Por favor, es mi hermana pequeña. Es una buena chica. Nunca ha estado con un hombre. Lléveme a mí. Yo sé cómo hacerlo, es a mí a quién quiere castigar.

Marcie nunca había sido tan respetuosa con él, pero Malcolm sabía lo profundamente que le odiaba. Lo único que pretendía era salvarle el pellejo a su hermana.

–Tienes que estar de broma –respondió con desprecio–. ¡Mírate!

–En la oscuridad ni siquiera tendrá que verme. Sáqueme de aquí, para que Latisha no tenga que oír nada, le aseguro que le merecerá la pena. Lo prometo.

Lo más probable era que intentara matarle. Y él ni siquiera la encontraba atractiva. Y por su culpa, tenía que comprar un teléfono nuevo, lo que significaba que tendría que cambiar de alias. Sí, prefería a Latisha. Pero hasta entonces, nunca había forzado a una mujer. Había pasado quince años trabajando como policía, considerando a los violadores como unos seres despreciables, superados únicamente por los pederastas. ¿De verdad quería convertirse en uno de ellos?

Ni siquiera los presos respetaban a los violadores. Se recordaba preguntándose por qué los violadores no tendrían el suficiente orgullo como para controlarse, y allí estaba él, enfrentándose a la misma tentación. Eso demostraba lo mucho que había cambiado. Pero no quería pensar en ello.

Intentando ignorar aquella parte de él que todavía se resentía por lo que estaba a punto de hacer, dio un paso adelante. Desencadenaría a Latisha y, si hacía falta, la sacaría a rastras de la habitación.

Pero Marcie se interpuso entre ellos.

–¡No! –gritó–. ¡No se la va a llevar! ¡Suéltela!

Aquella estúpida estaba deseando que le dieran otra paliza. Probablemente tendría que enfrentarse a las dos. Y si la situación se ponía muy violenta, no estaba seguro de cómo podía terminar aquello.

–Cierra tu asquerosa boca y duérmete –le espetó, y salió de allí.

No deseaba ni a Marcie ni a Latisha. Quería estar con Mary, y pensaba conseguirlo.

Solo tenía que averiguar cómo.

Jane estaba bajo la ducha cuando sonó el timbre de la puerta. Se envolvió el pelo en una toalla, se puso la bata, salió del baño y miró a través de las persianas de la cocina. Era David.

–Hola –le saludó mientras le hacía entrar en la casa.

Había conseguido dormir durante un par de horas después de haber estado revisando la guía telefónica sin ningún éxito. Después había seguido trabajando hasta que había llevado a Kate al colegio, como hacía todos los días. Pero David parecía no haber dormido nada desde que le había llamado. Iba vestido con una chaqueta de sport, una corbata y pantalones chinos y parecía haber intentado dominar su pelo sin ningún éxito. Al parecer, no se había duchado ni afeitado, pero eso no hacía mella en su atractivo. Con aquel pelo oscuro, los ojos verdes y las facciones duras de su rostro, Jane siempre la había considerado un hombre guapo, incluso durante aquellos años en los que le odiaba.

—¿Dónde está Kate? —preguntó David, mirando hacia la cocina.

—En el colegio. Los martes le gusta ir muy pronto. Tienen un profesor de cerámica que les deja hacer sus propias obras —le colocó la solapa de la chaqueta—. No hacía falta que te arreglaras para venir a verme.

David señaló la bata.

—Yo podría decir lo mismo.

—Deberías haber llamado antes.

—Estaba en tu barrio. De todas formas, tenía que vestirme pensando en el resto del día. No sé cuándo voy a poder volver a casa. Esta semana ha sido una locura. Afortunadamente, Jeremy ya tiene casi trece años, edad más que suficiente para echar una mano con Chase y con Jessica. Y ellos adoran a su canguro. Pero estando Skye fuera y con la cantidad de horas que trabajo… —suspiró—. Estoy deseando que vuelva a casa.

David trabajaba demasiado. Jane se lo había oído decir a Skye, y lo había podido experimentar en carne propia cuando estaba casada con uno de sus más vigilados sospechosos.

—¿Te apetece un café?

—No —se dejó caer en el sofá de cuero—. Ya he consumido suficiente cafeína.

–¿Y desayunar algo? Puedo vestirme y prepararte unos huevos.

–No, no tengo tanto tiempo. Solo he venido para decirte que he ido a la comisaría y he estado buscando en nuestra base de datos el teléfono que me has dado. No encaja con ninguno.

–¿Entonces necesitas una orden judicial?

–Ya la tengo –enderezó una figurita que había sobre la mesita del café–. Antes de venir aquí, he enviado un fax a varias compañías de teléfonos móviles.

–¿Cuánto tardarán en responder?

–De momento solo tengo noticias de dos. Y no ha habido suerte. Estoy esperando noticias de las demás. ¿Sabes algo de Gloria?

–Le he llamado nada más levantarme esta mañana. Pensaba ir a trabajar. Dice que si se queda en casa se volverá loca.

David sacudió la cabeza con un gesto compasivo.

–Además, tiene que pagar el alquiler. Los caseros no se detienen por nada.

–No soy capaz de imaginar lo que les ha podido pasar a Marcie y a Latisha, David.

–Yo tampoco –contestó–. No hay ninguna señal de violencia. Eso es lo que más me intriga. Han desaparecido sin más, estando juntas y a plena luz del día.

–¿Ocurre a menudo?

–Desde que trabajo en la policía, es la primera vez que me encuentro con un caso como este.

Jane se apretó el cinturón de la bata. Estaba suficientemente unida a Skye y a David como para que no le importara que la viera así, pero se habría sentido más cómoda estando vestida.

–Gloria me dijo que una de las personas que lleva el caso piensa que podría estar relacionado con los asesinatos de American River.

David esbozó una mueca.

—No, tanto tú como yo sabemos quién cometió esos asesinatos.

—Exactamente. Entonces, ¿qué nos queda?

—Nunca pude probar que el autor de esas muertes fuera Oliver. Eso significa que, técnicamente, el caso sigue sin resolver.

—¿Todavía estás intentado demostrarlo?

—No tiene sentido invertir más tiempo del que le he dedicado. Decir que este caso podría estar relacionado puede ser solo una excusa para asignármelo a mí. Todo el mundo está muy ocupado —cerró los ojos y apoyó la cabeza en el respaldo del sofá—. Necesitamos ayuda.

—Por eso me has dejado llevar este caso —dedujo Jane.

David abrió un ojo.

—No, te he dejado ocuparte de este caso porque sabía que no había manera de detenerte. Conozco muy bien a la cabezota que te preparó, ¿recuerdas?

Jane sonrió divertida.

—¿Has hablado con Skye?

—Hablé anoche con ella.

—¿Le dijiste que estoy llevando un caso?

—Preferí no hacerlo. En beneficio propio, lo admito —cambió de tono de voz para añadir—: Creo que ya tiene suficientes preocupaciones.

En realidad, era él el que estaba preocupado. Eso era evidente. No le gustaba que su mujer se ocupara de algunos de los casos que atendía. En aquella ocasión, Skye no estaba buscando a nadie acusado de un crimen violento, pero Sudamérica estaba suficientemente lejos como para que David se sintiera inquieto en su ausencia. Aunque Ava estuviera con ella. De vez en cuando, hablaba con Skye sobre la posibilidad de que dejara aquel trabajo. Pero Skye no podía renunciar a El Último Recurso. No podía alejarse de la fundación que ella misma había creado.

—Voy a vestirme y a preparar algo de desayunar.

—No, me voy —respondió David, y se levantó—. Nos veremos más tarde.

Jane le acompañó a la puerta.

—Estaremos en contacto si…

Justo en aquel momento sonó el teléfono de David. Jane se interrumpió, esperando que quienquiera que fuera llamara por lo del teléfono.

—¿Diga? Sí, un momento, déjeme buscar un bolígrafo —se palpó los bolsillos de la chaqueta y sacó una libreta al mismo tiempo que Jane le tendía un bolígrafo—. Adelante.

Garabateó algo en la libreta, le dio las gracias a la persona que había llamado y colgó.

—¿Y?

—Era una llamada de la compañía Verizon. El número de teléfono pertenece a un hombre llamado Wesley Boss.

—¿Tiene alguna dirección?

—De momento, solo un apartado postal. Me acercaré a la oficina de correos en cuanto pueda para ver si consigo una dirección.

—Avísame en cuanto la tengas.

David continuaba repitiendo aquel nombre como si estuviera hablando solo.

—¿Qué ocurre? —le preguntó Jane.

—Ese nombre me resulta familiar.

—¿Por qué?

—Creo que lo he oído antes. Hace poco. O a lo mejor no —se detuvo en la puerta—. Espera, ahora mismo me acuerdo. Hace unas semanas vino un tipo de Nueva York preguntando por un tal Wesley Boss. Dijo que ese Boss adoraba el trabajo de la policía y los programas sobre médicos forenses y persecuciones policiacas. Quería saber si había estado molestando por la comisaría o había intentado entablar relación con algún policía.

Jane se escondió detrás de la puerta, para que no pudieran verla sus vecinos.

–¿Por qué le buscaba?

David no contestó. Estaba pensando en otra cosa.

–¿Cómo se llamaba ese tipo? –cerró los ojos con fuerza–. Tenía un apellido griego. Sí, de eso me acuerdo. ¿Coast? Era algo así. Espera un momento –presionó una tecla del teléfono y le pidió a la persona que le contestó que buscara en su escritorio una tarjeta de alguien con un apellido griego que empezaba por C–. Tiene que estar en el primer cajón –le indicó a su interlocutor.

Mientras intentaba reflexionar sobre aquella información, Jane se quitó la toalla y comenzó a frotarse el pelo. Lleva el pelo corto y en punta, así que era preferible que se peinara antes de que se secara.

–No… no… no. Sí, hay una dirección de Nueva York. Eso es –le oyó decir a David–. ¿Cómo se llama?

Todavía conservaba el bolígrafo en la mano. Anotó la información en la libreta, arrancó el papel y se lo tendió.

–Llama a este tipo y mira a ver qué puedes averiguar.

–¿De verdad quieres que lo haga yo? –preguntó Jane sorprendida.

–Un caso de homicidios en el que llevo dos meses trabajando acaba de dar un giro inesperado.

Así que las hermanas de Gloria no eran lo único que le había mantenido despierto toda la noche.

–Me encargaré de ello.

David sonrió con cansancio.

–En cuanto acabe con esto, me pasaré por la oficina de correos.

–De acuerdo.

Jane leyó el nombre en el papel que acababa de entregarle: *Sebastian Costas*.

–¿Qué relación tiene con Boss? ¿Por qué le busca? –le preguntó a David, que ya había salido.

David se detuvo de camino hacia el coche.

—Dice que «Boss» es el alias de un hombre llamado Malcolm Turner, un ex policía de Jersey.

—¿Y?

—Creo que Turner mató a su mujer y a su hijastro y después fingió su propia muerte.

—¿Costas también es policía?

—Es el padre del hijo al que asesinaron.

Jane pensó inmediatamente en Kate y en la facilidad con la que podría haberla perdido cinco años atrás, cuando Oliver se había convertido en un asesino.

—¡Dios mío!

—Es posible que esté confundido.

—¿Y hay alguna posibilidad de que tenga razón?

—He llamado a la policía de New Jersey. Están convencidos de que Turner está muerto. Cuentan con una prueba de ADN para demostrarlo.

—De modo que Costas está loco o desesperado, o a lo mejor las dos cosas a la vez.

David pareció considerar la pregunta.

—Lo que dice es bastante improbable. Pero si algo he aprendido trabajando como policía es que cualquier cosa es posible.

—Desde luego. Te llamaré más tarde.

Le observó marcharse y fijó después la mirada en la nota que acababa de tenderle. A lo mejor Sebastian Costas estaba loco de tristeza, o se negaba a creer que el hombre que había matado a su hijo estaba loco porque necesitaba un objetivo al que aferrarse. Ambos escenarios eran posibles. Pero la llamada que Marcie había recibido procedía de un número perteneciente a un tal Wesley Boss y era demasiada coincidencia que el señor Costas estuviera buscando a un hombre que respondía a ese nombre.

De modo que algo estaba ocurriendo con el señor Boss, fuera o no Malcolm Turner.

Capítulo 7

Una llamada de teléfono despertó a Sebastian. Consiguió localizar el móvil palmeando el tablero del escritorio, sin abrir siquiera los ojos.

–¿Diga?

–No te lo vas a creer –anunció una voz de mujer.

Sebastian reprimió un gemido provocado por el dolor del cuello y se sentó.

–¿Te he despertado? –preguntó Mary.

Todavía medio dormido, Sebastian miró el reloj. Eran más de las ocho. Había pasado toda la noche delante del ordenador.

–De todas formas, ya era hora de que me levantara. ¿Qué ha pasado?

No creía que hubiera vuelto a tener noticias de Malcolm, puesto que había renunciado a su propia contraseña. Sebastian movió el ratón para activar la pantalla. Continuaba conectado y Malcolm no había vuelto a enviarle ningún mensaje.

–¡Me ha enviado flores!

–¿Malcolm?

–Sí. Una docena de rosas. Han llegado hace unos minutos con una tarjeta que dice: *Feliz aniversario*.

Sebastian se levantó.

–¿Cómo la ha firmado?

–No la ha firmado. No pone nada más. Solo «Feliz aniversario»: ¿No estás emocionado? Tiene que haber sido él. ¡Me está dando a conocer su verdadera identidad! ¡Malcolm ha caído!

Sebastian se pasó la mano por el pelo.

–Lo del aniversario podría no ser tan revelador como piensas.

–¿Por qué no?

Sebastian se encogió de hombros, deseando tener una aspirina al lado.

–Anoche mismo se lo mencioné.

–¡Oh!

Mientras se sentaba a los pies de la cama, Sebastian vio su reflejo en el espejo y desvió la mirada. No necesitaba ver aquel aspecto tan desastroso. Lo que necesitaba era un café, más incluso que una aspirina.

–Utilicé todos los recursos para hacerle salir de su escondite –le explicó.

–Pero un hombre nunca enviaría flores a una mujer para conmemorar el aniversario de un rival.

–Es cierto. Supongo que es un paso más importante de lo que en un principio he pensado.

–Cada vez está más cerca de revelar su verdadera identidad.

El aroma del café llegó hasta la pituitaria de Sebastian mientras este desgarraba el paquete de café que le habían dejado entre la cafetera y la pared del cuarto de baño.

–Quizá. Pero hay algo que me preocupa.

–¿El qué?

Al parecer, Mary estaba tan entusiasmada por sus progresos que no había pensado en los riesgos.

–Tiene tu dirección.

Se hizo el silencio al otro lado de la línea. Al cabo de unos segundos, Mary preguntó:

–¿Crees que me ha enviado esas flores para demostrarme que puede encontrarme?

Sebastian echó el café en el filtro.

–Conociendo a Malcolm, probablemente. Te dijo que podía conseguir esa información y esta es su manera de demostrarlo.

–A veces me resulta difícil creer que es tan perverso como dices.

–¿Lo dices en serio? –Sebastian acercó la mano al interruptor de la cafetera.

–Me engañó, es cierto, pero solo éramos unos niños. Jamás imaginé que el chico con el que estuve saliendo podría llegar a convertirse en un asesino a sangre fría. Que podía llegar a ser tan peligroso. Tenía sus momentos, como todo el mundo, pero también podía ser extremadamente dulce.

Sebastian conectó la cafetera, se acercó a la ventana y abrió las cortinas.

–Hasta Ted Bundy fue niño en algún momento de su vida. ¿Has llamado a la policía de Jersey para contar lo ocurrido, como te pedí que hicieras?

–Sí. Querían más detalles. Yo pensaba que podría ayudarme a superar la impresión. El hombre con el que hablé dijo que Malcolm había matado a su mujer y a su hijo y después se había suicidado.

Una fina niebla y una lluvia ligera hicieron disminuir las pocas ganas que Sebastian tenía de salir. Por lo que tenía entendido, Sacramento tenía un clima perfecto durante nueve meses al año. Era una pena que le hubiera tocado estar allí durante la época de las lluvias.

–Pero eso último no es cierto y lo sabes. Has estado en contacto con Malcolm durante meses.

–Lo único que sé es que todo esto es muy raro.

–Tienes que asumirlo. Él está cada vez más comprometido con vuestra relación. Esas flores significan mucho para él. Entre otras cosas, que actuará muy pronto.

Al pensar en ello, comprendió que el envío de aquella felicitación era todo un hito en su relación. Esperaba únicamente que Malcolm actuara como él pretendía. Allí era donde comenzaba el juego.

–Supongo que no creerás que va a intentar sorprenderme apareciendo de pronto por aquí.

Sebastian estaba comenzando a contemplar todas las posibilidades.

–Podría.

–¡Dios mío! ¿Y qué tendría que hacer yo?

Desde su ventana, Sebastian veía a los ejecutivos acercándose a los coches que aparcaban en la acera.

–Seguirle el juego, fingir que te crees todo lo que te diga. Si te dice que ha preferido esconderse tras un alias porque está en un programa de protección de testigos, o que es de la CIA, o que el FBI le persigue porque dice haber visto un OVNI, síguele la corriente. Compórtate como si le creyeras. Tu vida depende de ello.

Mary le respondió con una risa nerviosa.

–Eso suena muy tenebroso.

Para Mary, hasta ese momento, todo aquello había sido como un juego. Pero las flores eran reales. Y el hecho de que Malcolm hubiera conseguido su dirección tan fácilmente y de que probablemente estuviera más cerca de Sacramento de lo que decía, lo hacía posible.

–¿Estás bien? –le preguntó.

–Sí, claro. Es solo que… tengo hijos –su voz adquirió un tono suplicante–. No sería capaz de hacerles daño a ellos también, ¿verdad?

Sebastian no podía decir de lo que Malcolm era capaz. Era un hombre sin conciencia, sin límites. En caso contrario, no habría planeado y ejecutado las muertes de Emily y de Colton. Sebastian estaba convencido de que solo se preocupaba de sí mismo. El narcisismo era su rasgo más definido.

—No tendrá ningún motivo para hacerte daño siempre y cuando no sepa nada de mí.

—Y si aparece por aquí, ¿debería llamarte a escondidas?

—Solo si no hay ninguna posibilidad de que te descubra. Llama a la policía y luego a mí. Tu seguridad es lo primero.

—¿Mi seguridad? Ahora sí que me estás asustando.

Sebastian no podía decirle que se tranquilizara. Necesitaba estar alerta. La noche anterior, cuando estaba chateando con el supuesto Wesley Boss, se había mostrado más interesada en él de lo que Mary había estado nunca. Lo que él pretendía era conseguir una cita, no aquello. ¿Qué ocurriría si Malcolm se presentaba en la puerta de casa de Mary esperando que cayera rendida en sus brazos y ella se negaba a acostarse con él? Podría arrepentirse de haber abandonado su escondite y decidir acabar con una posible testigo.

—Le enviaré un mensaje dándole las gracias por las flores y presionándole para concertar una cita, para que no sienta la necesidad de aparecer de pronto en tu casa.

—¿No crees que debería enviar yo ese mensaje?

—¿Por qué?

—No me gusta no estar al tanto de lo que ocurre. Me hace sentirme insegura. Ayer por la noche hablaste con él y hoy me envía flores.

El aroma del café hizo acercarse a Sebastian a la cafetera.

—Te contaré todo lo que necesites saber. Lo único que quiero es que mantengas un perfil bajo.

—Para no terminar en medio de un fuego cruzado.

A Sebastian le habría gustado negarlo, pero su conciencia le impedía ocultar la gravedad de la situación.

—Más o menos.

Mary dejó escapar un audible suspiro.

—Vaya. Esto está empezando a dar miedo.

Un pitido anunció la llegada de una llamada de teléfono.

–Pronto acabará todo –le prometió Sebastian y sostuvo el teléfono frente a él para poder ver el identificador de llamadas. Era un número local, pero no lo reconoció–. Ahora tengo que dejarte. Hablaremos más tarde.

–De acuerdo –contestó Mary, pero era obvio que no estaba muy contenta cuando colgó el teléfono.

En parte, Mary se había mostrado de acuerdo en seguir adelante con su plan para atrapar a Malcolm por la amistad que había surgido entre ellos y Sebastian se sentía culpable por haberse aprovechado de ello. Pero ya habían llegado demasiado lejos. Malcolm estaba interesado en ella y sabía su dirección. No podían renunciar a esas alturas.

–Cuídate –le dijo, y atendió la otra llamada.

–¿Diga?

Era una voz grave, viril, y mucho más confiada de lo que Jane esperaba.

–¿Señor Costas?

–¿Sí?

Aunque Jane ya estaba preparada para ir a trabajar, todavía no había salido de casa.

–Me llamo Jane Burke. Estoy trabajando en un caso que atiende El Último Reducto y…

–¿Cómo ha conseguido mi número de teléfono?

–Me lo ha dado el detective Willis, del Departamento de Policía de Sacramento. Al parecer fue a verle hace varias semanas preguntando por un hombre llamado Wesley Boss.

–¿Y usted tiene alguna relación con la policía de Sacramento?

Sebastian no parecía ningún loco vengativo. Hablaba como un hombre enérgico, impaciente. Como una persona de pensamiento rápido que esperaba que los demás estuvieran a su altura o renunciaran a ser sus interlocutores.

–Cierta relación.

Vestida con una sudadera de Ann Taylor y unos pantalones anchos de la misma diseñadora, Jane estaba a punto de ponerse unos zapatos en los que se había gastado una cantidad de dinero excesiva. Al estar casada con un dentista, había llegado a disfrutar de gustos muy caros. Pasaría mucho tiempo antes de que pudiera volver a comprar el tipo de ropa del que en otra época de su vida había disfrutado, pero había decidido derrochar en aquel conjunto un año atrás, el día que había perdido todo el peso que se había propuesto. Un año después, estaba más delgada todavía.

—Como le estaba diciendo, trabajo para El Último Reducto, una asociación de apoyo a las víctimas de la violencia de Sacramento. Ahora mismo estoy investigando un caso y ha aparecido el nombre de Wesley Boss relacionado con él. Me gustaría que pudiéramos vernos para hacerle algunas preguntas.

—¿Qué clase de investigación está llevando a cabo?

Jane tomó el maletín mientras hablaban.

—Estoy investigando la desaparición de dos chicas afroamericanas. No se sabe nada de ellas desde hace varias semanas.

—No parece muy propio del hombre al que estoy buscando.

Jane recogió un portafolios que acababa de caérsele al suelo y se enderezó. Esperaba que Sebastian Costas se mostrara inmediatamente de acuerdo. ¿No era él el que se había presentado en Sacramento pidiendo ayuda y buscando respuestas?

—¿Cuántos Wesley Boss hay en esta zona? —le preguntó.

—¿En California del Norte? Ninguno que haya podido encontrar.

—A eso me refería. Y yo le estoy diciendo que me he encontrado con uno.

—Ya he conseguido una pista que puede conducirme al

hombre al que pretendo encontrar y tengo un largo día por delante, señora… ¿Cómo ha dicho que se llamaba?

–Burke, Jane Burke –se cruzó de brazos–. ¿No cree que puede tratarse de la misma persona?

–De ningún modo. El Wesley Boss que yo busco es la persona más racista que he conocido nunca.

–¿Es blanco?

–Sí, es blanco. Y jamás tocaría a una mujer que no lo fuera.

–¿Le conoce bien?

–Debería. Fue el padrastro de mi hijo. Sé los comentarios que hizo el día que Colton llevó a una chica japonesa a casa.

–A lo mejor Wesley Boss ha cambiado su forma de actuar.

–Lo dudo. Además, un secuestro podría comprometer todo lo que ha conseguido.

–¿Y qué es lo que ha conseguido?

–Librarse de la pena de cárcel después de un doble asesinato.

–A lo mejor cree que también puede salir de rositas después del secuestro.

Se alargó el silencio y Jane se preguntó si Sebastian estaría considerando su respuesta.

–Necesito otra taza de café –le oyó decir por fin.

Sintiendo todavía los efectos de su agotador programa de ejercicios matutino, Jane se sentó en una de las sillas de la cocina.

–Espere un momento –Sebastian dejó el teléfono durante varios segundos. Cuando volvió, le preguntó a Jane–: ¿Qué relación tiene con Wesley Boss? ¿Tiene alguna dirección?

–¿No podemos vernos en algún momento? –preguntó Jane a su vez.

–Señora Burke, como ya le he dicho, tengo un día muy

ocupado. Si no encuentro pronto a ese hijo de perra, podría terminar haciéndole mucho daño a alguien.

—Desde luego, no quiero que le hagan ningún daño a nadie, señor Costas. Por eso quiero que esas hermanas…

—¿Ha dicho hermanas? —la interrumpió.

—Sí.

—¿Las dos adolescentes a las que han secuestrado son hermanas?

—¡Sí!

Miró en el interior del bolso para buscar las llaves y las encontró debajo de la cartera.

—Malcolm está teniendo problemas con unas compañeras de piso. Me ha dicho que son hermanas.

—¿Pero ahora de qué está hablando?

—Ya se lo explicaré más adelante. ¿Dónde podemos vernos?

—¿Ahora quiere que nos veamos?

—Ahora creo que podríamos estar buscando a la misma persona.

—Tenemos las oficinas en Watt Avenue, cerca de El Camino. ¿Podría pasarse por allí?

—Déme una hora.

—Nos veremos entonces a las nueve y media —le dio la dirección y colgó el teléfono.

El señor Costas era un hombre claro y directo. Jane no pudo menos que preguntarse si no tendría razón sobre Malcolm Turner.

Después de mirar el reloj, aceleró el ritmo. Tenía que empezar a darse prisa.

Agarró el teléfono y marcó el número de Gloria mientras salía de casa.

—Tengo el nombre de la persona a la que pertenecía el móvil que utilizó anoche tu hermana —anunció en cuanto Gloria contestó.

—¿Cómo se llama?

—Wesley Boss ¿Habíais oído antes ese nombre?

—No, nunca.

—Estamos intentando conseguir su dirección. Solo te llamaba para ponerte al tanto de cómo van las cosas —presionó el llavero del coche para abrirlo.

—Luther estuvo aquí ayer por la noche y me dejó un mensaje en la puerta. Lo he encontrado cuando he salido al trabajo esta mañana.

Jane dejó el maletín en el asiento de pasajeros.

—¿Qué decía?

—«¿Crees que a esa escuálida perra blanca que vino a verme el otro día le importa más lo que pueda pasarnos a gente como nosotros que a la policía. Deberías haber venido a verme a mí. Yo encontraré a Latisha. Lucifer».

«¿Esa escuálida perra blanca?» Jane sabía que debería sentirse ofendida, pero había hecho tales esfuerzos para adelgazar que el que la consideraran escuálida era casi un cumplido.

—Yo pensaba que el nombre de Lucifer lo utilizabais a sus espaldas.

—Seguramente nos habrá oído. Y supongo que no se siente ofendido. De hecho, parece que le gusta.

¡Uf! Cualquiera que aceptara voluntariamente un apodo como ese debería ser considerado peligroso.

—Supongo que sabes que no tiene razón. Claro que nos importa. Estamos haciendo todo lo posible para encontrar a tus hermanas.

No añadió que David tenía que ocuparse de un homicidio ese día. Imaginaba que la realidad del trabajo de la policía apoyaría los argumentos de Luther. Aquellos que esperaban noticias de un ser querido no querían enfrentarse al hecho de que la policía tenía que ocuparse de muchos otros casos, de que tenían muchas otras personas a las que ayudar. No comprendían que los policías tenían que comer, dormir y atender a sus propias familias.

–Te agradezco todo lo que estás haciendo por mí –dijo Gloria.

Habría sido difícil no detectar cierta reticencia en aquellas palabras.

–Pero…

–Si el padre de Latisha al final puede hacer algo por esa pobre chica, se lo agradecería.

Genial. Así que se sumaba un pitbull de ciento cincuenta quilos al caso.

–Gloria, no compartas ninguna de las informaciones que te he dado con Luther, ¿de acuerdo?

–¿Por qué no?

Porque Jane no tenía la menor idea de lo que podía llegar a hacer ese hombre con la información.

–Sus métodos podrían ser poco ortodoxos.

–Él se ha ofrecido en serio.

–Es su forma de enfrentarse a estos asuntos lo que me preocupa. Podría hacer daño a alguien. Incluso podría llegar a equivocarse de persona. Tienes que confiar en la policía. Y en mí –añadió, deseando que no se diera cuenta de la poca fe que tenía en sí misma.

–Yo solo quiero recuperar a mis hermanas.

Jane abrió la boca para intentar convencerla de que le diera algo de tiempo antes de permitir que Luther se involucrara en el caso. Pero sabía que no serviría de nada. Ya era demasiado tarde. Gloria veía a Luther como un hombre poderoso. Él quería acción, resultados. Estaba harta de palabras. A pesar de todos sus esfuerzos, la policía no había podido ofrecerle el más mínimo alivio en tres semanas. En aquel momento, estaba dispuesta a utilizar cualquier atajo. Y Jane no podía culparla por ello. Sabía que probablemente haría lo mismo si estuviera en su lugar.

–No estás dispuesta a hacerme caso, ¿verdad?

–Yo lo único que quiero es recuperar a mis hermanas.

–En ese caso, que Dios pille a Wesley Boss confesado

si Luther le encuentra antes que nosotros –respondió Jane, y colgó el teléfono.

El hombre que entró en el despacho de Jane a las nueve y media en punto medía más de un metro noventa y pesaría alrededor de noventa y cinco quilos. Debía de rondar los cuarenta y cinco años y llevaba unos pantalones vaqueros de marca, una camiseta y una cazadora de cuero marrón, pero incluso con una indumentaria tan informal, parecía el propietario de un yate o un ejecutivo de vacaciones. A lo mejor era por su caminar autoritario, o por su sorprendente atractivo. Tenía el pelo negro y abundante, ligeramente largo, el cutis verde oliva, los ojos castaños rodeados de espesas pestañas y la clase de musculatura que habría hecho babear a la peluquera de Jane.

Esperando que no se hubiera dado cuenta de que le había dejado boquiabierta, Jane se esforzó en ignorar sus múltiples atractivos para concentrarse en el objetivo de su visita.

–Gracias por venir, señor Costas –le tendió la mano y sintió un apretón firme y cálido.

–Señora Burke.

Lisa, la voluntaria que le había acompañado, continuaba tras él, abanicándose con la mano y haciéndole gestos a Jane.

–Gracias, Lisa –le dijo Jane con una intencionada sonrisa.

Lisa se sonrojó cuando Sebastian se volvió hacia ella, agachó la cabeza y se marchó.

Jane señaló la silla que había colocado el día anterior en el escritorio para Gloria y retrocedió. Se sentía como si estuviera actuando otra vez, como si estuviera fingiendo ser una abogada profesional en vez de una simple aprendiz. Pero sabía instintivamente que Costas era el tipo de hombre que asumiría que ella no se merecía su respeto si no se lo exigía.

–Siéntese, por favor.

Sebastian obedeció con movimientos ligeros, pero extremadamente viriles.

Jane se aclaró la garganta.

–Gracias por venir –le dijo.

–Espero que podamos alegrarnos los dos de este encuentro. ¿Qué sabe sobre Wesley Boss?

Jane no se sentó. Se sentía más cómoda de pie.

–No mucho, todavía.

–¿Dijo que tenía alguna dirección?

–Tengo un apartado de correos. El detective Willis está buscando la dirección.

–¿Ha conocido a Boss? ¿Puede decirme qué aspecto tiene?

–No, en este momento, para mí solo es un nombre.

Sebastian la miró con tanta intensidad que Jane se sintió sonrojarse.

–¿Cómo ha llegado a la conclusión de que puede estar relacionado con la desaparición de esas dos hermanas?

–Una de ellas realizó una llamada ayer por la noche con un teléfono que está a su nombre.

Costas cruzó las manos en el regazo.

–Interesante.

–Sí, también a nosotros nos lo parece.

Jane se dio cuenta de que si permanecía de pie en medio de su despacho podía parecer nerviosa, así que tomó asiento e intentó mostrarse más relajada.

–Dígame todo lo que sabe de Boss.

–Como ya le expliqué a Willis, creo que en realidad es Malcolm Turner, el hombre que mató a mi ex esposa y a mi hijo en Nueva York y después fingió su propia muerte.

–¿Estaba casado con su ex esposa cuando la mató?

–Sí.

Jane no pudo evitar una oleada de compasión. Tampoco pudo evitar preguntarse si Sebastian habría vuelto a casarse. Posiblemente no. No llevaba alianza.

–Lo siento, soy consciente de que todo esto debe de ser muy duro para usted, pero ¿qué le hace pensar que Wesley es Malcolm?

–Aunque no directamente, he estado en contacto con él a través de Internet durante casi tres meses.

–¿Ha estado chateando con él?

–En cuanto se instaló en su nueva vida, envió un mensaje a Mary McCoy, una antigua novia suya que vive en Sacramento. Se hacía pasar por un tal Wesley Boss, pero algunas de las cosas que decía le recordaron a Malcolm, así que Mary me llamó. Han estado chateando desde entonces bajo mi supervisión.

–¿Cómo llegó a ponerse en contacto con usted esa mujer?

–Después de los asesinatos, pasé meses visitando a todos los amigos y conocidos de Malcolm Turner. Todos ellos saben cómo ponerse en contacto conmigo si tienen alguna noticia de él.

–Entiendo –Jane enderezó los objetos que tenía sobre la mesa–. Ha sido muy concienzudo.

–Estoy decidido a conseguir que les hagan justicia a Emily y a Colton –respondió.

–Entonces, ha estado en contacto con el señor Boss, pero no sabe dónde vive.

–Todavía no. Sin embargo, cada vez muestra más interés por Mary, y tiene su dirección. Por eso tengo que encontrarle cuanto antes.

–¿Cree que podría ir a buscarla a su casa? ¿Cree que podría llegar a hacerle daño?

–Es un asesino, señora Burke. Nadie sabe lo que puede llegar a hacer.

Jane temía que su inexperiencia se estuviera haciendo patente.

–Cuando hemos hablado por teléfono, ha mencionado a unas compañeras de habitación.

–Ayer por la noche, Mary me dio la contraseña para acceder a su correo electrónico y estuve chateando con él haciéndome pasar por ella. Quería presionarle para que me diera información que pudiera ayudarme a localizarle, o conseguir que se identificara como Malcolm. No hizo ninguna de las dos cosas, pero parecía más distraído de lo normal y culpó de ello a sus dos compañeras de piso.

El sonido del teléfono interrumpió la conversación. Jane lo ignoró porque sabía que atendería la llamada alguno de los voluntarios.

–¿Y?

–Dijo que eran dos chicas, no dos mujeres, e incluso dijo que eran hermanas.

Jane sintió renacer la esperanza.

–Las dos hermanas secuestradas.

–Posiblemente.

–¿Hablaba de ellas como si estuvieran vivas?

–Sí.

Jane no tenía la menor idea de en qué estado se encontrarían, pero teniendo en cuenta las probabilidades, aquella era una buena noticia.

–Pero entonces, si Wesley Boss es Malcolm Turner y Malcolm Turner es tan racista, ¿qué sentido tiene que las haya secuestrado? ¿Por qué retener a dos chicas afroamericanas en vez de a dos blancas?

–Supongo que fue una cuestión de oportunidad.

–Antes ha dicho que tenía problemas con ellas.

–Por lo que él mismo dijo, eso parece.

–¿Qué clase de problemas?

–No lo especificó. Pero si tiene a esas chicas con él, quizá eso explique por qué no quiere ver a Mary.

Jane cruzó las piernas y jugueteó con el bolígrafo que tenía en la mano.

–¿Ella está dispuesta a encontrarse con él?

–Iría yo en su lugar.

–¡Ah! Claro, por supuesto.

Sonó en aquel momento el intercomunicador.

–¿Jane?

Era Lisa, la voluntaria que había acompañado a Sebastian a su despacho.

Jane presionó el botón que le permitía responder.

–¿Sí?

–El detective Willis te llama.

–Gracias.

Se levantó, porque, por más relajada que quisiera mostrarse, tenía demasiada energía como para permanecer sentada, y contestó el teléfono.

–¿David?

–Jane, solo tengo un segundo. Voy de camino a hacer una detención. Pero tengo la dirección del apartado de correos de Wesley Boss. ¿Tienes donde apuntar?

Jane miró a Sebastian y agarró un pedazo de papel.

–Dime.

Garabateó una dirección de Ione, una ciudad pequeña situada en el condado de Amador, situada a unos cuarenta y cinco minutos de distancia.

–Ya la tengo.

–He llamado al departamento del sheriff. Uno de sus ayudantes se reunirá allí contigo, pero apuesto a que él está más cerca que tú del apartado, así que date prisa.

–Lo comprendo. Gracias por avisarme –colgó y agarró el bolso que tenía encima del escritorio–. Tenemos que irnos –le dijo.

Sebastian se levantó al instante.

–¿Ya sabe dónde está?

–Tengo una dirección. Lo que no sabemos es lo que podemos encontrarnos cuando lleguemos.

Capítulo 8

¿Podría haber terminado todo después del tiempo que había invertido en aquella búsqueda?

Sebastian no se atrevía siquiera a creerlo. Pero mientras llevaba a Jane Burke a Ione, porque el coche de Jane no tenía GPS y él todavía no había renunciado a su Lexus, llamó a Mary para compartir con ella la noticia. En realidad dudaba de que pudiera localizarla a esa hora. Estaba trabajando en el hospital, en el área de ingresos, hasta las cuatro. Pero podía enviarle un mensaje para que se relajara. Quería aliviar sus temores cuanto antes. Tal como imaginaba, saltó el buzón de voz. Esperó a que saltara para decir:

—Mary, soy Sebastian. Creo que le tenemos. No te preocupes por nada, ¿de acuerdo? Me pondré en contacto contigo en cuanto sepa algo más.

En cuanto colgó, descubrió a Jane observándole y le devolvió la mirada. No sabía qué pensar de ella. Parecía una mujer contradictoria. Vestía como una típica profesional, de una forma ligeramente conservadora, pero de su pelo, oscuro en la raíz y blanqueado en las puntas, no podía decirse lo mismo. Su voz grave y ligeramente ronca sugería que fumaba y, aun así, estaba en una espléndida forma física. Después, estaban los tatuajes. Tenía uno en el pecho. El escote en uve del jersey era demasiado alto como para que pudiera verlo, pero cuando se movía, asomaba ligeramente el trazo azulado de un tatuaje. El otro lo llevaba tatuado entre el pulgar y el índice de la mano izquierda. Llevaba escrita la palabra «superviviente».

El hecho de que trabajara en una organización de ayuda a las víctimas de la violencia le llevaba a creer que aquel tatuaje no tenía nada que ver con una posible admiración por un *reality show* bastante popular.

¿Qué habría tenido que soportar aquella mujer?

La cicatriz que tenía en el cuello, visible cada vez que movía la cabeza, invitaba a pensar en las más espeluznantes posibilidades.

–¿De verdad cree que vamos a encontrar a Malcolm Turner? –le preguntó a Sebastian. Clavaba la mirada en el parabrisas, como si la molestara ser objeto de aquella inspección.

–Si es el Wesley Boss que yo busco, sí.

Sebastian hizo un gesto para que girara a la izquierda en Jackson Road. Después se dirigieron hacia una zona de poblaciones históricamente relacionadas con la fiebre del oro, a los pies de Sierra Nevada. Desde que había llegado a Sacramento, Sebastian había estado estudiando toda aquella zona. Por lo que había leído, Ione no era una ciudad minera, pero había sido un centro agrícola que abastecía a todas las ciudades de la zona.

Jane se agarró a la puerta en el momento en el que Sebastian tomó una curva muy pronunciada.

–La del ADN es una prueba bastante fiable.

–Lo sé. Por eso Malcolm está tan tranquilo.

Adelantó a un coche. No había pasado ni un cuarto de hora desde que habían salido de la oficina, pero su impaciencia hacía que el trayecto pareciera interminable.

–Era policía. Conocía a los hombres que tomaban las muestras, sabía lo que hacían con ellas, cómo las almacenaban tras recogerlas y dónde se realizaban las pruebas.

–¿Cree que ha conseguido engañarlos o algo parecido?

Al oírle decirlo de aquella manera, hasta a él mismo le resultaba extraño. Pero cosas más raras habían pasado. En una ocasión había leído el caso de un profesor que había descubierto que la prueba de ADN analizada por un determinado laboratorio de la policía había llevado a acusar a un joven de una violación que no había cometido. El descuido, la corrupción, la falta de honradez, un error humano, todo ello podía contribuir a demostrar algo que en realidad no era.

–Podría haberlo hecho. Pero quizá no haya tenido que ir tan lejos. Tenía dinero suficiente como para comprar la ayuda que necesitaba.

Jane soltó un silbido.

–Ahora entiendo por qué es posible que la policía no se haya creído su acusación. Si lo que dice es cierto, tienen un problema muy serio de corrupción.

–Definitivamente, no es una posibilidad que quieran considerar. Yo me habría conformado con convencerles de que hicieran otra prueba. Pero para cuando me di cuenta de que estaba pasando algo extraño, ya era demasiado tarde. La familia de Malcolm había incinerado los restos de quienquiera que fuera en su coche.

–¿Tiene idea de quién era?

–No.

–Por lo menos no era nadie a quien hayan echado de menos en la zona.

–No. Seguramente sería algún vagabundo. O a lo mejor pagó a alguien de una funeraria para que le proporcionara un cadáver pendiente de cremación.

Esa era parte de la razón por la que la policía estaba tan convencida de que la prueba de ADN era correcta. No había ninguna denuncia de desaparición por aquellas fechas ni ningún caso relacionado con el cementerio que les hubiera llamado la atención. Ni siquiera se habían molestado en investigarlo seriamente. Sebastian lo había intentado, pero el resultado había sido el mismo.

–¿Y qué le hizo sospechar? ¿Cómo adivinó lo que estaba pasando?

El coche que iba delante de ellos viajaba más lentamente de lo que a Sebastian le habría gustado, pero iban por una carretera de dos carriles y el volumen del tráfico en la dirección contraria le impedía adelantar.

–Había demasiadas preguntas sin contestar.

–¿Como cuáles?

–¿Por qué no se había pegado un tiro? A Emily y a Colton los mató de un disparo. Podría haberse suicidado allí mismo. En cambio, se montó en el coche, se lanzó por un terraplén y el coche ardió.

–Haciendo imposible identificar el cadáver.

En cuanto el tráfico aminoró, Sebastian pisó el acelerador.

–Muy conveniente, ¿no cree?

–¿Y las pruebas dentales?

Sebastian regresó al carril de la derecha.

–¿Qué ocurre con ellas?

–Se utilizan a menudo para identificar a las víctimas del fuego.

–En este caso no lo hicieron. La policía consideró que no había ningún motivo para tomarse tantas molestias. En lo que a ellos concernía, ya le habían identificado. El coche era el de Turner, tenían una muestra de su médula espinal e incluso la nota de despedida que había enviado Malcolm a su sargento diciendo que había perdido una gran cantidad de dinero en una inversión y que su esposa le estaba engañando con su ex.

Jane volvió a aferrarse al asiento, pero no se quejaba de la agresividad de su conducción. Sebastian sospechaba que estaba demasiado preocupada para pensar en ello.

–Espere, usted es el ex.

–Sí, yo soy el ex.

–¿Y es cierto? ¿Le estaba engañando con su ex?

Sebastian se había enfrentado a aquella pregunta miles de veces. Por el mero hecho de haber mantenido con su exesposa una relación de mutuo respeto, una relación de amistad, todo el mundo pensaba que tenían una relación íntima.

–Emily era muy importante para mí. Es la madre de mi hijo. Pero yo no me acostaba con ella. Lo que Malcolm decía solo era una excusa, una manera de generar compasión.

Adelantaron a toda velocidad a un todoterreno. A Sebastian apenas le quedaron unos segundos para reincorporarse a su carril y evitar un choque frontal contra un camión.

–Como no reduzca la velocidad, terminarán poniéndole una multa –le advirtió Jane–. Y perderemos más tiempo del que está ahorrando.

Evidentemente, Jane estaba prestando más atención a la conducción de lo que Sebastian pensaba. Y tenía razón. Levantó el pie del acelerador.

–¿Qué aspecto tiene Malcolm? –le preguntó.

–Es un hombre bastante normal. Mide algo más de un metro setenta y pesará unos ochenta kilos. Sus antepasados son irlandeses. Es pelirrojo de ojos azules. ¿Por qué quiere saberlo?

–Simple curiosidad.

Era posible que estuviera frente a él en cuestión de minutos. Hasta entonces, Sebastian tenía una fotografía que podía enseñarle. Se echó hacia delante, abrió la guantera, buscó en el interior y sacó la fotografía que había utilizado durante su búsqueda.

–Es este –le dijo, y se la tendió–. Estos son Emily y Colton. Es la tarjeta que enviaron la última Navidad.

Jane estudió la fotografía.

–¿Y? –le urgió Sebastian–. ¿Le había visto antes?

–No.

–¿Es tal como esperaba?

–La verdad que no. Parece que estaba perdiendo pelo.

–¿Le basta ver esa fotografía para saberlo? –preguntó Sebastian sorprendido.

–Antes era peluquera –se acercó la fotografía–. Parece estar en muy buena forma física.

–Es el típico hombre acomplejado que intenta compensar con músculo su falta de altura.

Jane no respondió a aquel comentario.

–Emily es muy guapa.

–Era muy guapa –la corrigió Sebastian con amargura.

Jane no había dicho nada de Colton, pero Sebastian imaginó que estaba estudiando el parecido entre ellos. Su hijo se parecía mucho a él, aunque tenía el color de ojos de su madre.

Recuperó la fotografía antes de que Jane pudiera mencionarlo y la guardó en la guantera. No quería hablar de Colton con una desconocida. Y tampoco con los conocidos. Esa era la verdadera razón por la que Constance había decidido separarse de él. No había sido capaz de incluirla en su sufrimiento. Se había encerrado completamente en sí mismo.

Afortunadamente, Jane no dijo nada. Continuó contemplando las verdes colinas que desfilaban por la ventanilla. O quizá no estuviera mirando nada, pero Sebastian agradeció el respiro que le proporcionaba su silencio.

Minutos después, Jane retomó la conversación, pero su pregunta no tuvo nada que ver con la fotografía.

–¿De dónde había salido ese medio millón de dólares del que ha hablado antes?

De dinero sí podía hablar. Había estado hablando de dinero desde que Malcolm se había fugado. Era la prueba más definitiva de que todavía estaba vivo.

–Era dinero de Emily. Había recibido una indemnización del seguro unos meses antes y guardaba el dinero en metálico. Estaba ahorrando para comenzar una nueva vida junto a Colton. Por lo menos eso fue lo que me dijo. Pero cuando después del entierro fui a vaciar la casa, encontré la llave de la caja fuerte, pero el dinero había desaparecido.

–A lo mejor lo había cambiado de sitio.

–¿Y dónde lo dejó? No ha quedado rastro de ese dinero en ninguna de sus cuentas. Y si hubiera querido invertirlo, me habría pedido ayuda. Soy inversor. En alguna ocasión mencionó la posibilidad de hacer algo, pero Malcolm no quería que yo la aconsejara. Decía que no confiaba en mí, y nos acusó de estar teniendo una aventura.

–¿Otra mentira para justificar su suicidio?

–No, una forma de asegurarse de que podría contar con el dinero cuando se diera a la fuga.

–¿Malcolm dejó su profesión, su familia, toda su vida, por una cantidad que podría durarle solo unos cuantos años?

–La gente mata por mucho menos –respondió Sebastian con calma.

–Normalmente, gente que está bajo el efecto de las drogas o que busca dinero para comprar drogas. No son capaces de pensar correctamente. Todo esto tiene que haberlo planeado. ¿Estaba endeudado?

Para ser alguien que parecía sentirse ligeramente fuera de su elemento en su propio despacho, Jane parecía muy eficaz. Parecía una mujer dura, inteligente y sagaz.

–Sí, hasta las cejas. Probablemente quería que Emily le sacara las castañas del fuego, pero ella no estaba dispuesta. Como le he dicho, quería el dinero para dejarle y comenzar una nueva vida. Malcolm no solo iba a perderla a ella, sino que no podría contar con el dinero para evitar una ruina financiera.

–Una situación muy comprometida.

–Exactamente. Pero si mataba a su esposa y a su hijastro y después fingía su propia muerte, podía escapar al castigo y quedarse con el dinero sin tener que enfrentarse a todos aquellos a los que haría sufrir con su conducta.

–Un buen plan, siempre y cuando uno sea un monstruo. ¿Qué clase de deudas tenía?

Según el GPS, ya habían recorrido cerca de treinta kilómetros por la CA-14. Sebastian redujo la velocidad esperando el desvío a la carretera de Ione.

–Sus tarjetas de crédito estaban agotadas y había cargado todas las deudas sobre la casa, así que tenía una segunda hipoteca. Había pedido dinero a sus padres y a sus mejores amigos. Incluso había vaciado la cuenta que tenía para la jubilación.

–¿Adónde iba a parar todo ese dinero?

–A apuestas deportivas. Es todo lo que he podido averiguar. Supongo que seguía apostando para pagar sus deudas. Creo que incluso apostaba por Internet.

–Las apuestas por Internet son ilegales, ¿no es cierto?

–Eso depende del estado. Ahora mismo, solo conozco un caso en el que alguien haya sido denunciado por apostar de esa manera. Tuvo que pagar quinientos dólares de multa, pero había ganado más de cien mil dólares, así que no creo que le importara demasiado.

–¿Le habló a la policía de la situación económica de Malcolm?

–Como había admitido tener problemas financieros en la nota de suicidio, no pareció preocuparles particularmente –la miró de reojo–. Pero ellos no habían visto al siniestro personaje que apareció una noche en la casa mientras estaba yo allí.

–¿Un cobrador?

Sebastian giró en un desvío. Según el GPS, todavía quedaban unos doce kilómetros antes de llegar al siguiente.

–Decía ser un amigo de Malcolm al que este debía dinero. Al parecer, no había leído las noticias que anunciaban la muerte de toda la familia. O a lo mejor venía a recoger sus huesos.

–¿Cómo se llamaba?

–Johnny DiMiglio. O, por lo menos, eso fue lo que me dijo.

–¿Usted le dijo que pensaba que Malcolm continuaba vivo?

–Sí, esperaba que fuera tras él. Eso me habría ahorrado problemas y tiempo.

–Pero no fue así.

–No he sabido nada de DiMiglio desde entonces. Probablemente pensó que gastaría más dinero intentando localizar a Malcolm que el que había perdido.

–En resumen, Malcom pensó que no tenía nada que perder si mataba a Emily y a Colton y, sin embargo, tenía todo por ganar.

–Supongo que sí.

Jane se ajustó el cinturón de seguridad.

–Ahora ya entiendo por qué está haciendo esto.

Sebastian arqueó las cejas con un gesto interrogante.

–Yo haría lo mismo si estuviera en su lugar –le aclaró Jane.

En aquella ocasión no hubo respuesta. Acababan de llegar a su destino.

A Jane se le tensaron los músculos del estómago cuando Sebastian aparcó a un lado de la carretera, junto al canal, a cierta distancia del solitario excursionista que se alejaba en aquel momento de la dirección que el detective Willis le había dado. Ya habían pasado por la casa en dos ocasiones. Era una casa situada a las afueras de la ciudad y construida sobre un terreno cubierto de barro por culpa del exceso de lluvia y la falta de vegetación. Bajo un techado metálico guardaban un viejo Volkswagen Escarabajo, oxidado, abollado y con una rueda pinchada.

No había mucho que ver en aquel lugar. Si Wesley Boss era Malcolm Turner, no podía decirse que hubiera gastado el dinero del seguro de Emily en el alquiler. Pero en Ione había tal mezcolanza de estilos que a Jane no le sorprendió encontrarse con un rancho tan destartalado. En la zona había alrededor de mil viviendas que abarcaban un amplio abanico de estilos y precios. Se podían encontrar desde caravanas en un pésimo estado hasta un puñado de mansiones de lujo alrededor del lago Comanche.

—Lo que no entiendo es por qué no hay ningún coche patrulla por aquí. Es imposible que les hayamos adelantado. Nosotros venimos desde Sacramento.

Era la segunda vez que lo mencionaba, y la segunda también que Sebastian la ignoraba. Sebastian buscó bajo el asiento, tomó una pistola y salió del coche. Parecía importarle muy poco la policía. Él solo quería encontrar a ese hombre. ¿Pero qué sucedería en el caso de que lo hiciera? No podía arrestar a Wesley Boss, o a Malcolm Turner, si era realmente al hombre que buscaban.

—Esto no va a terminar bien —musitó Jane.

Llevaba la pistola en el bolso. La había sacado del cajón antes de salir de la oficina, pero era consciente de que todavía no tenía la licencia que le permitía ser portadora de armas. Y Sebastian era de Nueva York. De modo que, incluso en el caso de que tuviera licencia, en California no se reconocían los permisos de otros estados.

—Pase lo que pase, vamos a tener problemas. ¿Dónde estará el maldito ayudante del sheriff? —volvió a preguntar, aquella vez para sí.

Sebastian ya se dirigía hacia la casa, agachado y utilizando los pocos árboles y arbustos que encontraba en el camino para esconderse.

Jane tenía que reconocer que parecía todo un profesional. Pero en aquel momento tenía cosas más importantes que hacer que admirar su agilidad y su técnica. Por ejemplo, intentar evitar que se tomara la justicia por su mano.

–¡Sebastian! –siseó, de pie sobre el barro–. ¡Esto puede ser peligroso! ¡Podría salir alguien herido!

Supo que la había oído cuando volvió la cabeza para mirarla. Pero no parecía muy contento con su intromisión. Frunció el ceño y le hizo un gesto para que se metiera en el coche y cerrara la boca.

Evidentemente, iba a entrar, tanto si le gustaba a ella como si no. A lo mejor debería llamar a David e intentar averiguar dónde estaba el ayudante del sheriff. O también podría seguir a Sebastian...

Definitivamente, lo más prudente era quedarse en el coche. Pero si Malcolm Turner estaba en la casa y era tan peligroso como Sebastian pensaba, debería intentar ayudarle. Y Latisha y Marcie podían estar dentro también. Definitivamente, Jane no quería que resultaran heridas por culpa de lo que podía estar a punto de ocurrir.

Con una maldición, rodeó el coche y cerró la puerta tan lentamente que no hizo ningún ruido. Después, copió la forma de acercamiento de Sebastian. Estaba convencida de que no tenía tanto estilo como él, pero no había nadie mirándola y además, prefería tomar precauciones para evitar que le pegaran un tiro.

–Esto es una locura –se repetía una y otra vez.

Sebastian estaba en el porche antes de que ella hubiera llegado al patio delantero. Miró en su dirección y le hizo un gesto para que regresara al coche. Pero Jane negó con vehemencia y continuó avanzando, obligándole a esperarla.

En cuanto estuvieron suficientemente cerca como para poder hablar sin alertar a nadie de su presencia, Jane susurró:

–Rodearé la casa por si sale alguien por la puerta de atrás.

Sebastian estuvo a punto de protestar o de pedirle que regresara al coche, aunque sabía que no tenía ninguna autoridad para ello. No tenía ninguna autoridad para nada, de hecho, pero tampoco había pedido ningún permiso y, por las arrugas que surcaban en aquel momento su frente, Jane estaba convencida de que le importarían muy poco sus objeciones.

Aun así, Sebastian debió de pensar que su plan era razonable. O a lo mejor le había tranquilizado ver que también ella tenía una pistola con la que defenderse en caso de que fuera necesario, de modo que ya no era una carga para él. En cualquier caso, su expresión de enfado volvió a transformarse en expresión de determinación.

—Muy bien —dijo con voz apenas audible—. Pero asegúrese de estar a cubierto en todo momento, ¿entendido?

Ignorando el «¿entendido?» que situaba a Sebastian al mando de la operación, Jane comenzó a rodear el jardín. Afortunadamente, no tenía que preocuparse por la posibilidad de encontrar a ningún perro rabioso. No había cerca alrededor de la casa. Desde donde estaba podía ver que en el jardín de atrás no había nada más que un cobertizo destrozado por las inclemencias del tiempo, algunos neumáticos viejos y barro, más barro.

—Esto me va a destrozar los zapatos —gimió mientras intentaba pegarse a la pared de la casa para evitar que aquella misión acabara con sus zapatos, además de con ella.

Comenzó a chispear justo cuando estaba tomando posiciones detrás del cobertizo. Aunque estaba más lejos de la casa de lo que le habría gustado, no podía encontrar mejor parapeto. Los neumáticos estaban deshinchados y solo había un árbol entre ella y la puerta trasera.

En cualquier caso, no parecía estar ocurriendo nada. ¿Dónde estaba Sebastian? ¿Le habrían dejado inconsciente con un golpe? No había disparado. Si hubiera disparado, le habría oído.

El viento silbaba a través de las grietas del cobertizo, pero no se oían voces, ni había señal alguna de movimiento.

—¡Vamos, vamos!

Miró a su alrededor. Nada había cambiado, y deseó que todo hubiera terminado. Los dientes le castañeteaban por el frío y la lluvia. Se había asustado tanto al ver que el hombre que había conocido hacía menos de una hora se dirigía hacia la casa con un arma de fuego que se había dejado el abrigo en el coche.

Un ruido repentino, una especie de chasquido, hizo que se le debilitaran las rodillas. Estaba intentando tranquilizarse, diciéndose que por lo menos no había sido un disparo, cuando Sebastian le gritó:

—¡Adelante! ¡No hay nadie en la casa!

¡Gracias a Dios! Jane echó la cabeza hacia atrás para tomar aire y bajó la mano con la que empuñaba la pistola.

—¡Eh, Burke! —la llamó Sebastian al ver que no contestaba—. ¿Sigue ahí? ¿Se encuentra bien?

¿Burke? Jane odiaba que la llamaran por el apellido de Oliver. Se lo habría cambiado si eso no hubiera implicado tener que cambiar también el apellido a Kate, lo que habría hecho sufrir todavía más a los padres de Oliver. Eran buenas personas. No se merecían el dolor que les había causado su hijo.

—¡Burke!

Jane se asomó y le vio bajo el tejadillo que protegía la parte trasera de la casa. El chasquido que había oído había sido provocado por el viento, que había empujado la puerta contra la pared en el instante en el que Sebastian la había soltado. Lo sabía por la forma en la que Sebastian sujetaba en aquel momento la puerta.

—Me llamo Jane. Y estoy bien.

—¿Piensas quedarte todo el día bajo la lluvia? —le preguntó Sebastian, tuteándola por primera vez, al ver que no se movía.

Jane se frotó la cara con la mano libre. Podrían haber ocurrido muchas cosas durante los últimos minutos. Podría haber muerto por culpa de un disparo en un fuego cruzado, o podría haber matado a alguien. Podría haber matado o herido a víctimas inocentes. Y también podrían haberle detenido, lo que habría implicado tanto la pérdida de su arma como la de la posibilidad de obtener un permiso. Y eso le habría costado el trabajo que tanto necesitaba para mantener a su hija.

Y todo por culpa de Sebastian Costas.

La furia la ayudó a recuperar las fuerzas. Demasiado enfadada como para preocuparse por sus zapatos, cruzó el patio, hundiéndose en el barro a cada paso.

—¿Qué crees que estás haciendo? —le espetó—. ¿Quieres que nos maten a los dos? ¡Tú no eres policía, no puedes ir armado en California! ¡Además, nadie te ha puesto al mando de esto!

—Tranquilízate —le pidió Sebastian—. No ha pasado nada.

—¡Solo porque no te has encontrado con nadie a quien pudieras disparar!

En absoluto intimidado por su reacción, Sebastian la recorrió de arriba abajo con la mirada.

—Eso no es del todo cierto.

Jane le miró con los ojos entrecerrados.

—¿Me estás amenazando?

La irritación marcó todavía más el ceño de Sebastian.

—Claro que no. Lo único que estoy diciendo es que dejes de ser tan pesada.

—¿Yo soy pesada? —le gritó—. ¡He confiado en ti al traerte hasta aquí! —ignoró el hecho de que había sido él el que había puesto su coche a su disposición—. Y de pronto, sales con una pistola cargada y te acercas a la casa como si tuvieras derecho a entrar donde te apeteciera. ¿Qué demonios tienes en la cabeza? ¡Podrían haber estado esas dos hermanas dentro de la casa!

–Malcolm Turner es un hombre peligroso.

–Ni siquiera vive aquí. ¿Y si te hubieras encontrado con unos nuevos inquilinos?

Sebastian se encogió de hombros. Su rostro continuaba siendo una máscara implacable.

–En ese caso, habría bajado la pistola.

Jane suspiró y sacudió la cabeza.

–Si informara de esto, podrían acusarte por allanamiento de morada. O, como mínimo, quitarte la pistola, ¿eres consciente de ello?

–No ha pasado nada –repitió Sebastian, y se dirigió hacia el interior de la casa.

Cansada de soportar la lluvia, Jane le siguió.

–Me estás haciendo preguntarme si no serás más peligroso que el propio Wesley Boss –le reprochó Jane.

Sebastian no respondió. Revisó el interior de un armario y se dirigió después hacia el garaje.

Jane permanecía en medio del cuarto de estar, una habitación vacía, con la mirada clavada en sus zapatos. Sebastian también tenía la culpa de que estuvieran destrozados. Pero reprochárselo no iba a servir de nada.

En cuanto su tensión sanguínea volvió a la normalidad, comenzó a mirar a su alrededor. Evidentemente, quienquiera que hubiera vivido allí había hecho las maletas y se había marchado. Había algunos muebles viejos, solo los imprescindibles, pero no parecía que la casa estuviera habitada. Seguramente esa era la razón por la que no se habían encontrado con el ayudante del sheriff. Ya había estado allí y se había ido.

Aparte de la cocina, que Sebastian ya había registrado, recorrió todas las habitaciones. Una moqueta marrón desgastada por el uso cubría todo el suelo, a excepción de unas cuantas baldosas junto a la puerta principal. Había tres dormitorios, dos cuartos de baño, una cocina con un comedor anexo y un salón. Jane no vio nada que pudiera indicar que

Latisha o Marcie hubieran estado allí. Pero tampoco nada que pudiera alertar de la presencia de Wesley Boss.

Cuando regresó de aquel rápido recorrido, Sebastian continuaba en la cocina, revisando armarios y cajones. Jane no estaba segura de que quisiera hablar con él, pero una vez disipado el enfado, no tenía mucho sentido seguir de mal humor. Sobre todo cuando a los dos les podía resultar útil compartir información. A lo mejor Sebastian era imprudente, pero también parecía muy eficaz. Su aproximación a la casa había sido todo un ejemplo de precisión.

—Huele a productos de limpieza y a aromatizadores —comentó Jane, apoyándose en la puerta de la cocina—. Da la sensación de que la casa lleva mucho tiempo sin habitar.

Sebastian alzó la mirada, la miró a los ojos y abrió otro cajón.

—Sí, parece que lleva vacía una temporada. Supongo que quienquiera que haya vivido aquí, se mudó meses antes de que las chicas fueran secuestradas.

—Tendré que ponerme en contacto con el propietario para estar segura —contestó Jane—. A lo mejor pueden darnos otra dirección. Supongo que la persona que alquiló la casa se tomaría la molestia de recuperar la fianza.

—Me temo que la única dirección que podrá darnos el propietario es la misma que hemos conseguido a través del teléfono, la del apartado de correos.

—Siempre podría mantener vigilada la oficina de correos a la que pertenece el apartado. A lo mejor aparece Malcolm en algún momento.

—El problema es que podrías tener que vigilarla durante una buena temporada. Malcolm podría pasar días, semanas e incluso meses sin aparecer por ahí.

—Es la única pista que tenemos.

Sebastian cerró la puerta de un armario. El golpe resonó en toda la casa.

—No, si consigo convencerle de que quede conmigo.

A través de los chats. Sí, eso parecía mucho menos aza-
roso.

–¿Qué posibilidades tienes?

–Es difícil decirlo, pero…

Se interrumpió de golpe. Acababa de encontrar algo.
Por lo que Jane podía ver, eran manuales de instrucciones
de diferentes electrodomésticos. Jane esperaba que cerrara
también aquel cajón, pero no lo hizo. Hojeó entre las pági-
nas. Un minuto después, sacó el manual de instrucciones
del lavavajillas y comenzó a leer las palabras que alguien
había escrito en el dorso.

–¿Qué es eso?

Jane dio un paso hacia Sebastian, pero este arrancó la
tapa y se la guardó en el bolsillo.

Capítulo 9

–¿Así que ahora pretendes dejarme fuera de esto?

Sebastian miró a Jane, que le observaba con los ojos entrecerrados. Estaban regresando a Sacramento, pero Jane no había abierto la boca durante la primera media hora del viaje. Sebastian había subido la radio y había encendido la calefacción para llenar el vacío que dejaba su silencio.

–No te estoy dejando fuera.

Jane apagó la radio. El sonido de los limpiaparabrisas sobre el cristal, moviéndose frenéticos contra la lluvia, era lo único que se oía en el interior del coche.

–Has encontrado algo en esa casa, ¿qué era?

Sebastian miró el cielo gris con el ceño fruncido. Aquella lluvia incesante hacía parecer el coche como un seguro refugio.

–Nada. Ya te lo he dicho.

–Entonces, ¿por qué te lo has guardado?

Al darse cuenta de que no iba a desistir, Sebastian sacó la tapa del manual y se la tendió.

Jane la leyó y le miró con el ceño fruncido.

–Es la dirección de uno de los casinos que dirigen los nativos –le dijo a Sebastian.

–¿Entiendes ahora por qué la he conservado?

–No, no lo entiendo.

Sebastian ajustó la calefacción.

–Está escrita a mano.

Jane lo comprendió entonces.

–¿Crees que Malcolm Turner ha escrito esto?

–Creo que podría haberlo escrito. Puede haber sentido la llamada del juego. Por eso me ha llamado la atención.

–Dudo que una prueba caligráfica tenga más validez que una prueba de ADN –contestó Jane, pero hablaba lentamente, como si todavía estuviera considerando el valor de aquel hallazgo–. Aunque supongo que si la letra coincide, podríamos demostrar que Wesley Boss y Malcolm Turner son la misma persona. Ahora mismo, lo único que tenemos para relacionar los asesinatos y el secuestro es un nombre y el comentario que hizo Wesley sobre unas hermanas.

–La letra siempre es única e individual. Y una prueba caligráfica es mucho más de lo que hasta ahora tenía, que era solamente una cantidad de dinero desaparecida, una placa, un uniforme de policía y una pistola.

Jane dejó el papel sobre la guantera.

–Lo de la pistola me preocupa.

–Y tienes motivos. Desde luego, ese hombre sabe cómo utilizar una pistola.

–¿Qué habrías hecho si Malcolm hubiera estado en la casa? –le preguntó.

Sebastian quería creer que habría llamado a la policía. Pero Malcolm lo sabía todo sobre el funcionamiento de las fuerzas del orden. Había vivido dentro de ellas. Si tenía suficientes documentos como para demostrar que era Wesley Boss, comenzarían a preguntarle sobre un posible secuestro, pero él sabía cómo jugar a ese juego. Si no le arrancaban ninguna información, le dejarían en libertad, pendiente de una investigación posterior. Y pasaría mucho tiempo antes de que alguien pudiera identificar y demostrar que no era quien decía ser. Por supuesto, no iban a enviarle a New Jersey a hacerse otra prueba de ADN teniendo únicamente su testimonio como acusación. Tenían que seguir un protocolo. La participación de la policía en el caso implicaba burocracia, y la burocracia nunca era eficiente.

¿Pero eso significaba que si le hubiera encontrado en la casa le habría disparado?

Quizá. A lo peor no habría sido capaz de contenerse.

—¿Piensas responderme? —le preguntó Jane.

Sebastian volvió a encender la radio.

—Malcolm no estaba en la casa.

Jane vaciló un instante antes de salir del coche de Sebastian. A no ser que el propietario de la casa pudiera proporcionarles otra dirección, Sebastian tenía más posibilidades de encontrar a Wesley que ella. Al fin y al cabo, estaba en contacto directo con él.

Eso significaba que necesitaba seguir trabajando a su lado, a pesar de lo mucho que le había disgustado su manera de manejar la situación en Ione.

—Entonces, ¿me llamarás para avisarme cuando hayas concertado una cita con Boss? —le preguntó.

Sebastian se inclinó hacia delante para poder mirarla a la cara.

—Me lo pensaré.

A Jane no le gustó su actitud.

—Yo he compartido mi información contigo.

—Tu información ha resultado ser un fracaso.

—No del todo —replicó—. Has conseguido la dirección del casino.

—Que podría no significar nada.

Jane se colocó el bolso en el hombro. Con la pistola dentro, pesaba mucho más de lo normal.

—¿Y las chicas secuestradas? Supongo que no estarás tan consumido por la venganza como para que no te importe lo que pueda ocurrirles.

Sebastian la miró con el ceño fruncido.

–Por supuesto que no.

–¿Entonces?

–No sé de qué les va a servir que te lleve conmigo.

A Jane le irritaba aquella arrogancia.

–¿Ah, no? ¿De verdad? ¿Y quién te ha cubierto las espaldas en Ione, a pesar de que no tenías ningún derecho a hacer lo que has hecho?

A los labios de Sebastian asomó la sombra de una sonrisa.

–Me gustaría haberlo grabado.

Jane se tensó.

–¿A qué te refieres?

–A ti, intentando no mancharte los zapatos en el barro mientras corrías hacia mí con esa pistola en la mano.

Jane no era consciente de que se había fijado en ella hasta ese punto.

–Y de bien poco me ha servido –gruñó–. Los zapatos están destrozados.

–Podría haber sido peor –contestó Sebastian, poniéndose serio.

–Creo que esa era mi línea de argumentación.

Además, para él era fácil decirlo. Era obvio que estaba acostumbrado a tener dinero. Ella no conocía a nadie que pudiera alquilar un Lexus.

–La cuestión es que podría haberme quedado tranquilamente en el coche. Bueno, entonces, ¿vas a colaborar conmigo o no?

Sebastian fijó la mirada en la distancia.

–¿Sebastian?

Sebastian se volvió hacia ella y la miró como si la estuviera viendo por primera vez. Jane podría haberse sentido halagada si no hubiera sido porque el punto calculador de su expresión le indicaba que no estaba admirando su figura, precisamente.

—A lo mejor puedes serme útil…

—¿Qué quieres decir?

—A lo mejor puedes aportar la perspectiva de una mujer.

—Teniendo en cuenta que soy una mujer, no creo que me resulte difícil.

Otro asomo de sonrisa le indicó a Jane que Sebastian comprendía el motivo de su pique.

—Exacto. Mary trabaja hasta las cuatro. Después hace los deberes en casa con los niños y los lleva a sus diferentes entrenamientos. Muchas noches no enciende el ordenador hasta las ocho. Necesito atenerme a ese patrón, así que me conecto con su dirección a partir de esa hora. Si quieres formar parte de esto, tendrás que estar en mi motel a las siete.

Kate estaría en casa a esa hora, pero Jane sabía que podría llevarla a pasar la noche con sus suegros. A su hija le encantaría dormir en casa de sus abuelos. Cuando Oliver estaba encarcelado, se quedaba a menudo en su casa, pero desde que había cambiado su vida, no era normal que fuera a dormir allí en un día de diario.

—¿Dónde está tu motel?

—Es el Raleigh Pete, junto a Cal Expo. Habitación 213.

No estaba lejos de su barrio.

—Allí estaré.

Comenzó a cerrar la puerta del coche, pero Sebastian volvió a hablar.

—Si te doy cincuenta dólares, ¿podrías traer algo de cenar?

Jane no estaba segura de haberle oído correctamente.

—¿Qué?

—Hace tiempo que no como comida casera —admitió Sebastian, como si aquel fuera motivo más que suficiente para que aceptara.

Austin, un profesor en prácticas Del Campo High School que estaba trabajando en El Último Reducto para conseguir créditos para la asignatura de sociología, acababa de aparcar en el aparcamiento de las oficinas. Jane esperó a que entrara en el edificio para responder.

–¿Quieres que te prepare la cena?

–Ya te he dicho que te pagaré. ¿Es mucho pedir que me prepares un asado o un estofado?

–¿Cómo sabes que sé cocinar?

–Tienes cocina en casa, ¿verdad? –sacó la cartera y le tendió un billete de cincuenta dólares–. Llevo viajando una eternidad de tiempo. Cualquier cosa será mejor que lo que ceno habitualmente.

Mientras aceptaba el dinero, Jane no pudo evitar sentir cierta compasión. A lo mejor Sebastian no era la persona más modesta del mundo, pero llevaba mucho tiempo viajando solo, y nadie como ella conocía el impacto que podía tener la violencia en la vida de uno.

–De todas formas, tengo que prepararle la cena a Kate.

–¿Kate?

–Mi hija.

–No sabía que tenías una hija. ¿Cuántos años tiene?

–Doce.

–¿Y qué harás esta noche con ella?

–La llevaré a pasar la noche a casa de sus abuelos.

Sebastian fijó la mirada en el tatuaje que tenía Jane en la mano.

–¿Qué te ocurrió, Jane?

Superviviente.

Aquella palabra había servido para recordarle quién era en los momentos difíciles, cuando luchaba para recuperarse del dolor de haber sido atacada por su propio marido. Skye estaba con ella cuando habían visitado aquella feria de tatuajes. Las dos se habían grabado la misma palabra. Skye en la espalda, en una zona que normalmente llevaba tapada, pero Jane había preferido tatuársela en una zona visible.

–A lo mejor podemos hablar de ello en otro momento –contestó, y cerró la puerta.

La habitación olía a hombre limpio. Eran tantos los recuerdos negativos que Jane tenía de Oliver que había llegado a olvidar los aspectos más agradables del sexo opuesto. Temiendo no volver a tener oportunidad de respirar nunca más aquella fragancia, por lo menos de una forma íntima, se detuvo para apreciarla antes de que el olor de la comida que llevaba en la cesta de picnic lo sofocara.

–Adelante, pasa.

Sebastian estaba en la puerta, vestido con unos vaqueros gastados y una camiseta de manga larga.

Un segundo después, la fragancia había desaparecido para ser sustituida por el apetitoso aroma de la lasaña casera y el pan de ajo.

–Huele muy bien –apreció Sebastian mientras tomaba la cesta.

Jane sonrió. Ella estaba pensando lo mismo, aunque de un olor diferente.

Entró en la habitación e intentó concentrarse en el mobiliario, todo en tonos beiges y verdes y sin ninguna particularidad, de modo que no le llamó mucho la atención. Si ya antes Sebastian le había parecido un hombre atractivo, sin la cazadora se lo pareció mucho más. La camiseta se pegaba a su cuerpo como una segunda piel, revelando una musculatura digna de admiración.

Ni siquiera en sus mejores momentos había disfrutado Oliver de un físico como aquel. Jane se había sentido atraída por su dulzura, su inocencia, su seriedad y su inteligencia. Y porque se sentía segura con él.

Sonrió con ironía al pensar en ello.

–¿He dicho algo gracioso? –preguntó Sebastian.

Jane se puso seria y sacudió la cabeza.

–No, solo estaba recordando…

Sebastian estaba a punto de abrir la cesta, pero al oírla, se detuvo.

–¿Recordando qué?

–Lo que era ser inocente.

Sebastian la miró con extrañeza.

–¿En qué sentido?

Jane se encogió de hombros.

–En todos los sentidos, supongo.

Jamás volvería a ser la persona que había sido antes y eso la entristecía. Pero confiar en un hombre que se suponía que la amaba por encima de todo había estado a punto de costarle la vida. ¿No era preferible ser sabia a ser inocente?

Desvió la mirada hacia la cama. La experiencia, por lo menos la del tipo que ella había soportado, lo cambiaba todo, incluso los placeres más sencillos de la vida.

El silencio y la quietud de la habitación le indicaron que Sebastian no estaba revisando la comida, como ella esperaba. Se volvió y le descubrió observándola con una expresión teñida de sorpresa y curiosidad.

–¿Hay algún señor Burke? –le preguntó.

Su tono de voz le indicaba que sabía que Jane había estado pensando en el sexo. Sabía que estaba hambrienta, y no precisamente de comida. Pero a pesar de las promesas que encerraba aquel cuerpo maravilloso, ya nada podría satisfacerla. No permitiría que nadie se le acercara. No podía. Era incapaz de bajar la guardia hasta el punto que se necesitaba para poder hacer el amor, sobre todo con un desconocido.

–Soy viuda –le dijo–. Pero es como si estuviera casada.

–¿Estás saliendo con alguien?

–No –no se molestó en dar explicaciones.

Sebastian dejó la cesta del picnic en una cómoda que había junto a la pantalla de la televisión y señaló una botella de vino blanco que había dejado en la mesilla.

–¿Te apetece una copa de vino?

–No, gracias.

Impertérrito, Sebastian descorchó la botella y se sirvió una copa.

–Siento lo de tu marido –bebió un sorbo–. ¿Cuándo murió?

Jane se arrepintió de no haber aceptado el vino. Le habría ayudado a aplacar los nervios.

–Hace casi cinco años.

–¿Y… continúas enamorada de él?

Jane se rió con cierta amargura.

–No, claro que no.

Sebastian se volvió hacia ella con el ceño fruncido.

–¿Qué ocurrió?

Como no contestó, Sebastian dejó la copa de vino, le tomó la mano y acarició el tatuaje.

–¿Él tiene que ver con esto?

Jane se había sentido hasta entonces como una estufa estropeada que jamás podría volver a dar ningún calor. Pero la caricia de Sebastian encendió algo en su interior que le hizo temblar.

Sorprendida, apartó la mano y retrocedió, pero tropezó casi inmediatamente con la cama.

–Lo siento, no pretendía asustarte –se disculpó Sebastian.

Sebastian la tenía todavía a su alcance, pero no intentó volver a tocarla. Le enseñaba la mano con la palma hacia arriba, como si quisiera demostrarle que no tenía intención de hacerle daño.

La última vez que Jane había hecho el amor con Oliver, había sido una experiencia cruel. Una de las peores que había soportado Jane a lo largo de su vida. En cierto modo, le había dolido más que la violencia que la había seguido, porque envolvía odio disfrazado de amor. Pero Jane sabía que sus temores eran un producto del pasado, y no de nada que Sebastian estuviera haciendo.

Intentando superar aquel pánico repentino, se obligó a permanecer donde estaba.

–No estoy asustada.

Sebastian no parecía muy convencido, pero no discutió.

–¿Fue él el que te hizo eso?

Se señaló su propio cuello, pero Jane comprendió que estaba hablando de la cicatriz.

Sebastian bajó la voz.

–¿Cómo murió?

Por su tono de voz, Jane comprendió que estaba pensando que había matado a Oliver en defensa propia. La verdad era que a menudo se preguntaba si aquello habría hecho más fácil o más difícil su recuperación.

–Después de que me creyera muerta y me dejara yaciendo al lado de su hermano, al que también había matado, atacó a una mujer a la que había atacado en otra ocasión, Skye Kellerman.

–La mujer que montó El Último Reducto.

–Veo que has hecho los deberes.

–Es una información que aparece en la página web.

–Skye sabía que volvería a por ella –se encogió de hombros–, y estaba preparada para cuando llegara el momento.

–Así que le mató.

–Sí.

–Eso no lo pone en la web.

–No. Y Skye nunca habla de ello tampoco. Pero estaba preparada para hacer lo que tenía que hacer. Tenía la suerte de saber a quién se estaba enfrentando. Yo no.

Sebastian hundió las manos en los bolsillos.

–¿Qué era tu marido exactamente?

–Un violador en serie, un asesino enmascarado de dentista, padre y marido –bajó la voz–. Era el amor de mi vida.

Sebastian soltó un silbido.

—¿Cómo sobreviviste a una herida tan brutal?

—La navaja no llegó a la yugular por un milímetro. Skye llevó a la policía a mi casa antes de que me desangrara.

—Por lo que cuentas, tiene que ser una mujer impresionante.

—Lo es. En parte, ese es uno de los motivos por los que trabajo para ella —Jane señaló la cesta con la cena—. Será mejor que empieces a cenar. La cena se va a enfriar.

—¿No piensas cenar conmigo? —preguntó Sebastian.

En un primer momento, esa era la intención. Jane le había dado la cena a Kate y después la había llevado a casa de sus abuelos, pensando que ella cenaría en el hotel. Pero en aquel momento estaba demasiado nerviosa como para probar bocado. No estaba segura de por qué le había afectado con tanta intensidad la caricia de Sebastian. Se había quedado a solas con un hombre en muchas ocasiones después de la muerte de Oliver... Y nunca había reaccionado de aquella manera.

Pero nunca se había sentido atraída por ninguno de ellos. Esa tenía que ser la diferencia. Además del hecho de que estaban al lado de una cama.

—No, ya he cenado —mintió, y giró la pantalla del ordenador para evitar la luz de la lámpara—. Wesley Boss no será «¿quién manda aquí?», ¿verdad?

Sebastian decidió hacer esperar a Malcolm. No quería parecer demasiado ansioso. No quería que pareciera que Mary estaba conectada en todo momento, esperando recibir noticias suyas. El papel que estaba jugando sería más creíble si Malcolm tenía que esforzarse para conseguir la atención que tanto ansiaba. Horas antes, Sebastian ya le había enviado un mensaje en nombre de Mary, agradeciéndole las flores. Eso sería más que suficiente hasta después de la cena.

Jane se sentó en el escritorio mientras saboreaba la copa de vino que al final había terminado aceptando mientras Sebastian cenaba.

–No creo que haya visto nunca a un ser humano comer tanto –comentó divertida mientras Sebastian daba cuenta de un segundo pedazo de lasaña y de otra rebanada de pan de ajo.

–He sido un hombre con suerte. Mi madre era una gran cocinera. Lo echaba de menos.

Jane se balanceaba sobre la silla. Aquel movimiento nervioso le indicaba a Sebastian que no estaba tan cómoda como pretendía.

–¿Dónde está ahora tu madre?

–En Upstate, en Nueva York.

–¿Todavía sigue con tu padre?

Por fin lleno, Sebastian apartó su plato. Cuando le había pedido que le llevara algo de cenar, había dado por sentado que Jane sería una gran cocinera, y no se había equivocado.

–No, mi padre murió hace diez años.

–Lo siento.

–En realidad, al final fue lo mejor para todos –respondió, recordando aquellos días tan difíciles.

–¿Qué ocurrió?

Sebastian no creía que se lo hubiera preguntado si él antes no hubiera sido tan directo con ella.

–Después de tener una salud de hierro durante toda su vida, se despertó una mañana con convulsiones y entró en coma. Mi madre le llevó inmediatamente al hospital, pero para cuando llegaron…–sacudió la cabeza–, la lesión cerebral ya era irreversible.

La preocupación suavizó el recelo con el que hasta entonces le miraba Jane.

–¿Qué causó las convulsiones?

–Una infección extraña que le afectó directamente el

cerebro. No hubo advertencia previa. No pudieron hacer nada para impedirlo.

—¡Debió de ser terrible!

Sí, lo había sido. Su madre y él habían pasado tres largos años cuidando a Ángelo, siendo conscientes de que jamás se recuperaría y sabiendo lo mucho que odiaba sentirse tan indefenso. Durante aquellos años sombríos, Emily se había casado con Malcolm. Sebastian estaba demasiado ocupado con su trabajo, con su padre y con su hijo como para prestar atención a la clase de hombre con el que estaba saliendo su ex mujer. Pero tampoco estaba seguro de que hubiera podido evitar lo ocurrido en el caso de que hubiera prestado más atención. Malcolm era policía y se suponía que los policías daban seguridad.

—Como te he dicho, al final fue lo mejor. Creo que él estaba deseando morir.

—¿Tu madre volvió a casarse?

Sebastian recordó a su madre, una mujer muy atractiva. Parecía veinte años más joven de lo que era, pero no parecía tener interés en salir con ningún hombre.

—No.

Jane cruzó las piernas.

—¿Qué piensa ella de lo que estás haciendo con Malcolm?

—Creo que preferiría que renunciara y regresara a mi casa.

—Pero no puedes.

Después de lo que Jane le había contado, estaba seguro de que le comprendía.

—No.

—Así que tienes que contratar a alguien que te cocine de vez en cuando.

Sebastian volvió a llenarle la copa de vino.

—Cuando te vayas, te llevarás lo que ha sobrado, ¿verdad?

–No me importaría dejártelo, pero me parece que no tienes nevera en la habitación.

–No, no hay nevera –también él se sirvió otra copa–. Así que ahora entenderás mi dilema.

Aparentemente complacida por el hecho de que hubiera disfrutado de su comida, Jane sonrió y bebió un sorbo de vino. Tenía una sonrisa bonita, que contrastaba con el constante recelo de su mirada.

Sebastian no entendía qué había cambiado exactamente, pero, de alguna manera, desde el instante en el que Jane había entrado en aquel dormitorio, se había alterado la química que había entre ellos. Sebastian la había considerado una mujer atractiva desde el primer momento. Era imposible no hacerlo. Pero el hecho de estar los dos solos en aquella habitación, le hacía demasiado consciente de ella a un nivel físico. Demasiado consciente de todas las posibilidades que se desplegaban ante ellos.

Como si quisiera evitar la tensión provocada por el silencio, Jane se volvió hacia el ordenador.

–Parece que Malcolm está empezando a impacientarse.

–¿Qué dice?

–«Eh, ¿dónde estás?» –leyó Jane.

–Dile que tenías que acostar a los niños.

–Estás de broma, ¿verdad?

Sebastian no podía imaginar por qué se lo preguntaba.

–No.

–Eso solo servirá para recordarle que Mary es una madre agotada. ¿Qué tiene eso de sexy?

–Es posible que no sea sexy, pero es bastante creíble. Es algo que diría la propia Mary.

–Lo último que a Malcolm le importa es que sea o no creíble. La gente que tiene relaciones por Internet, normalmente está intentando satisfacer una fantasía.

Una vez más, la cama parecía ocupar todo el espacio de la habitación.

—¿Hablas por experiencia propia?

—No, no puedo permitirme el lujo de tener fantasías.

—Todo el mundo tiene fantasías, Jane.

—De acuerdo. En ese caso, yo nunca podría permitirme el lujo de satisfacer las mías, sobre todo con una persona a la que no puedo ver. Hay muchos pervertidos en Internet. No pienso exponer a mi hija a otro hombre que podría ser como su padre.

Aquello sacaba a relucir un tema sobre el que Sebastian tenía curiosidad.

—¿Tu marido hizo algún daño a Kate?

—Eso depende de lo que quieras decir con «daño» —contestó—. Nunca la maltrató físicamente, pero mató a su tío e hirió gravemente a la persona que era más importante para ella. Y siempre queda el factor genético, ¿sabes? La pregunta que te haces todas las noches, el temor a parecerte a él. Kate ve la cicatriz que tengo en el cuello todos los días y sabe quién me la hizo.

Sebastian acercó una silla a la de Jane para poder ver también él la pantalla.

—¿Va al psicólogo?

—Iba. Las dos estuvimos yendo al psicólogo durante una buena temporada.

—¿Te ayudó?

—Sí, pero lo que más me ha ayudado ha sido colaborar con El Último Reducto.

—Intentar contraatacar.

Jane asintió.

—¿Y tú?

—¿Yo qué?

—¿Tienes ayuda psicológica?

—No.

—Pues deberías. Seguro que te ayudaría.

—Ver a Malcolm encerrado durante el resto de su vida me ayudaría mucho más —señaló la pantalla del ordenador–. Así que Mary no puede hablar de sus hijos. ¿Qué sugieres entonces que diga?

Jane tecleó: *Estoy pensando en ti*. Después, arqueó las cejas, como si estuviera pidiendo permiso para enviarlo.

–Adelante.

Sebastian había intentado una forma de aproximación similar la noche anterior y no le había llevado a ninguna parte, pero era una forma de empezar.

La respuesta llegó casi inmediatamente.

¿Quién manda aquí?: *¿No puedes pensar mientras hablamos?*

Jane comenzó a teclear otra vez: *Me temo que hablar contigo solo sirve para confundirme*.

–¿Adónde pretendes llegar? –preguntó Sebastian.

–Ya lo verás –contestó Jane, y envió el mensaje.

¿Quién manda aquí?: *¿Para confundirte? ¿En qué sentido?*

Creo que me estoy enamorando de ti, contestó Jane, e inmediatamente le preguntó a Sebastian:

–¿Crees que es excesivo?

–A juzgar por las transcripciones de los chats, yo diría que sí, pero…

–Malcolm quiere conquistarla, necesita sentirse a salvo, seguro de que no hay ninguna posibilidad de rechazo. Démosle esa seguridad.

Sebastian estaba más que dispuesto a probar algo diferente. Estaba comenzando a desesperarse. De modo que asintió y Jane envió el mensaje. La respuesta de Malcolm volvió a aparecer casi inmediatamente en la pantalla.

¿Quién manda aquí?: *Yo ya estoy enamorado. Llevo años enamorado de ti*.

Jane tenía razón. Malcolm había mordido el anzuelo. Pero a Sebastian le incomodaba que no hubiera mediado transición alguna entre aquella declaración y los chats anteriores de Mary, bastante más prudentes. ¿Bastarían las flores para justificar un cambio tan radical? Sebastian no quería alertar a Malcolm.

Solo por si acaso, se hizo cargo del teclado y escribió:

Chica de ojos castaños: ¿Desde que coincidimos en aquella fiesta?

¿Quién manda aquí?: Desde que hago el amor contigo en mi imaginación.

—La cosa está comenzando a calentarse —musitó Jane, y tecleó la siguiente entrada.

Chica de ojos castaños: ¿Cuándo podremos hacerlo de verdad?

Sebastian la detuvo antes de que pudiera enviar el mensaje.

—Tiene la dirección de Mary.

—Pero tenemos que hacerle salir de alguna manera. En cualquier caso, sigue siendo una amenaza para ella. Y Latisha y Marcie no podrán estar encerradas eternamente.

Jane tenía razón. Tenían que poner fin a aquella situación.

—De acuerdo.

Jane envió el mensaje y esperó.

¿Quién manda aquí?: ¿Tienes ganas de verme en tu cama?

Sebastian dejó que fuera Jane la que contestara.

Chica de ojos castaños: Sí, no puedo seguir esperando. Sueño con tener mis manos sobre tu cuerpo. Sueño con sentirte moviéndote dentro de mí.

Sebastian intentaba separar las fantasías de Malcolm de su propia realidad, pero no era fácil, estando sentado en la habitación de un hotel con una mujer atractiva que le miraba como Jane le miraba.

¿Quién manda aquí?: A veces no soy capaz de pensar en nada más.

Chica de ojos castaños: Y yo me excito solo de pensarlo.

Sebastian cambió de postura para aliviar la tensión que

sentía en los genitales y se dijo que debía ignorar aquella avalancha de testosterona. Pero las imágenes de Jane haciendo el amor invadían constantemente su cerebro.

¿Quién manda aquí?: Debería haberte enviado las rosas hace mucho tiempo.

Chica de ojos castaños: Este fin de semana voy a estar en Fresno. Podríamos vernos allí.

–¿Fresno? –preguntó Sebastian, aunque Jane ya había enviado el mensaje–. No es un lugar particularmente romántico.

–¿Se te ocurre algo mejor? –preguntó Jane–. Está a medio camino entre Sacramento y Los Ángeles. Y eso le permitiría verme y seguir fingiendo que vive en otra parte.

–Sabiendo ya que se trata de él, lo de Los Ángeles no tendrá ninguna importancia.

–Pero ahora la tiene.

La esperanza y el miedo tenían todos los nervios de Sebastian en tensión. Contuvo la respiración mientras esperaba la respuesta de Malcolm. ¿Caería en sus redes, o se alejaría para siempre?

¿Quién manda aquí?: Ya te dije que este fin de semana no me va bien.

Chica de ojos castaños: Yo iré de todas formas. Estaré en el Motel 6. Si de verdad me quieres tanto como dices, vendrás a verme.

–¿Estás segura de lo que estás haciendo? –preguntó Sebastian al tiempo que le sujetaba la mano antes de que pudiera enviar el mensaje.

–Sé que funcionará. Lo presiento.

Sebastian asintió y Jane presionó la tecla para enviar el mensaje.

¿Quién manda aquí?: ¿Lo dices en serio?

Chica de ojos castaños: Tú mismo podrás comprobarlo.

¿Quién manda aquí?: Pero ahora mismo estoy en una situación complicada.

Chica de ojos castaños: En ese caso, supongo que tendrás que perdértelo.

¿Quién manda aquí?: ¡Me estás matando!

Chica de ojos castaños: Ya verás cuando veas lo que me he comprado para la ocasión.

De pronto, Sebastian se imaginó besando a Jane en el cuello y descendiendo hasta alcanzar la suave curva de su seno para después quitarle la sudadera y descubrir su tatuaje.

¿Quién manda aquí?: ¿Y los niños?

Jane miró a Sebastian.

—El ex de Mary la ayuda con los niños, ¿verdad?

—Se queda con ellos fines de semanas alternos —frunció el ceño, intentando disimular su excitación—, pero creo que este fin de semana no le tocan.

Sin embargo, aquella información no la detuvo.

—Afortunadamente, siempre podemos hacer una excepción —dijo, y comenzó a teclear.

Chica de ojos castaños: Se van a quedar con su padre. Quiere llevarlos a un sitio especial. Por eso yo podría estar contigo. Es la ocasión perfecta.

¿Quién manda aquí?: No sabes cuántas ganas tengo de estar contigo.

Chica de ojos castaños: Entonces, aprovecha esta ocasión. Llevaré puestas las medias y las ligas... nada más. Imagíname en la cama, esperándote.

En la mente de Sebastian se conjuró inmediatamente aquella imagen.

¿Quién manda aquí?: ¿Quieres que lleve vino?

Chica de ojos castaños: Y preservativos. Montones de preservativos.

¿Quién manda aquí?: Estoy tan excitado que esta noche no voy a poder dormir.

Chica de ojos castaños: Yo me encargaré de relajarte cuando te tenga aquí.

¿Quién manda aquí?: Sigue hablándome ahora.

Jane comenzó a teclear, pero Sebastian volvió a hacerse cargo del teclado. Sabía que no podía permitir que fuera más explícita.

Chica de ojos castaños: Lo siento, pero tendrás que esperar. No me conformo con nada que no sea real.

¿Quién manda aquí?: Te deseo desesperadamente.

Chica de ojos castaños: Y este fin de semana podrás estar conmigo.

¿Quién manda aquí?: ¿De verdad puedo confiar en ti?

Jane arqueó las cejas:

—¡Oh, oh!

—Contesta inmediatamente. No puedes vacilar.

Jane tomó aire y contestó:

Chica de ojos castaños: ¿Qué se supone que significa eso?

¿Quién manda aquí?: Nada.

Chica de ojos castaños: Ahora tengo que desconectar.

¿Quién manda aquí?: No, todavía no.

Chica de ojos castaños: No te preocupes, volveremos a hablar antes del viernes.

Y sin más, dejó la conversación.

Sebastian permanecía sentado a su lado en silencio. Sus pensamientos volvían a la reacción que había tenido Jane cuando la había tocado. Aquel ligero roce de sus manos le había servido para ver cómo respondía al contacto físico. Había asumido al verla entrar que era eso lo que buscaba. Lo había notado en su forma de mirarle, en cómo le observaba cuando pensaba que no le estaba prestando atención, en cómo clavaba la mirada en sus labios cuando hablaban y en cómo se sonrojaba cuando la miraba a los ojos. Y Sebastian había estado con suficientes mujeres como para reconocer los signos de la atracción.

Sin embargo, lo que Jane deseaba y lo que Jane se permitía eran cosas muy diferentes. Teniendo en cuenta su pasado, era más que comprensible. Pero Sebastian se negaba a conformarse con ello. Odiaba ver a una mujer tan vibrante y atractiva negándose la oportunidad de disfrutar de algo más de lo que el canalla de su marido le había ofrecido.

—Será mejor que me vaya —anunció Jane.

—¿Tienes que ir a buscar a tu hija?

—No. Va a pasar la noche en casa de sus abuelos, pero tengo cosas que hacer antes de acostarme.

—¿Qué tienes que hacer?

—Poner la lavadora, limpiar…

—Suena excitante…

—No lo es, pero son cosas que no puedo dejar de hacer.

Se estaba presentando de la forma menos atractiva posible. Era todo lo contrario de lo que había hecho en el chat. Sospechaba que era porque sentía el mismo deseo que él y estaba intentando poner distancia. Sebastian decidió ser sincero con ella.

—Sabes que en algún momento tendrás que superarlo, ¿verdad?

Jane, que en aquel momento estaba guardando la comida, le miró con una expresión de profundo recelo.

—¿Superar qué?

—Tu miedo a los hombres.

—No tengo miedo a los hombres.

—Cuando antes te he tocado la mano, has estado a punto de saltar.

—Me he sobresaltado, eso es todo —alzó la barbilla—. No reacciono así con todos los hombres.

—Solo conmigo.

Jane no se sentía cómoda contestando a esa pregunta.

—Probablemente sea por el entorno.

—Por el entorno y porque no has vuelto a hacer el amor con nadie desde que mataron a tu marido. Cinco años es mucho tiempo.

Jane movió los músculos de la garganta como si tuviera dificultades para tragar.

–¿Cómo sabes que no he vuelto a hacer el amor desde entonces?

–Lo noto. Cuando me miras, comienzas a recordar cómo era aquello –bajó la voz–. Supongo que tienes ganas de que te acaricien, de sentirte viva. Libre, despreocupada...

Jane se colgó el bolso al hombro.

–Sí, es una bonita ilusión. Pero ya nunca volveré a sentirme libre y despreocupada –se rio con amargura–. Nunca.

Sebastian se levantó.

–No tienes que renunciar tan fácilmente, Jane.

–¿Renunciar?

–Puedes luchar por lo que quieres. Decidir recuperarte también en ese aspecto.

Jane sacudió la cabeza.

–Te... te equivocas. Estoy completamente recuperada.

–¿No echas de menos sentir las caricias de un hombre sobre tu cuerpo? ¿Sus manos sobre tus senos? Sus...

–¡Basta! No sé por qué me estás haciendo esto. No echo de menos nada.

No era cierto. Lo había dicho demasiado rápido, con excesiva intensidad.

–Entonces, ¿en qué estás pensando en este momento? –le preguntó.

–En nada.

–Tus ojos dicen algo muy diferente.

Jane desvió la mirada hacia la cama, pero apartó los ojos rápidamente.

–Será mejor que me vaya.

Por mucho que intentara negarlo, preferiría quedarse. Sebastian lo sabía. Y le habría encantado poder convencerla de que podía confiar en él.

–No tengo preservativos, Jane. No los he necesitado desde hace meses. Pero puedo conseguir.

–Te agradezco que me hayas dejado participar en tu búsqueda –contestó Jane, y agarró la cesta.

Aquello era un no. Sebastian no iba a seguir presionándola.

–De acuerdo –se hizo cargo de la cesta para acompañarla a la puerta–. Gracias por la cena.

–De nada.

Jane salió y le quitó la cesta. En aquel momento, Sebastian ya solo pretendía despedirse de ella, de modo que a él mismo le sorprendió oírse decir:

–Estaré aquí si decides volver.

Capítulo 10

Jane aparcó frente a un supermercado, pero dejó el coche en marcha. Era una estupidez gastar gasolina, pero le resultaba difícil preocuparse por algo así cuando en lo único en lo que podía pensar era en cómo había ardido su cuerpo desde el momento en el que había entrado en contacto con el de Sebastian. Sí, Sebastian tenía razón: echaba de menos disfrutar de una vida sexual. Había intentado olvidarlo, al igual que todo aquello que tenía relación con Oliver, pero resultaba más difícil ignorar las necesidades de su propio cuerpo. Había dado por sentado que tenía demasiadas heridas y que, por lo tanto, no podía asumir ese riesgo. Pero de pronto, empezaba a preguntarse si el problema no habría sido que no había conocido a nadie que la atrajera lo suficiente.

«Vuelve al hotel. ¿Cuándo se te va a presentar otra oportunidad como esta», se decía. Estaba segura de que Sebastian sería discreto. El único conocido común que tenían era David. Y Sebastian no se quedaría en Sacramento durante mucho tiempo. Podrían disfrutar de una noche juntos, él se marcharía después y todo habría terminado. No podía ser más fácil.

Jane tomó aire y llamó a sus suegros para ver cómo estaba Kate.

—Se está lavando los dientes, ¿quieres hablar con ella? —preguntó Betty.

–No, yo… solo quería asegurarme de que está bien.

–Ya está a punto de irse a la cama. Y ha terminado los deberes. Mañana la llevaremos al colegio a su hora. No te preocupes por eso.

Sus suegros eran personas digas de toda confianza. Betty y Maurice la habían ayudado mucho durante todos aquellos años, sobre todo cuando Oliver estaba encarcelado y Jane había tenido que ganarse la vida como peluquera.

–Gracias. Sois muy amables.

–Nos encanta quedarnos con ella. Pero… ¿no te importa quedarte sola en casa?

Jane advirtió la preocupación en la voz de su suegra. Por absurdo que fuera, los Burke se sentían responsables de lo que había hecho Oliver. Eran ellos los que le habían engendrado, los que le habían educado. Habían sido sus errores los que le habían convertido en lo que era.

–No, claro que no.

–Solo son las nueve y media. ¿Por qué no vas a tomar algo? ¿Por qué no intentas conocer a alguien?

Si su suegra tuviera idea de la posibilidad que estaba contemplando…

–Estoy demasiado cansada –mintió–. Creo que me iré directamente a la cama.

–Me gustaría… –comenzó a decir Betty, pero se calló.

–¿Qué ibas a decir? –preguntó Jane.

Pero en realidad, ya sabía cuál era la respuesta. A su suegra le gustaría que pudieran recuperarse y olvidar todo lo vivido.

–Te debes de sentir muy sola, Jane.

Wendy, la viuda de Noah, Jane y los niños eran la única familia que les quedaba a los Burke. Wendy estaba tan unida a ellos como Jane, pero entre ellas la relación no era tan estrecha. Wendy continuaba culpándola de la muerte de Noah.

Jane tomó aire.

–Por favor, deja de preocuparte por mí, ¿de acuerdo?

–Lo intentaré, cariño –se produjo otro breve silencio–. ¿Necesitas que vaya a buscar mañana a Kate al colegio?

–No, iré yo.

–Llámame si cambias de opinión.

Jane sonrió ante las ganas de Betty de hacerse cargo de su nieta. Los Burke la adoraban y se aferraban a ella después de lo mucho que habían sufrido.

–Lo haré. Te quiero –contestó, y colgó.

Un coche aparcó al lado del suyo. Jane continuaba con el coche en marcha mientras el conductor entró y salió de la tienda con seis cervezas.

¿Debería volver a la habitación de Sebastian?

¿Por qué no? ¿Qué podía tener de malo? Solo sería una relación temporal entre dos personas adultas. En cuanto comprobara que podía superar sus miedos, podría empezar a salir con hombres otra vez.

Ni siquiera era capaz de imaginar aquella posibilidad, pero le parecía lógico. ¿Y no sería mejor saber cuanto antes si era capaz de superarlo?

Sonó en aquel momento el teléfono. No le hizo ninguna gracia que la distrajeran cuando estaba intentando tomar una decisión, pero era David, así que contestó.

–¿Cómo ha ido el día? –preguntó David.

Jane salió del coche y entró en el supermercado mientras le explicaba lo que había pasado en Ione y lo que habían estado haciendo en el motel.

–Entonces, ¿Sebastian parece una persona normal? –quiso saber David.

Tan normal como ella, pero Jane sabía que estaba utilizando el término de manera muy vaga. Los dos estaban heridos, los dos estaban luchando por reiniciar una nueva vida a partir de las cenizas de las vidas que habían dejado atrás.

–Sí, es normal. Si tenemos suerte, incluso podrá ayudarnos. ¿Cómo ha ido tu investigación?

–He encontrado la pistola.

–¿El arma del asesino?

–Sí.

–Entonces, ¿estás a punto de cerrar el caso?

–Eso espero.

Un hombre de aspecto aburrido, cercano a los sesenta años, se hacía cargo de la caja registradora. Cada vez que Jane alzaba la mirada, le descubría observándola, así que, intencionadamente, dejó tras ella la sección de preservativos y estuvo contemplado los diferentes aperitivos.

–Mañana intentaré localizar al propietario de la casa de Ione para saber si dejó alguna dirección –le explicó a David.

–Si tienes alguna noticia más, avísame.

–Por supuesto.

David bostezó sonoramente.

–Gracias por tu ayuda, Jane. He estado tan ocupado que no sé qué habría hecho hoy sin ti.

–Estás haciendo todo lo que puedes. No te castigues por no ser capaz de hacer nada más.

–Tengo que colgar. Me parece que uno de los niños se ha levantado y tengo que volver a acostarle. Buenas noches.

–Buenas noches –contestó, y colgó el teléfono.

Intentando analizar las diferentes posibilidades de protección mientras permanecía al lado del estante de la cecina, miró disimuladamente los preservativos. En una de las cajas anunciaba: *Ultrafino. Para un máximo de sensaciones.* Otra prometía un apetecible aroma a vainilla.

Había pasado demasiado tiempo desde la última vez que había entrado en un supermercado a comprar preservativos. ¡Menuda oferta! Azules, verdes, rojos, finos, de piel de cordero, con estrías, de diferentes tallas, con distintos aromas. No tenía ni idea de qué comprar. ¿Los ultrafinos le proporcionarían suficiente protección?

De pronto, ninguno de ellos le pareció realmente capaz de protegerla. ¿Qué más daba que Sebastian fuera el hombre de los sueños de toda mujer? ¿O que se le acelerara el corazón al pensar que podía llegar a acariciarle? Era madre de una niña, tenía responsabilidades.

Salió del supermercado. Pero cinco minutos después estaba entrando en una farmacia, de donde salió con preservativos de diferentes tipos: con estrías, de piel de cordero, de sabor a vainilla... Si iba a hacerlo, quería hacer las cosas bien. ¿Y por qué iba a dejar que Oliver le costara más de lo que le había costado ya?

–Esto es para ti –se dijo a sí misma.

Se dirigió a la caja registradora y dejó las tres cajas en el mostrador como si estuviera desafiando al dependiente a hacer algún comentario.

Jane regresó a su casa, se duchó y se depiló y se aplicó una loción hidratante. Había pensado que, dándose algo de tiempo, terminaría cambiando de opinión. Pero no fue así. De hecho, estaba más decidida que nunca. Se le ocurrió incluso comprarse alguna prenda de lencería atrevida, pero las tiendas estaban cerradas. En casa no tenía nada que le pareciera suficientemente atractivo. Durante los últimos cinco años, se había convertido en una persona demasiado práctica como para gastar dinero en algo que probablemente no iba a utilizar. Para enterrar los recuerdos, se había desprendido de todo lo que hasta entonces tenía. Era una forma de olvidar el desastre en el que se había convertido su vida.

Como no tenía nada especial que ponerse, optó por un bonito chándal de diseño que había comprado en eBay por la mitad de precio. También se puso su sujetador más bonito de encaje y unas bragas color beige y visón. Sin embargo, cuando llegó a la puerta de Sebastian, no se atrevió a llamar. La braga no pegaba con el sujetador y Sebastian era un hombre de gustos caros. ¿Le molestaría?

No. Él solo quería una aventura de una noche. Por lo menos eso era lo que le había dicho antes de que se fuera. A lo mejor había pasado demasiado tiempo desde entonces. Podía oír la televisión a través de la puerta. Pero eso no significaba que no hubiera cambiado de opinión, o que no se hubiera quedado dormido.

Temblando, más por culpa de los nervios que por el frío que hacía en la puerta del motel, Jane miró la hora en el teléfono móvil. Las diez y media. No era demasiado tarde, pero tampoco demasiado pronto.

«¡Llama! No te quedes en la puerta como una cobarde!», se ordenó.

Apagó el teléfono. Después, cerró los ojos y levantó la mano. Llamó una vez. Si Sebastian no la oía, se marcharía y actuaría como si nunca hubiera vuelto. Al día siguiente, Kate estaría de nuevo en casa y ella volvería a convertirse en la Jane madre, cuidadora y defensora de las víctimas de la violencia. Aquella noche se estaba dando permiso para ser solamente una mujer.

No estuvo segura de haber llamado con suficiente fuerza hasta que la puerta se abrió.

Y allí estaba Sebastian, vestido únicamente con unos vaqueros desabrochados, como si acabara de ponérselos para poder abrir.

Se miraron a los ojos, y a Jane se le secó la boca.

—Eh…

Sebastian se apartó para dejarla pasar, pero Jane era incapaz de moverse. Permanecía donde estaba, aferrándose al bolso y a la bolsa que le habían dado en la farmacia. Al final, sin decir una sola palabra, dio media vuelta, decidida a marcharse. Y estaba a punto de salir corriendo cuando Sebastian la agarró del brazo. No lo hizo con mucha fuerza, pero sí con la suficiente como para detenerla.

—Vaya, ¿no pensabas saludar siquiera?

Jane no tenía respuesta y Sebastian no insistió.

–Vamos –le pidió, y la condujo al interior de la habitación.

–Yo… solo venía a… –enmudeció.

Había estado a punto de inventar una excusa para aquella repentina aparición, ¿pero por qué fingir? Sebastian conocía los motivos por los que estaba allí. Y aunque no los supiera, no tardaría en averiguarlos. Llevaba una bolsa llena de preservativos.

–Caramba, tienes las manos heladas.

Cubrió con sus enormes manos los puños que Jane mantenía cerrados para que no perder nada. Ni siquiera, la compostura.

Jane tragó saliva.

–Hace mucho frío.

–Yo te ayudaré a entrar en calor –susurró Sebastian, y le dio un beso en el cuello.

–¿No crees que esto es una locura? –susurró Jane mientras Sebastian movía los labios sobre su piel–. Porque a mí me lo parece. Apenas puedo respirar. Y el corazón me late con tanta fuerza que…

–No, no es una locura.

Jane quería lanzar por la borda sus inhibiciones. Se lo había prometido a sí misma. ¿Cómo iba a divertirse si estaba conteniéndose en todo momento? Pero cuando estaba acercando los labios a su boca, Sebastian se detuvo un momento junto a la cicatriz dejada por la navaja de Oliver y, por un instante, Jane temió que aquello fuera a terminar siendo un fracaso.

–Relájate –le pidió Sebastian–. Se supone que yo soy el único que tiene que tener el cuerpo en tensión.

Estaba bromeando para ayudarla a superar su incomodidad. Jane lo sabía porque le veía sonreír, pero su autoestima sufrió un duro golpe. Aquella broma le hizo temer que no la encontrara suficientemente excitante.

–¿Y lo estás? –le preguntó.

Sebastian le guió la mano para demostrárselo y el corazón de Jane latió con más fuerza todavía.

—No voy a presionarte a hacer nada que no te apetezca —le susurró—. Te lo prometo. Y si sientes que soy demasiado agresivo, solo tienes que hacérmelo saber.

Jane contuvo la respiración, pero no apartó la mano. No podía. Sentía demasiada curiosidad. Estaba cautivada. En cierto modo, estaba realmente sorprendida por ser capaz de afectarle hasta ese punto.

Con los nudillos, Sebastian le hizo alzar la barbilla y mirarle a los ojos.

—Eres preciosa, ¿lo sabes?

No, no lo sabía. Nunca se había considerado preciosa. Siempre había tenido unos diez o quince kilos de más. Cuando estaba en el instituto, nadie la miraba. Había sido últimamente cuando los hombres habían comenzado a fijarse en ella. A Jane le habría encantado ser merecedora de aquellas atenciones cuando era más joven. A esas alturas de su vida, no podía tomárselo en serio. Por mucho que hubiera cambiado su tono muscular o su peso, continuaba viéndose como una adolescente regordeta, con acné, y con una personalidad ligeramente ansiosa.

—No hace falta que me digas ese tipo de cosas —le advirtió—. Para mí será más fácil si eres sincero.

Sebastian pareció sorprendido por su respuesta.

—Estoy siendo sincero.

¿De verdad? ¿O estaría intentando crearse una fantasía, basada quizá en lo que había escrito como Chica de ojos castaños?

—Si tú lo dices.

—No me crees.

Jane no sabía qué responder. No quería admitir su falta de confianza en sí misma, pero tampoco podía negarlo.

—A lo mejor ya va siendo hora de que empieces a creerlo —respondió Sebastian, y le acarició los labios con los suyos.

Jane esperaba que empleara la lengua, que fuera directamente al grano. Ella todavía estaba acariciando su erección con las yemas de los dedos a través de los pantalones. Pero no podía imaginar que Sebastian estuviera dispuesto a emplear tanto tiempo con ella. Al fin y al cabo, lo que buscaba en aquel encuentro, era una rápida satisfacción, ¿no?

Pero si así era, no parecía estar dándose demasiada prisa. Sus caricias eran tan breves como inocentes y no la presionaba para que se arrojara a sus brazos. De hecho, retrocedió y tomó la bolsa que llevaba Jane en la mano.

–¿Qué has traído?

Jane se ruborizó mientras le veía mirar en el interior.

–¡Vaya! O piensas pasarte varios días aquí encerrada, o realmente, estás sobreestimando mi capacidad –exclamó riéndose.

–No te hagas una idea equivocada. Sé que esto es cosa de una sola noche, pero no sabía qué comprar. Yo... –sacudió la cabeza–. Es la primera vez en mi vida que utilizo un preservativo. Oliver siempre... –no fue capaz de terminar la frase.

–Una agradable selección –dejó las cajas en la mesilla de noche y posó después las manos en sus hombros, solicitando toda su atención–. Me alegro de que hayas mencionado a Oliver porque quiero decirte algo. Yo no soy él, Jane. No me parezco nada a él y no tengo ninguna intención de hacerte daño.

A lo mejor era cierto, pero, por mucho que hubiera cambiado Jane en algunos aspectos, todavía no había escapado del todo a la influencia de su marido.

–Lo comprendo.

–¿Puedo servirte una copa de vino?

Era otro intento de ayudarla a relajarse. Jane apreciaba sus esfuerzos, pero no estaba segura de que el vino pudiera servirle de nada. Entrar en su dormitorio con una bolsa llena de preservativos le hacía sentirse como si acabara de saltar de un avión sin paracaídas.

Pero tenía paracaídas, se dijo a sí misma. El hecho de que Sebastian fuera a dejar la ciudad en cuanto se resolviera el misterio de Malcolm Turner era la mejor protección. Aquella no era una verdadera relación. No requería la profunda reflexión que implicaría embarcarse en una nueva relación de pareja. No estaban en juego ni su futuro ni el de Kate. Y eso significaba que podía relajarse, aunque solo fuera durante una noche.

—No, gracias.

Sebastian ya tenía la botella en la mano.

—A lo mejor te ayuda —insistió, mostrándosela.

—Preferiría no perderme nada. La hora siguiente podría ser la última para mí durante mucho tiempo —bromeó.

Pero Sebastian no rió. Al parecer, sabía que no era ninguna broma.

Bajó la botella.

—¿Te apetece que oigamos algo de música? —le preguntó, y buscó en la televisión alguna emisora musical—. ¿Te gusta la música clásica?

Jane nunca había hecho el amor con música clásica. De hecho, nunca la oía, pero el sentimiento que despertó en ella la pieza que estaba sonando le gustó. Y le gustaba también que fuera algo diferente, que fuera una música que no tenía asociada a ningún recuerdo.

—Sí, está bien.

Sebastian se reclinó entonces contra la cómoda.

—¿Crees que hay algo que deba saber?

Jane miró la cama nerviosa. A lo mejor había llegado el momento de ponerse serios.

—¿Te refieres a enfermedades de transmisión sexual? Porque estoy limpia.

Sebastian sonrió.

—No puedo decir que no me alegre de oírlo y, por cierto,

tampoco tienes que preocuparte por mí en ese sentido. Pero me refería a fobias. ¿Tienes miedo a la oscuridad? ¿Te da miedo sentirte acorralada? ¿Dominada?

Los recuerdos de la última vez que había hecho el amor con Oliver se proyectaron en la mente de Jane, pero levantó todas las barricadas que pudo contra ellos.

—Quiero que apaguemos la luz.

Sebastian alargó la mano para buscar el interruptor y dejó la habitación a oscuras.

—¿Algo más?

—No restrinjas mi libertad de movimiento.

—¿En que sentido?

—No me ates, ni me sujetes con fuerza.

—No te preocupes por eso. Me gusta estar con alguien que tenga posibilidad de responder.

Dio un paso hacia ella. Jane sintió el calor de su cuerpo, pero Sebastian no la tocó.

—Tengo una idea —dijo de pronto—. ¿Por qué no tomas tú las riendas de la situación?

Sebastian pensaba que dejándole a cargo de todo se sentiría más segura, comprendió Jane. Pero había pasado mucho tiempo desde la última vez. Y no conocía muy bien a Sebastian. ¿Cómo podría iniciar una relación más íntima? ¿Bastaría con que se pusiera de puntillas y comenzara a besarle?

—No es difícil —susurró Sebastian como si Jane le hubiera formulado la pregunta en voz alta.

Inclinó la cabeza y buscó su boca, pero no la abrazó hasta que Jane no le rodeó con los brazos. Y ella fue la primera que entreabrió los labios.

Sebastian habría preferido tener las luces encendidas. Jane era mucho más atractiva de lo que ella pensaba. Quería ver aquel cuerpo atlético que escondía bajo el chándal.

Pero no quería tentar a la suerte. Tenía que recordárselo una y otra vez. El deseo le impulsaba a tomar el control. Con cada caricia de la lengua de Jane contra su cuello, su pezón o su estómago, el deseo aumentaba.

Y entonces, comenzó a descender.

Todos los músculos se le pusieron en tensión mientras intentaba dominarse. Añoraba tumbarla en la cama, utilizar la boca y las manos hasta hacerla gemir y retorcerse contra él, suplicando la culminación que él ya ansiaba. Pero tenía miedo de asustarla. Sabía desde el primer momento que hacer el amor con Jane sería algo diferente, algo que requeriría ser más comedido.

En un principio, no esperaba tener problemas con aquella clase de restricciones, pero no le estaba resultando nada fácil. De hecho, había dejado de ser fácil veinte minutos atrás, cuando Jane se había desprendido de su ropa y habían podido acariciarse piel contra piel. Jane se mostraba tan vacilante como si estuviera haciendo el amor por primera vez en su vida. Y aquel redescubrimiento del sexo encerraba un potente erotismo. El ir tan despacio, le excitaba mucho más.

—Jane —susurró con una voz tan ronca que casi le resultaba irreconocible.

—¿Qué? —susurró ella.

—Ya no aguanto más.

Jane vaciló.

—¿Quieres que me detenga?

—¿Te asustaría que me pusiera encima de ti? Yo soportaré mi propio peso. Después cambiaremos.

—De acuerdo.

Gracias a Dios. Sebastian la hizo tumbarse de espaldas y se colocó sobre ella, intentando evitar que se sintiera atrapada. Después, fue descendiendo lentamente, hasta que pudo rozar sus senos con el pecho. Eran muchas las cosas que quería hacer con ella y para ella, pero al parecer, Jane no sabía cómo indicarle lo que más le gustaba. Cada vez que creía haber encontrado algo que le gustaba, le detenía. No podía insistir por miedo a asustarla. Minutos antes había estado apunto de salir corriendo. Pero parecía negarse su propio disfrute. ¿Por qué?

Imaginó que el hombre con el que había estado la había tratado de una forma terrible. Eso le enfurecía, pero no podía remediar todo el mal que le habían hecho en una sola noche. Y como Jane se sentía más cómoda acariciándole que dejando que él la acariciara, temía echar a perder todo lo que hasta entonces había conseguido si no se reprimía.

—Así —le bastó ponerse encima de ella para estar a punto de llegar al límite.

Cuando Jane le rodeó la cintura con las piernas y le atrajo hacia ella, deseó hundirse en su interior. Pero le había prometido que sería ella la que llevaría las riendas, así que dio media vuelta en la cama para que Jane quedara a horcajadas sobre él.

—¿Estás bien? —susurró.

—Sí, estoy bien —contestó Jane, y comenzó a mecerse contra él.

Sebastian aguantó todo lo que pudo, pero no fue suficiente. Cuando todo terminó, tenía la convicción de que Jane no había disfrutado tanto como él.

Jane permaneció tumbada a su lado hasta que recuperó la respiración. Después comenzó a apartarse.

—Ha sido muy agradable —le dijo—. Gracias.

—¿Te vas? —preguntó Sebastian sorprendido—. Solo son las once y media.

—Mañana tengo que trabajar.

Sebastian no quería que se marchara. Así no. Sabía que estaba siendo educada, pero que la había decepcionado.

—Quédate. La próxima vez será mejor. Tenía miedo de asustarte y estaba intentando ser delicado. Ahora que ya sabes que no tienes nada de lo que preocuparte por lo que a mí respecta, puedes tener más confianza en…

–La culpa no es tuya, es mía –le interrumpió.
–Jane…
–Buenas noches.
Terminó de vestirse sin encender la luz. Sebastian supo que se había ido al oír el clic de la puerta.

Capítulo 11

Las lágrimas empapaban el rostro de Jane mientras permanecía sentada en el aparcamiento del motel. Puso el coche en marcha para poder encender la calefacción, pero no se movió de donde estaba. No podía dejar de temblar y no estaba segura de que pudiera conducir.

¿Qué demonios le pasaba? ¿Cómo podía haber pensado que acostarse con un completo desconocido podría ayudarla?

Apoyó la frente contra el volante.

–Porque soy idiota. En lo que concierne a los hombres, nunca voy a conseguir nada bueno.

Sebastian había sido un perfecto caballero. No tenía ninguna queja. Pero las cosas no habían transcurrido como esperaba. Ni siquiera un momento. No había sido capaz de dejarse llevar, de disfrutar como había imaginado. Oliver se lo había impedido. Justo cuando pensaba que por fin podía escapar a su pasado, parecía levantarse de la tumba y…

–Eres un canalla. Un canalla cruel y egoísta…

Ojalá nunca le hubiera conocido. Ojalá hubiera podido tener a Kate con otro hombre. Pero… buscó con los dedos el tatuaje que tenía en el pecho… Oliver no había sido lo único que le había impedido disfrutar.

Un golpe en la ventanilla la sobresaltó. Se llevó la mano al cuello, como si estuviera intentando esquivar la navaja de Oliver antes de darse cuenta de que no había ninguna amenaza.

—Soy yo —Sebastian retrocedió y le mostró algo—. Te has dejado la cartera.

Jane miró detenidamente el objeto que Sebastian tenía en la mano. Sí, era su cartera. ¿Cómo podría haberla perdido?

Entonces lo recordó. Había dejado el bolso en medio de la cama revuelta y al tirar de él se debía haber caído la cartera al suelo.

¡Mierda! Si hubiera sido cualquier otra cosa, le habría dicho que se la quedara. No quería hablar en ese momento con él. No quería que supiera que había estado llorando. Pero en la cartera, además de dinero, llevaba tarjetas de crédito y el carné de conducir. Tenía que recuperarla, y cuanto antes mejor.

«Una forma genial de poner fin a la noche», se dijo.

Bajó la ventanilla, pero no miró a Sebastian mientras este le tendía la cartera.

—Gracias —le agradeció.

Consciente de que su voz había sonado excesivamente educada, añadió un «lo siento» que solo sirvió para empeorar la situación mientras subía la ventanilla. Quería salir del aparcamiento antes de que Sebastian se fijara en sus lágrimas. Pero una mirada fugaz le bastó para ver su expresión desolada. Ya era demasiado tarde.

Se preguntaba si podría explicarle lo que había pasado. No le habría importado intentarlo, pero no estaba segura de que pudiera. Sebastian no había hecho nada malo. El problema era suyo, era un problema contra el que estaba batallando desde hacía años. No podía culparle por lo ocurrido. Y, en cualquier caso, no tenía sentido llorar. Estaba viva y tenía a Kate.

Eso era mucho más que suficiente. Muchas otras víctimas de la violencia no tenían tanta suerte. Debería estar agradecida, no debía hundirse en la autocompasión por no ser capaz de actuar como una mujer normal.

Decidida a olvidar lo ocurrido y a seguir adelante, como había hecho siempre desde la muerte de Oliver, puso la marcha atrás. «Olvidar y continuar», ese era el nombre del juego. No mirar atrás. Los que miraban atrás no podían escapar.

—¡Jane, espera un momento! Lo siento —gritó Sebastian tras ella.

Pero Jane no se detuvo.

Malcolm les había dado a Marcie y a Latisha unas pastillas para dormir, de modo que aquella noche no tenía por qué preocuparse por ellas. Era un alivio saber que estarían tranquilas durante doce largas horas, que no se despertarían y comenzarían a conspirar contra él. A lo mejor el secuestro había llevado la emoción de llevar la placa a nuevas alturas. Las dos chicas habían obedecido a todo lo que les ordenaba con un sumiso «sí, señor». Pero debería haberles dejado marchar después de darles un buen susto. Eso era lo que hacía normalmente. Hacerse pasar por policía le había ayudado a disfrutar de noches memorables. Podía dar órdenes y comportarse como un auténtico abusón sin que nadie cuestionara su autoridad. Las prostitutas de Franklin Boulevard se quedaban impresionadas cuando les decía que era un policía secreta y eso le permitía tomar gratuitamente lo que quería. «Oficial Boss». Oír que la gente le llamaba así le levantaba el ánimo.

Pero con Latisha y con Marcie había llevado las cosas demasiado lejos. Iba a tener que matarlas, y aquello ya no era ningún juego.

Después de bajar el volumen del televisor, Malcolm

marcó el teléfono que había guardado en la cartera. El teléfono sonó solo una vez antes de que saltara una grabación:

—*Por favor, disfrute de la música mientras buscamos su partida.*

Y comenzó a sonar una canción country.

Intentando dominar su impaciencia, Malcolm colgó el teléfono, marcó otro número y tamborileó con los dedos en el brazo del sofá. Pronto tendría respuestas, se dijo a sí mismo. Era media noche. Pam Wartle tenía que estar en casa.

Pero Pam no contestó el teléfono. Saltó directamente el buzón de voz.

Con una maldición, Malcolm colgó y volvió a marcar. No solo era tarde, sino que era un día de entre semana y Palm tenía familia, además de un trabajo de nueve a cinco. ¿Dónde demonios estaba?

Por fin oyó una voz somnolienta.

—¿Diga?

Intentó adivinar si era la persona que buscaba. Definitivamente, era una mujer. Pero no sabía si era Pam o su hija.

—¿Diga?

Malcolm suspiró aliviado. Era Pam.

—Eh, Palm.

—Cuelga.

Malcolm notó la tensión de su respiración a pesar que solo había pronunciado una palabra.

—¿Pam?

Silencio.

—¡Pam!

Por lo menos respondió, pero en aquella ocasión, lo hizo en voz muy baja, de modo que dedujo que debía de estar escondida en el armario o en el baño para que su marido no pudiera oírla.

–Será mejor que no seas quien creo que eres.

–Si estás teniendo una aventura, no soy tu amante. ¿Eso te ayuda?

–¡No! ¿Por qué demonios me llamas? Juraste que no volverías a tener ninguna clase de contacto conmigo.

Malcolm se alisó el uniforme. Rara vez se lo ponía para estar en casa. La ropa de civil y la sirena funcionaban mejor, puesto que ya no tenía coche patrulla, pero le había apetecido ponerse el uniforme aquella noche. Le daba la oportunidad de revivir los buenos momentos del pasado, de recordar el poder que en otro momento había detentado de manera legítima.

–Tranquilízate. He bloqueado mi número.

–¡Eso no basta! –le espetó–. Tengo marido, hijos. No quiero verme obligada a explicar por qué hablo por teléfono en medio de la noche.

–Puedes decir que era una llamada de trabajo. Seguro que te creerán.

–A los forenses no nos llaman en medio de la noche. Eso solo pasa en las películas.

Hasta los sonidos apenas audibles de la televisión le resultaban irritantes, de modo que la apagó.

–Tranquilízate, será una llamada rápida. Tengo que hacerte una pregunta.

–¿Qué quieres ahora de mí? Nuestros negocios terminaron hace un año.

–Necesito saber qué ha pasado desde entonces.

–¿Qué crees que ha pasado? ¡Nada! Todo ha salido tal y como lo habíamos planeado. Si hubiera pasado algo, ahora no serías un hombre libre.

–Sí, ahora soy un hombre libre, pero no sé si la situación puede durar. No sé si debería tener más cuidado.

–¿Y se supone que eso tiene que importarme? –se burló.

–No puedo evitar preguntarme qué está pasando allí.

—¿Y a mí que demonios me importa? Tengo que colgar. ¡Y no vuelvas a llamarme nunca más!

—¡Espera! Solo quiero hacerte otra pregunta.

Se produjo un silencio, pero Pam no colgó el teléfono, de modo que Malcolm continuó.

—¿Sabes algo de un hombre llamado Sebastian Costas?

—Estás de broma, ¿verdad?

Aquella respuesta le sorprendió.

—No, ¿por qué iba a estar bromeando?

—Cualquier persona que haya tenido alguna relación contigo ha oído hablar de él.

Malcolm se aferró con fuerza al teléfono.

—¿Se ha puesto en contacto contigo?

—Se ha puesto en contacto con todos tus conocidos. Cuando me metiste en esto, no me dijiste que le tendría siguiendo todos mis pasos.

Malcolm no reaccionó a aquella acusación. Estaba demasiado preocupado por lo que podían significar aquellas palabras.

—Entonces, me está buscando.

Se lo temía. Sebastian se había convertido en una pesadilla desde el primer momento...

—¿Y qué esperabas? ¿Pensabas que no iba a importarle que mataras a su hijo? Lo que no entiendo es por qué lo hiciste. No habías dicho nada de matar al niño. Solo mencionaste a Emily.

—¿Qué crees que tendría que haber hecho con Colton, Pam?

—Podrías haberle dejado vivo. Su padre se habría ocupado de él.

—Su padre habría ido detrás de su dinero.

—¿Crees que es eso lo que está buscando ahora? ¡Dios mío, ojalá no te hubiera conocido nunca!

—Ya es un poco tarde para eso, ¿no crees? Necesitabas

veinte mil dólares para pagar las deudas que habías contraído con la tarjeta de crédito antes de que tu marido se enterara de que habías recaído en tu adicción a las compras y yo te di la oportunidad de ganártelos. ¿Y ahora me echas a mí la culpa?

—Tengo que colgar.

—¡Espera! Entonces, ¿alguien sabe que estoy vivo?

—Lo sabe Sebastian, o por lo menos se lo imagina. Pero la prueba de ADN convenció a todo el mundo de que eras tú el que iba en el coche, así que, a no ser que consiga demostrar lo contrario, estás a salvo.

Excepto porque probablemente estaba haciendo la más condenada…

—Tienes suerte de que tu familia cremara el cadáver antes de que comenzaran a investigar —añadió Pam.

Afortunadamente, su madre había cumplido todas sus voluntades. Semanas antes de fingir su muerte, había preparado el terreno diciéndole a su madre que, si alguna vez le ocurría algo, quería que incineraran su cadáver. Pero hasta ese momento, no había tenido la seguridad de que hubiera hecho todo lo que le había pedido. Había leído los periódicos por Internet, pero nunca incluían esa clase de detalles. Tampoco los mencionaban en el obituario. Y hasta esa noche, no se había atrevido a ponerse en contacto con Pam, que era la única persona sobre la tierra que podía saber que no estaba muerto.

—Tú has tenido más suerte que yo.

Pam, que no sabía muy bien cómo debería tomarse aquella frase, no respondió inmediatamente. Cuando lo hizo, su tono era receloso.

—¿Qué quieres decir?

—Que has podido salvar tu matrimonio y tu familia. Ahora la mía está desaparecida.

—No te pongas a llorar ahora sobre mi hombro. Tú tienes la culpa de que tu familia haya desaparecido. Era lo que querías. Podrías haber respetado la vida del chico, pero no quisiste hacerlo.

Porque odiaba a Colton casi tanto como a su padre. Emily vivía completamente entregada a él.

—Esa era la única manera de que nuestro plan funcionara y lo sabes.

—No. Podrías haber robado el dinero. Y recuperar quinientos mil dólares sería una motivación mucho menor que perseguir al asesino de tu hijo. Al matar a su hijo firmaste tu propia sentencia de muerte. Y la mía, por cierto.

—¡Deja ya de lloriquear! Has podido pagar tus cuentas, ¿no?

—Y tú has conseguido una nueva vida. Espero que seas feliz en ella.

—Lo mismo te digo.

Colgó el teléfono y fijó la mirada en la pantalla del televisor. Maldita Pam Walter. Y maldito Sebastian Costas. Emily se pasaba la vida hablando de Sebastian y de Colton. «Sebastian nunca me habría tratado así», «Sebastian lo pagará», «Sebastian quiere que Colton tenga todo lo que necesita»; «le pediré a Sebastian que nos recomiende una lista de acciones», «a lo mejor Sebastian puede recomendarnos algunas inversiones», «vuelve a tocar a Colton y se lo diré a Sebastian».

Siempre actuaba como si Sebastian fuera más fuerte, más inteligente y más digno de confianza que él. Estaba orgullosa de que su hijo se pareciera a su padre porque continuaba enamorada de él. Probablemente había estado acostándose con él durante todo el tiempo que había durado su matrimonio.

¿Por qué demonios no le habría matado también a él? Podría haberle llamado, haberle hecho ver a Emily y a Colton por última vez y haberle pegado un tiro. Aquel canalla se lo merecía.

Malcolm sonrió al imaginar la reacción de Sebastian

en el caso de que le hubiera enviado a aquella fiesta. Imaginó su impresión y su horror. Se le habría roto el corazón al ver a su hijo muriendo sobre un charco de sangre. Le habría gustado ver su impotente furia mientras se enfrentaba a su pistola.

Pero aquello solo era un sueño. No había matado al ex de Emily. Se había dicho a sí mismo que era más inteligente trabajar de forma rápida y eficiente, no incluir a nadie más. Cuantas menos víctimas, más oportunidades tenía de salir indemne.

Era una pena. Dejar vivo a Sebastian había demostrado ser un error.

Por su culpa tenía que continuar preocupado y vigilante. Y si quería comenzar una nueva vida con Mary, eso sería imposible.

Necesitaba empezar desde cero. No podía continuar viviendo perseguido por su pasado. Y eso significaba que tendría que enfrentarse a Sebastian de una vez por todas.

—¿Dónde estuviste anoche?

Jane se quedó paralizada, con la taza de café a medio camino de la boca. Las pocas horas que había dormido habían sido muy agitadas. El recuerdo de lo que había hecho con Sebastian, la ruptura de su rutina de trabajo y la ausencia de Kate en la mesa del desayuno ya hacían que aquella fuera una mañana extraña. Recibir una llamada de Jonathan a esas horas la hacía más rara todavía. Hablaban en la oficina cuando coincidían allí, pero Jonathan nunca la había llamado por teléfono. Y, desde luego, nunca le había preguntado que dónde estaba la noche anterior.

Intentando no perder la calma, Jane dejó la taza en la mesa. No quería que nadie de El Último Reducto supiera que se había acostado con un hombre relacionado con el primer caso que atendía. Acostarse con Sebastian no representaba ningún conflicto de intereses, pero tampoco era muy profesional. Se avergonzaba de lo que había hecho, y también de la necesidad que la había impulsado a ello.

–Me acosté pronto, ¿por qué lo preguntas?

–¿En tu casa?

Su aparente confusión la sorprendió. Sabía que había llamado a su casa la noche anterior, pero no había pensado mucho en ello. Cuando Jonathan se ocupaba de un caso importante, ya fuera de su propia agencia o de El Último Reducto, trabajaba las veinticuatro horas del día. Jane había dado por sentado que le vería en la oficina.

–Claro, ¿dónde iba a dormir si no?

–No lo sé, pero no estabas en casa.

–Sí, estaba en casa –protestó–. Esta mañana he visto que tenía una llamada perdida. Tenía el teléfono apagado cuando intentaste ponerte en contacto conmigo –por lo menos eso era cierto.

–Jane, me pasé por tu casa.

¡Maldita fuera! ¿Y qué estaba haciendo en su casa? Jamás se había pasado por allí.

–¿Cuándo?

–Justo después de las doce.

–¿Era tan importante que tuviste que venir a esa hora?

–Estaba preocupado por ti. Estaba en El Último Reducto utilizando Internet porque la batería de mi portátil estaba parpadeando. Salí y me encontré con un tipo que preguntaba por ti. Le dije que no había nadie más en la oficina, pero quería que le dijera dónde vivías. Estaba enfadado porque en la tarjeta que le diste no aparece el número de tu móvil.

–¿Quién era? –le preguntó Jane.

–Dijo que se llamaba Luther. No me dio su apellido.

El padre de Latisha. Siempre y cuando no tuviera que enfrentarse a sus pitbulls, podía relajarse.

–Sí, sé quién es.

–¿Le conoces?

–Por supuesto. Está relacionado con mi caso.

–No parecía muy contento cuando se fue, así que, temiendo que pudiera encontrarte, me acerqué a tu casa para ver si estabas bien. Pero no me abriste la puerta.

–Supongo que estaba profundamente dormida.

–Vamos, Jane. No estaba tu coche. Y yo estaba suficientemente preocupado como para pasar por allí varias veces.

Jane estaba empeorando su situación por minutos. Jonathan era detective privado, una persona acostumbrada a prestar atención a los detalles. Debería habérselo pensado dos veces antes de mentirle. Debería decirle la verdad… O al menos, aquello que no le resultara incómodo revelar.

–De acuerdo, estaba con alguien –admitió–. Pero por favor, no se lo digas ni a David ni a nadie de El Último Reducto. No quiero enfrentarme con ese tipo de cosas en el trabajo.

Se produjo un largo silencio.

–Los secretos me hacen sentirme incómodo, Jane.

–Esto no es ningún secreto. Es mi vida privada. Hay cierta diferencia.

–Si me hubieras dicho que estabas con alguien desde el primer momento, no habría insistido.

Jane elevó los ojos al cielo.

–Jonathan, no es nada, de verdad. Mentí porque… no es asunto tuyo. Puedo salir con quien me apetezca.

–Jane, el tipo que vino ayer a buscarte era peligroso. Estoy seguro de que estaba drogado y sé que llevaba una pistola. Tienes que ser prudente, sobre todo si estás llegando tarde a casa.

–Ese hombre no sabe dónde vivo. Mi número de teléfono no aparece en la guía, así que no podría encontrarme aunque quisiera.

—Pero hay formas...

—Para los detectives. Estamos hablando de un macarra de Oak Park.

—No le subestimes —replicó—. A lo mejor no es asunto mío, pero si es una persona que está relacionada con El Último Reducto, deberías ser prudente. La gente que se pone en contacto con nosotros no suele ser la más recomendable para salir con ella.

—Lo sé. Pero hay personas con las que merece la pena arriesgarse a tener una relación. Tú conociste a Zoe a través de El Último Reducto.

—Sí, es verdad, pero habían secuestrado a su hija. No es lo mismo.

—Claro que sí. También ella tuvo que aprender a confiar de nuevo, como Skye y como yo, o como cualquiera que haya sufrido una violación. ¿Crees que no sé que tengo que tener cuidado? Comprendo los riesgos que asumimos. Ese es el problema. Por eso ayer por la noche fue la primera vez que estuve con un hombre desde hace... cinco años —sabía que estaba tensando la voz, pero no era capaz de controlarse—. ¿No puedo intentar olvidarme del pasado de una vez por todas y pasar la noche con un hombre por el mero de hecho de que me apetezca? ¿No puedo olvidar el peligro durante unos minutos y comportarme como si no dudara de todas y cada una de las personas que conozco?

Por fin consiguió dominarse. No quería confesarle eso a Jonathan. No quería decírselo a nadie.

—Lo siento. Olvídalo... Yo... cometí un error, eso es todo.

—¿Jane?

—¿Sí?

—Superarás lo de Oliver.

Jane no fue consciente de que estaba llorando hasta que no sintió las lágrimas en la barbilla. Frustrada por su incapacidad para contener las emociones que la noche anterior habían reavivado, se las secó con impaciencia e intentó tragar el nudo que tenía en la garganta y amenazaba con atragantarla.

—Sí, lo superaré.

Continuaba retrocediendo. Fingía creer que algún día se recuperaría por completo, pero no tenía la menor idea de si ese día llegaría alguna vez. Las relaciones ya eran suficientemente complicadas sin necesidad de un pasado tan complejo como el suyo.

Jonathan aligeró el tono de voz para intentar animarla.

—Espero que por lo menos fuera divertido.

Jane ni siquiera intentó sonreír.

—Debería haberlo sido —suponía que no era esa la respuesta que buscaba Jonathan, así que continuó—. Llamaré a Luther para ver qué quería.

—Hagas lo que hagas, mantente lejos de él —le advirtió Jonathan—. El cristal, o lo que quiera que esté consumiendo, hace enloquecer a la gente.

Y también la soledad, a juzgar por lo que le había pasado la noche anterior.

—Lo haré —respondió mientras tiraba el café por el fregadero.

Estaba frío y ya no tenía tiempo para prepararse otra taza. ¿Qué más daba que se hubiera acostado con Sebastian? ¿O que hubiera o no disfrutado? Latisha y Marcie seguían desaparecidas. Ellas sí que tenían un problema serio. Tenía que continuar trabajando para encontrarlas.

—¡Ah! Y ya sabes lo que se dice —añadió Jonathan.

Por su tono de voz, Jane dedujo que se estaba refiriendo a lo que había hecho con Sebastian.

—¿A qué te refieres?

—A que cuando uno se cae del caballo, lo que tiene que hacer, es volver a…montar.

Aquella metáfora le arrancó a Jane una sonrisa.

–Creo que a veces es preferible no montar. A veces es más inteligente mantenerse alejada de los cascos.

–Eso depende del caballo.

Jonathan colgó el teléfono y Jane fue a buscar el bolso entre risas.

Capítulo 12

El retumbar de un trueno despertó a Sebastian. Tras el estallido inicial, continuó retumbando en el cielo con una potencia suficiente como para hacer temblar el edificio entero. El trueno no tardó en ser acompañado por el viento y la lluvia.

—¡Menudo día! —gruñó.

Todavía era temprano, y le apetecía volver a dormir. Sobre todo cuando su primer pensamiento voló hacia Jane, hacia la desilusión y la frustración de su primer encuentro. No podía evitar pensar que la había decepcionado. Jane había hecho acopio de confianza y valor para regresar a su habitación y él no había sido capaz de ofrecerle lo que necesitaba. No estaba suficientemente liberada como para aprovecharse de las oportunidades que le ofrecía el ponerse a cargo de la situación. Después de todo lo que había sufrido, era casi imposible. Debería haber pensado en ello, debería haberse dado cuenta de que lo que en realidad necesitaba era que él tomara las riendas. Y habría aceptado encantado aquel papel si no hubiera tenido miedo de asustarla.

Lo que Jane necesitaba era una actitud intermedia entre la agresividad y la contención. En ese momento lo entendía. Pero la noche anterior, también para él había sido algo completamente nuevo. Nunca había hecho el amor con una mujer que había sido salvajemente atacada por alguien, y menos aún por la persona que debería amarla y protegerla.

Se preguntó cómo habría reaccionado Emily a una violencia como aquella si hubiera sobrevivido al disparo.

Cuando lo consideraba en esos términos, tenía que admitir que Jane se estaba recuperando bastante bien. Había sido víctima de un ataque brutal, pero continuaba en pie, enfrentándose a sus miedos. Eso ya le indicaba que era una mujer muy valiente.

Le habría gustado que la noche anterior le hubiera reportado algún consuelo, alguna satisfacción.

–Vivir para aprender –dijo en voz alta.

Una delicadeza excesiva podía resultar tan frustrante como la excesiva rudeza. Instintivamente lo comprendía, pero con Jane había hecho una excepción.

Intentando olvidarse de ella, se metió en la ducha y revisó después el buzón de voz del móvil. Pero no tenía ningún mensaje que pudiera ayudarle a distraerse. Mientras trabajaba, una parte de su cerebro revivió el instante en el que la lengua de Jane entró en contacto con la suya y se le aceleró el corazón. Hacía años que no estaba tan excitado.

El sonido del teléfono interrumpió sus pensamientos. Lo descolgó medio esperando que fuera una llamada de Jane.

–¿Diga?

No era Jane, era Constance. Su desilusión le sorprendió, y le confirmó que ya no era el mismo de siempre. ¿No quería reconciliarse con su novia? A lo mejor Constance había dejado de ser alguien imprescindible para él. A ese paso, tendría que reconstruir todos y cada uno de los aspectos de su vida.

Pero aun así, habría preferido que aquella llamada fuera de la mujer con la que había estado el día anterior, una mujer con la que no tenía ningún futuro. Una mujer que le había hecho perder el equilibrio.

–¿Sí? –preguntó.

–No me has llamado.

Sebastian acababa de sentarse y conectar el ordenador, pero al advertir el tono sombrío de su voz, se apartó de la mesa y clavó la mirada en las gotas de lluvia que se deslizaban por la ventana.

–Me dijiste que todo había terminado entre nosotros.

–¿Y estabas dispuesto a dejar las cosas así?

–Pensé que era eso lo que querías. Que de esa forma serías más feliz.

–Estaba enfadada.

–¿Y ahora?

–Sigo estando enfadada… Pero no estoy segura de que quiera renunciar a nuestra relación.

Sebastian ya no estaba seguro de lo que sentía sobre esa relación, de lo que sentía por ella. ¿Era justo dejarle creer que las cosas podrían volver a ser como en el pasado? Él había dejado de ser el que era. Dudaba incluso de que Constance realmente le conociera. ¿Y qué decir de lo que había ocurrido la noche anterior? Sabía que en cuanto le confesara a Constance que se había acostado con otra mujer, tendrían problemas. Constance era una mujer muy celosa.

–Estoy a punto de atrapar a Malcolm, Connie. Lo presiento.

–Creo que podrías tener razón.

Aquel cambio tan repentino le sorprendió.

–¿Qué?

–Ayer a las dos de la madrugada llamó alguien a casa.

–¿Quién?

–Un hombre. No me dijo cómo se llamaba.

Sebastian alzó la mirada hacia el cielo.

–¿Qué quería?

—Preguntaba por ti.

Sobre el asfalto, los charcos reflejaban la grisura del cielo.

—¿Sabes desde qué número te llamaba?

—No, el número estaba bloqueado.

—¿Qué le dijiste?

—Le dije que habíamos roto, que estabas en tu casa. Pero creo que no me creyó.

—¿Por qué no?

—Porque me dijo que entonces por qué demonios no contestabas el teléfono y colgó. Estaba furioso. Pude sentir el odio que reflejaba su voz. Fue espeluznante.

Al tiempo que intentaba asimilar lo que podía significar aquella llamada y el sentimiento que había transmitido aquel hombre, Sebastian miró hacia el aparcamiento, hacia el lugar en el que había descubierto a Jane llorando la noche anterior. Deseó poder dar marcha atrás en el tiempo y hacer las cosas de manera completamente diferente.

—¿Crees que era Malcolm? —preguntó.

—Sí —contestó ella en un tono de voz mucho más suave del que había empleado para hablar con él en mucho tiempo.

Sebastian había considerado inmediatamente aquella posibilidad, pero él tenía a Malcolm en la cabeza las veinticuatro horas del día. Jamás había esperado que Constance sospechara de un hombre al que creía muerto.

O a lo mejor simplemente quería creer que estaba muerto para que Sebastian regresara por fin a casa y pudieran seguir con sus vidas.

—Hablaba igual que él —continuó diciendo Constance.

Un relámpago iluminó el cielo antes de que volviera a retumbar un trueno.

—¿Estás segura? Tú solo hablaste con Malcolm en un par de ocasiones.

—¡Las suficientes como para reconocer su voz! Fui a

buscar varias veces a Colton a su casa, ¿o es que lo has olvidado?

No, no lo había olvidado. Quería que Constance conociera a Colton, necesitaba ver cómo se relacionaban. Había estado a punto de pedirle que se casara con él. Habían llegado a estar muy unidos, y esa era precisamente la razón por la que le costaba creer que de pronto le resultara tan indiferente.

—Siempre intentaba abrir la puerta para hostigarme —continuó diciendo Constance—. Me pedía que le dijera la hora a la que iba a llevar a Colton a casa, me preguntaba qué pensábamos hacer con él, como si tuviera que decir algo al respecto, y me recordaba los deberes que tenía que hacer. También me informaba de si Colton tenía que ir a algún entrenamiento, o al dentista... lo que fuera. ¿No te acuerdas? Intentaba traspasarnos todas las obligaciones que podía, sobre todo aquellas que suponían algún gasto, aunque tú ya pagabas una cantidad desorbitada para los gastos de manutención del niño.

Siempre y cuando fuera para Colton, a Sebastian no le importaba. Aquel niño lo había sido todo para él. A veces incluso pasaba algún dinero extra para Emily. No le importaba comprarle un vestido nuevo o comida para que no tuviera que correr Malcolm con los gastos. ¿Por qué iba a importarle? Era la madre de su hijo. Cuanto más feliz fuera ella, más feliz sería el niño.

Pero ya no tendría oportunidad de volver a correr con sus gastos...

Apretó los dientes y apoyó la frente contra el frío cristal.

—Sí, él siempre tenía algo que decir.

No había sido fácil dejar que otro hombre criara a su hijo. Eso le había hecho lamentarse en muchas ocasiones de haber puesto fin a su matrimonio. Si no hubiera estado tan preocupado por el trabajo durante los primeros años, todo habría sido distinto. Había dejado llegar las cosas demasiado lejos. Con la cantidad de horas que pasaba en el despacho, era casi inevitable que Emily se fijara en otro hombre. Necesitaba amor, cuidados. La había descuidado, pero aun así, se había sentido tan enfadado, tan traicionado, que no había sido capaz de perdonarla hasta que ya era demasiado tarde.

–Tú lo odiabas.

–Sí. Odiaba la situación.

Porque él había sido un pésimo marido, su hijo había terminado viviendo con un hombre que no le gustaba. Y Emily se había sentido atrapada. No quería fracasar por segunda vez. Pero le tenía mucho miedo a Malcolm...

Sebastian deseó haber prestado más atención a sus temores. Pero su padre había necesitado cuidados permanentes durante los primeros años de su matrimonio con Emily, y una vez muerto su padre, cuando ya había conseguido perdonarla, se había acostumbrado a la situación. Le pasaba dinero de vez en cuando esperando ayudarla de aquella manera, pero jamás había pensado que las cosas pudieran terminar como lo habían hecho. El hecho de que Malcolm fuera policía, y de que disfrutara siéndolo, le habían convencido de que era, básicamente, un buen hombre. El único problema era que era una persona rígida y difícil de tratar.

Incluso después del tiempo pasado, continuaba sorprendiéndole lo equivocado que estaba.

–Así que al final estás dispuesta a admitir que Malcolm está vivo.

–Ahora lo sé. Era él. ¿Quién iba a llamarme si no a esa hora de la noche?

Sebastian no tenía la menor idea. Era un alivio oír a Constance reconocer la posibilidad de que Malcolm continuara vivo. Hasta ese momento, solo su madre y Mary le habían creído.

–¿Debería escribirle un correo electrónico? ¿Hacerle saber que era yo?

–¿Tienes su correo?

–Está en las transcripciones que me enviaste.

–No, no podemos asustarle. ¿Por qué estará buscándome? –preguntó.

En realidad, se lo imaginaba perfectamente. Malcolm sentía la tentación de ver a Mary aquel fin de semana, estaba más tentado que nunca por reencontrarse con una persona perteneciente a su antigua vida. Pero también estaba asustado. Lo suficiente al menos como para buscar cualquier indicio de un posible problema.

–A lo mejor sabe que le estás buscando. A lo mejor siente que te estás acercando.

Un relámpago iluminó a las pocas almas que se habían atrevido a desafiar la tormenta. A las ocho de la mañana, todavía había suficiente oscuridad como para que los coches tuvieran que ir con las luces encendidas.

–Es posible –contestó.

Sebastian no podía decir que hubiera mantenido su persecución en secreto. Había recorrido el país buscando el rastro de Malcolm. Había visitado incluso a su primera esposa. Si Malcolm se había puesto en contacto con cualquier conocido, probablemente le habrían dicho que Sebastian estaba haciendo preguntas. Al fin y al cabo, Malcolm se había atrevido a ponerse en contacto con Mary. A lo mejor lo había hecho también con alguien más. Con alguien que había oído lo que supuestamente había hecho, pero no confiaba en la veracidad de las noticias. O alguien que estaba dispuesto a aceptar cualquier cosa que Malcolm le dijera.

–¿Crees que habrá intentado hablar con el banco? –preguntó.

–Supongo que sí.

Sebastian no podía creer que Malcom hubiera llamado a Constance. Que le hubiera permitido oír su voz cuando había formas mucho más fáciles de conseguir información sobre él. Lincoln Hawke Financial, el banco en el que trabajaba, le conservaba el puesto, a pesar de la agitada situación económica del país. Si Malcolm hubiera llamado allí, le habrían dicho que Sebastian continuaba de excedencia. O, dependiendo de con quién hubiera hablado, habrían podido llegar a decirle que hacía más de un año que Sebastian no iba a trabajar.

¿Qué habría pensado Malcolm de tan larga ausencia?

—Estoy nerviosa —le confesó Constance—. Si tiene miedo de que estés siguiéndole el rastro, es capaz de hacer cualquier cosa.

Sebastian se apartó de la ventana y se acercó de nuevo al ordenador.

—Desde luego, todo esto ha arruinado el posible encuentro de este fin de semana.

—¡No estoy preocupada por ese encuentro! ¡Lo que me preocupa es tu seguridad! —gritó Constance—. Ya ha matado a dos personas y no le ha pasado nada. ¡Si cree que puedes llegar a descubrirle, a lo mejor intenta deshacerse también de ti!

—Estoy preparado para eso.

—¿Cómo se puede preparar nadie para que le metan un tiro?

—Aprendiendo a disparar. Después del tiempo que pasé en el campo de tiro, no se me da nada mal.

—Pero a lo mejor utiliza la reunión con Mary para atraparte. Es posible que tú estés pensando que es la oportunidad de hacerle salir de su escondite y él esté pensando lo mismo.

A lo mejor. Pero Sebastian nunca había estado tan cerca de atrapar al hombre que había matado a su hijo. Aquella podía ser su gran oportunidad.

—En ese caso, comprobaremos quién es el más listo.

—Tienes que estar de broma —le espetó Constance—.

¿Eso es lo único que tienes que decir? ¡Con esa actitud lo único que vas a conseguir es que te maten!

–Sabes perfectamente que ahora no puedo volver.

–Sebastian, si quisieras, podrías detener esta locura. ¿De qué les va a servir a Emily y a Colton que tú también mueras? ¿Y a mí? ¿Es que yo no te importo?

Sebastian conectó el correo electrónico.

–No puedo seguir con mi vida hasta que no ponga fin a esto. Esta es la única manera de hacerlo.

–¿Sebastian?

–¿Qué?

–¿Me quieres?

Aquella pregunta le pilló completamente desprevenido. No sabía qué decir, pero no podía mentirle. Aquello era lo único que se había prometido no hacerle nunca a una mujer después de que Emily le hubiera engañado. Había aprendido de primera mano cómo se sentía alguien cuando le mentían.

–Ya no lo sé.

A aquella admisión le siguió un prolongado silencio.

–En ese caso, no tienes por qué volver, al menos conmigo –y colgó el teléfono.

Sebastian suspiró, dejó el teléfono a un lado y se frotó los ojos. Acababa de alejarse un paso más de la mujer con la que pretendía casarse. Y de todo lo que había dejado en Nueva York.

Llamaron a la puerta. Era pronto para que fueran a limpiar la habitación, pero Sebastian no podía imaginarse quién podía visitarlo a esas horas.

–No necesito que me limpien la habitación –respondió.

–Soy yo.

Jane. Corrió a la puerta, la abrió y la descubrió en la entrada, sacudiendo un paraguas que apoyó contra la pared. Llevaba una gabardina sobre un traje chaqueta de color oscuro y una blusa turquesa.

—He conseguido localizar al propietario de la casa en la que estuvimos ayer —anunció.

Sebastian estaba destrozado. Acababa de romper con Constance, y aquella vez era para siempre. Probablemente era un error. Pero aun así, deseaba acariciar a Jane. Quería una segunda oportunidad para ofrecerle una experiencia agradable.

Pero la actitud acartonada de Jane le indicaba que ella no tenía intención de permitir que eso ocurriera. Ni siquiera estaba dispuesta a recordar lo que había ocurrido.

—¿Y? —le preguntó.

—Wesley Boss se fue de allí hace tres meses.

—¿Dejó alguna dirección?

—Solo la del apartado de correos, tal como tú esperabas.

Sebastian retrocedió para invitarla a pasar. Jane se detuvo vacilante en la puerta, pero al final, arqueó una ceja con expresión desafiante, agarró el bolso a modo de escudo y pasó por delante de él.

—¿Dejó Malcolm algún número de teléfono? —preguntó Sebastian mientras cerraba la puerta.

—Sí. Un teléfono con el mismo número que el que utilizó mi víctima. Un teléfono que desapareció y que ahora nadie puede rastrear, por supuesto.

Jane olía a la fragancia de la lluvia mezclada con el perfume que Sebastian había podido apreciar la noche anterior.

—Así que estamos en un callejón sin salida.

—Sí.

Sebastian señaló la silla del escritorio.

—¿Quieres sentarte?

—No, voy de camino al trabajo. Solo he pasado por aquí para ver si podías prestarme la fotografía de Malcolm Turner, para hacer una copia. Me resultará mucho más fácil encontrarle si por lo menos puedo mostrarle a la gente el aspecto que tiene.

–La fotografía que viste ayer está todavía en el coche, pero tengo otra.

Se acercó al maletín, lo abrió en el suelo y rebuscó entre los documentos que allí guardaba. Al final, sacó el sobre en el que guardaba las fotografías de Malcolm.

Jane evitó cualquier contacto físico mientras aceptaba la fotografía que Sebastian le tendió.

–No tienes por qué hacer una copia. Tengo muchas más.

–Perfecto.

–¿Alguna otra referencia?

–¿Referencia? –evidentemente, Jane había perdido el hilo de la conversación.

Siguiendo la dirección de su mirada, Sebastian advirtió que había clavado los ojos en los preservativos de la mesilla de noche. A lo mejor pretendía fingir que la noche anterior no había ocurrido nada, pero estaba tan preocupada como él.

–En el contrato de alquiler –le aclaró.

Jane se volvió bruscamente hacia él.

–¡Ah, sí! Todos los datos eran falsos.

–¿Y el propietario no se molestó en comprobarlo?

–No. Tenía problemas para pagar la hipoteca cada mes, así que estaba encantado de tener a alguien que le pagara un alquiler.

Sebastian se sentó en la cama e, inmediatamente, cruzaron por su mente todo tipo de imágenes, y con todo lujo de detalles, sobre los momentos que habían compartido. La suavidad de la piel de Jane, la forma en la que cedían sus labios bajo los suyos. Los sonidos que emitía… No había tenido suficiente con una noche. Y quería que le permitiera reparar su error.

Pero sabía que era preferible no intentarlo siquiera. Jane se había distanciado definitivamente de él.

–Eso significa que el único vínculo que tenemos con él es a través de Mary.

Jane se encogió de hombros y se sentó en el borde de la silla que Sebastian le había ofrecido minutos antes.

–En este momento, es nuestra gran esperanza.

Pero, ¿y si Malcolm se había enterado de que Mary le estaba traicionando? La llamada que le había hecho a Constance significaba algo.

–Creo que Malcolm está preocupado por mí.

Jane le miró con el ceño fruncido.

–¿Qué quieres decir?

–Ayer por la noche llamó a una amiga mía preguntando por mí.

–¿Malcolm conoce a tus amigos?

–A esta sí.

–¿Por qué?

–En alguna ocasión fue a buscar a Colton a su casa.

Jane le miró confundida durante un instante, pero casi al momento lo comprendió.

–¡Ah! Salías con ella.

–Sí.

Jane bajó la voz.

–¿Y sigues saliendo con ella?

–No.

–¿Estás seguro? Porque yo di por sentado… –se aclaró la garganta–. Como no llevas alianza…

–No estoy casado, Jane. Es mi exnovia.

¿Debería decirle que habían roto hacía solo unos minutos?

Jane habló durante el retumbar de un trueno, pero a Sebastian no le pasó desapercibido el alivio que reflejaba su voz.

–¿Qué le dijo?

–Le preguntó por mí. Quiere saber lo que estoy haciendo.

Jane sujetaba el bolso en su regazo.

–Si te relaciona con Mary…

–En el mejor de los casos, volverá a desaparecer y yo tendré que empezar desde cero.

En el peor, mataría a Mary antes de desaparecer, pero Sebastian no quería pensar en el pero de los escenarios.

–¿No vas a renunciar?

Sebastian negó con la cabeza.

–Jamás.

Aunque no sabía cómo iba a poder continuar financiándose sus esfuerzos.

–¿Hay alguna posibilidad de que pueda localizarte en Sacramento?

–Sí, estoy seguro. Mi familia y mis amigos saben que estoy aquí. Pero estar aquí no significa necesariamente que sea Mary la que le haya traicionado.

Un relámpago iluminó el cielo, anunciando la explosión de otro trueno.

–Alguien tiene que haberte puesto en alerta.

–O algo. Por lo que él sabe, puedo haberle seguido a través de cualquier otra pista.

Jane le recorrió con la mirada. Parecía estar analizando lo que veía como si quisiera comprobar lo que había estado acariciando la noche anterior. La tensión entre ellos creció. Hacía un día terrible, todo lo que ocurría a su alrededor lo era. Sebastian quería encerrarse con ella en aquella habitación, demostrarle que podía olvidar el pasado si confiaba lo suficiente en él...

Jane cambió de postura. Se sentía incómoda.

–Sigo pensando que debe de estar cuestionándose la lealtad de Mary. Yo lo haría si estuviera en su lugar. Mary podría terminar teniendo problemas, Sebastian. Es posible que en algún momento tenga que dejar a sus hijos y trasladarse a un hotel con un nombre falso, o algo parecido.

–Estoy de acuerdo contigo. Pero no podemos desarraigarla tan pronto. Tanto para ella como para sus hijos será muy duro tener que abandonar su rutina habitual.

–¿Y si conseguimos atraparlo antes de que llegue este fin de semana? –sugirió Jane–. ¿Antes de que tenga tiempo de seguir investigando por su cuenta?

Mientras parte del cerebro de Sebastian continuaba concentrada en la conversación, la otra estaba recordando la sensación de los senos de Jane contra su pecho.

Se levantó para que la reacción de su cuerpo ante esa imagen no fuera tan evidente.

–¿Cómo?

–Podríamos decirle que Mary le quiere enviar un paquete y pedirle una dirección.

–Nos dará la del apartado postal.

–La curiosidad puede ser una gran motivación.

–¿Crees que iría a recogerlo?

–Sí. Y nosotros estaríamos esperándole.

Sonrió, pero cuando Sebastian clavó la mirada en su boca, su sonrisa desapareció. Se humedeció nerviosa los labios con la lengua.

–No estoy seguro de que pueda funcionar.

Pero de lo que sí estaba seguro era de que su cuerpo estaba funcionando. Eran increíbles las ganas que tenía de acariciarla…

–¿Por qué no?

–Sabe que la policía tiene su número de móvil, y eso significa que también tiene el del apartado postal.

–Son muchas las personas que entran y salen de una oficina de correos. La idea de entrar a recoger un paquete podría ser tan tentadora que no sea capaz de resistirse.

Sebastian necesitaba que se fuera si no quería terminar abrazándola. Pero no podía acompañarla a la puerta antes de que ella estuviera dispuesta a irse. La tortura de tenerla tan cerca, pero no tanto como le habría gustado, le resultaba agridulce.

–Merece la pena intentarlo. Esta misma noche lo haré.

Jane asintió y se levantó.

–Llámame para contarme cómo va todo.

–¿No piensas venir?

–No creo que debamos quedarnos juntos a solas.

–Si de lo que tienes miedo es de que podamos llegar a acostarnos, recuerda que ya lo hemos hecho.

–Eso no significa que debamos repetir la experiencia.

Sebastian se levantó. Ya solo les separaban unos centímetros.

–¿Por qué no? A lo mejor si bajas la guardia la próxima vez, podrías llegar a disfrutar de verdad.

–No sabes de lo que estás hablando –respondió Jane.

Pero Sebastian sabía que el ceño que acompañaba sus palabras era solo una máscara. Había visto la verdad que se escondía tras ella y sabía que había tocado un punto débil.

Le acarició la mejilla con un dedo.

–Cada vez que hacía algo que realmente te gustaba, me detenías. ¿Por qué?

Mary retrocedió, se cerró la gabardina y se ató el cinturón.

–Solo estaba intentando… intentando…

–¿Sabotear tu propio placer?

–¡No! –se dirigió hacia la puerta.

–Creo que eso era exactamente lo que estabas haciendo –le advirtió Sebastian–. Para de esa forma convencerte a ti misma de que en realidad no te estás perdiendo nada.

–¡Ya basta! Estás… completamente equivocado.

Alargó la mano hacia el pomo de la puerta. Sebastian esperaba que la abriera y se marchara, pero no fue eso lo que hizo. Se volvió hacia él como si estuviera dispuesta a seguir discutiendo y avanzó hacia el centro de la habitación. Después, le besó con una voracidad con la que nadie había besado nunca a Sebastian.

En aquella ocasión, Sebastian se juró que no la trataría como si pudiera romperse. La empujó contra la pared y reclamó su boca tal y como había deseado reclamarla la noche anterior. Supo que estaba haciendo lo que debía cuando Jane hundió las manos en su pelo para presionarle contra ella y gimió. Por lo menos se estaba dejando llevar. Estaba permitiendo que su cuerpo reaccionara de forma natural.

–Eso es –musitó–. No tienes por qué reprimirte.

Y le levantó la falda hasta la cintura.

Capítulo 13

Un torrente de sensaciones tan potente como los truenos que estremecían el cielo recorría el cuerpo de Jane. Pero aquella vez lo asumió como suyo y se negó a reconocer la vacilación, el miedo y las preocupaciones que la habían inhibido la vez anterior. No le importaba lo que pudiera suceder después de aquello. Con sus cuerpos, Sebastian y ella estaban combatiendo los recuerdos, el dolor, estaban luchando contra la tristeza del pasado.

Jane estaba completamente vestida, solo se había quitado las bragas, pero nunca se había sentido más desnuda, más expuesta, que cuando se reclinó contra la pared. Sebastian la arrastraba como el viento y la lluvia que azotaban la ventana y la acariciaba al mismo tiempo. La tocaba de una manera que hizo crecer su placer hasta un punto en el que apenas podía respirar. Toda su energía se concentraba en el centro de su cuerpo y se extendía hasta el último nervio, hasta su rincones más secretos, llenando todos sus deseos insatisfechos, devolviéndole todo lo que había perdido.

—Jane...

Había un tono de advertencia en la voz de Sebastian, pero Jane estaba demasiado excitada como para prestarle atención. No iba a permitir que nada se entrometiera en su placer. No, aquella vez no.

–¡No pares! –le pidió jadeante, y se arqueó contra él.

Sebastian se olvidó de lo que estaba a punto de decir y obedeció. Cuando Jane gritó, contestó con un gruñido de viril satisfacción y Jane abrió los ojos para ser testigo de su expresión. Durante unos instantes, Sebastian la miró con fiera intensidad, y cerró después los ojos.

Hasta que no la llevó a la cama minutos después, completamente exhausta, a Jane no se le ocurrió pensar que no habían utilizado ningún método anticonceptivo.

–¡Oh, no! –susurró, con la mirada clavada en los preservativos de la mesilla de noche.

En ese preciso instante comprendió lo que Sebastian había intentado decirle durante aquel instante de vacilación.

–¿Qué ocurre? –preguntó Sebastian, tan agotado como ella.

Como Jane no contestó, se incorporó en la cama, apoyándose sobre los codos. La expresión sombría de Jane activó inmediatamente todas sus alarmas.

–¿Jane?

Jane no fue capaz de reaccionar de forma inmediata. Las imágenes de la vida que con tanto celo y esmero había reconstruido se deslizaban ante sus ojos. Kate. Su trabajo. El respeto que había llegado a tenerse a sí misma. Sus suegros. Su delicada relación con su cuñada. Si se quedaba embarazada, confirmaría lo que Wendy pensaba de ella: que no había cambiado en absoluto.

Sebastian ocultó su propio pánico tras una fría máscara.

–No te preocupes por nada. La culpa ha sido mía. He sido yo el que te ha convencido de que debías dejarte llevar –dijo.

Pero Jane sabía que solo estaba siendo amable con ella. Había intentado detenerla antes de que fuera demasiado tarde y ella le había dicho que no. Se había dejado llevar completamente. Por fin estaba disfrutando de sí misma. Por fin estaba liberándose de todas sus inhibiciones, así que Sebastian había continuado, porque ella así se lo había pedido.

Avergonzada por la avidez que se había apoderado de ella, se cubrió el rostro con las manos. ¿Y si se había quedado embarazada? ¡A los cuarenta y seis años, por el amor de Dios! Además de las otras muchas razones por las que tener un hijo a su edad sería una catástrofe, había que pensar también en los riesgos que entrañaba un embarazo a sus años.

–¿En qué estás pensando? –preguntó Sebastian vacilante.

En que estaba aterrorizada. Se dijo a sí misma que debía relajarse. Había sido una cosa aislada. Haber hecho una locura tras cinco años de conducta intachable no debía ser motivo de tal preocupación.

–¡Hola! –Sebastian chasqueó los dedos ante su rostro–. ¿Todavía estás ahí?

Jane dejó caer las manos y le miró de cerca. Si se quedaba embarazada, no podría responsabilizar a Sebastian de lo ocurrido. Había sido ella la que lo había empezado. Había sido ella la que le había presionado hasta un punto en el que ya no era posible dar marcha atrás.

–Yo… solo estoy intentando relajarme.

Sebastian miraba alternativamente a Jane y a los preservativos.

–Pues no pareces muy relajada. ¿Te preocupa que no hayamos utilizado preservativo?

–Solo porque… bueno, ya sabes que no es seguro hacer el amor sin preservativo.

Sebastian la miró muy serio.

–Ya te dije que no tengo ninguna enfermedad. Te lo prometo.

–Sí, yo tampoco –Jane intentó sonreír.

–Entonces, ¿hay alguna posibilidad de que te hayas quedado embarazada? –la presionó.

Si Jane tenía la esperanza de que Sebastian se hubiera hecho la vasectomía en algún momento de su vida, en aquel momento desapareció.

–No. Me ligaron las trompas después del nacimiento de Kate.

No era cierto, pero Sebastian pareció creérselo. Suspiró con evidente alivio.

–Estaba aterrado –dijo riendo.

Jane se levantó de la cama para recoger las bragas, una excusa perfecta para fingir que estaba concentrada en otra cosa.

–Desde luego, las has escondido bien.

Sebastian no respondió a aquel comentario.

–Dios mío, ¡ha sido increíble! –exclamó con una sonrisa.

–Sí, ha estado muy bien.

Jane permaneció en una esquina, para que no pudiera verla, y se puso la ropa interior.

–Será mejor que vuelva al trabajo.

Sebastian se arregló su propia ropa mientras la observaba colocarse la falda y atarse el cinturón.

–Te llamaré –le dijo.

Jane asintió y se centró de nuevo en el trabajo, como si esa fuera la única razón que podía tener Sebastian para llamarla.

–Si al final vas a buscar a Wesley, avísame. Yo dedicaré el día a visitar los casinos de los alrededores. A lo mejor tengo suerte y me encuentro con alguien que le haya visto o que sepa si va a alguno de ellos regularmente.

–Ten cuidado.

–Sí, tendré cuidado.

Sebastian se acercó a la puerta, pero Jane salió corriendo antes de que pudiera volver a tocarla. Musitó apenas un adiós y se alejó hacia el coche. No quería enfrentarse a la torpeza de la despedida, al momento en el que los dos estarían preguntándose si deberían despedirse con un abrazo o con un beso. Eran dos adultos que habían mantenido una relación sexual, nada más. Jane estaba emergiendo por fin de un largo periodo de hibernación y lo estaba haciendo con muchas ganas, pero tenía que evitar confundir el sexo con el amor. Sus relaciones con Noah y con Oliver ya habían sido suficientemente difíciles. No necesitaba otra relación complicada.

Una vez en la calle, abrió el paraguas y agachó la cabeza para protegerse del frío mientras caminaba hacia el coche entre los charcos. Cuando llegó, se permitió mirar por última vez hacia la ventana de la habitación de Sebastian, y le descubrió allí, mirándola. ¿En qué estaría pensando?

Le hizo un gesto de despedida con la mano y se sentó tras el volante. Por lo menos, tenía que reconocer que Sebastian sabía cómo hacer el amor a una mujer. El momento del clímax no podía compararse con nada de lo que había experimentado hasta entonces.

Pensó en el consejo de Sebastian, de «volver a montar» y estuvo a punto de soltar una carcajada. Sí, eso era justo lo que había hecho. Y había merecido la pena. Siempre y cuando no estuviera embarazada.

Después de pasar la noche dando vueltas en la cama, víctima del ardor de estómago y la ansiedad provocados por lo que Pam Wartle le había dicho, Malcolm se durmió muy tarde. Le despertaron los gritos de Latisha y Marcie pidiéndole que las soltara para poder ir al cuarto de baño. Pero no tenía ganas de abandonar la cama. Ignorando sus súplicas, escuchaba los ruidos de la tormenta mientras recordaba la conversación de la noche anterior con la persona que le había ayudado a escapar de la justicia.

Cuando al principio Sebastian había dejado de trabajar, había dado por sentado que necesitaba tiempo para recuperarse. Al menos eso era lo que le habían dicho. El empleado de Lincoln Hawke Financial con el que había hablado el año anterior le había explicado que Sebastian se había tomado unos meses de descanso para intentar superar una tragedia familiar. Por supuesto, Malcolm estaba al tanto de la tragedia de la que se trataba e incluso se enorgullecía de haberla provocado. Por fin había conseguido hundir al arrogante Sebastian Costas.

Pero había pasado más de un año desde entonces. ¿Por qué no habría vuelto Sebastian al trabajo? ¿Qué demonios había estado haciendo durante tanto tiempo? ¿Habría estado deprimido, sufriendo? ¿O habría estado planificando su venganza?

Probablemente las dos cosas. Y si había estado intentando seguirle el rastro, disponía de medios para hacerlo. A juzgar por el dinero que le pasaba a Emily cada vez que Colton lo necesitaba, Sebastian tenía mucho dinero.

La amenaza que podía representar Sebastian Costas volvió a causarle ardor de estómago. Aquel hombre podía llegar a ser muy obstinado. ¿Por qué no se habría creído la prueba del ADN como todo el mundo? Si pensaba que el hombre que había matado a su hijo estaba vivo, no se detendría hasta que no encontrara lo que estaba buscando.

—¿Wesley? Por favor, ¿puedes desencadenarnos? —era Latisha. Aquella voz chillona terminó de ponerle histérico—. ¡Por favor, ya no me puedo aguantar!

—¿No te he dicho que cierres la boca? —le gritó—. No han pasado ni cinco minutos desde la última vez que te has quejado. ¡Estoy intentando pensar!

—Pero no tardarás nada —respondió—. Y no quiero hacerlo en el suelo.

—¡Como se te ocurra mojar el suelo te obligaré a lamerlo! —le gritó.

–¡Por favor! Si me dejas ir al cuarto de baño te prepararé el desayuno…

¡Maldita fuera! Aquellas chicas no le dejaban ni un momento de paz. ¿Qué demonios le importaba a él que tuvieran que ir al cuarto de baño?

Murmurando toda una sarta de juramentos, se levantó de la cama. Volvió a lamentarse por tener que cargar con aquellas dos adolescentes. Lo que había comenzado como una emocionante aventura que podía serle útil, se había convertido en un gran error. No le servían de nada. No podía desencadenarlas durante el tiempo suficiente como para que pudieran hacer nada útil. Cuando lo hacía, tenía que soltarlas de una en una y vigilarlas como un halcón. En vez de facilitarle la vida, había terminado envuelto en una situación que le impedía hasta dejar la casa. No había podido ver a Mary desde hacía tres semanas. No había podido visitar ni un solo casino. Y volver a conducir por Stockton Boulevard lo tenía prohibido. Pasarse el día encerrado le estaba poniendo histérico. Lo único que podría hacerle feliz era algo que ni Latisha ni Marcie podían darle.

De modo que, ¿de qué le servían? De absolutamente nada. Se habían convertido en una carga. Las mataría. ¿Por qué no acabar cuanto antes con ella? No había nadie cerca que pudiera oír los disparos. Y aunque lo hubiera, quedarían ahogados por el ruido de la tormenta. Podría enterrarlas en la parte de atrás de la casa y, al menos de esa forma, volvería a ser un hombre libre. La movilidad era algo esencial para él. Si Sebastian le estaba persiguiendo, tendría que moverse rápido.

–¿Wesley?

–¡Cierra el pico!

Supo que en aquella ocasión habían percibido la furia en su voz. No volverían a llamarle. Pero ya era demasiado tarde. Había tomado una decisión.

En vez de ponerse la camisa que había agarrado del suelo, se quitó los boxers con los que había dormido. No tenía por qué ensuciarse la ropa. Odiaba hacer la colada casi tanto como cocinar.

El sonido de los susurros de Latisha y Marcie le reafirmó en su decisión. Estaba cansado de preguntarse qué demonios estarían diciendo de él. No se consideraba un mal tipo. El único problema era que se había metido en un buen lío. Y tenía que encontrar la forma de salir de él.

Sacó la pistola de debajo del colchón, cruzó el pasillo y se quedó en la puerta. Las chicas se le quedaron mirando boquiabiertas. Ni siquiera notaron que iba desnudo. Tenían la mirada clavada en la pistola que llevaba en la mano.

—¿Qué... qué vas a hacer? —preguntó Latisha con un hilo de voz.

—¿Quién quiere ser la primera?

—¿Hay alguna razón por la que estés sonriendo tan satisfecha?

Jane alzó la mirada sobresaltada y descubrió a Jonathan en el marco de la puerta. Le había llamado minutos atrás esperando convencerle de que la acompañara a su excursión por los casinos de la zona, pero le había contestado el buzón de voz. No esperaba verle tan pronto por allí.

—Estaba pensando... —comenzó a decir.

Pero la verdad era que estaba reviviendo los momentos que había compartido con Sebastian en el motel y sospechaba que Jonathan adivinaría que le estaba mintiendo.

Y así fue. Jonathan curvó los labios en una sonrisa traviesa mientras señalaba la lista que Jane tenía en la mano.

—Te veo muy distraída. No pareces concentrada en lo que estás haciendo.

Jane había estado buscando por Internet todos los casinos de la zona y no había sido consciente de que estaba pensando en otra cosa hasta que había entrado Jonathan en la habitación.

—Me estaba acordando de una cosa que Kate me ha dicho.

—¿Ah, sí? ¿Y qué era?

Jane fue incapaz de recordar un solo ejemplo.

—Nada que a ti te pueda gustar.

—Supongo que eso sí que es verdad.

Jane volvió a sentarse.

—¿Qué?

—Dudo que tenga nada que ver con Kate —respondió—. Y me estoy imaginando que tiene algo que ver con un hombre desnudo. Algo que no me gusta nada.

Jane no podía creer que la hubiera descubierto por segunda vez. Sabía que era un buen detective, pero aquello era ridículo.

—¿Cómo lo sabes?

Jonathan entró sonriendo en el despacho.

—¿De verdad quieres que te lo diga?

Jane le miró con los ojos entrecerrados, intrigada por su expresión avergonzada.

—Sí.

—Te he seguido a Raleigh Pete.

Jane lanzó el bolígrafo a la mesa y se apartó del escritorio.

—¿Que has hecho qué?

—David me pidió que te ayudara con el caso. Otro detective y él están inspeccionando el barrio en el que se encontró el coche, intentando encontrar por segunda o tercera vez a alguien que pudiera haber visto algo esa mañana, pero le preocupa la falta de pistas. Yo acabo de cerrar un caso con uno de mis clientes, así que no voy mal de tiempo. Estaba yendo hacia tu casa cuando te he visto salir en el coche.

—Y has decidido seguirme.

—Como he visto que no venías a la oficina, he sentido curiosidad.

—He ido a Raleigh Pete para conseguir una fotografía del hombre al que estoy buscando —aunque sabía que ya era demasiado tarde para eso, le mostró la fotografía—. ¿Lo ves?

Jonathan alzó la mirada.

—¿Eso es lo único que has hecho?

Jane se sonrojó.

—¿Qué pasa? ¿Nos estabas escuchando a través de la puerta?

—En realidad, quería que pudieran darte tu... fotografía en paz, así que me he ido a desayunar mientras esperaba.

Jane le fulminó con la mirada. Pero casi inmediatamente suspiró y decidió poner fin a aquella farsa. ¿Qué sentido tenía? Ya le había hablado de lo ocurrido la noche anterior.

—Si se lo dices a Skye...

—Como tú misma dijiste, es cosa tuya —se sentó frente a ella—. Pero me gustaría que me resultara tan fácil desentrañar todos mis casos como descubrir lo que has hecho esta mañana.

—Deja de burlarte de mí —le pidió Jane con el ceño fruncido—. Tenemos un largo día por delante. Deberíamos empezar a trabajar.

Jonathan inclinó la cabeza como si fuera un criado obediente.

—Estoy a tu completo servicio.

Jane arrancó de la libreta la hoja en la que había estado escribiendo y se la tendió.

—Maldita sea, ¡hay más de trece casinos en esta zona! —comentó Jonathan mientras la revisaba—. Jamás se me había ocurrido pensar que pudiera haber tantos.

—Están muy repartidos. He utilizado un MapQuest para saber la distancia que hay entre ellos y así poder elegir la mejor ruta. Los estaba ordenando cuando has entrado —agradeciendo que por fin Jonathan hubiera cambiado de tema, agarró el bolso—. Comenzaremos por Cache Creek.

—¿Por qué no por Thunder Valley? Está más cerca.

—Porque ayer descubrimos la dirección de Cache Creek escrita a mano en un papel que encontramos en la última dirección que hemos encontrado de Wesley Boss.

—¿Es jugador?

—Sí, es jugador. Y por lo que hasta ahora sé, sus apuestas no son demasiado altas.

Jonathan guardó el papel en el bolsillo con expresión seria.

—Encontraremos a esas chicas, Jane.

Jane recordó entonces la conversación que acababa de tener con Gloria.

—Entonces, ¿pensáis encontraros con él este fin de semana? —había preguntado Gloria.

—Eso esperamos.

—¿No podríais quedar antes?

—No podemos ponerle sobre aviso.

—¡Pero para entonces podría ser demasiado tarde!

Jane sabía que Gloria tenía razón.

—Tenemos que hacer algo más que encontrarlas, Jon. Tenemos que encontrar vivas a esas chicas —le recordó, y salió delante de él.

En Internet encontró un gran número de calígrafos. Sebastian empleó un buen rato en investigar a cada uno de ellos pero había una mujer, Ritchie Lymond, cuyo currículum le impresionó. Había trabajado en muchas ocasiones para el FBI y otras agencias de la policía.

Se metió en su página web para buscar una dirección que le permitiera ponerse en contacto con ella. Pensando que la manera más rápida de hacerlo sería el teléfono, llamó al número que figuraba en la página. Apenas había comenzado a sonar cuando contestó una mujer.

–¿Señora Lymond?

–Sí.

Sebastian le explicó quién era y lo que quería.

–Comprendo lo que está intentando hacer, señor Costas –le dijo–. Pero no me gustaría hacerle perder el dinero. Incluso en el caso de que pudiera determinar que esa muestra fue escrita por la misma persona que asesinó a su hijo, no sería una prueba que invalidara la del ADN. Las pruebas caligráficas han sido muy cuestionadas. Comienzan a ser más aceptadas ahora que las muestras se pueden escanear y comparar digitalmente, pero aun así, no se considera una prueba concluyente.

–Lo comprendo. Yo… solo necesito saber lo que usted piensa.

Se produjo un largo silencio.

–¿Tiene usted más ejemplares?

–¿Ejemplares?

–Más muestras con las que comparar.

Sebastian tenía todos los documentos que había en casa de Emily en un almacén. También había visto una caja de zapatos en la que Mary guardaba todas sus antiguas cartas, pero si Malcolm le había escrito alguna vez, no lo había conservado. Ya habían comentado que Mary le había devuelto a Malcolm todo lo que este le había regalado cuando se había comprometido con su marido. Sebastian conservaba además las cartas que había encontrado en la oficina de Turner, pero casi todas eran de Emily. ¿Tendría suficientes muestras de la letra de Malcolm? La propia familia de Malcolm había ido a por sus cosas. En el almacén solo quedaban los restos de lo que guardaban encima del garaje o de algunos cajones que la familia de Malcolm había pasado por alto.

–Espero poder conseguir alguna. ¿Qué tipo de escritos le interesan?

–Cartas, contratos, listas... Cuantas más cosas tenga, mejor. ¿La dirección que me ha dicho está en letras mayúsculas y minúsculas?

–Sí.

–En ese caso, consiga una muestra en la que haya ejemplos de los dos tipos. No puedo comparar letras mayúsculas con minúsculas.

Antes de llamar a la señora Lymond, Sebastian había llamado a su madre y le había pedido que fuera al almacén para ver qué podía encontrar.

–Si consigo lo que necesito, lo enviaré mañana o pasado mañana.

–De acuerdo. Pero incluso en el caso de que consiga más muestras de escritura, no conciba demasiadas esperanzas, señor Costas. Haré lo que pueda, pero es un proceso largo y tedioso, y hay que tener en cuenta muchas variables.

–¿Como cuáles?

–Si se trata de una persona que ha consumido drogas, que está agotada o mentalmente destrozada, las diferencias en la caligrafía pueden ser notables.

Después de lo que había visto en algunos programas de televisión, Sebastian creía que sería más fácil. Pero desde que Colton y Emily habían muerto, se había dado cuenta de que nada en el trabajo de la policía lo era.

Colgó el teléfono e inmediatamente comenzó a pensar en Jane. ¿Cómo le estaría yendo con los casinos? No le había llamado, pero todavía no había pasado mucho tiempo desde que había ido.

¿Debería hacer caso de su sugerencia y decirle a Malcolm que quería enviarle un regalo? A lo mejor si le enviaba el mensaje desde el correo electrónico que Mary utilizaba en el trabajo tenía más credibilidad. Y si Mary le decía que quería enviárselo a través de FedEx, a lo mejor hasta le daba una dirección. Casi todo el mundo sabía que FedEx y otras empresas de envíos no aceptaban direcciones de apartados postales.

–¿Te gusta jugar, Malcolm? Pues comienza a mover ficha –musitó, e intentó localizar a Mary.

No era la primera vez. En eso, Marcie se equivocaba. Latisha estaba tomando la píldora. Se había acostado con un camarero al que había conocido en el restaurante. Pero no se lo había contado ni a su hermana ni a nadie. El sexo con Wesley Boss había sido algo muy diferente, algo mecánico, un acto de pánico y de desesperación, no un acto nacido de la mutua atracción, Latisha no podía arrepentirse de lo que había hecho. Si no lo hubiera hecho, su hermana y ella estarían muertas en ese momento.

Cuando Wesley se acurrucó contra ella y comenzó a dormirse, Latisha alzó la mirada hacia el techo, preguntándose si sería capaz de sobrevivir a aquella experiencia. No había disfrutado nada, pero no había sido tan terrible como esperaba. Había intentado separar la mente de su cuerpo, había cerrado los ojos y había intentado imaginarse que estaba nadando en una piscina de aguas profundas, sumergida bajo el agua, en donde solo podía ver formas difusas y percibir sonidos mudos.

Wesley había terminado en menos de quince minutos, y no había sido particularmente cruel ni rudo. Debería estarle agradecida, si no fuera porque estaba segura de que había sido aquella aparente «normalidad» la que la había confundido. Aquello era una violación, aunque no hubiera habido violencia. El problema era que ella siempre había asociado la violación con la fuerza.

Percibió movimiento en la habitación de al lado, lo que le indicó que Marcie seguía tan nerviosa como cuando estaba intentando impedir que se fuera con Wesley. Aquella resistencia había sido castigada con una patada en pleno rostro, de modo que estaba en peores condiciones que ella. Pero Latisha sabía que las heridas físicas que Marcie soportaba sanarían. Estaba más preocupada por el daño psicológico. Su hermana ya estaba suficientemente enfadada con el mundo. Su padre, su madre, algunos profesores y varios compañeros de instituto la habían defraudado de las peores maneras. Marcie no necesitaba otra razón para odiar.

Resistiendo la necesidad de vestirse, Latisha soltó lentamente una bocanada de aire, intentando no despertar a Wesley. Su hermana y ella estaban vivas. De momento, eso era lo único que importaba.

—¿Peso demasiado? —musitó Wesley.

Latisha se quedó helada. Así que no estaba dormido. Y le estaba hablando como podría haberle hablado su novio.

—No.

—Ha sido increíble —la alabó Wesley—. Lo has hecho muy bien.

¿Cómo esperaba que respondiera a tal elogio? Ella no había hecho nada, salvo permanecer quieta y dejarse utilizar.

—No ha estado tan mal, ¿verdad? —Wesley se incorporó para verle la cara. A Latisha la sorprendió su expresión suplicante—. No ha sido para tanto, ¿eh?

Latisha decidió seguirle la corriente. Sabía que Wesley no quería reconocer que había cometido el peor de los crímenes imaginables.

Resistió la tentación de hacerle consciente de en lo que se había convertido después de aquello. Ningún policía que se preciara de serlo habría hecho jamás una cosa así, pero Wesley se enorgullecía de su pasado como policía más que de ninguna otra cosa. El problema era que Latisha temía que intentara deshacerse de ella mucho antes si se lo decía. Tenía demasiado presente el recuerdo de Wesley en el marco de la puerta blandiendo la pistola descargada que guardaba bajo el colchón. Tenía que ser más inteligente que él, jugar bien su papel. Si se ganaba su amistad, aumentarían las posibilidades de sobrevivir. Y algún día quizá pudiera robarle un par de balas del bolsillo, cargar esa pistola y…

—Dijiste que si me acostaba contigo nos dejarías marcharnos —susurró.

—Pero rechazaste la oferta.

Latisha tragó saliva.

—Pero… ayer por la noche me acosté contigo.

—Para salvar el pellejo. No es lo mismo.

—Entonces… ¿nos dejarás marcharnos?

Wesley había vuelto a tumbarse. Como no contestó, Latisha volvió la cabeza para mirarle y le descubrió observándola.

—Por supuesto, algún día —contestó.

Pero no era cierto. No le había preguntado que si tomaba la píldora. Ni siquiera se había tomado la molestia de ponerse un preservativo. Eso solo podía significar que no esperaba que viviera lo suficiente como para tener que preocuparse por un posible embarazo. Marcie tenía razón desde el principio. No pensaba dejarlas marchar. Su única posibilidad de salir con vida era la que Latisha había aprovechado. Si conseguía que la quisiera, si conseguía gustarle, la mantendría con vida y, con el tiempo, quizá pudieran encontrar una oportunidad de escapar.

O de meterle una bala en el corazón.

—¿Quieres que lo hagamos otra vez?

Wesley alzó la cabeza.

—¿Quieres más?

La repugnancia era tal que todos los músculos de Latisha se tensaron.

—¿Por qué no?

—Tienes razón. No estamos haciendo ningún daño —Wesley sonrió—. Pero dame unos minutos para descansar.

Cuando volvió a colocarse sobre ella, Latisha comenzó

a canturrear para sí, al tiempo que volvía a hundirse en aquella piscina imaginaria en la que no sentía nada, salvo el agua deslizándose alrededor de sus brazos y piernas. Marcie y ella saldrían de allí con vida. Wesley era humano.

Eso significaba que tenía un punto débil.

Capítulo 14

La presión bajo la que Jane trabajaba hizo que el día de búsqueda por los casinos se le hiciera interminable. Sabía, por lo que había visto trabajando en El Último Reducto, que en la vida real las investigaciones no eran como en las películas. Podían ser terriblemente aburridas. Pero aquella era la primera vez que cargaba con tanta responsabilidad y necesitaba que el caso avanzara mucho más rápido.

–No estamos consiguiendo nada –se lamentó.

Había pasado horas junto a Jonathan, preguntando por la fotografía que Sebastian le había dado a camareras y a crupieres. Algunos les habían dicho que no habían visto nunca a ese hombre, otros que no podían estar seguros y otros tantos, demasiados, que pasaba demasiada gente por el casino como para acordarse de un rostro.

–¿Ya has renunciado? –preguntó Jonathan.

–No estoy segura de qué hacer.

Permanecía en medio de las luces parpadeantes y el tintineo de las máquinas tragaperras de Thunder Valley, con la mirada clavada en la fotografía.

–A lo mejor este Wesley Boss no es el Wesley Boss que yo estoy buscando. A lo mejor esta fotografía no me sirve de nada.

–O a lo mejor no estamos hablando con las personas indicadas.

–¿Crees que deberíamos esperar hasta más tarde?

–No sabemos a qué hora viene a jugar. Si suele hacerlo por la noche, lo más lógico sería hablar con el personal que trabaja en ese turno.

Jane ya había pensado en eso, pero si tenían que esperar, perderían más tiempo todavía. Marcie estaba viva cuando había llamado, ¿pero continuaría estándolo? ¿Y Latisha?

–Si tengo que volver esta noche, Kate tendrá que volver a dormir en casa de sus abuelos.

–Me ofrecería a hacerlo por ti, pero le he prometido a Zoe que no trabajaría esta noche. Últimamente, mis horarios han sido una locura.

–Lo haré yo. A Kate le encanta estar con sus abuelos.

Un guardia de seguridad comenzó a mirarlos con recelo, como si sospechara que fueran a hacer algo malo. Jane no podía ni imaginar en qué podía estar pensando. Ni siquiera eran jugadores. A lo mejor la había visto enseñando la fotografía y no le había gustado. Kate se había sentido muy observada durante aquel recorrido por los casinos. Era una sensación que le hacía sentirse incómoda. Pero el haber despertado el interés de aquel hombre le dio una idea.

Se apartó de Jonathan y se acercó a él.

–Señor, ¿podría ayudarme?

El guarda de seguridad, un hombre de cejas pobladas y canosas como las de un viejo capitán de barco, frunció el ceño sobre sus ojos grises.

–¿Qué quiere?

Después de presentarse y de presentar a Jonathan, Jane le explicó los motivos de su visita.

–¿Ha visto alguna vez a este hombre? –le preguntó.

El guardia estudió la fotografía y sacudió la cabeza.

–Me temo que no.

–¿Sería posible ver alguna de las cintas de seguridad del casino?

–No soy yo la persona indicada para autorizárselo. Supongo que tendrán que hablar con la policía y pedirles que se pongan en contacto con el director del casino.

–Ya hay un detective trabajando en el caso. Podría hablar con él y preguntarle qué puede hacer.

Pero sería una apuesta arriesgada. Probablemente tendrían que conseguir una orden judicial, y quizá aquella no fuera la mejor manera de emplear el tiempo.

–Aunque… –el guarda de seguridad volvió a mirar la fotografía–, supongo que podría verlas yo mismo.

Jane intercambió una mirada con Jonathan.

–¿Le importaría?

–¿Desde cuándo tendría que empezar?

–¿Seis semanas serían mucho tiempo? –preguntó Jonathan.

–Qué va –chasqueó la lengua–. Pero tendré que hacerlo en mi tiempo libre, así que puede llevarme algún tiempo.

Otra noticia descorazonadora. A lo mejor David conseguía acortar ese periodo consiguiendo el acceso a las cintas, pero tendría que hablar con el consejo tribal que, Jane suponía, tendría su propia jurisdicción.

–Le agradeceríamos cualquier cosa que pueda hacer –por lo menos era algo por donde empezar.

–No tiene por qué agradecérmelo.

Jane le tendió la fotografía junto a una tarjeta.

–Si encuentra algo, puede localizarme en estos teléfonos.

El teléfono de Jane sonó cuando estaban saliendo del casino.

–Es Skye –le dijo a Jonathan con incredulidad.

Él pareció tan sorprendido como ella.

–¿Llama desde Sudamérica?

–Eso parece.

Al ver que Jane no descolgaba, Jonathan se detuvo.

–¿No vas a contestar?

Jane no sabía qué hacer. Eran muchas las cosas que habían cambiado desde que su amiga y jefa se había marchado. Estaba buscando a dos jóvenes víctimas de un secuestro, había hecho el amor con un hombre al que acababa de conocer y existía la posibilidad de que se hubiera quedado embarazada… No quería que Skye supiera ninguna de esas cosas… ¿o sí?

–¿Jane? –la urgió Jonathan.

–Sí, claro –presionó el botón antes de que saltara el buzón de voz–. ¿Diga?

–¿Cómo va todo? –preguntó Skye.

Jane intentó sonreír.

–Muy bien, ¿y cómo os va a vosotras?

–Digamos que las cosas podrían ir mejor. Todavía no hemos encontrado al niño al que estamos buscando. Cuando uno no conoce el idioma del país en el que está trabajando, las cosas son mucho más difíciles.

Intentando evitar el ruido, Jane se alejó de las puertas del casino, pero tuvo que permanecer bajo el alero del tejado para evitar la lluvia. Había pasado ya lo peor de la tormenta, pero continuaba chispeando.

–¿Cuánto tiempo crees que tendréis que continuar allí?

–Quién sabe. Hemos conseguido algunas pistas buenas, algunos miembros de la familia se han compadecido de nosotras y están preguntando también por su cuenta, pero no puedo darte una fecha concreta. Ojalá no sea más de una semana. Echo de menos a David y a los niños.

–También ellos te echan de menos.

–Espero no tener que volver a aceptar nunca un caso como este.

–No tendrías que haber aceptado tampoco ese –le recordó Jane.

–No podíamos rechazarlo. Necesitamos el dinero. Además, en situaciones como esta, alguien tiene que intentar ayudar. Son más problemáticas de lo que la gente cree.

Alguien habló tras ella.

–¿Es Ava? –preguntó Jane.

–Sí, dice que hay casos que son particularmente duros.

Y también los tenían en su propia casa. Jane estaba trabajando en uno de ellos, aunque suponía que a Ava no le haría ninguna gracia enterarse.

–Desde luego.

–¿Cómo van las cosas por la oficina?

Jane se mordió el labio y se apartó de Jonathan. No quería que le oyera mentir.

–Bien, no ha habido grandes novedades, ¿por qué?

–Solo quería asegurarme de que te las apañas bien sin nosotras. Supongo que se te hace raro ser la única que está allí.

–Jonathan viene de vez en cuando. Y los voluntarios me hacen compañía.

–Así que estás bien.

Llegó hasta Jane el aroma del humo de un cigarrillo, provocándole ganas de fumar.

–Claro que estoy bien.

–Estupendo. Gracias por cuidar de El Último Reducto mientras estamos fuera.

Jane miró hacia la persona que estaba fumando. Era el guarda de seguridad. Sonrió con envidia. Sabía que no volvería a encender un cigarrillo en su vida, pero eso no siempre aplacaba las ganas de fumar.

–En cualquier caso, ten cuidado y espero verte pronto –le recomendó a Skye.

Cuando colgó el teléfono, descubrió a Jonathan mirándola con el ceño fruncido.

–¿No crees que deberías decírselo?

–¿Por qué? Ya ha terminado todo. No voy a volver a acostarme con él.

Jonathan sonrió.

—Estaba hablando del caso.

Sebastian estaba en el gimnasio cuando le llamó su madre. Sacó la BlackBerry del bolsillo de la sudadera que había dejado a su lado en el suelo y se sentó en el banco de pesas en el que estaba haciendo ejercicio.

—Tengo la firma de Malcom en montones de cheques. ¿Eso valdrá? —le preguntó su madre en cuanto contestó el teléfono.

—No, necesitamos algo más que una firma. Una firma no nos da letras suficientes. Y pueden ser muy distintas de la letra habitual —se secó el sudor de la frente con la toalla que llevaba colgada al cuello—. Cuantas más palabras, mejor.

—No creo que podamos encontrar nada. Ya casi nadie escribe cartas, Sebastian, y las pocas personas que lo hacen utilizan el ordenador.

—¿Y una felicitación, una tarjeta postal?

—Tanto tú como yo sabemos que Malcolm no era la clase de persona que enviaba tarjetas de ese tipo a Emily.

—Puede haber cosas más prácticas.

—Como la lista de la compra. Pero normalmente se tira. ¿Para qué va a quedársela nadie? Si tuviera que buscar una muestra de tu letra, no estoy segura de que pudiera encontrar nada, a no ser que buscara los cuadernos que utilizabas en el colegio.

Tenía razón. Sebastian casi siempre la llamaba o le enviaba correos electrónicos. Nunca escribía cartas, o listas, si no era en su BlackBerry. Pero no era esa la respuesta que buscaba.

—¿Has revisado todas las cajas?

—No, todas no. Algunas están demasiado altas y otras están enterradas detrás de un mueble y tampoco llego a ellas. He buscado en las únicas a las que puedo acceder sin que se caiga todo –cambió el tono de voz. Parecía estar llorando–. He encontrado el diario de Emily. Algunas partes son desgarradoras. Y he encontrado muchos trabajos de Colton. Pobre criatura… –sollozó.

Sebastian se endureció para evitar dejarse llevar por la emoción.

–¿No has encontrado nada de Malcolm?

Su madre se sorbió la nariz.

–No, nada.

Sebastian apoyó los codos sobre las rodillas y hundió la cabeza entre las manos. Aquello tenía que estar siendo muy difícil para su madre. Ni siquiera él habría sido capaz de hacer algo así. A pesar de los meses que habían pasado, el dolor continuaba siendo demasiado intenso.

–Lo siento, mamá.

–Quiero ayudarte, Sebastian. Quiero ver a Malcolm tras las rejas y que regreses a casa y vuelvas a hacer una vida normal. Pero no sé si vamos a conseguir las muestras que necesitas. Por lo menos aquí.

Sebastian cerró los ojos. Malcolm tenía que haber dejado algo escrito en alguna parte. A lo mejor no llevaba un diario ni escribía cartas, pero seguramente, los Turner tenían alguna muestra caligráfica de su hijo.

La pregunta era, ¿tendría el valor de pedirles que la buscaran? No parecía hacerles mucha gracia lo que Sebastian pensaba de su suicidio. No querían enfrentarse a la posibilidad de que les hubiera abandonado también a ellos.

Y de pronto, se le ocurrió. ¡Tenía una muestra de la caligrafía de Malcolm en su propio apartamento de Nueva York! Era una hoja con toda una serie de quejas que Malcolm le había dejado en el parabrisas del Porsche que Sebastian tenía entonces. En una ocasión, Constance, Colton y él habían salido en el BMW. Colton había sufrido una lesión haciendo deporte y le habían llevado al hospital, pero no habían avisado a Malcolm. Este había ido a buscarlo sin llevar encima el teléfono móvil. Después, se había puesto furioso porque por su culpa había estado a punto de llegar tarde a su partida de póker semanal.

Sebastian había conservado aquella nota por si en alguna ocasión tenía que pelear por la custodia de su hijo. Quería ser capaz de demostrar que Malcolm tenía un lado oscuro, un genio desproporcionado.

Ojalá hubiera sabido entonces hasta qué punto era un hombre siniestro.

—Mamá, olvídate de esas cajas —le dijo.

—¿Quieres que deje de buscar?

—Sí, acabo de acordarme de dónde puedo encontrar lo que necesito.

En esa nota, Malcolm había utilizado casi todos los insultos que aparecían en el diccionario. Y en aquel momento, Sebastian se alegró de que hubiera dejado sus pensamientos por escrito.

—¿Dónde?

Sebastian le indicó a su madre donde podía encontrarla, sonrió y colgó el teléfono.

—Esta vez no te vas a librar —le dijo a un imaginario Malcolm.

Dejó el teléfono en el banco para continuar con la serie de ejercicios. Necesitaba volver al hotel y llamar a la floristería. No era probable que tuvieran otra dirección que no fuera la del apartado de correos, pero Sebastian quería comprobarlo. Solo por si acaso.

Malcolm admiraba el físico de Latisha mientras esta deambulaba por la cocina preparando la cena. Estaba increíblemente atractiva, aunque solo llevara encima una camiseta. Jamás habría pensado que podía llegar a sentirse atraído por una mujer negra. Había secuestrado intencionadamente a dos chicas afroamericanas porque pensaba que no le tentarían sexualmente. Pero desde que estaba empezando a tener una mentalidad más abierta, tenía que reconocer que Latisha era tan válida como cualquier otra joven.

Por supuesto, jamás lo admitiría delante de un blanco.

Su mente conjuró entonces la imagen de su padre con el rostro retorcido por la repugnancia, pero rápidamente la borró. Ya no tenía que preocuparse de complacer a aquel estúpido racista. Warren Turner ni siquiera sabía que estaba vivo.

Latisha debía de estar observándolo, porque le miró vacilante.

A lo mejor no había sido un error secuestrarla. Además de hacerle la vida agradable en otros aspectos, había estado limpiando y cocinando durante todo el día.

Pero su hermana era completamente diferente. Cuando había ido al dormitorio para decirle que no le había hecho ningún daño a Latisha, se había puesto a gritarle, llamándole violador, y le había escupido en la cara. Si alguna vez llegaba a liberarla, sería peligrosa. Sería la clase de persona que iría a por él. De modo que la mataría y se desharía para siempre de ella, pero no podía hacerlo todavía. No le parecía justo incumplir su palabra después de que Latisha le hubiera hecho tan feliz.

—No soy un violador —dijo en voz alta.

Latisha estaba junto a la cocina.

—¿Qué?

—He dicho que no soy un violador. No te he forzado. Tú te ofreciste, tú aceptaste y has disfrutado casi tanto como yo, ¿no es cierto?

De hecho, hasta le había pedido más.

La respuesta de Latisha fue tan tenue que casi no la oyó.

—Sí, es cierto.

–¿Qué?

Después de aclararse la garganta, Latisha contestó:

–He dicho que es cierto.

–Pues tendrás que decírselo a tu hermana porque, diga ella lo que diga, yo no soy como esos hombres que terminan encarcelados por violación. Les he conocido y he visto fotografías del escenario de sus crímenes. Sé como son. Tú no tienes un solo moratón.

–Se lo diré.

Había vuelto a bajar la voz, pero por lo menos Malcolm estaba consiguiendo hacerla hablar.

–Estupendo, porque de otro modo, tendré que matarla.

Latisha comenzó a lloriquear.

–¡Me prometiste que no lo harías! ¡Me prometiste que no nos harías ningún daño!

–No estoy dispuesto a aguantar sus tonterías. Solo quiero que lo tengas claro.

–Pero me hiciste una promesa –repitió.

Malcolm frunció el ceño.

–No quiero hacer daño a nadie, pero… será mejor que le digas que no me provoque, ¿de acuerdo?

Latisha asintió y continuó cocinando, permitiéndole a Malcolm fantasear pensando en lo agradable y tranquila que sería su vida junto a Latisha si no tuviera que preocuparse por su desagradable hermana. Por supuesto, tampoco se imaginaba casándose con ella. Él tenía su orgullo. Pero de momento, era mejor que nada.

Pensó en Mary McCoy. Su ex novia era la mujer a la que realmente quería. Pero aquella relación entrañaba un riesgo. Si no quería asumirlo, tendría que convencerla de que cortara toda relación con el pasado. Podía hacerle creer una versión más amable de lo que había pasado con Emily y con Colton. Podría decirle que Colton estaba jugando con una pistola, había matado accidentalmente a su madre y después, asustado, se había pegado un tiro. Le explicaría después que había fingido el accidente de coche porque tenía miedo de que la policía le culpara de lo ocurrido y no tenía cuartada.

Pero incluso en el caso de que se lo creyera, no sería fácil hacerla alejarse de su familia y amigos. Al fin y al cabo, hasta a él le había resultado difícil. Y después de lo que Pam Wartle le había dicho, estaba comenzando a preguntarse si realmente debería confiar en Mary. Cuando había sacado a relucir su verdadero nombre, no había dicho nada que indicara que estaba al tanto de las muertes de su mujer y su hijastro. Pero Pam le había dicho que su perseguidor se había puesto en contacto con todas y cada una de las personas que le habían conocido.

¿Se habría puesto en contacto con Mary? Y si así era, ¿por qué no lo había mencionado cuando le había hablado de Malcolm Turner? Lo más normal habría sido que lo hiciera, ¿no? Cualquiera lo habría hecho en su lugar…

Abrió el ordenador y comprobó la lista de mensajes. Mary no estaba conectada, pero le había enviado un correo:

¿Podrás venir este fin de semana? Estoy deseando verte.

Tengo una sorpresa para ti. Una muestra de lo que puedes esperar. Quiero enviártelo para que puedas tenerlo inmediatamente. ¿Adónde puedo enviártela?

Te quiere, Mary.

–«¿Adónde puedo enviártela?» –musitó.

–¿Qué? –preguntó Latisha.

Malcolm la silenció con un gesto. La pregunta de Mary parecía inocua, pero, ¿realmente lo era? ¿Por qué estaba tan interesada en enviarle un paquete si pensaba verle ese fin de semana?

Escribió *¿Qué es?*, envió el mensaje y continuó pensando. ¿Cómo podría saber si le estaba diciendo la verdad? ¿Si podía confiar en ella? Tenía que haber alguna manera...

Se mordió las uñas mientras intentaba pensar. Podía llamar a su trabajo y preguntar si alguna vez había mencionado a Sebastian. Pero no creía que le contestaran a un completo desconocido. Podía llamar a su casa y fingir que era Sebastian, ver cómo reaccionaba, pero podría reconocer su voz.

Entonces, se lo ocurrió el plan ideal. Le enviaría un correo electrónico desde la dirección de Sebastian. De esa forma sabría si habían estado en contacto. Él tenía la dirección de Sebastian. Habían intercambiado algún mensaje cuando Colton y Emily estaban vivos. No podía utilizar esa cuenta porque no tenía la contraseña, pero eran muchísimas las personas que tenían más de una cuenta. Después de cenar, crearía una nueva cuenta de usuario utilizando una variante del nombre de Sebastian, con el mismo servidor a ser posible, y le enviaría un mensaje como si ya hubieran hablado. Le escribiría algo así como «Eh, ¿sabes algo de Malcolm?». Sería una pregunta genérica, que podía referirse tanto al día anterior como a si sabía algo desde la primera vez que se habían puesto en contacto. En situaciones como la suya, menos siempre era más.

Si Mary contestaba preguntándole que quién era y que cómo conocía a Malcolm, sabría que podía confiar en ella. Y si contestaba algo así como «todavía no he sabido nada desde que le he pedido la dirección», concertaría una cita y los mataría a los dos.

Capítulo 15

La gestión en la floristería fue un fracaso. Sebastian se hizo pasar por Wesley Boss y solicitó comprobar la dirección que había dado con la tarjeta de crédito con la excusa de la comprobación de la factura, pero el dependiente se limitó a confirmar la dirección del apartado de correos.

Mientras daba cuenta de la comida china que se había llevado para cenar, intentó imaginar nuevas formas de localizar a Malcolm y, como siempre, volvió a pensar en el cadáver calcinado. Lo habían descubierto en el coche de Malcolm un día después del asesinato de Mary y de Colton. ¿Habría matado Malcolm a un vagabundo con el propósito de utilizar su cadáver? ¿Habría tomado prestado algún cadáver enterrado en un cementerio remoto? ¿Habría sobornado a algún trabajador de una funeraria? Si él encontraba la pista que pudiera conducirle al cadáver, podría atrapar a Malcolm. Pero había dedicado los dos primeros meses de la investigación a buscarlo y no había conseguido nada.

Los asesinatos habían sido preparados de forma perfecta. Probablemente, eso era lo que más le enfurecía. Mientras comía y dormía junto a Emily, mientras representaba el papel de marido cariñoso y padrastro preocupado, estaba planificando su muerte. ¡Se había acostado con Emily sabiendo que iba a matarla!

Era cierto que a él nunca le había gustado Malcolm, pero aun así, todavía le resultaba difícil imaginar que el hombre al que conocía, un hombre con una vida normal y un buen trabajo, pudiera tener tal sangre fría. Sobre todo, siendo policía.

¿Cómo podría soportarse Malcolm a sí mismo? ¿Sería consciente de lo que había hecho? ¿Le importarían las personas a las que había hecho sufrir? ¿Pensaría en la humillación que había hecho recaer sobre su familia?

El sonido del teléfono interrumpió sus pensamientos. Tiró lo que quedaba de cena a la basura y se levantó a contestar. Era Mary. Ya había tenido noticias suyas mientras estaba en el restaurante, esperando la comida. Le había llamado para decirle que le había enviado a Malcolm un correo electrónico pidiéndole que le diera su dirección para mandarle un paquete.

–¡Hola!

–¿Cómo va todo?

–No del todo mal –contestó.

Pero la verdad era que estaba nervioso. Sospechaba que por culpa de Jane. Había estado pensando en ella durante todo el día, pensando en que habían hecho el amor dos veces y todavía no se había fijado en el tatuaje que llevaba en el pecho.

–¿Has recibido alguna respuesta?

–No, todavía no. Por eso te llamo. Acabo de traer a los niños a casa después del entrenamiento de hockey y he revisado el correo. Nada.

–Probablemente no te escribirá hasta tarde.

–No estaré en casa. Voy a salir. He quedado con las compañeras del trabajo para ir a cenar y al cine.

Era algo poco habitual. Mary vivía volcada en sus hijos y no solía dejarlos muy a menudo.

–Seguro que te viene bien salir. ¿Va a quedarse alguien con Brandon y Curtis?

–Sí, he contratado a una canguro.

–Así que lo tienes todo preparado.

–Por supuesto, pero… Me pondré en contacto contigo cuando llegue a casa, ¿de acuerdo?

Habían establecido una rutina que le resultaba difícil abandonar. Se comportaba casi como si se sintiera tan responsable de él como de sus hijos. Pero tras haberse puesto en contacto directamente con Malcolm, él ya no la necesitaba tanto como antes.

–No te preocupes por eso. Diviértete. Puedes enviarme un correo cuando llegues a casa y, si estoy despierto, hablaremos. Si no, lo dejaremos hasta mañana.

–¿Qué piensas decirle esta noche?

–Lo de siempre.

–¿Crees que me enviará más flores?

–¿Quién sabe lo que podemos esperar de Malcolm? Ese es precisamente el problema.

Colgó el teléfono, pero antes de que hubiera podido dejarlo en la mesa, le llamó su madre. Había encontrada la odiosa nota de Malcolm en su estudio y pensaba enviársela a la experta en caligrafía esa misma mañana.

Sebastian no estaba seguro de si iba a servir de mucho, pero siempre era mejor que nada. Estaba recogiendo todo lo que podía.

–Gracias, mamá.

–¿Sebastian?

–¿Sí?

–¿Qué puede querer Malcolm de esas dos chicas?

Había dejado de llover, pero continuaba haciendo frío. El hecho de que anocheciera tan pronto hacía que pareciera más tarde de lo que era. Sebastian no se había quitado el abrigo para cenar, pero por fin tenía suficiente calor como para desprenderse de él.

–Me da miedo hasta imaginármelo.

–Si las ha violado o… si las ha torturado de alguna manera, no las dejará escapar. Él sabe el valor que tendrá su testimonio.

Sebastian se arrepintió de haber hablado a su madre de las hermanas Rickman. Hablaba a menudo con Christa, compartía muchas cosas con ella, pero el secuestro la había afectado tanto que habría sido preferible ocultárselo. El que Malcolm hubiera matado a dos personas hacía demasiado plausible la probabilidad de que acabara con otras dos.

Afortunadamente, a Mary no le había contado nada. En caso contrario, no habría querido salir aquella noche.

—Le encontraré.

—Ahora no te queda otro remedio —respondió su madre, y colgó.

Sebastian suspiró con fuerza, dejó el teléfono en la cama y se conectó a Internet. Ya era hora de volver a hablar con Malcolm, de ver si podía sacarle más información sobre sus «compañeras de piso». Pero Malcolm no estaba conectado y Jane le llamó minutos después.

—Voy a volver a los casinos para hablar con los trabajadores del turno de noche, así que necesito otra fotografía. Le he dejado la que me diste esta mañana a un guarda de seguridad que va a revisar todas las cintas de vídeo.

—¿No tienes que quedarte con tu hija? —preguntó Sebastian sorprendido.

—Hoy también dormirá en casa de sus abuelos —era lo mejor—. He hablado con los trabajadores del turno de día. Supongo que debería ir a hablar con los de la noche, y cuanto antes, mejor.

—Por supuesto, ¿quieres pasarte por aquí para que te dé otra fotografía?

—Sí, a no ser que quieras venir conmigo.

—¿Por dónde piensas empezar?

—Por Thunder Valley. Después quiero ir a Cache Creek. Creo que es lo mejor.

Sebastian no necesitaba la promesa de ver su tatuaje

para que le tentara. La posibilidad de encontrar a Malcolm ya era suficientemente atractiva. Pero sabía que estaría mintiéndose a sí mismo si no reconocía que, incluso en ese momento, estaba pensando en el tatuaje.

—Iré a buscarte. ¿Dónde vives?

Eran casi las doce cuando Mary llegó a casa. Afortunadamente, la había llevado una amiga que también se había encargado de recoger a la canguro. Había sido un gesto muy amable. Últimamente, Mary agradecía hasta el más mínimo gesto de amabilidad. Jamás había imaginado que criaría sola a sus hijos y a veces le resultaba muy duro.

Encontró a los niños durmiendo profundamente. Fue todo un alivio. Pero también era un alivio romper de vez en cuando con la pesadez de la rutina diaria. Necesitaba divertirse más. La película que habían visto era la típica película romántica, la película perfecta para llorar a placer, y había sido justo eso lo que había hecho. Tenía los ojos hinchados, y unas ganas terribles de quitarse el maquillaje. Pero tenía más ganas todavía de saber qué había pasado con Malcolm y Sebastian en su ausencia.

Vaciló al ver las flores en la mesa del comedor. ¿Debería tirarlas? No quería las flores de un hombre que había matado a su mujer y a su hijastro. Pero las dejó donde estaban. Aquellas flores no celebraban un reencuentro. Eran como las flores de un entierro, marcaban con el color de la muerte la imagen que en otro tiempo había tenido de su primer amor.

Entristecida por el recuerdo de sus manos entrelazadas mientras iban juntos al instituto por la calle principal, por no mencionar otros recuerdos más íntimos, musitó:

—¿Cómo has podido?

Y se sentó en estudio para encender el ordenador.

Comprobó primero la cuenta del trabajo. Quería poder decirle a Sebastian si Malcolm había respondido o no.

Sí, Malcolm, o Wesley, había enviado una breve nota. No le había dado una dirección, pero parecía intrigado:

Dame una pista, ¿qué quieres enviarme?

Mary no respondió inmediatamente. Revisó su cuenta habitual, y vio que tenía un mensaje de Sebastian. Era de una dirección diferente, así que imaginó que también él se había creado una cuenta nueva. En ella incluía su nombre completo: Sebastian.Costas@yahoo.com.

Abrió el mensaje y leyó: *Eh, ¿sabes algo de Malcolm?*

Esperando que estuviera despierto, intentó chatear con las dos direcciones, pero Sebastian no estaba conectado, así que decidió enviar un mensaje e irse a la cama. Ya hablarían al día siguiente.

Malcolm ha respondido. Quiere saber qué pretendo enviarle, pero no ha dado ninguna dirección. Contestaré si vuelvo a saber algo de él, ¿de acuerdo?

Que duermas bien. Me alegro de que te hayas acostado pronto.

Mary

Bostezando, volvió a la cuenta del trabajo y le contestó al supuesto Wesley.

Es algo que me diste hace mucho tiempo. ¿Te interesa?
Besos y abrazos,
Mary

A lo mejor, si pensaba que con las flores estaba comenzando a adivinar quién era, abandonaba por fin aquella farsa y aceptaba encontrarse con ella.

Era imposible estar con Sebastian y no pensar en lo que había pasado entre ellos esa misma mañana. Jane había sabido desde el primer momento que aquella intimidad compartida sería un problema, pero no le apetecía ir conduciendo sola de noche de casino en casino. El padre de Latisha le había dejado unos mensajes terribles en el buzón de voz, acusándola de no estar esforzándose todo lo que debía en su trabajo, puesto que en caso contrario, habría encontrado ya a Latisha. En el último mensaje, la acusaba incluso de dar prioridad a las víctimas blancas a las que estaba intentando ayudar.

Jane no sabía cómo responder. Tenía tantas ganas de encontrar a Latisha y a Marcie como él, pero su color de piel impedía que el padre de Latisha la creyera. Y en parte se sentía culpable, no porque no estuviera haciendo todo lo que podía, sino porque no sabía cómo hacerlo mejor.

—Es casi la una. ¿cómo te encuentras? —le preguntó Sebastian cuando aparcaron fuera del Red Hawk.

Como no habían encontrado a nadie que reconociera a Malcolm, la verdad era que no se encontraba particularmente bien. El cansancio le hacía difícil continuar la búsqueda. Sebastian y ella apenas habían dormido la noche anterior y llevaba todo el día en pie. Pero tenía que continuar. No podía llamar a Gloria y a Luther para decirles que no tenía ninguna novedad. Además, ya solo quedaba un casino que visitar.

—Conociendo a Malcolm Turner, ¿cuándo crees que le gusta jugar? ¿Por la mañana, por la tarde o por la noche?

—No tengo la menor idea. Este Malcom Turner no es el Malcolm Turner al que yo conocía. Aunque no me gustaba, siempre pensé que quería a Emily y a Colton. Creía que me odiaba, pero que era un hombre honesto —sacudió la cabeza con un gesto de impotencia—. Esta persona, un hombre capaz de matar con tal impunidad, me resulta tan extraña como a ti.

Ajustó la calefacción mientras fijaba la mirada en la fotografía de Malcolm.

–Estaría bien poder descansar, ¿verdad?

–Estamos haciendo todo lo que podemos, Jane. Tendrás que aceptar que es posible que esto no se resuelva rápido si no quieres hundirte.

Él debía de saberlo mejor que nadie. Llevaba más de un año buscando a Malcolm. Pero realmente, no eran las largas horas de trabajo las que la agotaban. Era el «¿qué ocurriría si?» que la perseguía durante noche y día. ¿Qué ocurriría si no era una investigadora suficientemente capacitada como para ocuparse de un caso como aquél? ¿O si no conseguían encontrar a Latisha y a Marcie a tiempo? ¿Cómo se enfrentaría a una cosa así? ¿Y qué ocurriría si se había quedado embarazada? ¿Cómo se lo contaría a sus amigos y a sus suegros? Y, sobre todo… a Kate. ¿Llegaría a decírselo a Sebastian? No le parecía justo hacerle cargar con su error. Pero tampoco lo era tomar una decisión en su lugar.

A medida que iba creciendo el cansancio, iba tomando cuerpo otra pregunta. ¿Qué ocurriría si pasaba una segunda noche con él? ¿Si dejaba que una aventura de una noche se convirtiera en una relación que durara durante toda la estancia de Sebastian en Sacramento?

Pero no tenía sentido considerarlo siquiera, y mucho menos, hacer nada al respecto. Le había dicho a Sebastian que no podía quedarse embarazada, lo que quería decir que no podía permitir que volviera a tocarla. Si había una próxima vez, Sebastian no entendería por qué tenía que ponerse un preservativo. Y repetir lo que habían hecho significaría incrementar el riesgo de destruir todo lo que había conseguido, de destrozar aquella nueva vida, aquella sensación de seguridad.

Debió de quedarse medio dormida durante el trayecto, porque lo siguiente que supo fue que Sebastian la estaba sacudiendo delicadamente.

–Ya hemos llegado a Cache Creek, Jane. Voy a entrar. Tú espérame aquí.

A lo mejor a Sebastian no le gustaba ponerse a cargo de la situación, pero Jane tenía que admitir que siempre estaba dispuesto a cargar con la parte más difícil, a compartir más de lo que le tocaba. Oliver era un hombre muy diferente. Era como un niño pequeño que esperaba que fuera siempre ella la que se sacrificara.

Cuando Sebastian la tapó con su abrigo, Jane deseó cerrar los ojos y dormirse otra vez. Pero permitir que la cuidara debilitaba su capacidad de resistencia. De modo que se obligó a devolverle el abrigo y se irguió en el asiento.

—No. Será más rápido si vamos los dos. Tú también estás cansado.

—Jane…

—Estoy bien —insistió—. ¿Llevas la fotografía de Malcolm?

—Hazme caso. Trabajar hasta el agotamiento no va a servirte de nada.

Jane le miró arqueando las cejas.

—Si tú puedes hacerlo, yo también.

Sebastian apretó los labios en una dura línea.

—Haz lo que quieras.

En cuanto entraron en el casino, Jane buscó con la mirada al guarda de seguridad con el que había hablado aquella mañana, pero no le encontró. Seguramente, había terminado el turno.

Sebastian posó la mano en su brazo.

—Quédate al margen. Yo me ocuparé de esto.

Esperando estar siendo suficientemente sutil, Jane se apartó de él. La atracción que sentía hacia él crecía en proporción a su cercanía.

—De acuerdo.

—A lo mejor deberías tomarte un café.

—¿Estás de broma? Si me tomo ahora un café, me pasaré el resto de la noche despierta. No creo que tardemos mucho.

Comenzó a caminar a grandes zancadas, pero cuando miró por encima del hombro para ver si él había hecho lo mismo, le descubrió observándola desde donde le había dejado.

–¿Qué pasa?

–Nada –contestó, y desapareció entre la gente.

Jane ahogó un bostezo y se dirigió hacia la mesa más cercana, que resultó ser una mesa de blackjack. Había estado en tantos casinos y había hablado con tanta gente que esperaba otra respuesta negativa. Pero en aquella ocasión, cuando enseñó la fotografía, vio inmediatamente la reacción del crupier.

–Sí, le conozco –dijo mientras cortaba la baraja–. Venía mucho por aquí.

El cansancio de Jane desapareció como por arte de magia.

–¿Le ha visto aquí esta noche?

–No, hace semanas que no viene.

–¿Cuándo suele venir?

Presionado por volver al trabajo, el crupier miró incómodo hacia la gente que estaba esperando a que iniciara la partida.

–¿Ha hecho algo malo?

Tenía muy pocos segundos. Jane tenía que convencerle de que revelara todo lo que sabía antes de que intentara quitársela de encima.

–Es posible que haya secuestrado a dos adolescentes.

El empleado soltó un silbido y olvidó inmediatamente sus reticencias.

–Viene tarde, normalmente los fines de semana, cuando el casino está abarrotado.

–¿Sabe cómo se llama, dónde vive?

El crupier extendió la siguiente mano.

–No.

El hombre que tenía a la izquierda estaba haciendo ya

su apuesta y el supervisor de las mesas se estaba acercando para ver por qué estaba interrumpiendo la partida. Pero Jane tenía otra pregunta que hacerle.

–¿Tiene amigos aquí? ¿Alguien que pueda decirme algo más sobre él?

Por su actitud, advirtió que el empleado sabía que su jefe se dirigía hacia allí. No apartaba los ojos de las cartas.

–No, que yo sepa. Siempre viene solo.

–Gracias.

Antes de que el hombre con el micrófono en la oreja pudiera echarla de allí, Jane fue a buscar a Sebastian a la zona de las tragaperras.

–Acabo de hablar con alguien que le ha visto –anunció.

–Yo también. Por lo visto es un cliente regular, pero esta noche no ha venido.

–El empleado con el que he hablado dice que lleva semanas sin verle.

–Supongo que tendrá otras cosas en la cabeza.

Jane se mordió el labio.

–¿Latisha y Marcie?

–Es evidente que hay algo que le mantiene ocupado.

–A lo mejor está buscándote. Intentando averiguar qué sabes de él.

–Sí, es posible –respondió Sebastian–. Será mejor que salgamos de aquí.

Pero en vez de dirigirse hacia la puerta, Jane se sentó en uno de los taburetes.

–Yo preferiría quedarme. A lo mejor viene esta noche.

Se produjo un largo silencio.

–Tengo una idea mejor –dijo Sebastian cuando volvió a hablar de nuevo–. Nos vemos en la puerta.

Capítulo 16

–¿De verdad crees que el vigilante al que has pagado nos llamará si viene Malcolm? –le preguntó Jane.

Sebastian hizo un gesto antes de tomar la salida de la Howe Avenue.

–Sí.

–Ya ha conseguido el dinero, ¿cómo sabes que no se olvidará?

–Porque le he prometido pagarle más si se acuerda.

–¿Mucho más?

El dinero que le había ofrecido era mucho más del que podía pagar en aquel momento, pero no quería convertirlo en un tema de especial importancia negándose a contestar.

–Cinco mil.

–¿Dólares?

–Lo he intentado con pesos, pero no ha funcionado.

A Jane no pareció hacerle ninguna gracia su respuesta.

–¡Cinco mil dólares por hacer una llamada de teléfono!

–No, Malcolm tiene que estar aquí cuando lleguemos. Tengo que verle con mis propios ojos.

Jane se estiró el cinturón de seguridad para poder volverse hacia él.

–¿No te importa tirar el dinero de esa manera?

La cuenta que tenía en el banco no contenía mucho

más. Imaginaba que podía utilizar lo que le quedaba para dar un impulso a su búsqueda.

–Si esto funciona, será el dinero mejor invertido de mi vida, ¿no te parece?

–Desde luego, salvar a Marcie y a Latisha merece cualquier inversión. Pero me parece una cantidad excesiva para alguien a quien ya le pagan por estar aquí –contestó–. Estoy segura de que lo habría hecho por menos.

A lo mejor era cierto, pero Sebastian no quería correr riesgos.

–Queremos que esté suficientemente incentivado.

–A ese precio, no se le pasará por alto un solo rostro.

–Eso es lo que pretendo. Ahora podemos irnos a la cama sabiendo que hará bien su trabajo.

–Eso es verdad –musitó Jane–. Y la verdad es que vuelvo a estar agotada.

Sebastian dejó el coche en el aparcamiento del edificio de Jane.

–Te acompaño a la puerta.

No era una pregunta. Lo dijo como si no hubiera otra opción. Porque no pensaba dejarla sin saber que había llegado a casa sana y salva.

Afortunadamente, Jane no discutió. De hecho, le sorprendió pidiéndole que mirara también en el interior de la casa. Sebastian pensó en un primer momento que aquel miedo se debía a sus experiencias del pasado, pero Jane le explicó que estaba recibiendo llamadas amenazadoras del padre de Latisha, un hombre llamado Luther al que su propia hija había bautizado como Lucifer.

Jane había dejado la luz de la cocina encendida, pero el resto de la casa estaba a oscuras. Fueron encendiendo las luces a medida que iban yendo de habitación en habitación. Sebastian esperaba encontrarse con un piso típico, con mobiliario moderno y estándar, pero había obras de arte por doquier: esculturas, cuadros, piezas de cerámica, jarrones de vidrio, objetos de metal. Hubo un cuadro en particular que le llamó la atención. Estaba colgado en la pared del dormitorio y mostraba la silueta de un hombre y una mujer abrazados. No había muchos detalles, ni ojos, ni boca, ninguna parte específica del cuerpo. Era solo forma y color, pero evocaba vívidamente una imagen.

—Te gusta el arte —comentó.

Jane le siguió al dormitorio y le vio mirar en el armario, en el cuarto de baño y debajo de la cama.

—Sí, pero en realidad es una pasión bastante reciente. En realidad nunca había pensado mucho en ello ni me había llamado especialmente la atención, pero desde lo de Oliver… no sé. Me ayuda a enfrentarme al pasado.

—Este me gusta —dijo Sebastian, señalando un cuadro—. ¿Es una acuarela?

—Sí.

—Tienes muy buen gusto.

—No soy ninguna experta —respondió Jane, quitándose importancia—. Solo compro lo que me gusta.

—No conozco a ninguno de los artistas.

—Porque todos son nuevos talentos. No puedo permitirme el lujo de comprar a pintores reconocidos y no me gustan las réplicas.

—Solo las cosas reales.

—Para mí, todo tiene que ser original.

—En ese caso, me impresiona de forma particular que hayas sido capaz de elegir tales joyas.

—Me gusta ayudar a los artistas que empiezan —respondió—. Considero que los artistas convierten el mundo en un lugar mucho mejor. El arte es otra forma de luchar contra el odio y la rabia, llenando el mundo de belleza, ¿no te parece?

—Nunca lo había visto de ese modo, pero supongo que tienes razón —se volvió hacia ella—. ¿Dónde compras las piezas?

–Visito galerías de arte allí a donde voy, compro por eBay… De muchas maneras, en realidad. Me encanta el proceso de descubrimiento. Podría decirse que esa es mi principal afición. La única, ahora que estoy trabajando tanto.

Sebastian señaló una pieza de vidrio soplado que había sobre la cómoda.

–Parece caro.

–Me costó cerca de trescientos dólares. No está mal, teniendo en cuenta el valor que llegará a tener algún día –sonrió–. Si el artista triunfa, por supuesto.

Sebastian miró la acuarela.

–Ese te habrá costado más.

–Sí. Utilicé el dinero que me devolvieron de los impuestos para comprarlo. Supongo que debería ser más conservadora e intentar ahorrar, pero… tenía que tenerlo.

Sebastian entendía por qué le atraía. En el cuadro las dos siluetas parecían dos mitades que encajaban para formar un todo.

–El azul sugiere paz y tranquilidad –observó Jane.

En realidad, el cuadro sugería muchas cosas. Pero en aquel momento, era la sensualidad de aquellas siluetas la que atraía a Sebastian más profundamente. Quería hacer el amor con Jane en su propia cama.

–¿Kate está con sus abuelos? –preguntó, ignorando el comentario sobre los colores.

–Sí.

Jane ya no estaba en la puerta. Estaba justo a su lado. A su alcance.

Sebastian se volvió para contemplar su expresión mientras miraba el cuadro y la descubrió mirándole a él. Atrapados en la energía que los envolvía, estuvieron mirándose en silencio durante varios segundos.

Sebastian, que siempre se exigía honestidad a sí mismo, se negaba a ocultar lo que sentía. La deseaba, pero en aquella ocasión, quería que hicieran el amor con ternura, estar con ella toda la noche, si fuera necesario. Quería que Jane se relajara y confiara en él.

Pero justo cuando se estaba inclinando para besarla, Jane retrocedió y se pasó la mano nerviosa por el pelo.

—Gracias por haber revisado la casa. Sé que no debería permitir que Luther me asustara, pero la verdad es que me pone muy nerviosa.

Estaba haciendo un gran esfuerzo para volver a levantar las barreras entre ellos. Sebastian no entendía por qué se molestaba. ¿Contra qué estaba luchando?

En vez de llenar el silencio, esperó, pensando que quizá cambiara de opinión. Al ver que no mostraba ninguna intención de reconsiderar su respuesta, sufrió una fuerte decepción, pero no la presionó. Si tenía que presionarla, no iba a conseguir lo que realmente quería.

—¿Puedes hacerme un favor? —le pidió.

Jane vaciló. No quería comprometerse.

—¿Qué favor?

—¿Puedes decirme que llevas tatuado en el seno? Es para poder dormir esta noche —sonrió.

—¿El tatuaje? Cuando estuvimos juntos en el motel, apagamos la luz. ¿Cómo has podido verlo?

—No lo vi entonces. Lo vi asomarse por el escote del jersey cuando estábamos ayer en el coche.

Jane hinchó el pecho, como si acabara de tomar aire.

—Es… no es nada. Me resulta difícil de explicarlo.

Sebastian la miró a los ojos.

—Entonces, ¿por qué no me lo enseñas?

Esperaba que se negara, pero no fue así. Jane le dirigió una sonrisa con la que le decía que estaba dispuesta a aceptar el desafío, se desabrochó la blusa y la abrió ligeramente para que pudiera ver el tatuaje que se extendía sobre su seno.

Sebastian comprendió por qué no había sido capaz de

describirlo con palabras. No era una rosa, ni un personaje, ni una mariposa. Era una R hermosamente decorada, tan ornamentada, de hecho, que apenas se distinguía que fuera una letra.

Sebastian alzó la mano y deslizó el dedo sobre ella.

—¿La inicial de un amante?

—No —no le miraba a los ojos.

Sebastian avanzó un paso y le bajó el encaje del sujetador para poder ver el resto. La erre no era la única letra. Había también una i y una pe: RIP.

—Descanse en paz —tradujo Sebastian—. ¿Es por Oliver?

Jane respiró hondo. Sebastian deseó besarla, pero Jane eligió justo aquel momento para alejarse.

—No. De otra persona. Una persona que no estaría muerta si yo no hubiera sido tan estúpida, tan débil.

Aquellas palabras despertaron en Sebastian el recuerdo de algo que había dicho Jane en otra ocasión: «Me dio por muerta. Me dejó al lado de su hermano asesinado».

—¿Otro miembro de la familia? —preguntó.

Jane comenzó a abrocharse el botón de la blusa. Lo hacía a toda velocidad, como si temiera haber expuesto demasiado, tanto de su cuerpo como de su dolor.

Sebastian le tomó las manos. Las tenía heladas. El hecho de que estuviera temblando sugería que aquello era algo más que una historia del pasado.

—¿Qué ocurrió, Jane?

Jane sacudió la cabeza.

—Como ya te he dicho, fui una estúpida.

—¿Oliver pensaba que estabas teniendo una aventura con su hermano? —¿sería esa la razón por la que había intentado matarla?

A Jane se le llenaron los ojos de lágrimas.

—¿Jane?

—Sí.

¿Sí lo pensaba o sí era cierto?

–¿Y era verdad?

–Me sentía muy sola –susurró Jane destrozada.

Aquel era otro sí. Sebastian no estaba seguro de cómo sentirse acerca de aquella revelación. Desde luego, no era algo que le apeteciera oír. No era algo que nadie quisiera oír.

–¿Por qué?

Jane se alejó todavía más para terminar de abrocharse la blusa. Se guiaba únicamente por el tacto de sus dedos, porque mantenía la cabeza alta, como si estuviera desafiándole a ver el monstruo que se consideraba que era.

–Oliver venía de una familia maravillosa. Tenía un hermano, Noah, que era todo lo que Oliver parecía ser, pero no era.

Sebastian la recorrió con la mirada. Sabía que estaba reviviendo lo ocurrido y se odió por haber despertado aquellos recuerdos. Al ver los sentimientos que cruzaban su rostro se arrepintió de haber preguntado. Era un tema demasiado íntimo. Él ni siquiera pensaba quedarse en Sacramento. No tenía derecho a inmiscuirse en su dolor.

–Jane, lo siento, esto no es asunto mío…

Jane alzó la mano.

–No, ahora que lo has preguntado, ahora que ya sabes lo que pasó, tienes que saber también lo terrible que soy.

Sebastian apenas soportaba oírla.

–Jane…

–Déjame terminar –le pidió.

Comprendiendo que ya era demasiado tarde para dar marcha atrás, Sebastian asintió.

–Nadie sabía que Oliver no era lo que aparentaba ser. Si se lo proponía, podía hacerte creer que era un santo.

Se secó una lágrima que rodaba ya por su mejilla y parpadeó para apartar las demás. Se irguió. Parecía querer abordar el tema con toda la dignidad de la que era capaz.

–Cuando atacó a Skye por segunda vez, pudieron acusarle de violación.

–¿Fue a prisión?

Jane se abrochó hasta el último botón de la blusa, aunque normalmente lo llevaba abierto.

–Estuvo tres años en prisión.

En la cómoda, al lado de la escultura, había una fotografía de una niña que debía de ser Kate.

–¿En qué situación quedasteis tú y la niña?

–Quedamos completamente a la deriva. Había llegado a depender de tal manera de él que me sentía como si lo hubiera perdido todo. Había estado sin trabajar durante varios años. Bueno, en realidad, nunca había llegado a ganar mucho dinero trabajando. Tengo un título de peluquera, pero ni siquiera había conseguido la titulación superior y ya ni siquiera me acordaba de cortar el pelo. Supongo que se podría decir que me había convertido en una mujer mimada y perezosa.

–Así que, aparte de todo lo demás, te encontraste con un problema económico.

Jane se sentó en la cama, una cama cubierta con un edredón azul y verde y montones de cojines.

–No fue una transición fácil. No me quedó más remedio que volver a trabajar de peluquera, pero llevaba tanto tiempo sin hacerlo que apenas tenía clientes. En ninguna peluquería buena me aceptaban, tenía que actualizar mis conocimientos. Además, estaba emocionalmente destrozada. Estaba enfadada, amargada, convencida de que habían acusado injustamente a Oliver y de que Skye me había privado de mi marido, del padre de mi hija, de mi sostén económico, de mi casa y de mis amigos. ¡Ni siquiera podía ir al club de campo! –añadió, riendo con desprecio–. Y pensaba que todo lo había hecho por despecho.

Sebastian hundió las manos en los bolsillos.

–¿Había muchas pruebas de su culpabilidad?

–Sebastian admitía haber estado en su casa. No podía hacer otra cosa. Quedaron restos de ADN en la cama de

Skye. Pero decía que le había invitado ella, que había sido sexo consentido, pero que después se había asustado porque Skye estaba drogada y había intentado apuñalarle.

—Así que pensabas que te había engañado.

—Eso no es una excusa.

—No estoy buscando excusas, estoy intentando averiguar lo que ocurrió. ¿Conocías a Skye en aquella época?

—No había oído hablar nunca de ella. Por eso no entendía nada. No podía comprender qué motivos podía tener para acusar a mi marido. Me resultaba imposible pensar que Oliver fuera capaz de hacer una cosa así. Pensaba que si fuera un violador, me habría dado cuenta. No dejaba de decírmelo. Le quería, vivía con él, íbamos juntos a la iglesia...

—Supongo que no fue fácil oír todas esas acusaciones.

—Creer que el adulterio era el peor de sus pecados me resultaba más fácil que aceptar la verdad. Estaba decidida a perdonarle y a recuperar lo que teníamos.

Habría hecho mucho mejor divorciándose de él cuando estaba en prisión. De esa forma podría haberse evitado que la atacara y le dejara esa cicatriz en el cuello.

—Así que creíste a tu marido.

—Decía que me amaba.

Ya no le miraba, ni siquiera parecía verle. Su voz se había convertido en un susurro, como si estuviera hablando para sí.

—Y a lo mejor, a su modo, te quería.

Jane negó con la cabeza.

—No. Oliver no quería a nadie. Era incapaz de querer a nadie. Pero su hermano era distinto.

Sebastian se sorprendió al sentir una punzada de celos.

—¿Cómo empezaste a relacionarte con Noah?

—Empezó a venir a casa para ayudarnos. Quería estar seguro de que Kate y yo teníamos todo lo que necesitábamos. Nos ayudó a colgar las cortinas, a terminar la mudanza...

Sebastian podía imaginarse perfectamente la situación. Por lo menos Noah había intentado ayudar a su cuñada. O a lo mejor a Sebastian le costaba culparle porque sentía por ella la misma atracción que él.

—¿Y comenzasteis a pasar mucho tiempo a solas?

—Me sentía tan necesitada...

Sebastian veía la vergüenza, la angustia incluso, que reflejaba su cuerpo. Estaba cargando con todo el peso de la culpa. Pero Noah también tenía alguna responsabilidad en lo ocurrido.

—Para que eso ocurra hacen falta dos.

Jane consiguió esbozar una trémula sonrisa.

—Noah no quería que ocurriera.

—¿Y tú sí? —replicó Sebastian.

—Por supuesto que no, pero...

—La gente comete errores, Jane.

Sebastian sospechaba que eran muchos los que esgrimirían aquel error contra ella. Pero él había pasado por una situación comparable con Emily y sabía que una buena persona podía llegar a verse envuelta en una relación que no le convenía. Además, ¿qué sabía nadie de lo que podría haber hecho en unas circunstancias parecidas? Aunque él nunca había engañado a su pareja, también tenía muchas cosas de las que arrepentirse. No todas las decisiones que había tomado habían sido siempre las correctas.

—Eso fue algo más que un error. Noah murió por mi culpa. Y dejó a una mujer y a tres hijos.

A la luz de lo que acababa de contarle, el cuadro de la pared cobraba un nuevo significado. ¿Representaría el color azul la paz que ansiaba, pero que no era capaz de alcanzar? Aquella carga emocional era tan pesada que le parecía asombroso que hubiera sido capaz de soportarla durante cinco años.

Sabiendo todo lo que sabía en aquel momento, comprendía perfectamente por qué no había terminado de sanar. No se lo permitía ella misma. Continuaba castigándose, obligándose a pagar la penitencia por sus pecados. Eso explicaba por qué no había vuelto a emparejarse, por qué no había rehecho su vida, por qué no había vuelto a hacer el amor después de aquel ataque. Incluso explicaba por qué no se había permitido disfrutar mientras hacía el amor la primera noche. Aquella mañana, la pura necesidad había ganado la partida durante unos minutos, pero Jane estaba volviendo a castigarse.

Sebastian se sentó a su lado en la cama.

—¿Cómo se enteró Oliver de lo vuestro?

—Cuando salió de prisión, él y yo estuvimos intentando empezar de nuevo. Pero lo que había ocurrido con Noah continuaba afectándole. Yo no quería separar a Noah de su mujer y de sus hijos, te lo juro. Sabía que nuestra relación no podía continuar. Quería a toda la familia, no quería verlos sufrir.

—¿Cómo se tomó su esposa la noticia?

—Todavía sigue sin hablarme. Cree que soy la peor de las… Bueno, supongo que puedes imaginarte lo que piensa de mí. Y no la culpo.

Aunque hacía tiempo que se había abrochado la blusa, Sebastian miró hacia su pecho, hacia la zona en la que llevaba el tatuaje.

—Este tatuaje te lo hiciste muy cerca del corazón.

Jane pareció confundida por aquel comentario.

—¿Y?

—Creo que es significativo.

—¿En qué sentido?

—¿Qué es lo que lloras, Jane? ¿La muerte de Noah o la tuya?

Jane se levantó de la cama.

—No entiendo qué quieres decir.

–Claro que lo entiendes.

–Te has negado la posibilidad de volver a enamorarte. Dices que ya has superado la etapa del psicólogo, pero todavía no te has perdonado. ¿De qué te ha servido ir al psicólogo si todavía continúas castigándote?

Jane le miró a través del espejo, pero no dijo nada.

–A lo mejor Skye te salvó de Oliver, ¿pero quién va a salvarte de ti misma?

Jane se frotó el pecho, como si el tatuaje le ardiera, y se volvió hacia él.

–No me merezco más de lo que tengo. Siempre y cuando tenga a Kate, eso es todo lo que necesito y todo lo que pido.

–Te estás engañando a ti misma.

–No, no es cierto.

–Claro que sí. Has llenado tu casa de objetos inanimados que retratan el amor y la plenitud que no eres capaz de permitirte –señaló la acuarela–. ¡Pero la vida no tiene por qué ser tan solitaria!

Jane arqueó una ceja con expresión escéptica.

–¿Me estás diciendo que tú eres el hombre en el que debería confiar?

Acababa de meter el dedo en la llaga y lo sabía. Sebastian estaba tan solo como ella.

–No –admitió–. No estoy diciendo eso.

Aunque Sebastian sabía que Jane estaba esperando aquella admisión, la tensión de sus labios le indicó que estaba desilusionada.

–En ese caso, supongo que ahora deberíamos darnos las buenas noches –le dijo, y le acompañó hasta la puerta.

Malcolm nunca había entrado en casa de Mary. Hasta ese momento. En el pasado, se había conformado con esconderse tras los arbustos y mirar por las ventanas. No quería echar a perder su tapadera hasta no estar seguro de que sería bienvenido en aquel lugar. Había urdido el plan y el plan era recuperarla e iniciar un futuro a su lado.

Pero desde que sabía que estaba trabajando para Sebastian, y que probablemente había estado haciéndolo desde el principio, el plan había cambiado. Mary había descubierto que continuaba vivo. Y ya no podía confiar en ella.

Había llegado la hora de que se vieran, de reconciliarse con el pasado y con el presente. De enfrentarse a quién era cada uno de ellos. En un primer momento había pensado que podría esperar hasta concertar la cita que Mary y Sebastian esperaban. Había imaginado la escena muy a menudo. Pero pronto se había dado cuenta de que Mary no aparecería en esa cita. Sebastian iría solo. Y tendrían que encontrarse en un lugar público, donde no podría hacer nada porque habría testigos. Tenía que ver a Mary en una situación controlada por él, y obligarla a confesar dónde estaba Sebastian.

Un ruido procedente de la calle le hizo detenerse en el marco de la puerta. ¿Qué era eso? Inclinó la cabeza y escuchó con atención. Habría jurado que era Marcie pidiendo ayuda a gritos desde el interior de la furgoneta, pero había aparcado a tres bloques de distancia y la había amordazado para que estuviera callada.

Pasaron varios segundos. No se oía nada. Satisfecho, y dando por sentado que lo que había oído había sido algún perro del vecindario o algún otro ruido irrelevante, metió el juego de ganzúas que acababa de utilizar en su bolsa de fieltro y guardó la bolsa en el bolsillo del abrigo. Se ajustó después los guantes de látex y cerró la puerta. Había preferido entrar por la puerta principal porque era por donde se había imaginado siempre su entrada en aquella casa. Primero como invitado y, con el tiempo, como el propietario, como el patriarca de la familia. Como el marido de Mary. También había elegido la puerta principal porque era la forma más arriesgada de entrar. Con ello estaba haciendo toda una declaración de principios: Sebastian no le asustaba.

Las bolsas de plástico que había utilizado para taparse los zapatos siseaban contra el parqué del pasillo, pero no le preocupaban ese tipo de ruidos. Aquella era una casa antigua, una casa en la que no era extraño oír crujir la madera. Midtown no era el barrio más adecuado para unos niños, pero toda la zona había revivido desde que el centro de Sacramento se había convertido en una zona residencial.

Comprendía las razones por las que Mary había decidido instalarse en aquella casa después de separarse de su marido. Era pequeña, pero tenía mucho encanto: molduras de escayola en las paredes, suelos de madera, un arco conectando el cuarto de estar con el comedor y unos escalones que conducían desde el comedor al estudio. Todo ello lo había visto muchas veces por la ventana. Además, también era una casa adecuada por cuestiones prácticas. Mary trabajaba en el Sutter Hospital, a solo unas manzanas de allí.

El hecho de que fuera de noche hacía casi imposible apreciar los detalles. En el cielo brillaba la luna, pero la niebla la ocultaba. Temiendo traicionar su presencia chocando con un mueble o rompiendo algún objeto, Malcolm encendió la linterna e iluminó la habitación.

Era un bonito lugar, mucho más agradable que las casas de mala muerte en las que vivía desde que se había gastado la mayor parte del dinero de Emily.

—Podríamos haber compartido todo esto —musitó—, pero tú lo has echado todo a perder.

¿Sería esa su venganza por haberle sido infiel cuando estaban en el instituto? Si así era, era una perra de corazón de piedra. Él no quería estar con nadie capaz de guardar rencor durante tanto tiempo. Ya le había explicado todo en su momento. En aquel entonces era un adolescente estúpido, no era capaz de pensar con el cerebro. Y ya había pagado por ello. Aunque Mary y él habían intentado volver, las cosas nunca habían vuelto a ser como antes de su infidelidad. De otro modo, habrían terminado yendo a la misma universidad, tal y como tenían planeado. Con el tiempo, se habrían casado. Y él no habría tenido que casarse con su primera esposa, que había resultado ser la peor de las arpías, siempre quejándose porque no atendía sus necesidades emocionales. Su primer matrimonio no había durado mucho. Se había separado de su mujer en cuanto había podido.

Malcolm vio una fotografía familiar y se acercó a ella para verla mejor. Allí estaba Mary con un hombre alto y moreno y dos niños. Llevaba la melena castaña echada hacia atrás y sonreía con la misma sonrisa que Malcolm recordaba del instituto. Adoraba aquella sonrisa maravillosa. En realidad, Mary no había cambiado mucho. Continuaba teniendo la piel clara, los ojos enormes y oscuros y la nariz respingona.

—¿Cómo puedes ser tan cruel? —preguntó, clavando la mirada en la fotografía.

¿Estaría saliendo con Sebastian? Por alguna razón, las mujeres encontraban irresistible al ex de Emily. No se daban cuenta de lo dominante que era. No veían cómo desafiaba constantemente a todos cuantos le rodeaban.

Probablemente se habría presentado en casa de Mary con su pico de oro y mostrando su dinero. Desde luego, Mary era la típica mujer que se dejaría impresionar por un hombre adinerado de Nueva York. Al supuesto Wesley le había hablado de lo rácano que era su marido.

Malcolm apagó la linterna y se dirigió hacia la parte posterior de la casa. Tras haberse familiarizado con los obstáculos con los que podía encontrarse, ya no necesitaba arriesgarse a utilizar la linterna. Pero antes de matar a Mary, quería ver a sus hijos. Quería verlos dormir, como habría hecho tantas veces si hubiera llegado a convertirse en su padrastro. Le resultaba imposible creer que, mientras él estaba planeando convertirse en un gran compañero para Mary, ella hubiera estado engañándole. Pero había reconocido la prueba en casi todos sus correos electrónicos. Había intentado presionarle para que le dijera dónde estaba. Había fingido estar enamorada, cuando en realidad, lo que había estado haciendo era utilizar su deseo contra él.

Le había puesto en ridículo, y no había nada que odiara más que el que se burlaran de él.

A juzgar por el número de puertas que daban al pasillo, había dos dormitorios y un baño en la casa. Se oía el murmullo de la radio o la televisión al final del pasillo. Eso le ayudaría a ocultar el sonido de sus pasos.

En el primer dormitorio no había ninguna televisión. Era el de los niños. Incluso en el caso de que no hubiera estado encendida la luz nocturna iluminando a los dos niños que dormían en sendas camas gemelas, Malcolm habría sabido que aquel no era el olor de Mary. El olor a sudor que emanaba de las camisetas deportivas y las playeras esparcidas por la habitación se mezclaba con olor a colonia de hombre. La combinación no le resultaba particularmente repugnante. De hecho, le era casi familiar. Le recordaba a Colton. Su habitación olía exactamente igual.

No entendía cómo había sido capaz siquiera de contemplar la posibilidad de criar a otros dos niños. Ser padre adoptivo era una labor muy poco agradecida. Colton le odiaba casi tanto como Sebastian. Siempre se confabulaban contra él. Y hasta Emily se ponía muchas veces de su parte.

Pero ya se había encargado de Emily. Y se encargaría de Mary también. Y de Sebastian. Todavía quedaban muchas horas hasta al amanecer. ¿Por qué no acabar con toda la familia? Seguro que así Mary se arrepentiría de lo que había hecho. Le haría tanto daño como le había hecho ella a él. Y Sebastian moriría sabiendo que por su culpa habían muerto tres personas, dos de ellas niños.

El hijo mayor se había hecho con la mayor parte de las sábanas. Estaba utilizando dos edredones, mientras que el pequeño dormía hecho un ovillo para protegerse del frío. Típico, pensó Malcolm mientras se acercaba a la cama. Los segundos nunca tenían oportunidad de brillar. Lo mismo había pasado en su familia. Jack se quedaba siempre con todo, incluso con el amor y la atención de sus padres.

Malcolm exhaló un suspiro. Mary quería a esos niños más que a cualquier otra cosa en el mundo. ¿Debería llevarlos al dormitorio de su madre y matarlos delante de ella? Todo habría sido más fácil si hubiera llevado la pistola, decidió. Un disparo rápido y letal. Como había hecho con Emily y con Colton.

Pero no podía utilizar la pistola. Hacía demasiado ruido y además, las pruebas de balística revelarían demasiados datos. Tendría que utilizar un cuchillo. ¿Pero tendría valor para apuñalar a dos niños a los que no conocía? Desde luego, la rabia que sentía le tentaba a hacerlo.

Malcolm ha respondido. Quiere saber qué pretendo enviarle, pero no ha dado ninguna dirección. Contestaré si vuelvo a saber algo de él, ¿de acuerdo?

Que duermas bien. Me alegro de que por una vez te hayas acostado pronto.

Mary

Mary le había arrebatado la única ilusión de su vida, lo único que le había permitido continuar durante los meses que habían seguido a su huida. Después de que le hubieran despedido de su trabajo como vigilante en un centro comercial del centro de Los Ángeles, había ido a Sacramento dispuesto a empezar de cero. Mary había sido la promesa de que por fin podría reiniciar una nueva vida, como había planeado desde que había abandonado Jersey.

Pero ella misma había arruinado sus planes. Sacramento no era la respuesta. Tendría que ir a otra parte, intentar encontrar trabajo en otra miserable empresa de seguridad, asumir otro alias… Pero antes tenía un asunto pendiente en Sacramento. Tenía que matar a Mary y a Sebastian y asegurarse de que no había nadie que supiera que estaba vivo, excepto Pam Wartle. Solo entonces podría olvidar el pasado. Solo entonces podría continuar con su vida.

Mataría a los niños, se aseguró. Lo haría delante de Mary. Pero antes quería tener oportunidad de enfrentarse a ella.

Salió de la habitación de los chicos, se acercó a la puerta que había al final del pasillo y se detuvo para oír la televisión. ¿Estaría despierta viendo algún programa que le gustaba? ¿O se habría quedado dormida viendo la televisión?

Estaba a punto de averiguarlo, a punto de ver a la mujer a la que había amado desde los dieciséis años. Podía decirle que si se acostaba con él salvaría la vida de sus hijos. La amenazaría diciéndole que no hiciera un solo ruido mientras la obligaba a cumplir todas las promesas falsas que había hecho. Después, mataría a los niños, acabaría con ella y eliminaría cualquier posible rastro que hubiera dejado tras él.

Era una pena que Mary tuviera que verlo vestido con un mono, con una redecilla, con guantes y con unas bolsas de plástico en los pies. Desde luego, de esa guisa no podía competir con el elegante y desenvuelto Sebastian Costas.

Pero por lo menos, Mary se llevaría un buen susto. La dejaría aterrorizada. Y eso era lo único que importaba.

Le demostraría que no era ningún estúpido, pensó, y entró en el dormitorio.

Capítulo 17

Sebastian estaba tan cansado que estuvo a punto de meterse en la cama sin comprobar si Malcolm estaba conectado. Por primera vez desde hacía mucho tiempo, no le apetecía participar en aquella conversación. La velada que había pasado con Jane le había dejado más inquieto que lo que había pasado aquella mañana. ¿Por qué? ¿Qué tenía aquella mujer? Sus sentimientos eran confusos, una mezcla de compasión, empatía, admiración y deseo. Incluso de desagrado por lo que había hecho con el hermano de Oliver. Sabía que le resultaría más fácil no pensar en ella si era capaz de dormir durante unas cuantas horas. Después de las últimas noches, necesitaba un descanso.

Pero casi por la fuerza de la costumbre, encendió el ordenador mientras se estaba lavando los dientes.

Primero abrió su correo electrónico. Mary le había enviado un mensaje cerca de las doce: *Eh, estás ahí, ¿estás despierto?*

Tras comprobar que no seguía conectada, leyó los otros mensajes. Su madre le enviaba uno diciéndole que le había enviado una muestra. Su jefe de Lincoln Hawke también le había escrito:

¿Cuándo piensas volver? Tenemos una gran oportuni-

dad para ti. Es el puesto ideal para alguien que quiere estar lejos. Es en Hong Kong.

Sebastian recibía mensajes de Bill Masters cada vez más a menudo. Su jefe se había mostrado muy comprensivo en un primer momento, pero estaba comenzando a impacientarse. No quería perder a uno de sus mejores inversores y le había dicho en numerosas ocasiones que podía volver cuando quisiera. Pero Sebastian no estaba ni remotamente tentado a trabajar en Hong Kong. Ya tenía la sensación de estar viviendo en un lugar extraño desde que Malcolm había matado a Emily y a Colton.

Después de enjuagarse la boca, le dio las gracias a su madre y le escribió una educada respuesta a su jefe diciéndole que necesitaba más tiempo. A continuación, cargó el correo de Mary. No encontró ningún mensaje de Malcolm, pero sabía que había utilizado aquella cuenta esa misma noche. Había intentado chatear con él desde esa cuenta, así que abrió el archivo de los correos antiguos para comprobar qué había pasado durante su ausencia.

No encontró nada de Malcolm, ni de Wesley, como se hacía llamar. Pero vio algo que le resultó extraño. Mary había recibido un correo de Sebastian.Costas@yahoo.com.

Él no tenía ninguna cuenta con esa dirección y estaba seguro de que si Mary conociera a alguien que se llamara como él se lo habría dicho.

¿Qué estaba pasando? Al leer el mensaje, sintió pánico.

Eh, ¿sabes algo de Malcolm?

Un mensaje sin firmar. Solo esa frase. El miedo que hacía palpitar su corazón se multiplicó cuando abrió los mensajes que Mary había enviado y leyó su respuesta.

Malcolm ha respondido. Quiere saber qué pretendo enviarle, pero no ha dado ninguna dirección. Contestaré si vuelvo a saber algo de él, ¿de acuerdo?

Que duermas bien. Me alegro de que por una vez te ha-
yas acostado pronto.
Mary

¿Quién había enviado ese mensaje? Y, peor aún, ¿quién había recibido la respuesta?

Todos sus músculos se pusieron en tensión cuando comprendió quién era el autor de aquel correo. Malcolm les había descubierto. Tenía que ser él. Aquel canalla había encontrado la manera de comprobar si estaban en contacto, y como los dos habían salido aquella noche, su táctica había funcionado.

Con el corazón latiéndole a toda velocidad, comprobó la hora a la que Mary había enviado el mensaje. Las doce y ocho minutos, seguramente, antes de irse a la cama. Habían pasado varias horas desde entonces. Jane y él habían salido del último casino ceca de las dos. ¿Qué hora sería?

Lo comprobó en la pantalla del ordenador. Las tres y cuarto.

Soltó una maldición y llamó a casa de Mary. Tenía que asegurarse de que estaba bien. Y si lo estaba, necesitaba advertirle de que les habían pillado. Aquello lo cambiaba todo…

El teléfono sonó varias veces.

—Contesta, por favor, contesta…

La sangre le rugía de tal manera en los oídos que apenas podía oírlo. Pero estaba casi convencido de que la voz que oyó al otro lado de la línea procedía de una máquina. Un pitido lo confirmó. Había saltado el contestador.

—¡Mary, agarra a los niños y sal inmediatamente de casa! Ve a cualquier parte en la que puedas estar segura. Malcolm sabe que estás ayudándome. Por favor, Mary, contesta.

El contestador volvió a sonar, en aquella ocasión para indicar que la cinta había llegado al final. Sebastian podría haber vuelto a llamar, pero tenía demasiada prisa. Después de colgar el teléfono, llamó a la policía, agarró el abrigo y las llaves y corrió a la puerta.

El sonido del teléfono fue la primera pista de que algo no iba bien. Malcolm estaba a punto de despertar a Mary cuando sonó. Pero retrocedió y se metió en el armario. El teléfono estaba en la mesilla de noche, pero Mary ni siquiera se movió. Probablemente no recibía muchas llamadas de teléfono en medio de la noche y había dado por sentado que era la televisión. A veces los anuncios sonaban a mayor volumen que la programación. O a lo mejor se había tomado una pastilla para dormir. Sabía que no le gustaba vivir sola. Ella misma se lo había dicho.

Después de lo que le pareció una eternidad, el teléfono dejó de sonar. Oyó hablar a alguien. ¿Sería el contestador? La voz parecía proceder de otra parte de la casa, pero el tipo que estaba intentando vender un equipo deportivo en la televisión solo le permitía oír un murmullo ininteligible.

¿Qué debía hacer? ¿Seguir con sus planes? ¿Marcharse? ¿Si permanecía diez minutos más en la casa le descubrirían?

La posibilidad de ir a prisión le aterraba. Sabía lo que hacían los internos con los policías corruptos. ¿Y qué decir de sus padres, de sus hermanos, de los hombres con los que había trabajado en la policía? Se enterarían de todo, descubrirían la verdad.

Mary se movió en la cama.

—¿Curtis?

Al final, el teléfono había terminado despertándola. Creía que se había levantado alguno de sus hijos.

Malcolm corrió hacia la puerta y salió al pasillo.

—¿Brandon? —llamó Mary.

Parecía más alerta, casi asustada. Malcolm maldijo a

quienquiera que hubiera hecho aquella llamada. Había estado muy cerca…

Pero lo conseguiría, se dijo. Tendría otra oportunidad.

Temiendo encontrarse con alguien, se metió en el cuarto de la lavadora y salió por la puerta de atrás. Al no tener farolas, el jardín le proporcionaba más rincones en los que esconderse.

Abrió la puerta sin hacer ruido, salió al jardín y se escondió entre los arbustos. Después, saltó la cerca y se agachó tras la cerca del jardín vecino. Si aquella inoportuna llamada resultaba no ser nada, todavía estaba a tiempo de exigir a Mary que le diera la dirección de Sebastian, matarla y desaparecer antes del amanecer.

Mary había oído que algo se movía. Estaba segura. Había alguien escondido en su dormitorio. Había visto su sombra deslizándose hacia la puerta justo cuando estaba a punto de despertarse. Pero los niños estaban dormidos y cuando les había despertado, habían insistido en que no se habían levantado ni para ir al cuarto de baño. ¿Qué estaba pasando allí?

Mientras cruzaba la casa con el bate de béisbol de su hijo en la mano, tuvo un terrible presentimiento. Revisó armarios y rincones y se detuvo a escuchar en silencio durante unos segundos. Pero no oyó nada extraño.

Cuando llegó al estudio, la recibió una ráfaga de aire frío. Parecía proceder del cuarto de la lavadora.

Asomó la cabeza y encendió la luz.

La puerta estaba entreabierta. Sí, no se había equivocado. Alguien, un hombre, a juzgar por el tamaño de la sombra que había visto, había entrado en su casa.

El miedo hacía que le temblaran las rodillas mientras miraba entre la niebla que cubría el jardín. Si todavía estaba allí, no le veía.

Con manos temblorosas, cerró la puerta y echó el pestillo. No iba a dejarla abierta, por supuesto. Echó todos los cerrojos de la casa. ¿Cómo habría entrado? ¿Y qué querría? ¿Sería un ladrón?

Haciendo acopio de valor, encendió el resto de luces de la casa. Aparentemente, no habían tocado nada. Y ya se había asegurado de que los niños estaban bien. Aun así, suponía que debía informar a los vecinos. Y la policía también tenía que saber que había ladrones en el barrio.

Estaba a punto de llamar a la policía cuando oyó una llamada a la puerta. Miró a través de la persiana y vio las luces de un coche patrulla. La policía ya estaba allí. Alguien debía de haberles llamado.

—Gracias a Dios —musitó, y corrió al dormitorio para ponerse la bata.

Volvieron a llamar a la puerta cuando estaba regresando al cuarto de estar.

—¡Ya voy! —gritó.

Pero no tuvo que correr el cerrojo para abrir la puerta. Porque no estaba echado.

Más confundida todavía, abrió la puerta, esperando que los jóvenes oficiales que permanecían al otro lado pudieran darle alguna explicación.

—Buenas noches, señora.

Al verles la cara, advirtió que uno de ellos era mucho mayor que el otro. Era él el que había hablado.

—Siento molestarla, pero hemos recibido una llamada advirtiéndonos de que podía haber un intruso en su casa.

Aquellas palabras la confundieron todavía más.

—¿De verdad? Estaba a punto de llamar yo misma, pero no he tenido oportunidad.

—A lo mejor ha llamado su marido.

—Estoy divorciada. Es posible que haya sido algún vecino. Pasen, por favor. No sé lo que ha pasado, pero sé que ha pasado algo.

Señaló el sofá. Cuando vio las flores en la mesa del comedor, contuvo la respiración. ¿Habría sido Malcolm? Sebastian le había advertido que podría actuar, puesto que tenía su dirección.

La idea de que su casa, su refugio y el de sus hijos, pudiera haber sido violada le hizo sentirse enferma. Había sufrido mucho después del divorcio y por fin estaba comenzando a remontar. No creía que pudiera soportar otro golpe, y menos como aquel.

El policía se aclaró la garganta. Mary fue entonces consciente de que le había hecho una pregunta.

–¿Perdón?

–¿Cómo sabe que ha pasado algo?

Mary estaba a punto de explicarle lo que había visto cuando oyó el chirrido de unos neumáticos. Había llegado alguien. Se ató nerviosa la bata y corrió de nuevo hacia la ventana para ver quién era. Inmediatamente se relajó al reconocer al recién llegado.

Abrió la puerta y esperó a que Sebastian saliera del coche y cruzara el camino de la entrada.

–Dios mío, ¿qué está pasando? –lloró.

Sebastian la abrazó con fuerza.

–¿Estás bien?

Sebastian, el hombre al que Mary conocía desde hacía dos meses, era un hombre de tez verde oliva. Aquella noche tenía el semblante blanco y parecía agotado.

–Estoy bien, pero… –se mordió el labio–, ¿es Malcolm?

Sebastian asintió.

–Lo sabe, Mary. Sabe que es una trampa.

Mary tuvo que agarrarse a la puerta para no caerse.

–Ha estado en mi dormitorio –susurró.

Para cuando Sebastian terminó de dejar a los hijos de Mary en casa de su ex marido y a Mary en la de su madre, eran casi las cinco de la madrugada. Sentía un alivio inmenso al saber que tanto los niños como Mary estaban sanos y salvos. Aquella noche podía haber terminado de la peor de las maneras. Pero aun así, no podía evitar un doloroso sentimiento de derrota. Si Malcolm sabía que iban tras él, no tendrían ninguna posibilidad de atraparlo y hacerle pagar sus crímenes. Tras haber organizado con tanto cuidado aquella interminable búsqueda en la que había invertido más de un año, volvía a la casilla de salida.

Era una perspectiva demasiado deprimente como para contemplarla siquiera. A lo mejor el agotamiento que sentía en cada uno de los músculos de su cuerpo era parte del problema y hacía que le resultara mucho más difícil enfrentarse a semejante golpe. Sebastian se sentía incapaz de regresar a su hotel. No quería volver a ver aquellas cuatro paredes, el ordenador en el escritorio, la mitad de su ropa en la bolsa que había enviado a la lavandería y la otra mitad colgada en un armario del que ni siquiera podía sacar las perchas.

Lo único que le apetecía era ver a Jane.

De modo que aparcó en la entrada de su edificio casi antes de ser consciente de donde estaba. Dejó el motor en marcha e intentó convencerse de que no debería abandonar el coche. Jane ya tenía suficientes problemas a los que enfrentarse. No iba a hacerle ningún favor desahogando con ella sus frustraciones.

Y aun así, si alguien podía comprender la decepción que amenazaba con consumirle, era Jane.

Vio girar una furgoneta al final del bloque. Era el repartidor de periódicos. Aparcó en doble fila mientras su hijo adolescente repartía los periódicos por varias casas. Era un chico de la edad de Colton.

Sebastian se recordó a sí mismo llevando a su hijo a jugar al tenis, a montar en bicicleta, hacer esquí acuático en el lago o, simplemente, ayudándole a lavar el coche. ¿Por qué? ¿Por qué habría hecho Malcolm una cosa así? La muerte de Colton había sido completamente innecesaria. Malcolm tenía que saber que Sebastian habría sido más que feliz criando a su hijo, tenía que saber lo mucho que iba a dolerle su muerte.

Esa era la razón, decidió Sebastian. Malcolm había querido hacerle daño. Se había negado a mostrar ninguna capacidad de compasión.

Un joven asesinado...

—Hijo de perra —musitó entre dientes.

La vida podía llegar a ser algo muy fugaz. A veces, uno ni siquiera era consciente de lo que tenía hasta que lo perdía. De modo que, ¿por qué pasar la noche solo?

Sacó las llaves del encendido, salió del coche, cerró la puerta de un portazo y bloqueó las cerraduras.

Una llamada a la puerta despertó a Jane. Inmediatamente, pensó en Oliver. Habían pasado ya cinco años, pero cada vez que se sobresaltaba, se preguntaba de forma refleja si estaría a salvo. Tenía que recordarse entonces que había muerto. Y, a partir de ese momento, comenzaba a recuperar el pulso. Aun así, era extraño que alguien fuera a su casa a esa hora de la madrugada. Su despertador no sonaría hasta dos horas después.

Rezando para que no fuera ninguna emergencia relacionada con Kate, se puso la bata y corrió al cuarto de estar.

—¿Quién es? —preguntó a través de la puerta.

—Soy yo.

Sebastian. ¿Estaría bien? Miró por la mirilla. Sí, parecía estar perfectamente.

Corrió el cerrojo y abrió la puerta.

Pensó que le explicaría por qué estaba en la puerta de su casa a las cinco y media de la mañana, pero no fue así. Sebastian se limitó a permanecer frente a ella con aspecto cansado, descorazonado, y Jane comprendió que no había ido hasta allí para hablar. Había ido en busca de consuelo.

Una voz interior le advirtió que no debería dejarle pasar. Se había convertido ya en el objeto de sus fantasías. Pero tampoco podía verle en aquel estado y no hacer nada.

Tomó su mano y le hizo entrar.

En cuanto cerró la puerta tras él, Sebastian la abrazó y la retuvo contra él.

Jane le devolvió el abrazo, deseando poder aliviar de alguna manera el dolor que, obviamente, le desgarraba.

–¿Estás bien? –susurró.

Sebastian no contestó. Enterró el rostro en su cuello y segundos después, Jane sintió la humedad de sus lágrimas.

Cuando se despertó tiempo después, estaba desnuda en la cama, con Sebastian. No habían hecho nada, excepto dormir abrazados. Pero en aquel momento, Sebastian estaba acariciándola de manera muy íntima. Con el pecho contra su espalda y las piernas dobladas tras las suyas, la retenía contra él, le acariciaba el seno y le besaba el cuello.

Tenía que detenerle antes de que fuera demasiado tarde, se dijo Jane. Incluso en el caso de que hubiera sido sincera sobre su posibilidad de concebir, se había dejado en el motel todos los preservativos que había comprado. No podían hacer el amor.

–Sebastian…

Giró para poder verle mientras hablaba, pero Sebastian se limitó a estrecharla contra su pecho y besarla.

Su beso comenzó más como una pregunta que como un intento de seducción, pero cuanto más viva era la respuesta de Jane, más crecía la pasión.

No dijo nada. Al parecer, tenía tan poco interés en hablar como cuando había llegado, excepto, quizá, con las manos. Eran sus manos las que le permitían saber a Jane qué pensaba exactamente que deberían estar haciendo.

Intentó negarse una vez más, pero Sebastian ya había localizado aquel secreto y sensible botón que tanto placer le había proporcionado la mañana anterior y llegó hasta sus labios el nombre de Sebastian acompañado de un gemido.

—Confía en mí —susurró Sebastian.

—Es en mí en quien no se puede confiar —replicó ella.

Pero Sebastian no se la tomó tan en serio como para detenerse. Deslizó el brazo por su espalda, la alzó ligeramente y cubrió su seno con los labios. En ese momento, Jane comprendió que haría cualquier cosa para que continuara. Cualquiera cosa, excepto ser tan irresponsable como la vez anterior. Aquella era una línea que no quería volver a cruzar.

Estaba a punto de detenerlo, de confesar la verdad si era necesario. No le quedaba otro remedio. Pero recordó entonces que el médico la había enviado a casa con un Lea's Shield, un método anticonceptivo de barrera, en su última visita. Ella había insistido en que no lo necesitaba, puesto que no era sexualmente activa, pero el médico había insistido en que se lo llevara, e incluso le había enseñado a utilizarlo por si en algún momento lo necesitaba.

En ese momento, se alegró inmensamente de que lo hubiera hecho.

—¿Sebastian?

—¿Mmm?

—Necesito ir al cuarto de baño —dijo.

Se levantó de la cama y corrió al cuarto de baño.

Había hecho el amor sin ser completamente sincera, pero por lo menos había utilizado un método anticonceptivo. Aquello perdonaba su mentira, ¿no?

Aun así, Jane no terminaba de tener la conciencia completamente tranquila.

¿Cómo era posible que se hubiera acostado con Sebastian por segunda vez? Cuando habían vuelto del casino, le había dado las buenas noches, había cerrado la puerta y se había metido sola en su dormitorio. ¿Tendría alguna manera de evitar que Sebastian se presentara en su casa cuando menos lo esperaba? ¿De que supiera exactamente cómo quebrar sus defensas?

Al oírle trasteando en la cocina, se permitió soltar un gemido de frustración contra la almohada.

No era culpa de Sebastian. El problema era que le bastaba mirarla para acabar con toda su capacidad de resistencia. Evidentemente, Jane no había cambiado tanto como quería creer. Después de haber pasado cinco años intentando demostrar a Wendy, y a sí misma, que era perfectamente capaz de controlarse, había vuelto a verse humillada por sus propias debilidades.

—Eh, el desayuno ya está listo —Sebastian asomó la cabeza en la habitación.

Jane no podía verle desde donde estaba.

—No tengo hambre.

Pensó que Sebastian se había ido a desayunar hasta que le oyó decir:

—Ambos somos adultos, Jane. Y ninguno de nosotros está comprometido en otra relación. No hemos hecho ningún daño a nadie.

Sabía que Jane se estaba castigando a sí misma, pero no entendía por qué.

Jane se cubrió con las sábanas y se sentó en la cama.

—Sebastian, no tengo hecha la ligadura de trompas.

Sebastian se irguió en toda su altura.

—¿Qué?

—Todavía soy fértil.

¿Qué pasaría después de haber dejado caer aquella bomba?

—Entonces, esta mañana…

Jane alzó la mano.

–Esta mañana he utilizado un método anticonceptivo. Estoy hablando de la otra vez.

Sebastian apoyó el hombro contra la puerta y se frotó la barbilla.

–¿Y por qué me dijiste que no había ningún peligro?

–Porque ya era demasiado tarde y fui yo la que no te dejó detenerte. Pensé que yo era la responsable y que sería yo la que tendría que pagar las consecuencias. Pero… no sabía que volveríamos a estar juntos. Esta mañana he utilizado otro método anticonceptivo, pero todo el mundo sabe que los métodos barrera no son tan efectivos como la ligadura de trompas. Me siento como…. –se pasó la mano por el pelo–, creo que no tenía derecho a tomar una decisión de este calibre por mi cuenta.

Sebastian estudió su rostro.

–Que conste que yo hubiera seguido.

–¿Qué quieres decir?

–Quiero decir que si antes de hacer el amor esta mañana me hubieras dicho que no tenías las trompas ligadas, pero estabas utilizando otro método anticonceptivo, no me habría detenido.

Era un gesto muy generoso por su parte el de asumir parte de la responsabilidad. Jane no pudo menos que sentirse impresionada. Pero, ¿de verdad no se habría detenido si hubiera sabido que podía quedarse embarazada? ¿Por qué no se enfadaba al enterarse de que había corrido aquel riesgo sin advertirle?

–Lo siento. No sé en qué estaba pensando… Bueno, supongo que no estaba pensando en nada.

–Me encantas cuando no piensas en nada –contestó Sebastian con una sonrisa.

Jane le sonrió en respuesta.

–¿Y qué has dicho que tenemos para desayunar?

Capítulo 18

Vestido únicamente con los vaqueros, Sebastian sostenía frente a él la taza de café. Estaba sentado a la mesa del desayuno con Jane, intentando averiguar por qué aquella mujer siempre le hacía sentirse mejor, cuando con Constance siempre le ocurría lo contrario. Había habido ocasiones durante los últimos meses en las que Constance le suplicaba que hicieran el amor y él no mostraba ningún interés. Otras veces le pedía que se abriera a ella y hablaran, pero él era incapaz de hacerlo.

Sin embargo, con Jane todo era diferente. ¿Sería porque comprendía lo que sentía sin que tuviera que explicárselo? En parte, esa era la razón, pero Jane le gustaba demasiado como para justificar lo que sentía por ella exclusivamente por aquella comprensión. Mary tenía hijos. También ella le comprendía. Pero Sebastian no se había sentido atraído por ella.

—Entonces, ¿qué vamos a hacer ahora con Malcolm? —le preguntó Jane.

Sebastian acababa de contarle que le había enviado un correo electrónico a Mary, la respuesta de esta y lo que había ocurrido después en su casa.

—No lo sé.

—Mary no puede volver a su casa.

Sebastian dejó la taza de café en la mesa, se reclinó en la silla y estiró las piernas.

—No, no podrá volver hasta que estemos seguros de que Malcolm está lejos de aquí.

—¿Qué te hace pensar que se alejará de aquí?

—Escapar es su mejor opción en términos de riesgo.

—Pero los asesinos no siempre piensan con una lógica racional. Le has perseguido por todo el país hasta llegar a Sacramento. A lo mejor piensa hacer una parada definitiva.

El hecho de que Malcolm hubiera irrumpido en casa de Mary sugería que no quería dejar sin castigo su traición. Pero Malcolm era, básicamente, un cobarde. Sebastian siempre lo había pensado y en aquel momento, estaba completamente convencido.

—¿Crees que podría intentar deshacerse de mí y de Mary?

Jane añadió crema a su café.

—Eso es lo que habría hecho Oliver —contestó—. Se habría quedado hasta acabar con todos los cabos sueltos y después se habría marchado.

Malcolm podía no ser el mismo tipo de asesino. Pero, definitivamente, era un hombre capaz de guardar rencor.

—Siempre y cuando vaya detrás de mí y no de Mary, no me importa. Preferiría poner un punto y final a todo esto.

—De la forma que sea.

—No es que esté deseando morir, es que estoy harto de todo esto.

Sonó el teléfono justo en el momento en el que estaba haciendo aquel comentario. Mientras Jane contestaba, Sebastian comenzó a fregar los platos.

—No, no hagas que la abuela te traiga hasta aquí —dijo Jane por teléfono—. Yo te lo llevaré al colegio —Jane escuchó un momento en silencio—. ¿Qué es lo que quieres?

Sebastian miró por encima del hombro y la descubrió mirándole. Cuando sus ojos se encontraron, Jane desvió la mirada.

—No, yo te lo llevaré al colegio... Porque no necesitas venir ahora a casa.... Sí, yo me encargaré de dar de comer al hámster. Lo hago cuando te vas los fines de semana, ¿verdad?... Kate, no quiero que llegues tarde a clase... He dicho que lo llevaré yo, ¿de acuerdo?... Te quiero... Adiós.

—¿Kate se ha olvidado algo? —preguntó Sebastian cuando colgó el teléfono.

—Sí, pero no es nada importante. Puedo dejárselo en el colegio.

Sebastian se apoyó contra el mostrador.

—Pareces un poco nerviosa.

Jane dejó el teléfono en el mostrador.

—Me estaba preguntando qué habría hecho si se hubieran presentado en casa sin llamar antes —dijo con una risa nerviosa—. ¿Te lo imaginas? Ni siquiera he vuelto a tener una cita desde que murió su padre.

—¿Sabe Kate que Skye mató a su padre?

—Sí.

—¿Y sabe por qué?

—Sí.

—Si ha sido capaz de asimilar algo así, será capaz de enfrentarse a cualquier cosa.

Estuvo a punto de añadir que tener un amigo no era nada malo, pero no lo hizo. No creía que fuera inteligente poner una etiqueta a su relación. En aquel momento, ninguno de los dos sabía lo que significaba para el otro.

—Pero solo son las ocho de la mañana —musitó.

—A lo mejor he pasado por aquí porque estamos trabajando juntos.

Jane arqueó las cejas y fijó la mirada en su torso desnudo.

—¿Así? No creo que hubiera esperado a que te pusieras la camisa antes de entrar en casa. Tiene llaves.

Sí, habría sido un momento embarazoso. Pero Sebastian era demasiado cabezota para admitirlo. No quería sentir que tenían que esconderle o apartarle de la vida diaria de Jane.

—Tener una relación con un hombre es algo natural, Jane.

—Es mucho más complicado que todo eso y lo sabes.

Comenzó a alejarse, probablemente para ir a ducharse y vestirse, pero Sebastian la agarró del brazo.

—Me gustaría conocer a Kate.

Si era capaz de incluir a su hija en su relación, a lo mejor Jane comenzaba a relajarse y dejaba de considerarlo algo así como una especie de placer culpable.

—Algún día —contestó.

—Hoy. ¿Por qué no os invito a cenar?

Jane fingió considerar la invitación, pero Sebastian sabía que no iba a aceptar.

—No creo que sea una buena idea. No tenemos por qué confundirla. Tú volverás a Nueva York cuando acabe todo esto y entonces…

Sebastian la dejó marchar. Comprendía los motivos por los que quería proteger a su hija. Pero algún día tendría que superarlos.

—Y entonces tendrá un amigo que vive en otro estado. Y tú también. ¿Qué tiene eso de malo?

—No tiene ningún sentido.

—¿Por qué?

—Porque esto es solo una aventura temporal.

¿Sería así como justificaba el hecho de haberse metido en una situación de alto riesgo?

—¿Y si resulta que estás embarazada?

Jane se sonrojó violentamente.

—Ya me ocuparé de ello en el caso de que ocurra.

—¿No te resultaría más fácil explicárselo si por lo menos me hubiera conocido? Aunque solo tenga doce años, supongo que sabe que hacen falta un hombre y una mujer para tener un hijo.

—Lo siento, pero ahora mismo ni siquiera soy capaz de

contemplar esa posibilidad. Tengo cuarenta y seis años, soy demasiado mayor para tener un hijo.

Sebastian se encogió de hombros.

—Ahora hay muchas mujeres que esperan hasta más allá de los cuarenta años para quedarse embarazadas.

—Y por ello corren muchos riesgos.

—Sí, lo sé. Pero también hay madres de esa edad que tienen hijos completamente saludables.

—¿Qué quieres decir con eso?

—Lo único que pretendo decir es que no tengo miedo de lo que pueda pasar.

No tenía la menor idea de cómo se las podrían arreglar, pero, aunque pareciera una locura, le encontraba sentido a la posibilidad de tener un hijo. El por qué quería tener un hijo con una mujer a la que conocía desde hacía apenas unos días, era todo un misterio. A lo mejor era porque Constance se negaba a tener hijos. Ese habría sido un problema en su relación. Cuando se había comprometido con ella, Sebastian se daba por satisfecho con el hijo que tenía. Como era una cuestión que ya habían decidido, nunca había vuelto a considerarla, pero en ese momento...

No le importaría tener un hijo, decidió. A lo mejor otro hijo llenaba el terrible vacío que había quedado en su corazón desde la muerte de Colton. A lo mejor tenía una hija. Aunque nadie pudiera ocupar el lugar que Colton había ocupado en su vida, le encantaría tener un hijo al que querer.

Pero tener un hijo con Jane sería una pesadilla si ella no pensaba lo mismo que él.

—¿Te disgustaría mucho esa posibilidad?

—No sé si «disgustar» es la palabra adecuada.

¿Qué haría si se quedara embarazada? Un hombre tenía poco que decidir en una situación como aquella.

—¿Abortarías?

—Ahora mismo ni siquiera sería capaz de pensar en esa posibilidad.

–Solo para que lo sepas, si estás embarazada y no quieres tener ese hijo, yo asumiría toda la responsabilidad. Tú podrías decirle a todo el mundo que has sido una madre de alquiler.

Jane se llevó la mano al vientre y le advirtió:

–¡No te atrevas a ofrecerme dinero!

Sebastian se echó a reír. Si Jane estuviera al tanto de su situación financiera, no se preocuparía por aquella posibilidad.

–Jamás se me ocurriría.

–En ese caso, será mejor que no volvamos a hablar del tema hasta que no sepamos que estoy embarazada, ¿trato hecho?

–Trato hecho.

–Voy a ducharme.

Sebastian le pidió un trapo de cocina para secar los platos.

–Cuando salgas, no estaré aquí. Voy a ver cómo está Mary.

–Te llamaré en cuanto haya hablado con David. Espero que alguno de los vecinos de Mary viera el número de matrícula de Malcolm.

–O que por lo menos se fijaran en el modelo de coche.

–Sí, eso ayudaría.

Habían terminado la conversación y, prácticamente, ya se habían despedido. Pero Jane no abandonaba la cocina. Continuaba allí, observando a Sebastian con atención.

–¿Qué pasa? –preguntó él.

Jane le miró con tristeza.

–¿De verdad quieres tener un hijo?

Sebastian sonrió al pensar en ello.

–¿A ti qué te parece?

Jane sacudió la cabeza.

–Me parece que normalmente nunca es el hombre el que quiere tener el hijo.

—Pues esta vez, sí.

—Sería toda una novedad.

Y sin más, salió al pasillo. Pero una llamada a la puerta la hizo detenerse antes de que hubiera llegado a la ducha.

Jane no sabía si debería pedirle a Sebastian que se escondiera, ni de si debería abrir la puerta estando Sebastian con el pecho al descubierto y secando platos en la cocina. Intentó mirar por la ventana, pero quien quiera que fuera, estaba demasiado apartado para que le viera. Seguramente, Betty no habría llevado a Kate a casa para recoger el equipo de deportes. Kate le había dejado muy claro a su hija que no quería que fuera a casa en aquel momento.

—¿Quién es? —preguntó cada vez más tensa.

Mientras aguardaba la respuesta, casi esperaba oír la llave de Kate en la cerradura. Pero no era Kate.

—¿Jane? Soy Bob.

Jane suspiró aliviada. Bob vivía en el otro extremo del edificio. Le había visto en alguna ocasión cuando estaba paseando a su perro. Habían intercambiado saludos, pero era la primera vez que se acercaba a su casa.

—Eh, hola, Bob, ahora no puedo abrirte, ¿puedo hacer algo por ti?

—Hay un Lexus en el aparcamiento, ¿sabes de quién puede ser?

Jane miró a Sebastian.

—¿Se supone que no puedo aparcar allí? —susurró Sebastian.

—Conozco al dueño —le dijo Jane a Bob a través de la puerta—. Es… de un compañero de trabajo.

—Que podría ser el padre de tu hijo —bromeó Sebastian.

Jane no pudo evitar sonreír mientras descartaba sus palabras con un gesto.

—Ya basta. Pasa algo.

–Espero que no se me lleve el coche la grúa –gruñó Sebastian mientras se dirigía hacia el dormitorio.

–¿Puedes decirle que vaya a verlo? –preguntó Bob.

–¿Qué ocurre? ¿Necesitas que mueva el coche?

–No, la policía está en el aparcamiento. Quieren hablar con él.

Al oír la palabra «policía», Sebastian se volvió bruscamente hacia Jane.

–¿Qué ha pasado? –preguntó Jane.

Obviamente tan confundido como ella, Sebastian sacudió la cabeza y Jane repitió la pregunta más alto.

–¿Qué ha pasado?

–Preferiría no decirlo a través de la puerta.

Sebastian desapareció del pasillo. Después de pasarse la mano por el pelo y asegurarse de que la bata no delataba su desnudez, Jane abrió la puerta.

–¿Qué ocurre?

Bob, un hombre ya jubilado, vestido con unos pantalones de poliéster y un chubasquero, contestó:

–Ha habido un asesinato.

Era una respuesta tan inesperada que Jane tardó en comprender lo que estaba diciendo.

Sebastian apareció tras ella, completamente vestido.

–Ha habido un asesinato –Bob desvió la mirada hacia Sebastian–. ¿Es usted el propietario de un Lexus de color blanco?

Un músculo se tensó en la mejilla de Sebastian.

–Sí.

–¿Qué tiene que ver el coche con el asesinato?

–El cadáver está en el asiento de atrás.

Sebastian estaba ya en la puerta. La emoción y la tranquilidad que Jane había visto en su rostro minutos antes habían desaparecido. Estaba completamente alerta, decidido a averiguar lo que había pasado. Pero se detuvo al ver la expresión horrorizada de Jane.

–¿Jane?

Jane sentía un extraño entumecimiento ascendiendo desde las puntas de sus pies. Pero ignoró la preocupación de Sebastian y se concentró en Bob, que era el que disponía de la información.

–¿Un cadáver? ¿Y quién es? Supongo que nadie del edificio.

–No –su vecino hundió las manos en los bolsillos e hizo sonar las monedas que guardaba en ellos–. Es una chica afroamericana.

Jane sintió el terror aferrándose a su pecho.

–¿De cuántos años?

–Unos veinte. Es difícil decirlo. No la había visto nunca. No es de por aquí, si es eso lo que estás preguntando.

No, no era eso lo que estaba preguntando. Tenía miedo de que la chica fuera una de las dos que pretendía salvar.

El suelo comenzó a dar vueltas bajo sus pies. Se aferró al pomo de la puerta y sintió que Sebastian la estrechaba contra él antes de que pudiera caer.

–Respira –le pidió.

Jane asintió y tragó con fuerza.

–Estoy bien –le aseguró.

Pero Sebastian no la creyó. La obligó a sentarse en una de las sillas de la cocina.

–¿Estás mejor? –le preguntó.

Esperó hasta que Jane le miró a los ojos y asintió antes de dejarla y dirigirse hacia la puerta.

Bob la había seguido al interior de la casa y se había sentado a su lado. Siempre había sido una persona difícil de eludir, incluso cuando se encontraban bajo la lluvia. Evidentemente sobrecogido por lo que acababa de ver, estaba más hablador que nunca.

–Estaba paseando al perro cuando he visto que alguien había roto la ventanilla de uno de los coches del apartamento –le explicó–, así que he ido a investigar –se inclinó hacia ella–. Ha habido algunos robos en la zona –añadió, como si Jane no estuviera informada–. No se puede dejar nada en el coche.

–Lo sé –contestó Jane.

Hablaba como si aquella no fuera una conversación distinta de las otras muchas que habían mantenido en el pasado. Era la única reacción de la que se sentía capaz. Quería seguir a Sebastian al aparcamiento, pero las piernas no la sostenían. Apoyó la cabeza en el respaldo de la silla y respiró varias veces.

–Cuando he mirado dentro, la he visto –continuó explicando Bob–. Jamás me había encontrado con una cosa igual. Había tanta sangre que no puedo decir si había muerto de una puñalada o un disparo –se frotó el cuello–. Pero era evidente que estaba muerta.

¿La víctima sería una de las hermanas de Gloria, como Jane temía? El color de la víctima, el lugar y el momento en el que había aparecido el cadáver... Demasiadas cosas como para tratarse de una coincidencia.

¿Querría eso decir que habían seguido a Sebastian?

Eso podía significar que Malcolm no había abandonado la casa de Mary cuando se había sabido descubierto. Había permanecido en la zona, observando todo lo que ocurría. Después había seguido a Sebastian. ¿Cómo si no podía haber encontrado su coche?

¿Habría matado a Latisha... o a Marcie? ¿Y significaría eso que también pretendía matar a Sebastian?

Fue aquel pensamiento el que consiguió ponerla en pie. Todavía iba con bata, pero no le importaba. Dejó a su vecino en medio de una frase, se dirigió hacia la puerta y, tras haber recuperado las fuerzas, corrió hasta el coche.

–No creo que te apetezca ver lo que vas a encontrarte –gritó Bob tras ella–. Si yo estuviera en tu lugar, me quedaría aquí.

Evidentemente, él preferiría no haberlo visto. Eso estaba claro. Pero Jane estaba desesperada por saber si era verdad, por saber si aquello era real, porque tenía la sensación de encontrarse en una pesadilla.

—¿Jane? —le gritó desde la puerta.

Pero Jane sabía que no pensaba volver al coche. Continuó donde estaba, como si le bastara pensar en acercarse de nuevo hasta ese coche para evocar imágenes que preferiría olvidar.

Jane no contestó. Estaba ya doblando la esquina, desde donde podía ver lo que estaba ocurriendo. Había tres coches de policía rodeando el Lexus y dos hombres estaban fotografiando el cadáver de la joven negra que alguien había dejado en el asiento trasero.

Latisha llevaba tantas horas atada que ya no sentía ni las manos y los pies. Y el dolor de cabeza que había comenzado a sentir la noche anterior no había hecho nada más que empeorar desde que se había visto obligada a permanecer tumbada en aquel lugar. Pero cuando oyó que la puerta se abría y supo que Wesley por fin había vuelto, solo fue capaz de pensar en su hermana. La noche anterior la había sacado a rastras de la habitación.

—¿Wesley? —le llamó—. ¿Va todo bien?

Wesley no respondió, pero estaba segura de que la había oído. La casa no era tan grande y había oído sus pasos en el pasillo. No se atrevió a volver a gritar. La última vez que le había molestado, había terminado entrando a la habitación con una pistola cargada.

Oyó la ducha del baño del dormitorio principal. Cerró los ojos y contó hasta mil una y otra vez, intentando soportar el dolor. Normalmente, cuando la ataba, por lo menos podía sentarse. Pero eso era cuando la dejaba sujeta a una de las estacas del suelo. La noche anterior le había encadenado los pies y las manos antes de atarla.

Aquellas medidas de seguridad indicaban que había planeado algo.

Wesley terminó de ducharse y salió. A los pocos minutos, Latisha olió a humo. ¿Pretendería quemar la casa y dejar que muriera abrasada?

Impotente, gimió ante aquella posibilidad. Pero aunque se esforzó para oír el crepitar de la madera o ver el humo entrando por la rendija de la puerta, no hubo nada.

Un portazo le indicó que Wesley continuaba en casa. Por sus movimientos, imaginó que había ido a la cocina. Oyó el timbre del microondas y olió a café. Estaba preparando el desayuno, lo que quería decir que no había prendido fuego a la casa. Entonces, ¿qué habría hecho? ¿Y por qué no había ido a buscarla? ¿Por qué no le había hecho cocinar?

¿Y dónde estaba Marcie? Aquella era la pregunta que realmente le importaba. ¿Estaría su hermana atada a la furgoneta? Y si así era, ¿por qué no la había hecho entrar en la casa? No tenía sentido que la dejara sola allí afuera. Tenía que vigilarla, no podía arriesgarse a que se escapara. Marcie ya había estado a punto de escaparse la última vez que la había sacado de casa.

Había ocurrido algo malo. Latisha lo sentía en lo más profundo de sus entrañas. Aquella no era la conducta habitual de Wesley.

Después de lo que le pareció más de una hora, quizá dos, Latisha ya no aguantaba ni un minuto más sin preguntar. A lo mejor la mataba por ello, pero tenía que volver a gritar, tenía que averiguar si Marcie estaba bien.

—¿Wesley? ¿Estás ahí?

Wesley se acercó por fin. Se oyó un clic y después el chirrido de las bisagras de la puerta al abrirse.

—¿Estás despierta? —preguntó Wesley.

La ligereza de su tono le indicó que estaba fingiendo que no la había oído gritar la vez anterior. Latisha sabía que no era cierto, pero prefirió no decir nada. Todavía estaba intentando averiguar qué había pasado. Advirtió que una sombra de barba cubría su rostro y que las arrugas de sus ojos eran más pronunciadas de lo habitual. Evidentemente, había pasado toda la noche despierto, ¿pero por qué?

Alegrándose de poder hablar con él antes de que se quedara dormido y la dejara encadenada durante unas horas más, le sonrió vacilante.

—El dolor de cabeza me está matando. ¿Puedo levantarme?

—Claro que sí. Y después te daré algún analgésico —se inclinó inmediatamente para soltarla.

¿Podría ver la marca dejada por las lágrimas?, se preguntó Latisha. ¿Le importaría? Hasta entonces, nunca le había importado su dolor. Pero aquel día estaba diferente, más amable...

—¿Dónde está Marcie? —le preguntó.

Wesley sonrió mientras terminaba de desatarla.

—La he dejado marcharse.

—¿De verdad?

Latisha apenas se lo podía creer. Tenía las manos hinchadas. Le ardían mientras la sangre volvía a fluir, pero no le importaba. No, si era cierto lo que le estaba diciendo.

—¿De verdad? —insistió.

—Te dije que la soltaría —respondió Wesley con orgullo—. Tú me diste lo que quería y yo te he devuelto el favor.

Latisha le observó atentamente. Quería creer lo que le estaba diciendo, pero le parecía demasiado extraño. Hasta entonces, había estado siempre en tensión por miedo a que se marcharan. ¿Por qué dejar de pronto que Marcie se fuera?

—¿Cómo lo has hecho? —preguntó nerviosa.

Wesley se encogió de hombros.

—La he dejado en una esquina. Supongo que a estas alturas estará ya en casa.

Latisha intentó aferrarse a aquellas palabras. Si su hermana había escapado, entonces, una parte de ella también. Había posibilidades de que Marcie pudiera ayudar a encontrarla. Pero si Wesley realmente hubiera soltado a Marcie, ¿no estaría asustado por lo que esta podía llegar a contar? ¿No estaría preocupado o haciendo el equipaje para cambiar de casa?

—Marcie no sabe dónde está esta casa —continuó diciendo Wesley como si le hubiera leído el pensamiento—. No es capaz de traer a nadie hasta aquí.

Lo más increíble de todo era que, a pesar de los posibles miedos de Wesley a verse expuesto, probablemente fuera cierto. El día que las había secuestrado, las había tirado al interior de la furgoneta y las había encadenado a una barra que tenía en el suelo. No habían podido ver nada y estaban demasiado asustadas y confundidas, preguntándose por qué un policía se comportaba de manera tan extraña. Latisha sabía que estaban en el campo, pero eso era todo.

¿Podría confiar realmente en que había dejado irse a Marcie? La sonrisa de Wesley parecía indicar que era cierto. Y estando sola y más asustada que nunca, necesitaba confiar en él.

—Te traeré un analgésico.

Le llevó dos tabletas. Después, la liberó de su prisión para que limpiara la casa. Al principio le resultaba difícil moverse, pero en cuanto desapareció el dolor de las manos, comenzó a sentirse más animada. A lo mejor ella no estaba en casa, pero su hermana sí, se dijo a sí misma. E imaginar a Marcie abrazada a Gloria le hacía muy feliz.

Pero mientras estaba en la habitación de Wesley, mirando por la ventana, vio el barril metálico del que salía el olor a quemado.

Se acercó al cristal todo lo que pudo para intentar determinar qué era exactamente lo que Wesley había quemado.

Era la primera vez que encendía un fuego. Tenía que haberlo hecho por algún motivo, ¿pero cuál?

Podía ser cualquier cosa. Aquel hombre era un enfermo, un loco. Pero eso era precisamente lo que más la preocupaba.

Se volvió y continuó limpiando la habitación. Pero no tardó en ver los zapatos que Wesley llevaba la noche anterior y la preocupación se convirtió en pánico. Los recogió del suelo y estaba a punto de guardarlos en el armario cuando vio manchas de una sustancia oscura salpicando la suela.

Se chupó el dedo y frotó una de las manchas, que se disolvió en un color rojo idéntico al de... la sangre.

Comprendió entonces lo que Wesley había estado quemando en el barril. Seguramente, la ropa que se había puesto la noche anterior. No estaba en la habitación. A lo mejor estaba tan manchada de sangre que no había querido que la viera. O no estaba dispuesto a lavarla.

Pero si había quemado la ropa, ¿por qué no los zapatos?

Porque tenía menos zapatos. O porque le gustaba aquel par en particular. O porque no había visto la sangre, o pensaba que sería fácil de quitar. Podía haber muchas razones. Si de verdad había liberado a Marcie, ¿qué necesidad tenía de quemar nada?

—¿Ya has terminado aquí?

Intentado ver a través de las lágrimas, Jane tiró los zapatos en el armario y se inclinó para alisar la colcha. No quería que Wesley le viera la cara.

—Casi.

—He decidido que vengas a esta habitación conmigo —anunció Wesley, como si pensara que eso iba a hacerle feliz.

Si de verdad hubiera creído que Marcie estaba con Gloria, no le habría importado. Pero sabía que no era así. Marcie estaba muerta y sabía que si no hacía algo para salvarse, ella sería la siguiente.

Capítulo 19

Jane permanecía sentada en el sofá, al lado de Gloria. El apartamento, que disponía de un único dormitorio y un cuarto de baño, además de un cuarto de estar diminuto, estaba abarrotado. La estantería, hecha con tablas de madera y ladrillos pintados de color azul claro, ocupaba toda una pared. Los muebles se apelotonaban unos contra otros y no había una sola superficie horizontal que no estuviera llena de adornos. Pero aun así, daba el aspecto de un caos organizado.

El olor a cebollas asadas impregnaba todo el apartamento. Después de haber visto la sangre en el asiento trasero de Sebastian, a Jane le bastaba pensar en comer para sentir náuseas, pero aun así, le resultaba más fácil concentrarse en el olor del apartamento que en Gloria, que lloraba entre sus brazos. Había sido terrible darle la noticia de que Marcie estaba muerta, pero peor aún informarle de que habían encontrado el cadáver en el coche de Sebastian, junto a su casa. Afortunadamente, no parecía culpar a Jane de lo ocurrido, pero todavía estaba destrozada.

—Tenía mucho miedo de que pudiera pasar algo así —lloró—. He pasado semanas aterrada. Pero, en realidad, no me lo podía creer… ¿Por qué Marcie? ¿Por qué mi hermana?

Jane continuaba acariciándole la espalda. No tenía respuesta. A pesar de todos sus esfuerzos y de la colaboración de la policía, Marcie estaba muerta.

Rezaba para que Latisha no corriera el mismo destino, pero no podía evitar preguntarse si no lo habría hecho ya.

Pero pasara lo que pasara en el futuro, sabía que vería a Malcolm Turner tras las rejas aunque tuviera que dedicar su vida entera para conseguirlo. Por Marcie, por Latisha, por Gloria, por Sebastian. Pero también por ella misma. Encontrar a Malcolm se había convertido en la manera de desactivar el fantasma de Oliver. Por fin tenía la posibilidad de derrotar a un hombre que era tan perverso como el que había estado a punto de matarla. Por fin podía devolver el golpe.

—Lo siento.

Incluso mientras la pronunciaba, era consciente de lo manido de aquella frase, pero no se le ocurría ninguna mejor. David todavía estaba investigando el escenario del crimen. Había llegado al coche muy pronto, pero habían hablado y habían decidido que todo sería más fácil para Gloria si Jane se adelantaba a darle la noticia. Sebastian estaba haciendo la declaración policial. Habían encontrado el cadáver de Marcie en su coche, de modo que tenía muchas preguntas que responder.

—No puedo vivir sin ellas —gimió Gloria—. No puedo.

Jane le secó con la mano las lágrimas que corrían por su mejilla.

—Puedes y lo harás. Yo te ayudaré.

—¿Y Latisha? Es probable que ella también esté muerta.

Jane no podía decirle lo contrario. Mientras buscaba las palabras adecuadas para consolarla sin darle falsas esperanzas, la puerta se abrió con tanta fuerza que golpeó la pared. Hasta Gloria se sobresaltó. Se tranquilizó en cuanto vio que era Luther, pero Jane se sintió mucho peor.

—Mira quién está aquí —un golpe de viento acompañó la entrada de Luther en el apartamento—. Es esa trabajadora de esa organización benéfica. Por lo visto se cree demasiado buena para devolverme las llamadas.

Jane tenía pensado llamarle. Le había dicho a Jonathan que lo haría. Pero tenía tan pocas ganas de enfrentarse a él que había ido retrasando el momento de hacerlo.

—Los mensajes que me dejó en el contestador no merecían respuesta —replicó.

No podía permitir que supiera que la había asustado. Eso solo serviría para animarle a continuar comportándose como hasta entonces.

—Supongo que porque no soy blanco y no llevo traje. O a lo mejor porque no tengo dinero para donaciones.

Jane se apartó de Gloria y se levantó.

—No, no le he llamado porque sus mensajes eran agresivos y hostiles.

—¿Mis mensajes agresivos? —se burló—. Uno no sabe lo que significa esa palabra hasta que no vive en mi mundo.

—Luther, ya basta.

Si Gloria estaba intimidada por el padre de Latisha, no lo demostró. Pero en ese momento, probablemente le importaba muy poco lo que pudiera ser de ella. No empleaba un tono fatalista, sino, sencillamente, de agotamiento.

—Ella no es el problema. Marcie está muerta. ¿Has oído? Muerta. Y tú vienes aquí acusando a la única persona que está intentando ayudarnos. ¿Qué demonios te pasa?

Luther abrió los ojos como platos al oír la palabra «muerta». Jane estaba segura de que su cerebro no había registrado nada más que aquella palabra.

—Marcie está muerta —repitió—. Han encontrado su cadáver esta mañana.

—¿Y Latisha? —preguntó Luther, inflando las aletas de la nariz.

—Probablemente también esté muerta —Gloria comenzó a mecerse hacia delante y hacia atrás—. Las han matado. ¡Oh, Dios mío! ¿Cómo ha podido pasar una cosa así?

Aquella noticia pareció menguar las fuerzas de Luther, al igual que su enfado. Se dejó caer en una silla que parecía demasiado pequeña para sostenerle e inclinó la cabeza.

–Ha sido un policía corrupto –clavó la mirada en el suelo–. Lo sé. Eso era lo que estaba intentando decirle. Es un policía corrupto el que lo ha hecho.

Desde la llegada de Luther, Jane había estado esperando el momento de marcharse. Quería agarrar el maletín y el bolso y dirigirse hacia la puerta, pero aquello la hizo detenerse. Sabía del pasado de Malcolm Turner, imaginaba que podía haber utilizado la placa de policía o algo similar para engañar a las chicas, pero no había compartido aquella información con Gloria, de modo que esta no podía habérsela transmitido a Luther.

–¿Cómo lo sabe? –le preguntó.

–Es lo que se cuenta en la calle.

–¿En dónde, exactamente?

–Por Stockton Boulevard.

–¿Prostitutas?

Luther no contestó.

–¿Conocen a Wesley Boss? –insistió–. ¿Le han visto?

–Estos últimos meses ha estado yendo por allí un hombre mostrando una placa de policía. No daba su nombre completo, pero decía que le podían llamar «oficial Boss». Le gusta hacerse el duro, amenazarlas, pero si se lo hacen gratis, las deja en paz. Tiene sentido, ¿no? Seguramente Marcie y Latisha se detuvieron porque pensaban que quien les estaba dando la orden era un policía.

Debería haberle dado a Luther una fotografía. Pero la verdad era que, más que contar con él, le había estado evitando.

–¿Le describió alguien su aspecto?

–Bajo, robusto y blanco –señaló intencionadamente.

Ignorando el énfasis que había puesto en el dato sobre su color de piel, Jane sacó una fotografía de Malcolm del maletín y se la tendió.

Jane le estudió mientras lo hacía. Al verle tan concentrado mirando la fotografía, casi pudo sentir las ganas que tenía de hacerle pagar a Malcolm Turner lo que le había hecho a Marcie.

—¿Es él?

—Sí, es él. ¿Tiene idea de cuándo le vieron por última vez?

Luther dobló la fotografía antes de guardársela en el bolsillo del abrigo. Jane pensaba dársela, pero aunque no hubiera sido así, Luther no se la habría devuelto.

—Por lo que yo sé, lleva más de tres semanas sin aparecer por allí.

—Ha estado muy ocupado desde que secuestró a Marcie y a Latisha.

—Lo raro es que las chicas de la calle dicen que solo le gustan las mujeres blancas. Que no toca ninguna otra cosa —clavó en Jane sus ojos cargados de furia—. ¿Qué quiere entonces de Latisha y de Marcie?

—A lo mejor no es una cuestión de sexo.

—Siempre es una cuestión de sexo. ¿Qué otra cosa puede querer un hombre de una mujer? ¿Cree que se va con todas esas prostitutas para nada?

Jane estaba tan molesta con él que estuvo a punto de mandarle al infierno. Pero Gloria intervino en ese momento.

—Entonces, ¿por qué se las llevó? —preguntó.

—Porque tenía necesidad de compañía, o para sentirse poderoso, o porque eran un objetivo fácil —respondió Jane—. O a lo mejor es un racista y está intentando limpiar el mundo de otras razas. No lo sé. Hay personas que odian por el mero placer de odiar.

Se volvió hacia Luther. Le consideraba una de ellas, aunque él no parecía verlo de ese modo. Para él, siempre eran los otros los que tenían la culpa de todo.

—Si vuelve a aparecer por allí, tendrá que avisarme.

–¿Qué le hace pensar que volverá a aparecer?

–Siempre hay alguna posibilidad de que lo haga. Supongo que es una forma de entretenimiento –a la que acudía cuando no podía ir al casino–. Volverá cuando se sienta solo o aburrido.

–Si vuelve a aparecer, le mataré. Lo juro.

Luther se levantó y se dirigió hacia la puerta, pero Jane le agarró del brazo. Cuando Luther la apartó con un gesto brusco, Jane fue consciente de que no debería haberle tocado, pero se negaba a acobardarse ante la amenaza que aquel hombre representaba.

–Si le mata, es posible que no encontremos nunca a Latisha –le advirtió–. Tendrá que llamarme para que pueda avisar a la policía, o llamar a la policía directamente si lo prefiere.

–Él es policía –respondió Luther y salió.

En cuanto comenzó a pensar con frialdad, Malcolm deseó haber dejado el cadáver de Marcie en cualquier otra parte. No se arrepentía de haberla matado, pero sí de haber revelado que sabía dónde vivía Sebastian. Pero cuando le había visto llegar a casa de Mary, cuando había visto al hombre que más odiaba en el mundo envolviéndola en un abrazo, su cólera había sido tal que apenas podía respirar. Tenía que devolverle el golpe. El problema había sido que Sebastian había desaparecido antes de que él hubiera podido acercarse lo suficiente como para saber dónde estaba su casa. Para entonces, ya estaba a punto de amanecer y tenía muchas posibilidades de ser visto si se ponía a investigar.

Pero por culpa de su impulso, Sebastian sabía que no podía bajar la guardia. Aun así, no había encontrado otra manera de desahogar su rabia. Por lo menos había tomado algo de lo que le habían robado. Al menos tenía la satisfacción de saber que Sebastian se habría quedado horrorizado al encontrar el cadáver de una joven inocente en el asiento trasero de su coche. Sebastian tendría que vivir con la certeza de que su persecución había arrebatado otra vida. Sí, tendría que vivir con ello hasta que él le matara.

Malcolm encendió el ordenador y esperó a que se activara el programa. Su situación no era del todo mala. Había merecido la pena arriesgarse a seguir a Sebastian. Sabía donde vivía ese hijo de perra, ¿verdad? Lo único que tenía que hacer era esperar una oportunidad.

–¿Qué quieres para cenar?

Malcolm alzó la mirada y vio a Latisha observándole desde el fregadero. Aunque estaba deseando revisar su correo electrónico para ver si había alguna clase de respuesta de Mary o de Sebastian que mostrara su devastación, antes tenía que prestar atención a Latisha. Desde que había vuelto sin su hermana, se mostraba más temerosa que nunca. No estaba seguro de que se hubiera creído que había dejado marchar a Marcie.

–No lo sé. ¿Qué te apetece a ti?

Latisha bajó la mirada al suelo.

–No queda mucha comida.

Por culpa de su hermana, Malcolm no había podido comprar todo lo que necesitaban. Aquella idiota merecía morir. Era desagradable y mala. Se alegraba de haberse deshecho de ella. Pero, al mismo tiempo, lo sentía por Latisha, que era una joven dulce y voluntariosa. Tras echar el cerrojo del dormitorio, Malcolm se había metido con ella en la cama y había pasado la mayor parte del día durmiendo. Latisha ni siquiera había intentado resistirse cuando había empezado a hacer el amor con ella, pero después había ido al cuarto de baño a vomitar. Había estado vomitando desde entonces. Decía que debía de ser por culpa de un virus, pero la verdad era que se encogía cada vez que la tocaba.

¿Tendría que matarla también a ella? Esperaba no tener que hacerlo. Preferiría matar a Mary y a Sebastian y llevarse a Latisha con él. Latisha le proporcionaba muchas cosas. Además de encargarse de las labores de la casa, le ofrecía compañía y sexo. Y sin Marcie, dejaría de representar una amenaza para él. A lo mejor, con el tiempo, llegaba a acostumbrarse a la situación y no tendría que encadenarla cuando se fuera de casa. Diablos, incluso a lo mejor podía salir con él. Cuando trabajaba para la policía, había visto cómo algunas víctimas de secuestro terminaban desarrollando cierta afinidad con sus captores. Parecía algo extraño, pero en realidad, solo era la demostración de la capacidad de adaptación del ser humano.

Lo único que tenía que hacer era asegurarse de que no viera nada sobre el asesinato de su hermana en las noticias. Así que mantuvo la televisión apagada.

—¿Cuál es tu comida favorita? —le preguntó, sintiéndose generoso.

—¿Mi comida favorita? —repitió ella.

—Sí, ¿qué te gustaría comer si tuviéramos de todo?

Latisha se encogió de hombros.

—Vamos, no te preocupes por el precio —insistió—. Puedo darte todo lo que quieras.

—Yo… no sé —farfulló.

Se encontraba demasiado mal como para comer nada. Pero necesitaría comer más adelante. Ya había pasado veinticuatro horas sin probar bocado. Wesley no quería que adelgazara. Tenía el cuerpo perfecto, tanto que seguramente Wesley ya no sería capaz de disfrutar con una mujer mayor que ella.

—Eres preciosa —le dijo.

No obtuvo respuesta, pero imaginó que Latisha debía sentirse muy halagada por aquel cumplido.

—Ven —le pidió—, siéntate en mi regazo.

Latisha obedeció y clavó la mirada en el suelo con

aquella dulzura e inocencia de las que tanto él disfrutaba. La tomó por la barbilla y le hizo volver el rostro hacia él.

—Voy a comprarte un regalo, ¿quieres saber lo que es?

—¿La posibilidad de volver a casa?

A Malcolm le molestó que continuara insistiendo en marcharse, pero Latisha no comprendía hasta qué punto había cambiado su situación desde que él había decidido aprovecharla al máximo.

—No, de momento te quedarás conmigo. Pero si puedo confiar en ti, todo será más fácil —estudió sus pómulos marcados y sus ojos almendrados—. A lo mejor hasta me caso contigo.

Latisha le miró con el ceño fruncido.

—¿Por qué ibas a casarte conmigo?

Malcolm le guiñó el ojo.

—Porque me estoy enamorando de ti.

A Latisha se le llenaron los ojos de lágrimas.

—No llores —susurró Malcolm y comenzó a besarle las mejillas, la nariz y la boca.

Latisha se apartó de él para mirarle a los ojos.

—¿Has matado a Marcie? —le preguntó.

Malcolm estuvo a punto de decirle la verdad y superar aquella situación de una vez por todas, pero sabía que jamás se atrevería. Si lo hacía, su hermana se interpondría para siempre entre ellos, como le había pasado al engañar a Mary en el instituto. Latisha tenía que creer que había liberado a Marcie y la única manera de hacerlo era permaneciendo firme.

—Claro que no, jamás te haría una cosa así.

Le hizo apoyar la cabeza en su hombro y la meció hasta que terminó durmiéndose en sus brazos. Después la llevó a la cama y encendió el ordenador.

No tenía mensajes de Sebastian, pero su corredor de apuestas le había escrito tres veces. Había perdido la apuesta que había hecho la noche anterior y el corredor quería que le pagara.

Maldita fuera. ¿De dónde iba a sacar el dinero?

El coche de Wendy estaba aparcado en el camino de la entrada.

Jane permanecía sentada en el interior del suyo, en la acera de la casa de los Burke, con la mirada fija en el coche de su cuñada. Tras enterarse de lo que le había pasado a Marcie, le había pedido a Betty que fuera a recoger a Kate al colegio porque tenía que quedarse a trabajar, pero no se le había ocurrido pensar que tendría que enfrentarse a Wendy cuando fuera a buscarla.

—Odio esto —musitó para sí.

El día ya había sido suficientemente difícil. El recuerdo de la sangre de Marcie en el asiento trasero del coche de Sebastian permanecería grabado para siempre en su memoria, al igual que la expresión de Gloria al enterarse de la noticia. Comprendía de pronto los motivos por los que Skye y Sheridan habían intentado protegerla. Aquel era un trabajo duro. Además, a la desolación de aquel triste día, había que añadir el hecho de que no tenía la menor idea de lo que pensaba hacer Luther. No sabía si iba a colaborar o no, en el caso de que se encontrara con Malcolm. Tenía miedo de que terminara matándole. Luther era un hombre peligroso, pero Malcolm había trabajado durante mucho tiempo como policía y era un hombre tan taimado como lo había sido Oliver. Por lo que a Jane concernía, eso le convertía en un hombre mucho más peligroso que cualquier proxeneta furioso. Desde luego, no se trataba de alguien con quien se pudiera jugar.

El aire frío se filtraba en el interior del coche. Jane se cerró el abrigo, pero sabía que no tenía sentido seguir retrasando el encuentro. Si quería llevarse a su hija, tendría que entrar. De modo que, dispuesta a cumplir con su obligación, tomó el bolso y salió.

Los tacones repiquetearon en la acera mientras se acercaba a la casa. Al ver a su suegro frente a la ventana, sentado en su mecedora, y a su suegra llevándole un plato de comida, recordó la noche que Noah había reunido a su familia en esa misma habitación para hacer su confesión. Ni siquiera le había contado a Jane lo que estaba a punto de confesar...

Oliver también se había sumado a la reunión, pero no se había mostrado tan dispuesto a perdonar como Noah esperaba.

El sentimiento de traición que había experimentado entonces volvió a apoderarse de ella. Por mucho que quisiera y admirara a Noah, por mucho que la hubiera ayudado a superar aquellos años tan difíciles, al final la había fallado. Pero había sido porque pensaba que su hermano era inocente. Ella también estaba convencida de su inocencia, hasta el punto de que no podía culpar a Noah de lo ocurrido. Además, a lo mejor la culpa era suya, como Wendy pensaba. A lo mejor le había seducido de forma intencionada. Ella no lo creía así, pero la verdad era que estaba tan desesperada que habría sido capaz de cualquier cosa.

Avergonzada por aquellos recuerdos que normalmente prefería olvidar, cuadró los hombros y se dirigió hacia la casa.

Su suegro se volvió para ver quién acababa de llegar.

—¡Jane! —no se levantó. Sabía que iría ella a darle un abrazo—. ¿Cómo está mi chica?

Su chica estaba fatal, destrozada. No se había sentido tan al límite desde la tragedia de Oliver. A lo mejor esa era la razón por la que últimamente pensaba tanto en su exmarido. Su relación con Sebastian le había hecho sentirse fuera de control. También la había hecho preguntarse si realmente era tan mala como Wendy pensaba. No había sido capaz de negarse a sí misma el placer que Sebastian prometía. Había ido a su habitación no una, sino dos veces. E incluso le había dado la bienvenida en su propia cama.

–Estoy bien –contestó con una sonrisa.

Wendy entró en aquel momento en el cuarto de estar con un vaso de refresco para Maurice. Titubeó un instante al ver a Jane, pero en menos de una décima de segundo, continuó avanzando como si Jane ni siquiera estuviera allí.

–Aquí tienes. Es el último refresco que quedaba, pero mañana puedo traerte más.

–No te preocupes. Betty y yo tenemos que salir a comprar.

–Hola, Wendy –la saludó Jane.

Como siempre, Wendy fingió no haber oído el saludo. Llamó a sus hijos, localizó el bolso y sacó las llaves.

–Será mejor que me vaya. Os llamaré mañana. Despídete de Betty de mi parte.

Maurice frunció el ceño.

–¿Ya te vas?

Wendy le dirigió a Jane una mirada acusadora.

–Sí, tengo cosas que hacer.

–Pero si solo llevas aquí quince minutos. Y Jane acaba de llegar.

Jane deseó que su suegro no intentara convencer a Wendy de que se quedara. Él también sabía que se marchaba porque había llegado ella. Siempre lo hacía. Pero Maurice no podía aceptarlo. Al igual que Betty, buscaba permanentemente su reconciliación.

–No tienes por qué marcharte, será solo un momento.

Wendy tampoco se dio por enterada, pero Jane tenía la sensación de que su cuñada tenía más derecho que ella a estar allí. En cualquier caso, estaba agotada. Necesitaba irse a casa, comer algo y meterse en la cama.

–¿Tú también te vas? –se quejó Maurice.

–Hoy ha sido un día largo –contestó–. ¿Dónde está Kate?

–En el ordenador. Está buscando información sobre células madre para un trabajo del instituto.

–Jane, ¿eres tú? –Betty asomó la cabeza desde la cocina.

–Siento haber llegado tan tarde –se disculpó Jane–. El trabajo ha sido una locura.

–¿Va todo bien?

–Por supuesto. Solo más de lo mismo.

No era cierto, pero no quería entrar en detalles, sobre todo estando Wendy en la habitación. ¿Por qué darle a su cuñada la oportunidad de regodearse de sus dificultades?

–Tengo que seguir trabajando antes de acostarme. Solo he venido a buscar a Kate.

–Si estás tan presionada, podríamos habértela llevado a casa –se lamentó Betty–. Por lo menos déjame prepararte algo de cenar.

Jane estuvo tentada. Sobre todo cuando vio que Wendy le daba un beso a Betty y se dirigía hacia la puerta. Sus tres hijos la siguieron. Los dos pequeños farfullaron un hola y un adiós. Wendy había conseguido envenenar a Rusty contra ella. Y su mirada acusadora le dolía a Jane mucho más que el hecho de que Wendy la ignorara.

–Ya me habéis ayudado bastante, y os lo agradezco de verdad.

Kate debió de oír su voz, porque llegó en aquel momento por el pasillo sin necesidad de que la llamara.

–¡Hola, mamá! ¿Te quedas a cenar o preparo ya la mochila?

–Lo siento, pero tenemos que irnos.

–Vale.

Jane sonrió a sus suegros mientras esperaba. Sabía que tenían algo en la cabeza, pero no estaba segura de que quisiera hablar con ellos de nada importante. Se sentía demasiado frágil.

–No fue culpa tuya, lo sabes, ¿verdad? –musitó Betty.

Jane no necesitaba que le dijera de qué estaba hablando. Se estaba refiriendo a los motivos de aquel distanciamiento entre Wendy y ella.

–Sí, claro que fue culpa mía.

Su suegra la miró con compasión.

–Estabas pasando por un infierno. ¿No puedes ser un poco más transigente contigo misma, Jane?

–Sabía que estaba haciendo algo malo.

No había sido capaz de detenerse. Necesitaba sentirse amada y protegida, algo que en sí mismo no era necesariamente malo. Pero había antepuesto sus necesidades a las de la familia de Noah, y eso era imperdonable.

–Todo eso pertenece al pasado, Jane.

Jane hizo un gesto reconociendo la amabilidad de Betty, pero suspiró aliviada cuando Kate volvió a aparecer. Volvía a sentirse culpable porque con Sebastian no había sido mejor que con Noah, a pesar de que se había prometido que tendría sus sentimientos bajo control.

–¿Ya estás preparada?

Kate se colgó la mochila al hombro.

–Ya está todo listo.

–Gracias otra vez –les dijo a sus suegros.

Se sintió mejor cuando llegaron a la privacidad de su propio coche. Como siempre, Kate no paraba de hablar del colegio, de sus amigas, de sus profesores, e incluso de un chico que le gustaba. Mientras Jane se embebía de su rutina diaria, consiguió olvidarse completamente de Wendy. Pero volvió a tensarse cuando al aparcar vio a Sebastian apoyado en un coche, otro coche alquilado, y hablando por el teléfono móvil. No estaba segura de qué podía querer, pero sí de que no le apetecía hablarlo delante de Kate. Necesitaba mantener a su hija alejada de la sordidez de su trabajo.

En cuanto la vio, Sebastian terminó la conversación, colgó el teléfono y comenzó a avanzar hacia ellas.

Capítulo 20

Kate, de melena negra y ojos claros, era casi tan guapa como su madre. Sebastian no pudo evitar sonreír cuando alzó la mirada hacia él con una expresión teñida por la sorpresa al darse cuenta de que no era solamente un amable desconocido.

Jane pareció menos contenta de verle. Sebastian advirtió cómo se tensaba y comprendió que prefería no mezclar a su familia con el trabajo.

—Entra en casa —le dijo a Kate en cuanto Sebastian las alcanzó—. Ahora mismo iré yo.

Demasiado curiosa como para obedecer, Kate permaneció al lado de su madre.

—¿No puedo esperarte?

—Ahora mismo tengo que encargarme de un asunto relacionado con el trabajo —insistió Jane—. Danos unos minutos.

Kate dejó caer los hombros con un gesto de obvia desilusión.

—¡Vaale! —contestó con un exagerado suspiro.

Comenzó a pasar por delante de Sebastian, pero este le tendió la mano.

—Tú debes de ser Kate.

A Kate se le iluminó la cara.

–Soy Sebastian Costas, un amigo de tu madre.

–Un compañero de trabajo –aclaró Jane.

Kate le estrechó la mano.

–¿Trabaja en El Último Reducto?

–Más o menos –contestó.

–Encantada de conocerle.

Impresionado por la dulzura con la que pronunció aquellas palabras tan trilladas, Sebastian le guiñó el ojo.

–Lo mismo digo –sentía curiosidad por aquella parte de la vida de Jane, la parte más importante para ella–. No puedo dejar de decir que vas a ser toda una belleza, como tu madre.

Kate bajó la cabeza sonrojada y farfulló un tímido:

–Gracias.

–Vamos –la urgió Jane.

Arrastrando los pies, Kate se dirigió hacia la entrada del edificio, pero no sin dirigirle a Sebastian una última mirada.

El recelo que ensombrecía los ojos de Jane desapareció en cuanto su hija se alejó.

–No ha sido tan terrible ¿no te parece? –preguntó Sebastian.

–Yo nunca he dicho que fuera a ser terrible, pero no creo que tenga sentido.

Sebastian se cruzó de brazos.

–Intentaré no darme por ofendido.

–No quiero que Kate sepa que… que somos nada, salvo lo que le he dicho.

–Compañeros de trabajo.

–Exacto.

–¿Por qué?

–Ya te lo dije. No he tenido ni una sola cita desde que su padre murió. Si se entera, no sé… podría parecerle amenazador.

El hombre que había encontrado el cadáver de Marcie

aquella mañana estaba paseando a su perro. Esperando que no se acercara al ver a Jane, Sebastian bajó la voz.

—A no ser que quieras pasar sola el resto de tu vida, en algún momento tendrás que empezar.

—Sí, pero no sé si acostarme con un hombre al que apenas conozco es la mejor manera de hacerlo. Y creo que los dos somos conscientes de ello.

Era cierto. Teniendo en cuenta las circunstancias, no tenía sentido intimar de aquella manera. Pero entonces, ¿por qué tenía tantas ganas de verla?

—Cada relación comienza de forma diferente.

—El problema no es cómo hayamos empezado. Los dos sabemos dónde está el final.

Sebastian la miró con el ceño fruncido.

—No sabemos nada. La vida no tiene un guión escrito previamente. Está llena de sorpresas, y esas sorpresas pueden cambiarlo todo.

Bastaba con pensar en lo que le había pasado a él. Ni en un millón de años habría imaginado que abandonaría su exitosa carrera profesional para dedicarse a buscar al marido de Emily y hacerle pagar la muerte de su ex esposa y de su hijo. Y jamás habría imaginado que desearía tener otro hijo con una mujer a la que apenas conocía.

—Hablando de sorpresas que pueden cambiarlo todo, ¿quieres que te traiga una prueba de embarazo?

—No… Ya me encargaré de ello cuando esté preparada.

—A lo mejor es preferible saberlo ahora.

—O a lo mejor no. Ya tendré tiempo de preocuparme si no me baja la regla.

Sebastian asintió.

—De acuerdo. En realidad, no he venido para hablar de embarazos. Y por mucho que me haya gustado conocer a Kate, tampoco he venido por ella. Estoy aquí porque creo que no podéis seguir solas en esta casa.

Jane vio entonces la maleta que llevaba en la mano.

–¿De qué estás hablando? Yo vivo aquí.

–Malcolm asocia esta casa conmigo. Volverá. Y si piensa que tengo una relación contigo...

No terminó la frase. No hacía falta que lo dijera. Jane ya sabía de lo que aquel hombre era capaz. Lo había visto esa misma mañana.

–Sería una locura que volviera –replicó.

–¿Por qué?

–Porque sabe que lo pillarían.

–No lo comprendes. Correrá los riesgos que haga falta. Todo esto se ha convertido en algo personal entre él y yo –se pasó la mano por el pelo–. Hará cualquier cosa para vengarse.

–Y eso incluye matarme.

–No estoy completamente seguro de que sepa de tu existencia. No venías en el coche cuando vine a tu casa. Pero vigilará este lugar, investigará cuanto pueda para encontrarme.

–¿Por qué no tiene miedo? ¿Por qué no huye antes de que puedan detenerlo?

Evidentemente, Jane no conocía a Malcolm.

–Ya ha conseguido engañar a todo el mundo en una ocasión. Estoy seguro de que cree que puede volver a hacerlo.

–Y en vez de estar preocupado, en el fondo estás aliviado.

–Como te he dicho, quiero acabar cuanto antes con todo esto.

Jane miró hacia el aparcamiento como si algo hubiera cambiado en aquel lugar desde aquella mañana, pero se sentía segura en aquella casa y no quería marcharse.

–¿Cómo puedes estar tan seguro de lo que quiere?

Con un suspiro, Sebastian sacó el mensaje de correo que había impreso una hora antes y se lo tendió.

Jane dejó su maletín en el suelo y desdobló el papel.

—Es de M.T.

Sebastian asintió.

—Malcolm Turner.

—«O tú o yo» —Jane leyó en voz alta, y alzó la mirada—. ¿Te está provocando?

—Me está diciendo que esto no terminará hasta que alguno de nosotros haya muerto.

—¿Desde dónde ha enviado este correo? ¿Quieres que le digamos a David que lo rastree?

—Sería una pérdida de tiempo. Ya tiene los que le envió a Mary. Está utilizando un servidor remoto.

Jane le devolvió el papel.

—¿Cómo está Mary?

—Un poco nerviosa, pero la he convencido de que se vaya a Phoenix con los niños durante un par de semanas. Se quedarán en casa de su tía.

—Esperemos que no la siga hasta allí…

—No lo hará si sigo provocándole y me convierto en un objetivo fácil.

—¿En un objetivo? —Jane palideció de pronto—. No tienes por qué hacer una cosa así, Sebastian. La policía ya se está encargando del caso.

—¿Como ha hecho hasta ahora?

—Esta vez estamos hablando de David. Él nos hará caso. De hecho, acabo de hablar con él. Han asignado el caso del que se estaba ocupando hasta ahora y que le robaba tanto tiempo a otra persona. Ahora mismo este caso es prioritario para él. Los forenses ya han examinado tu coche y mañana le harán la autopsia al cadáver de Marcie. A lo mejor encuentran alguna prueba.

—No encontrarán nada. Era policía, Jane. Sabe lo que están buscando —se frotó la cara—. Además, la situación puede llegar a un punto crítico antes de que nadie pueda ayudarnos.

Jane cruzó los brazos, intentando protegerse del frío.

–Entonces, ¿qué podemos hacer?

–Esta noche intentar dormir. Creo que los dos lo necesitamos.

–¿Y dónde?

–En mi motel. A no ser que prefieras quedarte aquí. En cualquier caso, no pienso dejarte sola.

Jane bajó la cabeza y asintió.

–¿Qué puedo decirle a Jane?

–Que soy un compañero de trabajo que está pasando por una mala racha y necesita un lugar en el que dormir.

–¿Solo por esta noche?

–Hasta que esté seguro de que puedes quedarte sola sin correr ningún peligro.

–¡Eso podría ser más de una semana!

Sebastian sonrió.

–¿Y que más da? ¿Tienes miedo de no ser capaz de resistirme durante tanto tiempo?

Estaba bromeando, intentando animarla, pero Jane contestó completamente en serio:

–Sí.

¿Por qué no había contestado? Malcolm sabía que Sebastian había visto el correo, estaba seguro de que había recibido el mensaje. Se había tomado la molestia de llevar a Latisha a una cafetería en la que disponían de Internet. Lo menos que podía hacer Sebastian era reconocer que lo había recibido. Malcolm quería saber cómo le había afectado lo ocurrido, qué había sentido al encontrar a Marcie en el asiento trasero de su coche. Aquel silencio, la falta de noticias, le estaba volviendo loco. Le entraban ganas de pasar por las casas de Mary y de Sebastian para ver lo que estaba pasando. Pero no podía. Tenía que mantener un perfil bajo hasta que descubriera la manera de llegar hasta él sin que pudieran atraparlo.

Miró la hora en el ordenador. Eran más de las doce, pero no podía dormir. Su cabeza era un torbellino y había pasado la mayor parte del día en la cama, intentando recuperar el sueño perdido la noche anterior.

¿Dónde estaría Sebastian? ¿Viviría solo en aquel edificio? ¿Y cuánto tiempo llevaba en Sacramento?

Malcolm había llamado a la oficina de Constance. Ella seguía en Nueva York. ¿Significaría eso que Sebastian estaba con Mary? ¿Estarían haciendo el amor en ese mismo instante?

La posibilidad de que pudieran estar juntos le hizo apretar la mandíbula con fuerza. Una cosa era que Mary se volviera contra él y otra muy diferente que se convirtiera en la amante de Sebastian. Después de lo que él le había hecho cuando estaba en el instituto, que, en realidad, solo había sido engañarla una vez, probablemente consideraba que aquella venganza era una especie de ironía del destino. Pero a él no le hacía ninguna gracia.

Utilizando un teléfono con tarjeta que había comprado unas horas atrás, llamó a Constance. En Nueva York eran casi las tres y veinticinco de la mañana. Constance no contestó, pero le dejó un mensaje:

—Tu novio se está acostando con mi antigua novia. Es solo para que lo sepas —dijo, y colgó el teléfono.

Le gustaba pensar que podía hacerle daño, o buscarle problemas a Sebastian si todavía estaban juntos, pero no era suficiente. Pocos segundos después, consideró la posibilidad de llamar directamente a Sebastian. Era bastante probable que no hubiera cambiado de número, ¿o sí?

—¿Ocurre algo malo?

Latisha estaba tras él. Aquella noche le estaba permitiendo toda la libertad que le era posible, en parte por lo que le había hecho a su hermana y en parte para convencerse de lo bien que podrían ir las cosas entre ellos si confiara en él. La había llevado a un centro comercial, le había comprado ropa y una sortija. No era una sortija cara, pero Latisha no dejaba de mirar aquel pequeño diamante como si fuera el regalo más bonito que le habían hecho en su vida.

Malcolm le había dicho que esperaba que pudieran casarse algún día. Sabía que las mujeres adoraban esas tonterías. Si podía conseguir que le quisiera, aunque solo fuera un poco, no tendría que preocuparse de que intentara alejarse de él cada vez que daba media vuelta.

—No pasa nada. Es solo que estoy nervioso.

—¿Quieres que te prepare algo de comer?

Malcolm la sentó en sus rodillas para poder acariciarle los senos.

—No tengo hambre —le sonrió—. ¿Por qué no te llevas un poco de aceite al dormitorio?

—¿Aceite? —repitió Latisha.

—Creo que ya va siendo hora de que te dé un masaje.

—Nunca me han dado un masaje.

—En ese caso, tienes que probarlo.

Latisha miró la sortija.

—¿Lo de antes lo has dicho en serio?

—¿Te refieres a cuando te he dicho que te quería?

Latisha asintió.

—Por supuesto —abandonó su seno para tomarle la mano—. Sé que lo que he hecho no ha estado bien, Latisha. Soy consciente de que no debería haberos obligado a Marcie y a ti a venir conmigo. Y siento no haberos tratado como debía cuando os traje aquí.

—Entonces, ¿por qué lo hiciste? —musitó Latisha.

—Me sentía solo. A veces… me enfado con el mundo. Si supieras todo lo que me ha pasado me comprenderías —inclinó la cabeza, como si no fuera capaz de soportar el peso del pasado.

—Cuéntamelo.

Malcolm fingió emocionarse, quería dar la impresión de que no era capaz de verbalizarlo.

–Alguien mató a mi mujer y a mi hijo.

Latisha frunció el ceño con un gesto de compasión e inclinó la cabeza para verla la cara.

–¿Cómo?

–Fue un hombre al que había enviado a prisión, un tipo llamado Sebastian Costas. Cuando salió de la cárcel, quiso vengarse. No he dejado de perseguirle desde entonces.

–Lo siento –susurró Latisha.

Malcolm apoyó la cabeza en su hombro.

–Yo también.

–Entonces, ¿ya no eres policía?

–Renuncié a mi trabajo para perseguirle –le besó el dorso de la mano–. Y cuando os vi a Marcie y a ti en ese coche, supongo que… estallé. Veía a otras personas disfrutando de una vida normal, pero aquí estaba yo, sin las dos personas a las que quería más que a nada en el mundo. Decidí cambiar mi situación, hacer algo para conseguir lo que realmente quería.

–No se pueden forzar esas cosas –contestó Latisha, pero sus palabras eran más reflexivas que acusadoras.

–Lo sé, y yo mismo me habría dado cuenta si no hubiera pasado toda una noche despierto, siguiendo otra pista falsa. No era capaz de pensar con claridad. Después, cuando estuve aquí, comprendí que si os soltaba yo mismo terminaría yendo a prisión –se interrumpió para aumentar el impacto de sus palabras y continuó–. No me parecía justo, ¿sabes? Así que de esa forma, intentando mejorar mi situación, lo único que he conseguido ha sido empeorarla –sacudió la cabeza–. Hasta hace unos días, estaba tan deprimido y tan enfadado conmigo mismo que nada me importaba. Estaba dispuesto a acabar con mi vida y con la vuestra. Eso era lo que pretendía hacer el día que me presenté en vuestra habitación con la pistola. Pero entonces… –le enmarcó el rostro con la mano–, entonces apareciste tú.

–¿Yo?

–Tú has traído la esperanza a mi vida. Has conseguido que quiera seguir viviendo.

Latisha pareció confundida.

–¿Y Marcie?

–Esa es la razón por la que decidí liberarla, cariño. Me di cuenta de que tenía que hacerlo, me ocurriera lo que me ocurriera. No podía hacer otra cosa, sobre todo porque no quería hacerte sufrir.

Latisha tenía la mirada fija en las manos de Malcolm mientras este le acariciaba los brazos.

–¿Por qué no me has dejado irme a mi también?

–Porque perderte me rompería el corazón. Tú eres la primera persona que realmente me ha importado desde que perdí a mi esposa.

Latisha giró la sortija alrededor de su dedo.

–¿Eso significa que puedo irme si quiero?

Le estaba poniendo a prueba. Malcolm lo reconoció inmediatamente y bajó la mano para que no sintiera que la retenía.

–Me gustaría que te quedaras al menos el tiempo suficiente para que pueda demostrarte cómo soy realmente. Pero si quieres marcharte, no te detendré.

Latisha se levantó y miró hacia la puerta.

«No lo hagas», le gritaba Malcolm en silencio. Si intentaba marcharse, tendría que retenerla y volver al inicio de su relación…o matarla. Y prefería con mucho aquella visión amable de la vida que había comenzado a imaginar.

–¿Quieres que me quede? –preguntó Latisha, jugueteando nerviosa con el borde de su camiseta.

–Tú eres mi única esperanza de futuro. En cuanto atrape al asesino que mató a mi familia, podré darte todo lo que la mujer de un policía se merece: una casa bonita, hijos, todo lo que quieras. Dame dos semanas. Eso es lo único que te pido.

–¿Puedo llamar a mi casa?

–No. Sabes perfectamente lo que haría Marcie. Ella me odia. Te diría que me dejaras. Intentaría buscarme problemas.

–Solo quiero que mi otra hermana sepa que estoy bien.

A Malcolm se le ocurrió entonces una solución.

–¿Tu hermana tiene ordenador?

–Un ordenador de segunda mano que le dio su jefe, pero puede recibir correos electrónicos.

–Perfecto.

Le tendió el ordenador y observó mientras cargaba el programa de correo y tecleaba un mensaje.

Gloria, no te preocupes por mí. Estoy bien. Dentro de dos semanas me pondré en contacto contigo. Hasta entonces, cuídate y sé feliz.

Te quiero.

Su expresión desolada hizo temer a Malcolm que pudiera cambiar de opinión. Echaba de menos a su hermana. Echaba de menos su casa.

–¿Solo dos semanas? –le preguntó.

–Solo dos semanas –le prometió Malcolm–. Eso no es nada, ¿verdad?

Latisha tomó aire.

–De acuerdo.

Malcolm la abrazó con cariño y le mordisqueó el cuello.

–Y ahora, voy a darte ese masaje que te he prometido.

Decidido a conquistarla, se la llevó a la habitación.

Mientras Jane estaba intentando convencer a su hija de que se preparara para irse a la cama, Kate desapareció en el cuarto de estar para ver otra vez a Sebastian. Le encantaba que hubiera un hombre en su casa y no paraba de preguntarle a su madre que si le encontraba atractivo.

Jane hacía todo lo que podía por parecer indiferente, pero ella estaba incluso más pendiente que Kate del hombre que estaba viendo la televisión en el sofá.

Cuando por fin consiguió que su hija se acostara, le llevó a Sebastian unas sábanas y una almohada y dejó todo en una silla.

Sebastian bajó el volumen de la televisión.

—¿Qué tal estás?

—Bien —Sebastian tenía el ordenador portátil en el regazo. Jane lo señaló—. ¿Sabes algo de Mary?

—Todavía no. Probablemente esté instalándose en Phoenix. No creo que pueda escribirme hasta mañana.

—¿Estás preocupado por ella?

—Me siento mal por haber trastocado su vida al involucrarla en todo esto, pero... creo que se recuperará.

—Me gustaría poder sentir la misma confianza en lo que se refiere a Latisha.

Sebastian, que parecía más cansado que ella, se tapó la mano con la boca para disimular un bostezo.

—¿Has hablado con Gloria?

—No he vuelto a hablar con ella desde que he llegado a casa.

Jane sentía que debía hablar con ella, pero no sabía qué podría decirle. Tomó aire y palmeó las sábanas.

—Aquí tienes todo lo que necesitas para esta noche.

—Gracias.

—De nada.

Se miraron a los ojos y pareció resurgir entonces la intimidad que habían compartido. Por un momento, Jane deseó que Kate continuara en casa de sus abuelos. Sebastian era lo mejor que le había pasado desde hacía mucho tiempo. Deseaba sentir su calor, su sabor, su olor... Le deseaba a él. Pero Kate no estaba en casa de sus abuelos, sino al otro lado del pasillo.

—Muy bien. Hasta mañana.

–Sí, hasta mañana.

Sebastian subió el volumen de la televisión y volvió a concentrarse en la pantalla.

Jane cerró los puños con fuerza, se dirigió al dormitorio y se metió en la cama, donde permaneció despierta durante lo que le parecieron horas.

Aunque Sebastian se había quedado dormido, lo había hecho sin las mantas que Jane le había llevado. Todavía tenía el ordenador en el regazo. Y continuaba sentado en el sofá con la televisión encendida cuando se despertó a las dos de la mañana.

Se preparó la cama, pero no fue capaz de volver a dormir. Las macabras imágenes del día continuaban filtrándose en su mente. Lo único que le servía para contrarrestarlas era saber que Jane estaba a solo una habitación de distancia.

Consideró la posibilidad de ir a buscarla. Quería perderse en su calor, sentirla derritiéndose contra él como la noche anterior. Kate estaba dormida, no se enteraría... Pero Jane había dejado las cosas claras.

Esperando que una ducha le ayudara a relajarse, se dirigió al cuarto de baño.

Dejó la luz apagada, abrió el agua y se metió bajo la ducha. Estaba intentando sacar a Emily, a Colton, a Mary, a Malcolm y, sobre todo, a Jane de sus pensamientos. Y estaba prácticamente convencido de que lo iba a conseguir... hasta que oyó que la puerta se abría.

Pudo oler el perfume de Jane. Sebastian no había cerrado la puerta con cerrojo. Había sido una decisión consciente que había tomado con un único pensamiento en mente. Pero cuando la puerta volvió a cerrarse, el sonido inconfundible del clic le indicó que Jane había echado el cerrojo.

Capítulo 21

Era adicta a él. Ese era el problema. No era capaz de continuar tumbada en la cama, ardiendo de deseo. Tenía que estar con él. Y, de alguna manera, la resistencia que había intentado reunir, pero que no había sido capaz de detenerla, hacía que la experiencia resultara más embriagadora todavía. Entregarse a ella nunca le había parecido tan dulce.

El sonido de la cortina de la ducha al correrse le indicó que Sebastian la había oído entrar. En algún lugar remoto de su cerebro, deseó que la enviara a la cama. Si quería salir ilesa de aquella aventura, cuanto antes le pusiera fin, mejor. Pero Sebastian no la rechazó. Jane pudo sentir su anticipación. Sabía que quería que se acercara.

Se mordió el labio, preguntándose qué posibilidades habría de que Kate se despertara y descubriera que ninguno estaba en la cama. En el caso de que lo hiciera, podría decirle a su hija que Sebastian se había marchado y dejar que pensara que estaba sola en el cuarto de baño, pensó. Si Kate tuviera más años, era posible que no lo creyera, pero a los doce, no iba a sospechar nada extraño. Sobre todo porque no había visto nunca a su madre con un hombre.

Aun así, tenían que ser muy silenciosos. Muy silenciosos...

Consciente de que tenía que proteger a su hija, se quitó el camisón y lo dejó en el suelo. El vapor de agua se filtraba a través de la cortina abierta de la ducha. Era tan espeso que Jane se sentía como si miles de manos intentaran abrazarla.

Sebastian la encontró en cuanto se metió en la ducha y la estrechó contra él.

–Por fin estás aquí –le susurró al oído–. Llevo esperándote desde que me has llevado esas malditas mantas. ¿Por qué has tardado tanto?

Por el recuerdo del desprecio de Wendy. Por la esperanza de que no fuera demasiado tarde para corregir sus errores. Por la determinación de hacer lo mejor para su hija.

Evidentemente, no había estado a la altura de aquellos desafíos, pero ya había hecho el amor con Sebastian durante los dos días anteriores. ¿Qué importaba que lo hiciera una vez más?

–Quería hacer las cosas bien.

–No se me ocurre nada que pueda ser mejor que esto –respondió.

Sus labios se fundieron entonces en un frenético beso que espoleó el deseo de ambos.

–¿Llevas puesto el anticonceptivo?

–Sí, estoy preparada.

Aunque la razón parecía haber volado hasta alturas estratosféricas, todavía le quedaba un poco de cordura.

Sebastian lamió el agua que se deslizaba por sus senos.

–Así que eres una chica inteligente –susurró.

Minutos después, la levantaba en sus brazos, impidiéndole pensar en nada que no fuera el sonido de su respiración entrecortada y la contracción de sus músculos mientras la sujetaba contra las baldosas de la pared.

Jane no se reprimió. No podía. Le había entregado a Sebastian todo lo que tenía, física y emocionalmente. Sabía que esa era la razón por la que hacer el amor con él resultaba una experiencia mucho más gratificante y mucho mejor que todo lo que había conocido hasta entonces.

Pero también sabía que todo lo que lo convertía en algo diferente podía volverse contra ella y herirla mucho más profundamente de lo que nadie la había herido hasta entonces.

A la mañana siguiente, Sebastian se sentó a la mesa del desayuno con Kate mientras Jane permanecía frente a la cocina, vestida con unos pantalones de vestir y una camisa blanca friendo huevos. Kate ya tenía servido el desayuno y parecía estar arreglándoselas perfectamente para encontrar la comida en el plato y llevársela a la boca sin mirar. Tenía los ojos fijos en él. Cada vez que Sebastian alzaba la mirada, la descubría observándolo fijamente. Sebastian estaba comenzando a preguntarse si habría adivinado que había hecho el amor con su madre la noche anterior. A lo mejor le había delatado su sonrisa, o el hecho de que fuera tan consciente de que Jane estaba cocinando tras él.

–¿Está casado, señor Costas?

–Llámame Sebastian. Y no, no estoy casado.

–¿Tiene hijos?

–Kate, termina de desayunar –terció Jane desde la cocina.

Sebastian no estaba seguro de si estaba intentando protegerle para que no tuviera que contar nada más o estaba intentando evitar que Kate tuviera información sobre él. Quizá fueran las dos cosas.

–No, y no tengo hijos –contestó.

Después de todo lo que Kate había sufrido, no quería que se enterara de lo que le había pasado a él. Ya había sufrido suficientes traumas.

–Oh.

Se terminó la leche. Un bigote blanco le cubría el labio cuando dejó el vaso en la mesa, pero se lo limpió rápidamente con la servilleta. Estaba comenzando a cruzar la frontera entre la infancia y la adolescencia. A Sebastian le gustaba aquella etapa, admiraba la inocencia que encerraba.

Jane le sirvió los huevos y unas tostadas. Sebastian le dio las gracias y comenzó a comer.

Kate continuaba mirándole fijamente.

—¿Te gustan los niños? —preguntó mientras su madre cascaba otro huevo.

—Kate… —le advirtió Jane.

Pero Sebastian sacudió la cabeza, para indicarle que pensaba contestar.

—Me gustan mucho.

—¿Y las niñas también? —preguntó Kate esperanzada.

Sebastian dejó el tenedor en el plato y fingió pensar en la pregunta.

—Sí —contestó con decisión—. Tanto como los niños, ¿por qué?

Por primera vez desde que se había sentado Sebastian a la mesa, Kate desvió la mirada.

—Creo que a mi padre no le gustaban las niñas.

Teniendo en cuenta la cicatriz que tenía Jane en el cuello, era lógico que hubiera llegado a aquella conclusión.

—Pero no por tu culpa. Eso lo comprendes, ¿verdad? Hay personas a las que no les gusta nadie.

Kate jugueteó con la comida que le quedaba en el plato.

—A veces era amable conmigo.

Su confusión le desgarró el corazón.

—Todo sería mucho más fácil si las personas que quieren hacernos daño llevaran una señal de advertencia en la frente, ¿no crees?

Kate se echó a reír.

—Sí.

Sebastian recuperó el tenedor y continuó comiendo, pero Kate no había terminado de hablar.

—Mi padre mató a mi tío —le contó.

Sebastian sabía que Jane se estaba muriendo por poner fin

a aquella conversación, pero le agradecía que tuviera suficiente fe en él como para permitir que la manejara a su antojo.

–Sí, eso me han dicho.

–Y apuñaló a mi madre –se llevó la mano al cuello–. Aquí.

Sebastian sintió entonces unos deseos intensos de protegerla.

–He visto la cicatriz. Todo lo que ocurrió fue terrible.

–Mi madre estuvo a punto de morir.

–Me alegro de que no lo hiciera.

–Yo también… Pero creo que mi tía Wendy no.

Sebastian oyó un estrépito tras él. Al volverse, vio que a Jane se le había caído la espumadera.

–Lo siento –musitó Jane.

–A lo mejor está confundida sobre lo que pasó –le contestó Sebastian a Jane.

–Eso es lo que yo pienso. Y lo que dice mi abuela también.

–Kate, termina de desayunar o llegarás tarde al colegio –le advirtió Jane.

–Estoy llena.

Dejó el cuchillo y el tenedor en el plato y se levantó para llevarlo al fregadero.

–Ve a lavarte los dientes –le pidió su madre.

Kate comenzó a levantarse, pero se detuvo en la puerta para hacerle una pregunta más a Sebastian.

–Tú nunca harías ningún daño a nadie, ¿verdad?

Sebastian dejó el tenedor a medio camino de la boca.

–Nunca.

Kate corrió entonces hacia él y le dio un abrazo. Sebastian ni siquiera tuvo oportunidad de soltar el tenedor para abrazarla.

–Me gustas –dijo Kate antes de que su madre pudiera decirle que saliera de una vez por todas de la cocina.

Jane rió, obviamente avergonzada por lo ocurrido.

—Siento todo esto.

—¿Qué es lo que sientes?

—Las preguntas, su fascinación, ese arrebato de afecto. Estoy segura de que todo te resulta agobiante.

No lo era. De hecho, le resultaba entrañable. La conducta de Kate le hacía recordar la rapidez con la que un niño podía llegar a querer a alguien, lo rápido que perdonaban, lo mucho que deseaban confiar en el adulto. Al pensar en ello, echó de menos su propia infancia.

—No me importa.

—Definitivamente, eres toda una novedad en esta casa.

A Sebastian le pareció oír su teléfono sonando en el salón. Se interrumpió cuando oyó a Kate corriendo hacia la cocina con él.

—Es —miró el identificador de llamadas— Constance Sherwood —dijo, y le tendió el teléfono.

Sebastian habría dejado que se activara el buzón de voz, pero Kate acababa de anunciarle que una mujer estaba intentando ponerse en contacto con él a las siete de la mañana. Resultaría extraño que no contestara.

—Gracias —descolgó—. ¿Diga?

—¿Es verdad? —preguntó Constance.

Sebastian vio que Jane tomaba las llaves del coche mientras él contestaba.

—¿A qué te refieres?

—Anoche recibí otra llamada de Malcolm.

La tensión con la que Sebastian estaba tan familiarizado regresó de nuevo.

—¿Qué te dijo?

—Que te estabas acostando con su exnovia.

¿Por qué iba a llamar Malcolm a Constance para decirle una cosa así? ¿Solo para causar problemas?

—No es cierto. Recuerda que decía lo mismo de Emily. Es un hombre inseguro, un paranoico.

—Entonces, ¿no has estado con ella?

Jane permanecía en la puerta, esperando a que Kate se pusiera la mochila. Sebastian alzó la mirada para ver si estaba escuchando y la descubrió observándolo.

—Acabo de decirte que no.

—¿Va todo bien? —preguntó Jane.

Al parecer, había percibido el cambio. Para evitar que Constance se diera cuenta de que no estaba solo y la conversación no degenerara en una discusión sin sentido, asintió en silencio. Pero el recelo de la siguiente pregunta de Constance evidenció que había oído la voz de Jane.

—¿Has estado con alguien?

Los recuerdos de Jane en la ducha invadieron la mente de Sebastian. Recordaba desde la emoción del momento en el que había oído abrirse la puerta hasta el calor y la suavidad de su cuerpo. La noche anterior no se había mostrado en absoluto cohibida. Estaba comenzando a bajar las defensas, a sentirse cómoda con él. A pedir más y a entregar mucho más todavía. Y a Sebastian le gustaba que fuera así. Le gustaba mucho.

—¿Sebastian? —repitió Constance.

—No preguntes si no quieres oír la respuesta.

—¡Eso es un sí! ¿Me has estado engañando durante todo este tiempo? ¿Has conocido a alguien? ¿Esa es la razón por la que no has vuelto a casa?

Constance continuaba sin comprender cuál era su motivación, no entendía hasta qué punto le habían afectado los asesinatos.

—No puedo volver a casa hasta que no encuentre a Malcolm. Lo sabes. Eso no ha cambiado.

—Pero has conocido a alguien, ¿verdad?

Sebastian despidió a Kate y a Jane con un gesto cuando salieron de casa. Después se acercó a la ventana para verlas entrar en el coche.

El silencio que siguió a sus palabras fue más ensordecedor que las acostumbradas preguntas de Constance.

–Lo siento –añadió–. Sé que soy el culpable de esta separación. Ahora mismo estoy en un lugar diferente y no puedo recuperar mi vida de antes.

–Ni siquiera lo has intentado –se quejó Constance.

–Eso no es cierto.

–Claro que es cierto. Vuelve conmigo a casa. Ven hoy mismo.

Sebastian se llevó el pulgar y el índice a la nariz con un gesto de frustración.

–No.

–¿Quién es? –quiso saber Constance–. ¿Con quién estás saliendo?

–Con una persona a la que acabo de conocer.

–¿No eres capaz de decirme su nombre? ¿Hemos estado juntos durante seis años y no me respetas lo suficiente como para decirme un nombre?

¿De verdad tenían que pasar por una situación como aquella?

–No quiero hacerte más daño hablándote de otra mujer.

Sebastian se frotó la cara.

–Trabaja para El Último Reducto, ¿de acuerdo? Es una organización de Sacramento que ayuda a las víctimas de la violencia. Me está ayudando a buscar a Malcolm.

–Así que es en eso en lo que he fallado. Debería haber ido hasta allí y haberte demostrado mi devoción dedicando mi vida a tu investigación.

Sebastian quería colgar, silenciarla apretando un botón. Pero habían estado juntos durante mucho tiempo y era consciente de que él era más culpable que ella de aquella ruptura. Lo menos que podía hacer era intentar que las cosas acabaran bien.

–Olvídate de tu sarcasmo, Connie. Jamás he esperado que volaras hasta aquí. No voy a reprocharte nunca que no lo hayas hecho. Jane ha sufrido mucho, también ella ha pasado por una experiencia traumática. Tenemos cosas en común, eso es todo. De alguna manera, puedo decir que encajamos. De momento.

–Qué tonta he sido…

Sebastian hizo un gesto de dolor al oírla sollozar.

–Cualquiera que se enamore de ti es una estúpida –y colgó el teléfono.

Sebastian se guardó el teléfono en el bolsillo.

–¡Mierda!

Era tan alto el nivel de adrenalina que tenía en el cuerpo que tardó cerca de quince minutos en tranquilizarse lo suficiente como para poder pensar. Después, intentando olvidar el daño que acababa de hacer a la mujer que había estado esperándole durante todo un año, encendió el ordenador.

Tenía otro correo de Malcolm esperándole:

¿Qué? ¿No tienes nada que decir? ¿Ni siquiera eres capaz de responder?

Sebastian quería responder. Quería exigirle que soltara a Latisha, pero sabía que no serviría de nada. También quería decirle que era un hijo de perra por haber matado a Marcie. Pero eso solo serviría para hacerle saber que había acertado en su objetivo, y Sebastian se negaba a darle esa satisfacción.

Renunciando a todas las acusaciones que se le pasaban por la cabeza, escribió lo único que realmente importaba:

Tú lo has dicho todo: o tú o yo.

–Charlatán estúpido –musitó Malcolm.

–¿Qué pasa? –preguntó Latisha.

Malcolm miró hacia la mesa, donde Latisha estaba comiendo el chocolate que él le había comprado aquella mañana. Latisha parecía creerse lo que le había contado sobre el asesinato de su familia. Malcolm había supuesto que no le haría ningún daño saber que había sido policía. Eso le daba cierta credibilidad. Pero no esperaba que su compasión le resultara tan irresistible. Cada vez estaba más convencido de que quería pasar junto a Latisha el resto de su vida.

—He recibido un mensaje del hombre que mató a mi mujer y a mi hijo. Es la respuesta a un correo que le he enviado esta mañana, antes de ir a comprar. Me está provocando.

—¿Y por qué iba a hacer una cosa así?

—Porque piensa que no le va a pasar nada.

Latisha pareció considerar su respuesta.

—¿Qué le harás cuando le atrapes?

Matarle como se merecía. Pero no podía decírselo. No, a Latisha no. Todavía no estaba del todo segura de que no fuera el asesino de su hermana. Su juventud y su ingenuidad jugaban a su favor, pero sabía que era una joven más inteligente que otras chicas de su edad.

—Es una pena que nadie te crea y que no puedas contar con la ayuda de la policía. No deberías estar haciendo esto solo.

—La prueba del ADN es irrefutable —y él lo sabía mejor que nadie—. Y, desgraciadamente, todas las pruebas sugieren que Sebastian está muerto.

—Estoy segura de que le atraparás.

—Maldita sea, claro que sí.

—¿Vamos a ver la película que hemos alquilado? —preguntó Latisha.

Una vez dada por terminada su relación con Mary, Malcolm no tenía nada mejor que hacer. Estaba a punto de levantarse de la silla cuando recibió otro mensaje. Se detuvo para leerlo y le sorprendió ver un mensaje de Constance.

Si todavía tenía alguna duda sobre si Mary había estado colaborando con Sebastian, aquella era la prueba. Constance tenía la misma dirección de siempre. La reconoció por los mensajes que habían intercambiado en torno a Colton.

Pero su dirección era nueva. Había creado aquella cuenta después de mudarse a Sacramento. Constance solo podía haberla obtenido a través de Mary y gracias a Sebastian.

—Maldita sea —musitó, pensando en Mary.

Esperaba mucho más de ella.

Abrió el mensaje y leyó atentamente el contenido.

No se está acostando con Mary. Se está acostando con una mujer que se llama Jane y trabaja a favor de las víctimas de la violencia en una organización benéfica, El Último Reducto. Por lo visto le está ayudando a encontrarte. Y parece que están muy cerca.

Malcolm volvió a leer el mensaje. No entendía nada.

—¿Qué? ¿Por qué demonios me cuenta eso?

—¿Te cuenta qué? —preguntó Latisha.

—Nada.

Consideró todas las posibilidades, pero no tardó mucho en decidir el escenario más que probable: Sebastian había dejado a Constance por otra mujer y ella quería venganza.

Qué aliada tan inesperada. Malcolm no pudo evitar una carcajada ante el giro que acababan de tomar los acontecimientos.

—¿Wes? ¿Vemos la película? —preguntó Latisha.

—Ahora mismo voy —contestó Malcolm—. Adelántate, empieza sin mí.

Se reclinó en la silla, abrió un navegador de Internet y buscó El Último Reducto.

En cuestión de segundos se encontró frente a la fotografía del edificio en el que se encontraba aquella organización benéfica, su declaración de intenciones y, sobre todo, lo que estaba buscando: la dirección. Ya solo tenía que averiguar qué iba a hacer con Latisha mientras estuviera fuera.

Miró alrededor de la cocina y vio una de las bolsas de

comida que habían comprado. Latisha había retirado la comida perecedera, pero todavía quedaban algunos productos en la bolsa. Entre ellos, una botella de ron.

–¿Qué tal está la película? –le preguntó.

–Muy bien –contestó ella–. ¿Vienes?

Malcolm dejó el ordenador hibernando y sirvió dos vasos de ron con cola. Deseó haberse dejado caer por el motel Red Room de Stockton Boulevard de camino a casa. Conocía un camello que le habría vendido material a buen precio. Habría sido más rápido, más divertido. Pero aquella posibilidad estaba descartada.

Tendría que conformarse con lo que tenía allí.

–¿Te apetece una copa?

Llevó los vasos al salón y regresó a por las botellas.

Latisha le miró con atención.

–¿Qué es todo esto?

–Ron con cola.

–Nunca bebo alcohol. Gloria no nos deja.

–Si solo bebes de vez en cuando, no tiene por qué hacerte ningún daño –le tendió un vaso–. Vamos, tengo ganas de celebrarlo.

–¿Qué es lo que quieres celebrar?

–Que estés conmigo.

Brindaron entonces por su futuro matrimonio, por el amor que sentía por ella, por su extraño encuentro, porque confiaba en él, por el perdón y por su belleza. Latisha no tardó en emborracharse de tal manera que apenas se tenía en pie.

–¡Latisha está viva! –gritó Gloria.

Era la última hora de la tarde, pero Jane acababa de llegar a la oficina. Dejó el bolso y el maletín con el ordenador en el suelo y se aferró con fuerza al teléfono. Esperaba una conversación completamente diferente cuando había contestado a aquella llamada.

–¿Cómo lo sabes?

–Me acaba de enviar un correo electrónico.

–¿Estás segura de que es suyo?

–Lo envía desde su cuenta, y ella es la única que sabe su contraseña. Tiene que ser ella.

Jane tampoco entendía que pudiera ser nadie más, a menos que Latisha hubiera compartido con alguien la contraseña.

–Supongo que sí –y también lo esperaba–. ¿Qué decía?

–Dice que está bien, que no quiere que me preocupe por ella. Y que volverá dentro de dos semanas.

A pesar de su alegría, Jane no pudo pasar por alto lo extraño de aquel mensaje.

–¿Dos semanas? ¿Y te ha dicho cómo o por qué?

¿Qué estaba pasando allí? Malcolm no podía permitir que Latisha se fuera. Si le detenían, y terminarían haciéndolo, testificaría contra él en el juicio.

–¿Te ha dado alguna pista de dónde puede estar?

–No –contestó.

Aun así, la falta de respuestas no parecía apagar su emoción. Quería creer lo que había leído. Lo deseaba con tanta fuerza que no era capaz de mirar más allá.

–¡Aleluya! ¡Está viva y pronto estará otra vez en casa!

Solo si la encontraban antes de que Malcolm la matara. Malcolm no iba a liberarla. Y si Latisha había conseguido liberarse por su cuenta, ¿por qué iba a enviar un correo? ¿Por qué no se había presentado directamente en casa?

Allí estaba pasando algo extraño.

–¿Has llamado al detective Willis? –le preguntó.

–Todavía no. Quería contártelo antes a ti. Acabo de recibir el mensaje. Apenas me lo puedo creer.

–Gloria, yo…

Había estado a punto de explicarle los motivos por los que aquel mensaje quizá no fuera una buena noticia. No le parecía justo alentar las esperanzas de Gloria y ver cómo las destrozaban después de la más cruel de las maneras. Pero no se sentía capaz de arruinar su felicidad. Además, en realidad, no sabía nada. A lo mejor se equivocaba.

–¿Qué? –la urgió Gloria al ver que se interrumpía.

–Quiero que sepas que me preocupa mucho lo que le pueda pasar a tu hermana.

–Lo sé, por eso te he llamado.

–La encontraremos antes de que pasen esas dos semanas –le aseguró–. El detective Willis está peinando mi barrio junto a otros policías. Estoy segura de que alguien habrá visto algo.

Sebastian había estado allí toda la mañana, haciendo preguntas, pero imaginaba que no tenía ningún motivo para explicarle quién era Sebastian.

–Yo iré a ayudarlos dentro de un momento. Tenía que venir a abrir la oficina para los voluntarios que se encargan de atender las llamadas.

–¿Me contarás lo que averigüe la policía?

–Claro que sí.

Jane acababa de colgar el teléfono y estaba agarrando el maletín y el bolso cuando entró Jonathan en la oficina.

–Qué bien, estás aquí.

–¿Estabas buscándome?

–El vigilante de Cache Creek me ha llamado esta mañana para decirme que tiene algunas imágenes del hombre que buscas.

Ya había quedado claro que Malcolm frecuentaba el casino, pero Jane quería verle en acción.

–¿Podemos ver esas imágenes?

–Nos ha grabado un DVD con los momentos en los que aparece Malcolm.

–¡Genial! Iré hoy mismo a buscarlo.

–Ya he ido yo –lo sacó del bolsillo del abrigo y se lo tendió.

–¡Qué amable!

–He imaginado que estarías muy ocupada con tu invitado y todo eso.

Jane le miró con los ojos entrecerrados.

–¿Cómo sabes que tengo un invitado?

–Después de recibir el mensaje, te he llamado y ha contestado Kate. Me ha dicho que habías ido a comprarle algo para el almuerzo.

–Entiendo que no es lo único que te ha dicho.

Jonathan sonrió.

–No. Me ha informado de que había pasado la noche un hombre en tu casa. Parece que le ha tomado mucho cariño.

Debía de haber sido cuando la había llevado al colegio.

–No me ha dicho que habías llamado.

–Le he dicho que no se preocupara, que te llamaría más tarde. Después he ido a buscar el DVD.

Jane se preguntó cuánto tiempo tardaría Kate en mencionar la existencia de Sebastian a los Burke, o a Wendy.

–¿Lo has visto?

–Todavía no. Acabo de llegar y ahora tengo que marcharme otra vez.

–Te agradezco la ayuda –intentó agarrar el DVD, pero Jonathan apartó la mano.

–Jane, espero que sepas lo que estás haciendo con ese tal Sebastian. No quiero que te hagan daño –parecía mucho más serio de lo habitual.

Jane le agarró del brazo y por fin se hizo con el DVD, que guardó inmediatamente en el bolso.

–¿Qué daño me puede hacer? –respondió en tono de burla, como si fuera un temor ridículo.

Pero sabía que no había garantías. Sobre todo en su situación. Porque tanto si quería reconocerlo como si no, sabía que se estaba enamorando de Sebastian.

Y el amor nunca la había tratado bien.

Capítulo 22

Allí estaba.

Malcolm pasó de largo El Último Reducto antes de volver. Eran solo las seis de la tarde, pero en enero oscurecía muy pronto y no tenía ningún miedo de que pudieran reconocerle. Por lo menos a primera vista. Había parado en una tienda de segunda mano de camino hacia allí y se había comprado una peluca, unas gafas de sol y ropa de mujer. Aunque nunca había utilizado un disfraz, la imagen que le devolvía el espejo retrovisor cada vez que se miraba le parecía bastante convincente. Al menos, lo suficiente como para permitirle moverse libremente, sobre todo por la noche. Si fuera un hombre más alto, no habría funcionado tan bien, pero la falta de altura tenía sus ventajas.

La zona de recepción parecía estar cerrada, pero había luz en una de las ventanas. ¿Se habría quedado alguien trabajando hasta tarde? ¿Jane Burke, quizá?

Aquella posibilidad le hizo temblar de emoción.

Solo había un coche en el aparcamiento, justo detrás del edificio, en la puerta de atrás.

En el restaurante chino y en la tienda de licores situados al final del centro comercial que ocupaba una gran parte de la calle, no parecía haber mucho movimiento. Malcolm condujo hasta allí y aparcó delante de la tienda de licores. Esperó a que se alejara un hombre que acababa de abandonar la tienda para salir del coche.

Una iglesia y varios locales vacíos separaban la tienda de licores de El Último Reducto. Malcolm pasó por delante haciendo resonar los tacones en la acera con paso confiado, como si tuviera todo el derecho del mundo a estar allí. Después, se metió en el estrecho callejón que había entre el final de la galería y el edificio que albergaba la organización para la que trabajaba Jane y se quitó los zapatos. Le parecía increíble que las mujeres pudieran andar con zapatos de tacón.

Se guardó un zapato en cada bolsillo del grueso abrigo de lana que se había puesto encima del vestido, se puso las zapatillas deportivas y se dirigió a la parte de atrás del edificio. Una vez allí, permaneció en la sombra, esperando a ver a su ocupante.

Un movimiento en el pasillo le llamó la atención. Había allí una persona utilizando una fotocopiadora. Malcolm podía distinguir el resplandor inconfundible de la máquina cada vez que se levantaba la tapa. Pero no era una mujer. Era una persona demasiado alta.

Decepcionado, soltó una maldición. Se había imaginado dejando el cadáver desangrado de Jane Burke sobre el escritorio. Si no conseguía localizar a Mary, tenía que encontrar a alguien que significara para Sebastian incluso más que ella. Le gustaba la idea de poder responder rápidamente al correo de ese estúpido.

Pero comprendía que no tenía por qué ser tan fácil. Tenía que regresar a casa y organizar un plan. Aquella era una misión de reconocimiento, más que ninguna otra cosa. Lo sabía desde el primer momento.

El hombre que estaba en la fotocopiadora regresó a su despacho con una buena pila de fotocopias. Malcolm sacó la pistola antes de acercarse. La puerta estaba abierta. No necesitó tocarla para saberlo. Probablemente el tipo no veía razón alguna para tomar medidas extras de seguridad a esa hora, sobre todo si solo había pasado por la oficina para hacer unas fotocopias.

¿Volvería a salir de su despacho?

No lo creía probable. Por el sonido amortiguado que llegaba hasta él, parecía estar hablando por teléfono.

Con la mano enguantada, Malcolm empujó la puerta, abriéndola lo suficiente como para acceder al interior. Quizá no pudiera verse las caras con Jane en ese momento. Pero no tardaría en acabar con ella. Sobre todo si podía reunir más datos sobre ella. Empezando por su dirección.

—Entonces, ¿está igual que en la fotografía?

—Ha ganado algo de peso, pero es él.

A Malcolm le sorprendió el sonido de aquella segunda voz. Se inclinó ligeramente hacia la derecha para poder ver en el interior del despacho. Detrás del escritorio estaba el mismo hombre que antes hacía las fotocopias. La segunda voz procedía de un teléfono manos libres.

—¿Cuándo estuvo allí por última vez? —el sonido de una grapadora puso fin a la pregunta.

—Justo después de Navidad.

El hombre dejó el documento encima de los demás y grapó el siguiente.

—¿Ganó algo aquella noche?

—No, por lo visto, suele perder.

Temiendo descubrir su presencia, Malcolm se metió en uno de los despachos de la oficina y se pegó contra la pared.

—Parece lógico. Un buen jugador no habría matado a su mujer.

¿Estarían hablando de él? ¿Sería Jane la que estaba al teléfono? ¿O se trataría de otra persona?

—Sebastian dice que no hay nada que se le dé bien. Por eso significaba tanto para él lo de ser policía. Utilizaba el uniforme para hacerse respetar y disimular sus carencias.

Malcolm tensó la mano sobre la pistola. Sí, Sebastian era muy capaz de decir algo así. Siempre se había sentido superior a él.

—Así que eso te ha dicho Sebastian. ¿Sigue quedándose en tu casa?

—Jonathan, ya basta. No quiero entrar en eso.

Él se echó a reír.

—Era una simple pregunta, Jane.

—No quiere dejarme sola. Tiene miedo de que Malcolm regrese y averigüe que se está alojando en mi casa.

—En ese caso, me alegro de que esté contigo. No quiero que corras ningún riesgo —dejó de sonar la grapadora—. Yo ya he terminado aquí. Te llamaré más tarde.

—Gracias otra vez por haber ido a recoger el DVD a Cache Creek. Conocer la clase de monstruo a la que nos enfrentamos nos servirá de gran ayuda.

¿Monstruo? No sabía lo que estaba diciendo. Pero pronto lo comprendería, pensó Malcolm.

—El guardia de seguridad ha sido muy amable —oyó decir al hombre.

—Lo único que espero es que nos avise si vuelve a pasarse por allí.

—¿Dijo que lo haría?

—Sebastian ha contratado a otro empleado que trabaja por las noches para que se mantenga alerta.

—En ese caso, espero que ese vigilante en particular esté por allí cuando Malcolm, o Wesley, o quien demonios sea, aparezca.

—Es Malcolm Turner. Sebastian tenía razón. No murió en el coche.

—Te creo. Hablaremos mañana —dijo el hombre, y puso fin a la llamada.

Malcolm ardía de rabia mientras permanecía en el despacho vacío. ¿Que no había nada que se le diera bien? Siempre había sabido que era eso lo que Sebastian pensaba de él. Siempre se había creído mejor que cualquiera y había hecho todo lo posible para hacerle quedar mal, sobre todo delante de Emily y de Colton.

Pero Sebastian no era tan inteligente como pensaba. Sí, a lo mejor había pagado a un vigilante para que le delatara, pero Sebastian estaría muerto mucho antes de que él regresara a ese casino.

Y lo único que le quedaba por hacer era averiguar dónde vivía Jane Burke para que también ella estuviera muerta.

El hombre al que Jane había llamado Jonathan apagó la luz y pasó a la derecha de Malcolm mientras se dirigía hacia la puerta de salida. Malcolm le oyó cerrar la puerta tras él, pero no se molestó en echar el cerrojo. Malcolm correría el cerrojo desde dentro cuando estuviera listo para marcharse. Hasta entonces, tenía trabajo que hacer.

Esperó para dar tiempo a que Jonathan se alejara en el coche, encendió la luz y estuvo recorriendo la oficina hasta llegar a una puerta en la que figuraba el nombre de Jane. Seguramente, en alguna parte habría una tarjeta, un sobre o un pedazo de papel en el que alguien hubiera escrito su dirección.

Pero no fue en el despacho donde encontró la información que necesitaba, sino en el almacén. Al parecer, Jane había dejado allí varias cajas con cartas que había recibido en Navidad.

Eran tarjetas para reciclar. Y según lo que ponía en las etiquetas, ella vivía en el número cincuenta y tres.

Jane permanecía en medio del cuarto de estar, con la mirada fija en la pantalla de la televisión. Allí aparecía Malcolm Turner, un hombre que había matado a su mujer y a su hijastro y tiempo después, haciéndose pasar por policía, había secuestrado a dos adolescentes y había apuñalado a una de ellas. Quién sabía lo que podía llegar a hacerle a Latisha si no la encontraban a tiempo. Jane no tenía ninguna confianza en el correo electrónico que Latisha había enviado. No sabía los motivos de aquel correo, pero estaba convencida de que no reflejaba los verdaderos planes de Malcolm.

¿Cómo justificaría Malcolm sus acciones? ¿Cómo sería capaz de vivir con su conciencia?

Seguramente, evitando sentirse responsable de lo que había hecho. Siempre y cuando pudiera culpar a los otros de haberle provocado, no tenía por qué aceptar ninguna culpa. Por lo menos ese era el mecanismo de Oliver.

—¿Ya estás viendo eso otra vez?

Jane se volvió y descubrió a Sebastian tras ella. Durante los últimos tres cuartos de hora, había estado ayudando a Jane con los deberes. Jane había intentado intervenir, puesto que siempre era ella la que ayudaba a su hija, excepto cuando esta estaba con sus abuelos, pero Kate estaba mucho más interesada en Sebastian.

—Me gustaría saber lo que piensa —le explicó mientras veía a Malcolm lanzar el dado sobre la mesa.

Sebastian también tenía la atención fija en Malcolm.

—No le entenderías aunque pudieras leerle el pensamiento —contestó—. Intentar encontrar algo de cordura o de lógica en personas como Oliver o Malcolm solo sirve para volverse loco. Ese tipo de gente tiene una visión muy retorcida tanto de sí misma como del mundo.

—Lo único que son capaces de ver es cómo les afectan las cosas —se mostró de acuerdo.

—Y nadie lo sabe mejor que nosotros. Los hemos conocido de cerca —agarró el abrigo que había dejado en el sofá.

Jane le miró arqueando las cejas.

—¿Te vas?

—Algunos de tus vecinos no estaban antes en casa, me gustaría verlos esta noche.

Para Jane había supuesto más que una pequeña desilusión el hecho de no haber podido localizar a nadie que hubiera oído o visto nada aquella mañana, ni siquiera de los bloques que estaban más cerca del aparcamiento. Malcolm había entrado en el aparcamiento, había roto la ventanilla del coche de Sebastian y había dejado un cadáver en el asiento de atrás. Era lógico pensar que no habría tardado mucho tiempo, pero parecía extraño que lo hubiera hecho en un lugar tan público sin que nadie se diera cuenta.

—¿Quieres que te ayude?

—No, quédate con Kate. Es posible que tenga más dudas de Matemáticas.

—En realidad, no creo que tuviera ninguna duda. Solo quería que le hicieras caso.

Sebastian sonrió. Él ya se había dado cuenta.

—Es una niña encantadora.

Jane intentaba evitar que la relación de Sebastian con su hija influyera en lo que sentía por él, pero la adoración de Kate eliminaba el principal obstáculo que veía a una posible relación.

—Estoy muy orgullosa de ella.

Justo en el momento en el que Sebastian salió, sonó el teléfono. Jane se inclinó para tomarlo de la mesita del café, vio el identificador de llamadas e inmediatamente reconoció el número.

—Hola, Luther —le saludó.

—¿Me has llamado? —la tuteó.

—Sí, quería asegurarme de que estabas al tanto de las últimas noticias.

—¿Del correo que le envió Latisha a Gloria?

—Sí, Gloria me lo ha contado.

—De acuerdo.

Jane esperaba que la energía negativa que irradiaba siempre aquel hombre le resultara difícil de soportar, pero no fue tan terrible como imaginaba. Aquella noche, el padre de Latisha parecía inusualmente sumiso.

–Volveré a llamar en cuanto tenga más noticias.

–Conduce una furgoneta –dijo de pronto Luther.

Jane volvió a llevarse el teléfono al oído.

–¿Qué has dicho? ¿Quién conduce una furgoneta?

–El hombre que se llevó a Latisha y a Marcie. Las chicas me han dicho que conduce una furgoneta blanca.

–¿Tienes la matrícula?

–Todavía no, pero todo el mundo está pendiente.

–Te agradezco la información. Te llamaré en cuanto averigüe algo.

Luther no contestó inmediatamente. Pensando que no diría nada más, Jane comenzó a colgar el teléfono, pero el sonido de su voz le hizo detenerse.

–Gracias por llamar –dijo Luther.

E inmediatamente colgó.

Jane apretó los labios mientras ponía fin a la llamada.

–¿Qué pasa, mamá?

Preocupada por la llamada de Luther, Jane miró a su hija.

–Era un hombre relacionado con el caso en el que estoy trabajando. Pensaba que no me caía bien, pero…

–¿Pero no es verdad?

–No, ya no. Supongo que en realidad nunca me ha disgustado tanto como pensaba. Es solo que le tenía miedo.

–¿A él también le caes bien?

–Yo no diría tanto –contestó Jane riendo–. Pero a lo mejor está empezando a darse cuenta de que no soy tan mala como pensaba.

–¿Se parece a Sebastian? –quiso saber Kate.

No había nadie que se pareciera a Sebastian.

–La verdad es que no.

Kate hizo un globo con el chicle que le explotó en la cara.

–Es una pena que Sebastian no tenga hijos –comentó mientras volvía a meterse el chicle en la boca.

Jane inclinó la cabeza.

—¿Por qué dices eso?

—Porque sería un padre perfecto.

Jane elevó los ojos al cielo ante los obvios intentos de su hija.

—Eso es toda una indirecta, jovencita.

Kate sonrió de oreja a oreja.

—Si te casas con él, a lo mejor puede venir conmigo al partido de padres e hijas que van a organizar en casa de LeAnn esta primavera.

Jane tomó a su hija de la mano y la estrechó contra ella. Aquella era una fiesta organizada por la familia de una de las amigas de Kate que había vivido siempre con su padre. Era un día dedicado a hacer esquí acuático en el lago que culminaba con una barbacoa.

—Eh, no te hagas grandes ilusiones, ¿de acuerdo? Sebastian vive en Nueva York y se supone que volverá a su casa cuando se haya cerrado el caso.

Los ojos de Kate perdieron su brillo, pero aun así, alzó la barbilla con determinación.

—Ya me lo imaginaba. Solo lo he dicho por decir.

Jane le acarició el pelo.

—Te llevará tu abuelo.

—Sí, será muy divertido —contestó.

Pero no había entusiasmo en su voz y había dejado caer los hombros mientras se disponía a terminar los deberes.

Jane dejó el mando a distancia y apagó la televisión. Durante todos aquellos años, había estado intentando proteger a su hija evitando la entrada de cualquier potencial amante en su vida. Pero a lo mejor no era a Kate a quien había estado protegiendo, sino a sí misma, negándose la oportunidad de volver a rehacer su vida.

Sin embargo, pasara lo que pasara con Sebastian, quizá ya fuera siendo hora de comenzar a salir con otros hombres. Aunque ella no se mereciera la felicidad que podía suponer la llegada de un buen hombre a su vida, Kate sí la merecía.

Algo había cambiado. Latisha no estaba segura de lo que era, pero se despertó sintiéndose perdida, desorientada. Ni siquiera sabía dónde estaba.

Un momento. Estaba en la cama de Wesley, algo habitual. Durante el último par de días, habían pasado mucho tiempo en la cama. Wesley siempre quería estar con ella. No paraba de decirle lo guapa que era, lo mucho que le gustaba estar a su lado. Y a ella le resultaba halagador pensar que había causado tal impacto en un hombre mayor que ella. Y un policía, nada más y nada menos.

¿Pero dónde estaba Wesley? Había estado con ella, pero ya no estaba.

Intentó recordar lo que había pasado, pero le resultaba imposible. Wesley había apagado la película, había puesto música y le había llevado una baraja de cartas. Cada vez que ella perdía una mano, tenía que tomarse un chupito. Y había perdido prácticamente todas. ¿Pero qué había pasado después?

¿Se habría ido a dormir o se habría desmayado? A lo mejor se había desmayado y Wesley la había llevado a la cama. Se sentía completamente atontada.

Bizqueando ligeramente, se sentó e intentó enfocar la vista mirando hacia la ventana. Era de noche. Estaba todo a oscuras. Y ella se sentía muy rara, como si se hubiera perdido parte de su propia vida. Antes de que hubiera perdido la conciencia, era de día.

—¿Wes? —llamó.

La habitación estaba en completo silencio.

El mareo la venció y se dejó caer contra la almohada. Había bebido demasiado. La cabeza le estallaba. Cediendo a la tentación de quedarse dormida, dio media vuelta en la cama, pero volvió a arrancarla del sueño una sensación de inquietud. Aquella inquietud tenía que ver con Marcie, con la hoguera del barril y con la sangre que había visto en los zapatos de Wesley.

Pero Latisha no quería pensar en esas cosas. Wes le había explicado todo, o casi todo. Latisha no le había preguntado por el fuego ni por los zapatos, pero si lo hubiera hecho, le habría vuelto a decir que Marcie estaba en su casa.

La alternativa era demasiado terrible como para contemplarla siquiera. Prefería creerle. Así podría continuar gustándole Wes. El Wes que había conocido durante los últimos días, por lo menos. El que le había hablado del hombre que había matado a su mujer y a su hijo. No le extrañaba que hubiera actuado como lo había hecho. Latisha sabía mucho sobre las personas que terminaban comportándose como no debían. Su padre era un hombre que siempre se buscaba problemas. Y su madre no era mucho mejor. Gloria era la mejor persona que había conocido nunca, pero eso no quería decir que fuera fácil vivir con ella. Era exigente y cabezota y apenas le daba libertad. Lo único que parecía importarle era que Latisha fuera a la universidad «para que llegara a ser alguien algún día».

A su hermana no le iba a hacer ninguna gracia enterarse de que Latisha estaba pensando en dejar los estudios y casarse. Pero hasta a ella le daría envidia su sortija. En su familia a nadie le habían regalado nunca nada parecido. Además, Wes le había prometido que tendrían una casa preciosa y una familia. Ella se quedaría en casa dándoles a sus hijos la clase de cuidados que siempre había anhelado. Y jamás volvería a soportar la pobreza que la había acompañado durante toda su vida. Sería una mujer de clase media. La universidad no podía ofrecerle mucho más.

Cerró los ojos con fuerza, pero volvió a abrirlos unos segundos después. Si Wesley se había marchado, podía utilizar el ordenador para ver si Gloria había respondido a su correo. Wes se mostraba tan protector con ella que ni siquiera le había permitido revisar el correo. Cada vez que se lo pedía, contestaba «más tarde». Latisha tenía la impresión de que se sentía amenazado por la influencia que Gloria pudiera tener sobre ella. Seguramente no le dejaría ponerse en contacto con su hermana hasta que terminaran las dos semanas que ella le había prometido, de modo que quizá aquella fuera su única oportunidad de volver a ponerse en contacto con el mundo exterior.

De modo que se levantó a rastras de la cama y, tambaleándose, se dirigió al pasillo.

—¿Wes? —volvió a llamarle, pero sabía que no estaba en casa.

En caso contrario, habría respondido la primera vez. Desde que le había quitado las cadenas, pasaba con ella todo el tiempo que podía. Lo único que esperaba ella era que no se hubiera llevado el ordenador.

En cuanto dobló la esquina del pasillo, lo encontró en su lugar habitual y respiró aliviada.

—¡Está aquí! —dijo y comenzó a cantar—. «Aquí llega la novia, aquí llega la novia…».

Se sentó y lo encendió, pero le resultaba difícil concentrarse en la pantalla en el estado en el que estaba. Tras parpadear varias veces, revisó los mensajes que tenía en el correo y no tardó en encontrar el que estaba buscando.

—¡Aquí está! —lo abrió.

Me alegro de que estés bien. ¿Dónde estás? ¿Puedes decírmelo? Envíame un mensaje, llámame, haz todo lo que puedas por ponerte en contacto con nosotros. La policía te está buscando por todas partes y también una mujer que trabaja para una organización benéfica. Estoy haciendo todo lo que puedo para ayudarte.

Parecía que Gloria se estaba tomando muchas molestias.

–Pero si ya te le dije que volvería dentro de dos semanas –musitó Latisha para sí, y presionó la dirección de su hermana para poder chatear con ella.

Gloria, ¿estás conectada?

La respuesta llegó casi inmediatamente.

¿Latisha? ¿Eres tú?

¡Eh, su hermana estaba conectada! ¡Había elegido el mejor momento!

Latisha: Sí.

Gloria: He estado conectada desde que me escribiste. Apenas soy capaz de dormir. ¿Dónde estás?

Latisha: No lo sé.

Gloria: ¿Dónde está el hombre que te ha secuestrado?

Latisha: Se ha ido.

Gloria: ¿Y no puedes intentar marcharte?

Latisha frunció el ceño. Aquella iba a ser la parte más difícil. ¿Cómo explicarle que lo que pensaban al principio de Wesley no era cierto? ¿Cómo conseguir que Gloria comprendiera que no era tan malo como parecía? Últimamente se estaba divirtiendo mucho con él.

Latisha: No quiero marcharme. Va a casarse conmigo, Gloria. Va a comprarme una casa y vamos a tener hijos. Me trata muy bien.

Le costaba encontrar las teclas y cometía errores, pero lo más importante era comunicarse con su hermana.

Gloria: ¿Pero qué estás diciendo?

Latisha: Deberías ver la sortija que me ha comprado.

Gloria: ¿Te ha comprado una sortija?

Latisha: Me quiere. Dil a Marcie que estbamos eqvocadas sobre él.

Los errores eran cada vez peores. Ya ni siquiera los corregía. Normalmente tecleaba perfectamente y tenía muy pocas faltas de ortografía, muchas menos que Marcie o que Gloria, pero tenía los dedos entumecidos y no era capaz de ver con claridad el teclado.

Latisha: A sfrido mucho. Siente no haver sido amble con nostas. Al mens dejo marcar a Marci

Gloria: ¿Pero qué tonterías dices?

Latisha hizo un esfuerzo por escribir correctamente.

Latisha: Por lo menos dejó que Marcie se fuera.

Gloria: Lo que estás diciendo no tiene sentido. No dejó que Marcie se fuera.

Latisha se enderezó en la silla. Estaba comenzando a recuperarse.

Latisha: Claro que sí. Marcie ya no está akí.

Gloria: Marcie está muerta. Ese hombre la mató. Y tienes que irte de allí antes de que haga lo mismo contigo. ¡Escápate!

El olor a humo pareció invadir toda la casa. Fue como si Wesley hubiera vuelto a encender la hoguera. Pero Latisha sabía que era imposible. Estaba sola.

Latisha: Estás mintiendo.

Lo único que su hermana quería era que volviera a casa para asegurarse de que terminaba los estudios. Quería volver a reunir a toda la familia.

No, no estoy mintiendo, Latisha. La apuñaló hasta matarla. ¡Sal de ahí inmediatamente! ¡No puedo perderos a las dos!

—«No puedo perderos a las dos» —leyó en voz alta.

Y fueron aquellas palabras, más que cualquiera de las acusaciones de Gloria o todas su exclamaciones, las que terminaron de convencerla. Gloria era una persona dura. No era dada a las confesiones sentimentales, a menos que alguien pisara el orgullo que la mantenía cada día en pie.

Latisha se levantó y estuvo a punto de caer sobre la mesa. La botella de ron continuaba en el mostrador. A su lado había una caja de pastillas vacía.

¿Le habría puesto algo Wes en la bebida? Y si así era, ¿por qué?

Porque quería dejarla sola, eso era evidente. Y porque

quería que estuviera allí cuando él regresara. ¿Pero adónde se habría marchado? ¿Y por qué le habría mentido? ¡Le había dicho que quería casarse con ella!

Su cerebro comenzó a poblarse de imágenes de los momentos que habían pasado juntos en el dormitorio. Y entonces lo comprendió. Había estado utilizándola. Su presencia le había servido para hacer más cómoda su vida en aquella casa tan solitaria. Por eso no quería dejar que se marchara. Todas sus promesas de futuro eran falsas.

El corazón se le aceleró en el pecho. Y ella le había creído. Había ignorado la sangre en las suelas de los zapatos y el fuego en el patio trasero porque no quería reconocer que su hermana estaba muerta. Era mucho mejor pensar que estaba en casa con Gloria. Que Gloria estaba cuidándola. Gloria siempre las había cuidado a las dos.

Pero Gloria no estaba allí.

Latisha comprendió que terminaría matándola. Quizá no al día siguiente ni al otro. Todavía podía serle útil. Ella no era como Marcie. Ella le permitía controlarla, le daba todo lo que quería. ¿Pero qué ocurriría si alguna vez se atrevía a desafiarle?

La respuesta era más que evidente. Gloria tenía razón. Tenía que alejarse de él.

¿Pero cómo? ¿A quién podía pedir ayuda? Estaban en medio de la nada. La calle estaba completamente a oscuras, corría el peligro de tropezar y terminar cayendo en una zanja o en un barranco. Por culpa de lo que Wes le había dado, no era capaz de pensar con claridad. Y lo que más la asustaba era no saber cuándo volvería.

Se encogió al recordar la patada que le había dado a Marcie en la cara. No se atrevía ni a imaginarse lo que podría hacerle a ella si la descubría huyendo.

¿Quemaría después su ropa ensangrentada en el mismo barril del patio trasero?

Capítulo 23

Entrar en un piso no era tan fácil como entrar en una casa. Necesitaba ser precavido. Urdir un plan.

Malcolm permanecía sentado en la parada de autobús que estaba enfrente de la calle en la que había dejado el cadáver de Marcie. Continuaba disfrazado de mujer. Para ocultar su rostro, se había cubierto la cabeza con un pañuelo, como hacían muchas inmigrantes rusas, y nadie parecía prestarle atención. Estaba comenzando a llover, y eso le ayudó. La mayor parte de la gente estaba en su casa o caminaba refugiada bajo un paraguas. Solo una anciana que hablaba sola y dos adolescentes que, pendientes de sus iPods, ignoraban todo cuanto les rodeaba, esperaban la llegada del autobús. En cuanto llegó, los tres se montaron, y ninguno pareció fijarse en que él se quedaba.

Iba a ser difícil entrar en casa de Jane. Aunque su casa estaba en el bajo, su edificio daba a una calle muy transitada. A última hora de la noche el tráfico descendía considerablemente. Lo sabía porque había sido a esa hora cuando había dejado el cadáver de Marcie. Pero, precisamente por eso, no se sentía cómodo entrando por el portal.

Si entraba por la parte de atrás, tenía menos posibilidades de que le vieran, pero muchas más de destacar en el caso de que alguien se fijara en él. Ya había rodeado la zona en la furgoneta para hacerse con el plano de la zona. Todos los edificios tenían una puerta trasera con un porche y un pedazo de hierba delante.

Entraría por allí. No le costaría nada saltar la cerca y entrar. Antes se aseguraría de que Sebastian no estaba allí. Por lo que había leído en la página web de El Último Reducto, algunas de las mujeres que trabajaban para la organización eran expertas en autodefensa. Ellas mismas impartían cursos. Jane podía ser una de ellas. Y él no tenía ninguna necesidad de correr riesgos. La sorprendería cuando estuviera sola, la mataría y esperaría a que Sebastian regresara para ser testigo de su reacción.

Malcolm estudió los edificios que flanqueaban el de Marcie. En una zona con tan pocos vecinos, un disparo resultaría demasiado escandaloso. Solo una muerte silenciosa le daría el tiempo que necesitaba para esperar a Sebastian. Eso significaba que tendría que volver a utilizar el cuchillo. Afortunadamente, apuñalar a alguien no era tan difícil como en un principio pensaba. Lo único que hacía falta era reunir suficiente odio.

—Perdone, ¿sabe cuánto tardará en llegar el próximo autobús?

Wes alzó la mirada y se encontró frente a uno de esos obsesos de la ecología que iban a trabajar en traje y en bicicleta. Era un tipo alto y esquelético. Los guantes parecían de deportista, pero las gafas se le habían empañado y llevaba una goma sujetándole la pernera del pantalón. Por lo visto, el tipo se había cansado de mojarse, o a lo mejor había salido de la oficina más tarde que de costumbre.

Malcolm no tenía ni idea del horario del autobús. Tampoco le importaba. De todas formas, no podía decir una sola palabra. A lo mejor era suficientemente bajo como para hacerse pasar por una mujer, pero su voz no tenía nada de femenino.

Sacudió la cabeza, hizo un gesto con la mano, como si no hablara inglés y se levantó.

En cuanto dobló la esquina y supo que el hombre no podía verle, aceleró el ritmo de sus zancadas para dirigirse a la furgoneta que había dejado aparcada en una calle cercana. Eran casi las nueve. Tenía que volver a casa antes de que Latisha se despertara. No era como su hermana, gracias a Dios, pero no podía dejarla sola durante tanto tiempo.

La imaginó durmiendo en su cama, esperándole, y sonrió. Era algo maravilloso el ser apreciado por una mujer tan joven e ingenua. No se peleaba con él, como lo habían hecho sus esposas. Le permitía controlar por completo la situación.

Secuestrarla había sido lo mejor que había hecho en su vida, pensó mientras se quitaba el disfraz dentro de la furgoneta. Quería pasar por un centro comercial y comprarle flores.

Hacía mucho frío. En cuanto había salido de casa, Latisha había sentido el abrazo de la humedad y un frío glacial. El frío, acompañado por la subida de la adrenalina, le había ayudado a aclarar sus pensamientos, a despejar las telarañas dejadas por el alcohol y las pastillas. Pero en ese momento, deseó haberse llevado una de las mantas del dormitorio. No tenía abrigo. El día que Marcie y ella habían ido a comprar donuts, el sol brillaba en el cielo… y habían acabado en la furgoneta de Wesley Boss. Como no pensaban pasar fuera mucho más de media hora y llevaban la calefacción del coche encendida, no habían pensado en los abrigos. Y aunque Wesley les había comprado ropa nueva, no les había comprado nada para protegerse del frío.

En aquel momento, Latisha tenía las manos y los pies tan entumecidos que apenas los sentía. Se le había empapado la ropa y sentía las piernas cada vez más pesadas. Si solo hubiera tenido que luchar contra el frío, quizá no la hubiera importado. Pero no se encontraba bien. Se había obligado a vomitar con la esperanza de expulsar toda la droga de su cuerpo, pero el mareo no cesaba.

Vio aparecer unos faros no lejos de allí. Había tenido cuidado de no alejarse de la carretera. Era la única vía de escape hacia el mundo de fuera, la única forma de salir de la granja en la que había estado encerrada y de encontrar ayuda. Pero también representaba el mayor de los riesgos, puesto que Wesley podría atraparla al volver a casa.

De modo que corrió tras un arbusto y se agachó mientras el vehículo pasaba. Había buscado la pistola de Wes debajo del colchón, pero no la había encontrado. Eso solo podía significar que se la había llevado.

Cuando el vehículo pasó por delante de ella, Latisha se dio cuenta de que aquellas luces no eran de una furgoneta. Era otra clase de coche. Debería haberle hecho algún gesto al conductor, y lo habría hecho si lo hubiera sabido.

Los ojos se le llenaron de lágrimas mientras regresaba a la carretera. Odiaba saber que Wesley podía aparecer en cualquier momento. Pero le daba miedo abandonar la carretera y terminar perdida, o encontrándose con un animal salvaje, o con un perro suelto. Tenía la esperanza de encontrar otra casa, pero no veía luces por ninguna parte.

A medida que iban pasando los minutos, iba aumentado la intensidad de sus temblores. ¿Estaría dirigiéndose hacia la ciudad o adentrándose en el campo?

La posibilidad de tener que pasar toda la noche a la intemperie la impulsaba a regresar a la casa para conseguir una manta o envolverse con el resto de su ropa. A lo mejor tenía más posibilidades de salvarse si dejaba de tener la sensación de que iba a morir congelada.

Pero el mensaje de Gloria la obligaba a continuar avanzando. Marcie estaba muerta. La había matado Wes. Wes era un asesino. ¿Sería cierto que en otra época de su vida había sido policía? ¿O que habían matado a su mujer y a su hijo? Si así era, sentía la tragedia que le había destrozado la vida. Pero él había acabado con la vida de Marcie. Por lo menos eso había dicho Gloria. Y Gloria siempre tenía razón. ¿O no?

De pronto, Latisha se detuvo sobre sus pasos. Gloria siempre pensaba que tenía razón. ¿Pero y si aquella vez se equivocaba? A lo mejor Wes había liberado a Marcie y otra persona la había matado. En su intento por regresar a casa, a lo mejor Marcie se había encontrado con alguien peligroso. Probablemente estaba histérica, no pensaba con claridad. Y podía haber otra explicación para la sangre que había visto en la suela de los zapatos de Wes. Ella ni siquiera le había preguntado qué significaban aquellas manchas. A lo mejor lo que había visto en realidad no era sangre. A lo mejor se había precipitado a la hora de sacar conclusiones. Había pensado automáticamente lo peor.

Se agachó junto a un arbusto de al lado de la carretera, buscando calor. ¿Estaría abandonando al hombre del que estaba enamorada? ¿O estaría salvando su vida? No estaba segura. Tenía demasiado frío, estaba demasiado mareada como para decidirlo. Y se encontraba demasiado mal como para que le importara.

Volvieron a aparecer los faros de un coche. En aquella ocasión, eran un poco más altos que los anteriores. En cuanto comenzó a acercarse el sonido del motor, supo que era la furgoneta de Wes.

—¿Se sabe algo? —preguntó Jane.

Acababa de colgar el teléfono después de hablar con David. Le había llamado para contarle lo que le había dicho Luther.

Sebastian se quitó el abrigo y lo dejó en el respaldo de una de las sillas de la cocina.

–No.

Jane le miró con orgullo.

–Pues yo he conseguido una información mientras estabas fuera.

A medida que iba avanzando la noche, Sebastian iba pensando en el momento de meterse en la cama. Y últimamente, cuando pensaba en meterse en la cama, pensaba también en Jane.

Fijó la mirada en la apertura de la bata y se preguntó si le permitiría deslizar la mano en el interior.

–¿De quién?

Jane le agarró por la barbilla y le hizo mirarla a los ojos.

–De un proxeneta.

–¿Conoces a un proxeneta? –preguntó Sebastian, arqueando las cejas.

–El padre de Latisha. Al parecer, ahora somos amigos. Por lo menos puedo decir que nuestra relación está mejorando.

Sebastian se apoyó contra el mostrador y sonrió mientras Latisha miraba tras él para asegurarse de que la costa estaba despejada. Tenía la sensación de que aquella noche también podía terminar en la ducha.

–Me alegro de que hayas conseguido ganártelo. ¿Qué te ha dicho?

–Malcolm conduce una furgoneta blanca. No sabe la matrícula, pero le ha pedido a todas las personas que le conocen que estén pendientes de él.

–¿Y cómo es posible que un proxeneta sepa la clase de vehículo que conduce Malcolm?

–El juego no es su único vicio.

Sebastian se estrechó contra ella e inclinó la cabeza hasta que sus labios quedaron a solo unos milímetros de los de Jane.

–¿Kate está en la cama?

–¿Esa es la siguiente pregunta?

–¿Estábamos hablando de otra cosa?

Jane se echó a reír y se besaron… justo antes de que Kate entrara en la cocina. Jane se tensó, pero Sebastian pensó que si se separaban bruscamente, lo único que conseguirían sería que Kate pensara que estaban haciendo algo malo. De modo que le pasó el brazo por los hombros y se volvió para mirar a Kate como si no tuviera ninguna importancia que los hubiera descubierto besándose.

–¿Qué has dicho? –le preguntó a Kate.

–Nada –contestó sonrojada, y se fue.

–Creo que sabe lo nuestro –comentó Sebastian.

Jane se apartó de él, con expresión más preocupada que divertida.

–Sí, yo también.

Malcolm no se lo podía creer. Latisha se había ido.

Permanecía en el marco de la puerta, sosteniendo aquel estúpido ramo de flores en la mano y mirando boquiabierto la cama en la que había dejado a Latisha. Lo último que había imaginado era que pudiera despertarse tan pronto. Solo le había dado un somnífero, pero con todo lo que había bebido, no creía que fuera necesaria una dosis mayor. ¡Pero si Latisha debía de pesar como mucho cuarenta kilos!

¿Qué podía hacer? No sabía qué le afectaba más, si el hecho de haber comenzado a confiar en ella y que le hubiera traicionado o el miedo a que pudiera recordar dónde vivía. Lo más seguro era salir de allí, marcharse y no volver.

A menos que consiguiera encontrarla. ¿Tendría alguna posibilidad?

Tiró las flores al suelo, volvió al pasillo y revisó todos los rincones de la casa, armarios incluidos. Latisha no estaba allí. ¿Qué habría hecho? ¿Se habría ido andando? Si así era, todavía podía encontrarla.

Y fue entonces cuando vio el ordenador. ¿Por qué no se lo habría llevado? Estaba tan ansioso por llegar a las oficinas de El Último Reducto, tan confiado en que Latisha permanecería inconsciente durante varias horas, que ni siquiera había temido que pudiera conectarse a Internet.

Movió el ratón para recuperar la pantalla. Latisha había dejado todos los programas cerrados, pero un rápido vistazo al historial le informó de que había cargado su cuenta de correo. Eso significaba que probablemente se había comunicado con alguien.

¡Maldita fuera! ¿Cómo habría sido capaz de hacer algo así? Se suponía que tenía que estar completamente dormida.

Comenzó a caerle una gota de sudor por la sien. ¿Debería agarrar sus cosas y marcharse? ¿Debería olvidarla para siempre? ¿O debería intentar encontrarla? Se había gastado ya casi todo el dinero de Emily. No quería pagar un hotel cuando acababa de pagar el alquiler, y aquel escondite le parecía perfecto.

Saldría a buscarla, decidió. La encontraría y la obligaría a volver. Después la mataría y quemaría el cadáver en el barril. Latisha se había convertido en un lastre. Se parecía más a su hermana de lo que en un principio había pensado. Le gustaba disfrutar de su compañía en la cama, pero el precio a pagar era demasiado alto. Durante las siguientes semanas, tendría que ser más ágil, tendría que ser capaz de entrar y salir cuando le apeteciera. Al menos, hasta que se hubiera hecho cargo de sus últimos problemas.

Agarró las llaves del coche y salió de casa. Estaba a punto de acabar con uno de sus problemas. Si Latisha se había ido a pie, no podía estar muy lejos.

Latisha oyó a Wesley llamándola. No estaba muy lejos. Había estado conduciendo carretera arriba y abajo, deteniéndose cada pocos minutos y saliendo con una linterna con la que iluminaba los arbustos que bordeaban la carretera. En una ocasión, Latisha había visto el haz de la linterna justo delante de donde estaba. No se había movido desde entonces y comenzaba a pensar que moriría allí acurrucada si no contestaba. La negra noche continuaba cerniéndose sobre ella y estaba tan mareada que no era capaz de sostenerse en pie.

«Creo que me estoy enamorando de ti», la voz de Wesley continuaba resonando en su cabeza, «te gustaría ser madre, ¿verdad?», «¿cómo quieres la sortija, la sortija, la sortija…?».

Sí, le gustaba la sortija. Le gustaba porque representaba todo aquello que siempre había deseado.

—¡Latisha!

Wesley se estaba acercando, y cada vez estaba más furioso.

—¡Latisha! ¿Dónde estás?

—Dios, ayúdame.

Latisha movía los labios, pero no era capaz de oír su propia voz. Cada vez que abría la boca, oía a Gloria gritándole. «¡No salgas, Latisha! ¡Agacha la cabeza! ¡No dejes que te encuentre!»

Apretó los ojos con fuerza. Lo más extraño de todo era que… una parte de ella continuaba enamorada de él. ¿Sería posible? Le amaba y le odiaba al mismo tiempo. A pesar del miedo que le tenía, le entraban ganas de volver a la casa y terminar de ver la película, de acurrucarse con él en la cama y hablar de sus planes de futuro.

—¿Latisha? Cariño, por favor, sé que estás en alguna parte. Te he comprado unas flores y tú me has roto el corazón.

De los ojos de Latisha escapó una lágrima.

«¡Gloria, ayúdame!».

—Si no entras ahora mismo en casa, terminarás enferma.

Ya estaba enferma. Y tenía tanto frío.

–Deja que cuide de ti. Déjame secarte y ayudarte a entrar en calor. Te daré un masaje. Porque mis masajes te gustan, ¿verdad?

Latisha tenía que reconocer que no había sentido nada tan maravilloso en toda su vida. Wesley la había introducido en todo un mundo de actividades agradables, entre ellas, la bebida. Gloria era muy estricta con todo lo relacionado con el alcohol. Pero, ¿qué tenía de malo beber un poco de vez en cuando?

–¡Latisha! –seguía gritando Wesley–. ¿Vas a dejar que también yo me muera de frío?

No. No podía continuar pasando frío. Sería mejor que se arriesgara. Si no se movía, iba a morir congelada.

De modo que, reunió toda la energía que necesitaba para sentarse y se concentró en la voz de Wesley y en la luz de la linterna. No estaba muy lejos y caminaba hacia ella. ¿Debería llamarle, o era preferible esperar?

En ese momento, vio otro par de luces. Acababan de doblar la curva. En aquella ocasión, el coche iba más despacio que los anteriores.

Recordando el rostro magullado de su hermana, consiguió levantarse y permaneció tambaleándose bajo la lluvia, intentando hacer acopio de fuerzas para caminar. Haría lo que Gloria le había dicho. Gloria siempre lo hacía todo de corazón. A lo mejor Marcie y ella le reprochaban el que fuera tan estricta, pero Gloria era leal y haría cualquier cosa para protegerlas. Era la única persona en la que Latisha podía confiar.

–Voy para casa, Gloria –musitó.

Y fueron las ganas de volver a ver a su hermana las que les dieron la fuerza que necesitaba para poner un pie delante de otro.

El coche estaba cada vez más cerca. Tenía que hacerle señas. Tenía que gritar. Tenía que hacer algo para llamar la atención del conductor.

De pronto, Wesley la iluminó con la linterna. El haz de luz continuó avanzando, pero inmediatamente retrocedió. La había encontrado.

–¡Latisha, no! –gritó Wesley, y empezó a correr.

«¡No te derrumbes ahora!, ¡No te caigas!». Si se derrumbaba en ese momento, perdería la única oportunidad que tenía de volver a casa. Y, probablemente, un bulto en la cuneta no iba a llamar la atención de la persona que estaba en el coche.

Los pasos de Wes resonaban sobre la tierra. Casi podía oír su respiración. Pero había apagado la linterna. No quería que la vieran desde el coche. Pretendía atraparla antes de que quienquiera que fuera en el coche estuviera más cerca.

Haciendo un esfuerzo final, Latisha saltó a la carretera y gritó:

–¡Noo!

El coche la atropellaría o se detendría.

Cuando vio que reducía la velocidad, pensó que había ganado la partida. Su salvador estaba a solo unos segundos de distancia. Seguramente Wesley había retrocedido.

Los faros la cegaron. Oyó el chirriar de los neumáticos. El coche comenzó a deslizarse sobre la carretera húmeda. Latisha se encogió y alzó las manos para protegerse, aunque sabía que no iba a servirle de nada.

Pero no sintió el impacto del coche.

¿Se habría detenido?

Sí. Estaba a menos de medio metro de distancia. El calor del motor se transformaba en vapor contra el frío de la noche.

Empujada por una nueva oleada de adrenalina, miró a Wesley. Estaba a muy pocos metros de distancia, empuñando la pistola. A pesar de la lluvia que corría por su rostro, Latisha podía verle lo suficientemente bien como para saber que estaba apuntándola con la pistola.

¿Sería capaz de matarla delante de un desconocido?

El sonido de un disparo le dio la respuesta. Ni siquiera tuvo fuerzas para agacharse. Sintió que le ardía el brazo derecho y supo que Wesley no iba a renunciar. No tenía miedo de quien pudiera ir en el coche. Probablemente también le mataría. No había nada que pudiera detenerle.

La mujer que conducía el coche, abrió la puerta y asomó la cabeza. Debía de tener cerca de setenta y cinco años. Era una anciana de pelo gris y no debía medir más de un metro sesenta.

–¡He estado a punto de atropellarte! –gritó–. ¿Qué demonios crees que estás haciendo?

Y de pronto pareció comprender el motivo de la explosión que había oído. En cuanto vio a Wesley con la pistola, el terror transformó su arrugado rostro.

Latisha comprendió que estaba perdida. Iba a morir junto a una anciana.

Capítulo 24

Malcolm se secó la lluvia que le empapaba el rostro con la manga. Podía sentir los latidos de su pulso hasta en las yemas de los dedos, pero sabía que no pasaba nada. Todavía estaba a tiempo de salvar la situación. Lo único que tenía que hacer era disparar a aquella anciana, esconder el coche y llevar a Latisha a casa. A lo mejor podía mantenerla viva durante toda la noche. La mataría lentamente. Se permitiría el lujo de decidir lo que quería hacer con ella en cuanto se hubiera deshecho de aquella mujer. Podría enterrar los cadáveres al día siguiente, después de haber dormido. En realidad no tenía ninguna prisa. Allí nadie sabía lo que estaba haciendo.

Apuntó a la anciana con la pistola y disparó de nuevo, pero el coche hizo las veces de barricada. Aquella mujer era condenadamente baja. Volvió a apuntar e intentó disparar otra vez, pero la anciana fue más rápida de lo que esperaba y se metió en el coche.

Malcolm pensó en disparar a través del parabrisas. No podía dejarla escapar. Pero la anciana no le dio oportunidad. Puso el motor en marcha y comenzó a avanzar directamente hacia él.

¡Estaba intentando matarle!

Intentando evitar que le atropellara, Malcolm se tiró al

suelo. Se golpeó la rodilla con una piedra y las espinas de un arbusto le arañaron el rostro. En el proceso, perdió la pistola. Mientras palpaba el suelo intentando recuperarla, oyó gritar:

–¡Entra!

En el mismo instante en el que palpó el metal caliente de la pistola, se cerró la puerta del coche. Jadeando como si acabara de correr una maratón, la agarró y se volvió para disparar. Tenía buena puntería. Todavía estaba a tiempo de resolver aquel problema.

Pero llegó demasiado tarde. Las luces traseras del coche se alejaban en medio de la lluvia a una velocidad cada vez mayor.

Malcolm siguió disparando sin amilanarse. Aquello no podía estar sucediendo, se dijo a sí mismo. ¡No podía permitir que Latisha escapara junto a una testigo!

Pero eso era exactamente lo que estaba ocurriendo. Ni siquiera había sido capaz de rozar a aquel maldito coche.

Después de vaciar el cargador, se arrodilló desolado.

–¡Hija de perra! ¡Voy a matarte por lo que me has hecho! ¡Voy a mataros a las dos! –gritó.

Pero en cuanto cedió la rabia, comprendió que no podría hacerles nada. Se habían ido. Tendría que regresar a casa, hacer el equipaje y marcharse de nuevo. A lo mejor Latisha no era capaz de conducir a la policía hasta su casa. Pero estaba seguro de que la anciana localizaría el lugar en el que Latisha había aparecido.

–¿Qué ocurre? –musitó Sebastian.

Al igual que Kate, había oído el teléfono. Los dos permanecían en la puerta del dormitorio de Jane, oyéndola hablar con David.

–Latisha se ha escapado –les dijo.

–¿Está bien?

Jane se sentó en la cama y se apartó el pelo de la cara. Había contestado al teléfono de forma mecánica y no había entendido lo primero que le habían dicho. Pero estaba comenzando a interiorizar lo que acababa de repetirle a Sebastian. Latisha estaba viva, ¡viva! ¡Gracias a Dios!

—Ha recibido un disparo, pero la bala le ha rozado el brazo y no le ha causado ningún daño importante.

—¿Gloria lo sabe?

Jane le repitió la pregunta a David, una pregunta que ya habría formulado si hubiera sido capaz de pensar de forma coherente. Solo le faltaba una hora para levantarse, pero sabiendo que estaba Sebastian en el cuarto de estar, había pasado la noche prácticamente sin dormir. Aunque no había estado con él físicamente, no había parado de dar vueltas en la cama pensando en él.

—Cuando los médicos la han visto, estaba prácticamente delirando —le explicó David—. Ha sido una anciana la que la ha llevado al hospital, una tal Lousie Stetzel.

—¿Cómo la encontró?

—Todavía estoy intentando aclarar lo sucedido, pero quería que supieras que ya había aparecido. He pensado que te gustaría llamar a Gloria mientras yo me ocupo de todo lo demás.

Qué generoso por parte de David. Comprendía que aquel era un caso en el que se había implicado de forma muy personal. Aunque seis años atrás habían llegado a ser enemigos, en aquel momento, David era una de las personas a las que más apreciaba.

—Por supuesto —se le llenaron los ojos de lágrimas al imaginar el alivio de Gloria—. Ahora mismo la llamaré.

Un clic al otro lado de la línea le indicó que David había colgado el teléfono.

Jane dejó el auricular en la mesilla de noche y fijó la mirada en Kate y Sebastian.

—¿Quién es Latisha? —preguntó Kate.

–¿Te acuerdas de una persona que me llamó en medio de la noche?

Kate entró en el dormitorio.

–¿La que necesitaba ayuda?

–Sí.

La esperanza iluminó el inocente rostro de la niña.

–¿Ya está bien?

–Sí, ya está bien.

Kate corrió hacia su madre para darle un abrazo.

–¡Sabía que lo conseguirías, mamá!

Jane se echó a reír.

–He hecho todo lo que he podido, pero me temo que no puedo concederme ningún mérito por esto.

Las cosas podían haber terminado de una manera muy distinta. De hecho, la sorprendía que todo hubiera acabado bien.

Sebastian permanecía al lado de la puerta. Llevaba puestos los pantalones del pijama y una camiseta.

–¿Sabes ya si Gloria está al tanto de lo ocurrido? –preguntó.

Él también estaba aliviado. Jane lo percibía en su voz.

–Ahora mismo voy a decírselo.

Le dio un codazo cariñoso a Kate, que acababa de sentarse a su lado.

–¿Te importa ir a buscar mi teléfono móvil a la cocina, cariño? Tengo el número de Gloria en la agenda.

Kate se levantó de un salto, pasó corriendo por delante de Sebastian y fue a la cocina. Regresó segundos después y le tendió a Jane el teléfono.

–¿Quién es Gloria?

–La hermana de Latisha –le explicó Jane.

–Se va a poner muy contenta, ¿verdad?

–Mucho.

Alzó la mano indicándole que no quería más preguntas y marcó el número.

Gloria contestó al tercer timbrazo. Parecía ligeramente desorientada.

–¿Diga?

–Han encontrado a Latisha –anunció Jane–. Tu hermana está viva.

Silencio. Después, llegó hasta ella el llanto de Gloria.

–Gracias a Dios –siguió llorando hasta que fue capaz de controlar las lágrimas–. ¿Dónde está ahora?

–En el Sutter Hospital. Tiene un disparo en el brazo, pero los médicos le han asegurado al detective Willis que está bien.

–¿Y han detenido al hombre que la secuestró? ¿Al hombre que mató a Marcie?

El entusiasmo de Jane disminuyó.

–Todavía no. Al menos, que yo sepa. No tengo muchos detalles sobre lo ocurrido.

–De acuerdo –Gloria se sorbió la nariz–. Ahora mismo voy hacia allí.

–Gloria, me siento…

Jane no sabía describir cómo se sentía. Volver a darse cuenta de la incapacidad del ser humano para vencer a una persona tan maligna, la asustaba. Y resultaba humillante, también. Todo lo que había aprendido durante los últimos meses, todas sus bravuconadas cuando hablaba de que había que seguir luchando no habían servido para recuperar a esa chica. Pero aun así, Latisha había sobrevivido.

–… aliviada y agradecida –terminó diciendo.

–Yo también –dijo Gloria–. ¿Estarás en el hospital?

–Por supuesto. Iré hacia allí en cuanto me duche.

–En ese caso, nos vemos en el hospital.

Jane colgó y se pasó la mano por las mejillas empapadas en lágrimas. Ligeramente avergonzada, tragó el nudo que tenía en la garganta y le sonrió a Sebastian.

–Me alegro tanto de saber que está bien…

Kate le dio otro abrazo. Jane comenzó a levantarse de la

cama, pero recordó entonces que había otra persona a la que debería darle la noticia. Buscó el número de Luther en la agenda y le llamó.

Luther no contestó. Sin dejar de pasarle el brazo por los hombros a su hija, Jane esperó a que saltara el contestador para dejar un mensaje.

—Luther, soy Jane Burke —sonrió emocionada—. Latisha está a salvo. Yo solo… no quería que siguieras preocupándote por ella. Llámame en cuanto puedas. O llama a Gloria si lo prefieres —dijo, y colgó el teléfono.

Sebastian se reclinó contra el marco de la puerta con los brazos cruzados.

—¿Era el padre de Latisha?

Jane asintió mientras alargaba la mano hacia su bata.

—No le has dicho dónde está.

—No, quiero darle tiempo a Gloria de estar a solas con ella —se dirigió a Kate—. Intenta dormir algo más mientras me ducho. Te dejaré en el colegio de camino al hospital.

Kate la miró decepcionada.

—¿No puedo ir contigo?

La historia de Latisha podía no ser en absoluto agradable y Jane no quería que una niña de doce años estuviera presente mientras la contaba.

—No, hoy no.

—¿Por qué no? —se lamentó Kate—. Es viernes. Los viernes no hacemos casi nada. Puedo faltar al colegio…

La mal disimulada mirada que le dirigió a Sebastian le indicó a Jane que seguramente él era parte del atractivo de la visita. El ver a su madre siendo protagonista de una relación sentimental era para ella algo tan novedoso como emocionante. El beso que había interrumpido la noche anterior debía de haber encendido la imaginación de su hija.

—No puedes faltar a clase.

—Por un día no pasa nada. Quiero estar con vosotros. Por favor, mamá…

Sebastian decidió intervenir.

–¿Y qué te parece si en vez de eso te llevamos esta noche a patinar sobre hielo?

Jane observó que su hija estaba haciendo un esfuerzo para controlar su reacción. Sabía que quería continuar protestando, pero no quería dar a Sebastian una mala impresión. Al final, cedió y le sonrió agradecida.

–Sería muy divertido.

De pronto, la mente de Jane conjuró la imagen de su marido blandiendo un cuchillo. Estaba tan acostumbrada a proteger a su hija y a protegerse a sí misma que no le resultaba fácil bajar la guardia. No, después de lo que Oliver había hecho, era imposible. Ni siquiera con Sebastian. O, especialmente, con Sebastian. No solo sentía la tentación de acostarse con él, de enamorarse de él, sino también la de confiar plenamente en él.

–¿Te parece bien? –preguntó Sebastian.

¿Estaría haciendo lo correcto al permitir que aquella relación avanzara? ¿Se habría dado ya el tiempo que necesitaba para sanar sus heridas? ¿Qué haría cuando Sebastian regresara a Nueva York? ¿Le olvidaría y seguiría viviendo como hasta entonces?

Sabía que no sería tan fácil. Pero la vida consistía en correr riesgos. De alguna manera, tenía que aprender a correr riesgos otra vez.

–Claro –contestó, y se dirigió al cuarto de baño.

–¿Puede darnos algún referente que nos ayude a saber dónde ha estado encerrada? –preguntó Jane.

Sebastian y ella se habían encontrado con David en el pasillo, de camino a la habitación de Latisha. Hablaban entre susurros, en parte por deferencia al lugar en el que se encontraban, pero en parte también para evitar que otros pudieran oír la conversación.

–No –contestó David–. Me ha dicho que las obligó a meterse en su furgoneta y que llevaba una sirena, como si fuera policía.

–Nos preguntábamos cómo lo habría hecho –dijo Sebastian.

Él se había duchado en el otro cuarto de baño de la casa, pero antes le había preparado el desayuno a Kate. No había perdido el tiempo secándose el pelo, a pesar del frío. Todavía húmedo, se le rizaba a la altura de las orejas y en la nuca.

–Supongo que era Marcie la que conducía –continuó diciendo David–. Latisha ha admitido que la furgoneta no parecía un vehículo policial. Y Wesley Boss tampoco iba vestido de uniforme. Pero cuando les enseñó la placa y les explicó que estaba trabajando como policía secreta, las dos hermanas pensaron que era lógico que no pareciera un policía.

–Hace falta tener valor para parar a alguien sin ser un verdadero policía. Me temo que yo también le habría creído, y eso que tengo mucha más experiencia que ellas.

David arqueó las cejas.

–Supongo que tú te habrías fijado más en la placa.

–A lo mejor, pero estamos hablando de dos jovencitas que probablemente tenían miedo de que les pusieran una multa.

–Eso es exactamente lo que pensaron. Tenían roto uno de los faros traseros y pensaron que esa era la razón por la que las había parado.

–¿Las elegiría por eso?

–Es posible. Supongo que buscaba un objetivo que no fuera a cuestionar su autoridad. Era sábado por la mañana, no era una hora peligrosa. Y estaban juntas –David sacudió la cabeza–. Supongo que no vieron el peligro.

–¿Cómo es posible que las metiera en la furgoneta sin que nadie lo notara?

David se arregló el nudo de la corbata, pero las arrugas de su camisa sugerían que llevaba la misma ropa que el día anterior. ¿No habría dormido? Jane sabía que había pasado por casa. Seguramente para echar un vistazo a los niños. Pero él no se estaba cuidando nada en absoluto.

—Entraron en el coche voluntariamente. Le dijo a Marcie que tenía una orden de arresto y le pidió que saliera del coche. En cuanto lo hizo, la esposó.

—Menudo cara dura —gruñó Sebastian.

—Desde luego —se mostró de acuerdo David—. El caso es que en cuanto tuvo a Marcie en la furgoneta, le dijo a Latisha que podía ir a la comisaría con él. Y que no podía mover el coche de allí porque le faltaba el faro.

—Así que Latisha dejó el coche y se fue con ellos.

—Y sin discutir. Antes de darse cuenta siquiera de lo que estaba pasando, se encontró tumbada en el asiento de atrás y esposada a la misma barra de metal a la que había atado a su hermana. Lo siguiente que supo fue que estaban en un lugar en el campo.

—¿Otra casa como la de Ione?

—Esta estaba en Turlock.

Jane tuvo que reunir valor para hacer la siguiente pregunta.

—¿La violó?

—Aparentemente, no violó a Marcie —Jane advirtió la preocupación en el atractivo rostro de David—. Lo que ocurrió con Latisha está menos claro. Cuando llegó al hospital, llevaba una sortija con un diamante en el dedo. Dice que se la compró Malcolm porque quería casarse con ella.

—¿Qué?

Aquel repentino cambio en la voz de Sebastian indicaba que estaba tan sorprendido como ella.

—¿Pero cómo es posible?

—La emborrachaba, se acostaba con ella y le prometía

que siempre cuidaría de ella. Tuvo que ser una situación muy confusa para la pobre criatura.

—¿Sabía que había matado a su hermana?

—Creo que no. Nos ha dicho que le creyó cuando le dijo que la había dejado marcharse —David frunció el ceño—. Pero casi inmediatamente, se ha puesto a llorar diciendo que había encontrado sangre de Marcie en la suela de sus zapatos.

—Pobrecilla.

Jane sintió la mano de Sebastian en la espalda. Habría disfrutado del consuelo que con aquel gesto le ofrecía si no hubiera tenido miedo de que David notara la intimidad que reflejaba. No quería que le preguntara por su relación con él.

—¿Y qué ha sido de Malcolm? —preguntó Sebastian—. ¿Alguien sabe dónde podría estar?

—La señora Stetzel, la mujer que ha traído a Latisha, conducía hacia su rancho cuando se ha cruzado con ella. Al parecer, Latisha estaba en medio de la carretera y había un hombre con una pistola disparándolas a las dos. Era de noche y todo ha ocurrido tan rápido que ha sido incapaz de verle, pero conoce la zona y debería ser capaz de conducirnos al lugar exacto en el que ha ocurrido todo. Ahora mismo está en un coche patrulla, intentando llevar a la policía hasta allí. Yo voy a ir a reunirme con ellos.

—Así que ha sido una anciana la que la ha salvado.

David se rió.

—Básicamente. No sé cómo se las ha podido arreglar una anciana de setenta y tres años para meter a Latisha en el coche y salir corriendo de allí sin estrellarse contra un árbol y sin recibir un solo disparo, pero lo ha conseguido.

—Una heroína muy particular —musitó Jane.

—Todo lo peculiar que te puedas imaginar, pero es innegable que le ha salvado la vida a Latisha.

¿Podrían atrapar por fin a Malcolm gracias a otro buen samaritano?

—¿Qué dice Gloria?

—No gran cosa —contestó David—. No se ha separado de Latisha desde que ha llegado. Lo único que hace es llorar y escucharla. Si hace algún comentario, normalmente es para animar a su hermana y decirle que superará todo lo que ha pasado.

—Gloria es una mujer fuerte. Si alguien puede ayudar a Latisha a recuperarse, es ella.

Jane miró hacia la puerta por la que había visto salir a David justo antes de que se encontraran en el pasillo.

—¿Podemos entrar?

David señaló hacia la habitación.

—Adelante. Os llamaré cuando llegue al lugar desde el que escapó para contaros con lo que me he encontrado.

Latisha era una jovencita muy atractiva. Tenía un brazo vendado y un arañazo en la mejilla, pero por lo demás, parecía estar en buenas condiciones físicas. Sobre todo, teniendo en cuenta que Sebastian no esperaba verla con vida.

Jane había entrado en la habitación delante de él.

—¿Estás bien? —le preguntó a Gloria en un susurro, y le dio un abrazo antes de volverse hacia Latisha.

—Esta es Jane Burke, la mujer de la que te he hablado —le dijo Gloria a su hermana.

Latisha la miró con cierto escepticismo.

—Hola.

—Me alegro de que estés a salvo.

Jane también tenía ganas de abrazar a Latisha. Tuvo la prudencia de reprimirse y limitarse a apretarle la mano, pero su aparente sinceridad pareció vencer las reticencias de Latisha.

—Gracias —consiguió esbozar una tímida sonrisa.

—Este es Sebastian Costas, de Nueva York.

Jane estaba a punto de explicar el motivo de la presencia de Sebastian, pero no tuvo oportunidad. Latisha se había quedado boquiabierta al oír su nombre.

—¡Es él!

Sebastian la miró con expresión de extrañeza y miró después a Gloria. No podía imaginar de qué estaba hablando.

—¿Quién?

—¡El hombre que mató a la esposa y al hijo de Wesley! Le estaba buscando.

Jane abrió los ojos como platos.

—¿Qué?

—Me lo contó Wesley.

Jane habló antes de que Sebastian pudiera responder.

—Eso no es cierto, Latisha —le explicó con delicadeza—. Malcolm mató a su esposa por dinero. Y también mató al hijo de su esposa, un niño de catorce años, principalmente por despecho. Pero ese niño era el hijo de Sebastian.

Sebastian cerró los puños con fuerza. ¿Malcolm le había culpado de la muerte de su hijo?

—¿Quién es Malcolm? —repitió Latisha aparentemente confundida.

Teniendo cuidado de mantener la distancia para evitar asustarla, Sebastian dio un paso hacia ella.

—Malcolm Turner es el verdadero nombre de Wesley Boss.

—¡No! —sacudió la cabeza—. Él me dijo…

—Te dijo muchas cosas, Latisha, y ninguna de ellas ciertas —replicó Gloria—. Ese hombre es un auténtico diablo.

Sebastian no podía menos que estar de acuerdo. Si el demonio tenía un rostro, era el de Malcolm Turner.

—Yo jamás le haría daño a mi propio hijo.

—Entonces, también mató a Marcie —musitó Latisha con los ojos llenos de lágrimas.

Gloria le palmeó la mano.

—Nosotros ya sabíamos que lo había hecho, cariño. La

echaremos de menos, pero… –intentó dominar su emoción–, saldremos adelante. Nos tendremos la una a la otra. No podrá volver a hacerte daño.

–Pero… –miró a Jane asustada–, ¿y si me persigue? Todavía está libre…

Si al menos Sebastian hubiera podido atrapar a Malcolm antes del secuestro… Deseó haber podido acabar antes con él. Había estado a punto, cuando Mary y Malcolm se estaban comunicando por Internet.

Sí, todo habría sido distinto.

–Estamos haciendo todo lo posible para encarcelarlo –le aseguró Jane–. Lo que le has contado a la policía seguro que ayudará. Ahora se dirigen hacia el lugar en el que la señora Stezel te encontró.

–No está lejos de la casa –le explicó Latisha–. No creo que caminara más de un kilómetro y medio.

–Le encontraremos –le aseguró Sebastian.

Pero Malcolm probablemente ya no estaba en la casa en la que había retenido a Latisha. Obviamente, no habría esperado a que llegara la policía dispuesta a arrestarle. A menos que algo le hubiera retenido, habría salido huyendo en el mismo instante en el que había perdido de vista el coche de la señora Stezel.

Y nadie podía prever cuándo o dónde volvería a aparecer.

Capítulo 25

Malcolm tiró las bolsas en una de las camas de la habitación del motel en el que se había instalado con un nombre falso, colocó un cartel en la puerta para que no le molestaran y cerró con cerrojo. Tenía muchas cosas que hacer, muchas cosas en las que pensar, pero antes tenía que descansar. Sería más eficaz si antes conseguía dormir.

Sin embargo, una vez a salvo y lejos de su casa, el recuerdo de la anciana que le había arrebatado a Latisha llegó a ponerle tan nervioso que tuvo que encender la televisión para distraerse.

A él le gustaba su pequeña esclava, maldita fuera. No quería perderla. Pero si había sido capaz de portarse de una forma tan miserable con él después de todo lo que había hecho por ella, después de que le hubiera regalado una sortija de compromiso y le hubiera propuesto matrimonio, al infierno con ella. Todavía no había conocido a la mujer sin la que no pudiera vivir. Ni Mary, ni su primera esposa que había vuelto a casarse antes de que él conociera a Emily, ni, por supuesto, Emily y tampoco Latisha. Lo que realmente le molestaba era que Sebastian consideraría la fuga de Latisha como una victoria.

Pero ya se encargaría él de que no pudiera celebrarla durante mucho tiempo.

Con un ojo puesto en la televisión, encendió el ordenador. No estaba seguro de qué pensaba hacer. No quería escribir un correo electrónico a nadie ni estaba pensando en nada en concreto. Solo quería mantener las manos ocupadas mientras intentaba averiguar cómo alejar a Sebastian de la casa en la que Jane Burke vivía. Ofrecerle un encuentro no serviría de nada. Sebastian imaginaría que era una trampa. En ese caso, ¿qué podía motivarle a acudir a un lugar que él mismo escogiera? Un lugar en el que dispusiera de la privacidad y el control que necesitaba para destruir a un hombre al que detestaba por encima de todo.

Entonces acabaría con él. Sebastian había acudido a casa de Mary para salvarla. También le había dado dinero a Emily y la había apoyado para hacerle la vida más fácil. Iba de caballero andante por la vida, siempre al rescate de las mujeres que le rodeaban.

La emoción bullía en el interior de Malcolm. Si Sebastian apreciaba a Jane, y todo parecía indicar que así era, haría lo mismo por ella que por las otras mujeres con las que se había cruzado a lo largo de su vida. Eso significaba que sería una estupidez matarla demasiado pronto. Lo único que tenía que hacer era secuestrarla y utilizarla como cebo.

¿Pero cómo iba a secuestrarla estando Sebastian viviendo en su casa?

Muy fácil: lo haría cuando Jane estuviera en la oficina.

—Pero puede que allí tampoco la encuentre sola —se dijo, pensando en voz alta.

En ese caso, tendría que acercarse a ella cuando estuviera en el coche. Gracias a la oscuridad del invierno, podría esperarla en el asiento de atrás. Para cuando quisiera darse cuenta de que estaba allí, ya sería demasiado tarde.

Y en cuanto tuviera a Jane, Sebastian haría todo lo que él quisiera.

–¡Soy un genio! –se vanaglorió, y cerró el ordenador.

Por fin podría dormir tranquilo.

David continuaba en la casa de Turlock en la que había estado encerrada Latisha cuando Sebastian llegó junto a Jane en el coche. Ellos no podían entrar en la casa porque el equipo forense no había terminado de reunir pruebas, pero Sebastian había querido ir hasta allí de todas formas. Quería conocer el lugar en el que Malcolm había estado escondido durante tanto tiempo, necesitaba hacerse una idea de cómo vivía.

No sabía por qué, pero esperaba que fuera un lugar más agradable. Aunque tampoco podía decir que le sorprendiera que no lo fuera. Simplemente, cabía asumir que un hombre que mataba a su mujer por dinero intentaría procurarse una vida mejor. Desde luego, aquel viejo rancho no era más agradable que la casa en la que vivía en Ione. Era obvio que llevaba por lo menos treinta años sin arreglar, hasta el punto de que parecía completamente abandonado.

–David va a salir a compartir con nosotros el almuerzo que hemos traído –le informó Jane mientras se volvía para tomar la cesta que llevaban en el asiento de atrás.

Sebastian asintió y salió del coche. No estaba muy hablador. Se alegraba de que Latisha estuviera libre, pero no tenía la menor idea de cuándo podría regresar Mary a su vida de siempre, o de cuánto le quedaba a él de la suya. Nueva York estaba comenzando a parecerle otro planeta, un planeta al que ya no pertenecía.

La puerta de la casa se abrió y vieron a David dirigiéndose hacia ellos.

–Gracias por la comida –le dijo a Jane cuando esta le tendió la hamburguesa con patatas fritas que habían comprado de camino hacia allí.

–¿Qué estáis buscando? ¿Os podemos ayudar en algo? –preguntó Jane.

–La verdad es que tenemos bastante trabajo. Tanto, de hecho, que va a llevarnos un buen rato. Cabellos, restos de sangre en la alfombra, los colchones en los que probablemente dormían las chicas, unas estacas de metal en el suelo, alcohol, pastillas para dormir...

–Así que no tuvo tiempo de limpiar –reflexionó Jane.

–Apenas tuvo tiempo de hacer las maletas.

Unos nubarrones negros ocultaron el sol, haciendo que bajara bruscamente la temperatura. Jane se cerró el abrigo.

–De modo que si le encontramos, tendremos pruebas más que suficientes para acusarlo.

–Además del testimonio de Latisha.

Sebastian clavaba la mirada en la casa mientras se preguntaba qué pensaría Malcolm cada vez que entraba por la puerta principal. Aquella no era la clase de vida que en otro tiempo había disfrutado. En otra época de su vida, Malcolm tenía una buena casa, un trabajo respetable, una familia decente, una mujer que le quería y la oportunidad de convertirse en un buen padre para un niño. Para su hijo.

–Qué idiota...

Jane y David se volvieron hacia él.

–¿Perdón? –dijo David.

–Después de todo lo que tenía en Jersey, ¿no le importa vivir en este estercolero?

–Antes era una granja de leche –le explicó David–. El propietario original vendió el ganado poco después de que su esposa muriera. Se sentía demasiado viejo para continuar manteniendo este lugar. Había pasado aquí más de cincuenta años de su vida, así que decidió quedarse hasta que murió, cinco años atrás. Sus hijos heredaron la granja, por supuesto, pero están repartidos por todo el país. Uno de ellos vive en Japón, se dedica a enseñar inglés. Ninguno de ellos quería vivir aquí y tampoco podían permitirse el lujo de recuperar la granja. Han estado intentando venderla desde entonces, pero tal y como está ahora mismo el mercado, no es fácil. Estoy seguro de que se la alquilaron a Malcolm a muy buen precio.

–La libertad nunca es suficientemente barata –musitó Sebastian.

–Tienes que admitir que este es el lugar perfecto para alguien que quiere disfrutar de intimidad –contestó Jane.

Sebastian frunció el ceño al pensar en ello.

–O que necesita privacidad para cometer actos depravados.

–Eso es.

David estaba devorando la hamburguesa como si llevara horas sin comer, o como si le faltara el tiempo.

–¿Ha aparecido su pistola? –quiso saber Sebastian.

–No –contestó David con la boca llena–. No hemos encontrado ningún arma, excepto los cuchillos de la cocina.

Habría estado bien que se hubiera dejado la pistola. De esa forma podrían haber hecho las pruebas de balística con la herida de Latisha, pero Malcolm no era ningún estúpido.

–¿Y la placa y el uniforme de policía?

–También han desaparecido.

Por supuesto, Malcolm se los había llevado. Eran el símbolo de su poder, el motor de sus fantasías.

–¿Se sabe dónde puede haber ido? –preguntó Jane.

–Es posible que esté en casa de un amigo o en un hotel –respondió David.

–Eso quiere decir que podría estar en cualquier parte.

–Hemos encontrado algo que nos indica que probablemente no haya dejado la zona.

Sebastian hundió las manos en los bolsillos.

–¿Qué es?

David tragó el último bocado y aplastó el recipiente de la hamburguesa.

–Ahora mismo vengo –respondió, y desapareció en el interior de la casa.

Jane miró a Sebastian con curiosidad.

–¿Qué supones que es?

–No tengo la menor idea.

Afortunadamente, no tuvieron que esperar durante mucho tiempo para recibir la respuesta. David regresó un par de minutos después con un par de guantes de látex y sosteniendo una hoja de papel.

–No podéis tocarlo, pero podéis verlo –les dijo.

Dio la vuelta a la hoja para que pudieran leer lo que había escrito Malcolm con un rotulador negro.

Voy a por ti, Sebastian. No pienses que no lo voy a conseguir.

Mientras regresaba con Sebastian a la ciudad, Jane conjuró la imagen de Noah yaciendo ensangrentado en la cama que Jane había compartido con Oliver. ¿Encontraría a Sebastian algún día tumbado sobre su propia sangre?

La idea le provocaba acidez de estómago. ¿Cómo podía protegerle? ¿Cómo podía asegurarse de que no le ocurriera nada?

–Tienes que volver a tu casa –le espetó de pronto.

–¿Te refieres a Nueva York?

–Sí.

–Malcolm no va a hacerme ningún daño, Jane.

–Eso no lo sabes. Noah era más fuerte y más alto que Oliver. Y deberías haber visto lo que le hizo Oliver… –cerró los ojos, intentando borrar aquella escena de su mente–. Estoy segura de que jamás pensó que Oliver podría con él. Le parecía ridículo que yo le dijera que tuviera cuidado.

–Esto es diferente –aunque no estaba de acuerdo con Jane, su tono indicaba que comprendía lo que sentía–. Malcolm no es mi hermano, así que no voy a concederle el beneficio de la duda. Y soy perfectamente consciente de que es un hombre peligroso. Nadie tiene que convencerme de eso.

–Te siguió desde casa de Mary. Sabe dónde vives.

–La casa está a tu nombre.

–Pero puede relacionarnos.

–¿Cómo?

No había nadie que conociera a Malcolm y la conociera también a ella, pero Jane no quería correr riesgos. «Voy a por ti», aquellas palabras eran tan siniestras.

–Es posible que haya estado vigilando mi casa. A lo mejor nos ha visto entrar juntos Y aunque no lo haya hecho todavía, ¿qué le impediría llamar a casa de cualquier vecino y comenzar a hacer preguntas? Puede encontrarse con Bob cuando este está paseando a su perro. Bob sabe cómo te llamas, y también que has estado en mi casa.

Sebastian dejó escapar un suspiro, pero no dijo nada. ¿Habría conseguido convencerle? Incapaz de determinarlo, Jane alargó el brazo hacia él.

–¿Qué dices?

–Si por alguna casualidad ha llegado a asociarnos, ahora no puedo dejaros solas –en su frente aparecieron arrugas que reflejaban su preocupación–. Pero en el caso de que todavía no nos haya relacionado, tampoco quiero arrastrarlo hacia tu casa. Así que no estoy seguro de qué hacer.

–¿Me dejas decidir a mí?

–No. Tú me harías marcharme en el primer avión que saliera hacia Nueva York.

Jane no contestó.

–Esa no es la respuesta, Jane. Este asunto entre Malcolm y yo… tendrá que terminar en algún momento.

–Lo que me preocupa es cómo va a terminar.

Ya había sufrido suficiente en su vida. No podría soportar perder al único hombre que le había hecho recuperar la esperanza. Había habido momentos en los que incluso había llegado a pensar en la posibilidad de tener otro hijo, y eso le llevaba a creer que quizá no fuera demasiado tarde para comenzar de nuevo, para ofrecerle a Kate algo más de lo que le había dado hasta entonces, para construir una vida mejor y menos traumática que su pasado.

–Confías en David, ¿verdad? –le preguntó Sebastian.

Jane frunció el ceño. Sebastian estaba cambiando de táctica.

–Claro que confío en David. Es un detective excelente. Pero ese no es el problema.

–Jane, si Malcolm está decidido a matarme, no voy a resolver nada marchándome –aparcó frente a una farmacia.

–¿Qué haces? ¿Por qué nos paramos aquí?

–Tenemos que comprar una cosa.

–¿Qué necesitas? ¿Chicles? ¿Crema de afeitar?

Sebastian abrió la puerta y salió.

–Una prueba de embarazo.

Jane, que tenía ya la mano en la manilla de la puerta, se quedó completamente helada. No estaba preparada para descubrir si tenían que tomar o no otra decisión trascendente. Todavía tenía la sensación de que tenía la opción de sacar a Sebastian de su vida y continuar viviendo como si durante aquella semana no hubiera ocurrido nada. Pero si se hacía una prueba de embarazo y el resultado era positivo, ¿qué podrían hacer? ¿Cómo podría manejarlo?

–No sé si es muy buena idea.

–Si lo prefieres, puedes esperar en el coche.

–Sebastian…

–Ahora mismo vuelvo.

Jane se quedó en el coche, intentando imaginar cómo se sentiría en el caso de que resultara estar embarazada. No era difícil adivinarlo. Asustada. Tenía cuarenta y seis años. Eso significaba que sería un embarazo de riesgo. Y nunca había pensado que tendría otro hijo. Pero, ¿y si la prueba salía negativa?

No podía negar que, en parte, sería una gran decepción.

Sebastian regresó con una bolsa de papel marrón en la mano. La dejó entre los dos asientos mientras se sentaba tras el volante. Jane la miró como si contuviera una serpiente.

—Sebastian...

—Si no estás embarazada, empezaremos a utilizar métodos anticonceptivos. Si estás embarazada, no hará ninguna falta.

—Tú no vas a aceptar mi consejo de volver a Nueva York te diga lo que te diga. ¿Por qué tengo que hacerte yo caso a ti? –le contradijo.

—Porque así sabré si tengo que pasar por el hotel para buscar los preservativos antes de ir a tu casa –puso el coche en marcha y se incorporó al tráfico–. Si vamos a mantener la promesa que le hemos hecho a Kate, no tenemos mucho tiempo.

¿Le preocupaba incumplir una promesa que le había hecho a su hija? Eso era algo muy agradable.

—El caso es que... no vamos a volver a hacerlo. Si procuramos mantener las distancias, no necesitaremos métodos anticonceptivos. Y ahora mismo tampoco necesitamos saber si estoy o no embarazada.

Sebastian le dirigió una mirada con la que le estaba indicando que no iba a ser tan fácil.

—Lo de mantener las distancias no es muy realista, ¿no te parece?

Jane se frotó la cara.

—Probablemente, no –suspiró.

Sebastian condujo hasta la gasolinera.

—Ahí hay un cuarto de baño –le indicó, y le tendió la bolsa.

Sebastian volvió a sentir mariposas en el estómago por primera vez desde hacía más tiempo del que podía recordar. ¿Sería posible que al cabo de nueve meses volviera a ser padre? Eran tantas las cosas que habían cambiado. Había perdido a Emily, a Colton, a Constance y todo lo que hasta entonces había conseguido en el trabajo. Había perdido la mayor parte de su dinero. Le parecía increíble estar pensando en tener otro hijo. Y más increíble todavía estar paseando tan nervioso a las puertas del cuarto de baño de una gasolinera de California mientras la mujer con la que se había acostado se hacía una prueba de embarazo.

—¿Jane? —la llamó, cuando fue incapaz de seguir esperando.

Jane no contestó, de modo que llamó a la puerta.

—¡Eh! ¿Qué dice la prueba?

Jane seguía en silencio. ¿Significaría eso lo que Sebastian sospechaba? O a lo mejor solo era que no había terminado la prueba, o que no podía oírle.

—¿Jane? —volvió a llamar.

Oyó que Jane abría por fin el cerrojo. Pero no salió. Abrió la puerta varios centímetros y asomó la cabeza.

—¿Qué dice?

Jane infló el pecho, como si estuviera respirando hondo.

—El resultado es negativo.

—¿Estás segura?

Jane le mostró la tira. Sebastian no sabía qué significaba el color gris, pero no lo cuestionó. Miró la tira en silencio y después alargó la mano para dejarla sobre el lavabo.

—Es lo mejor, ¿verdad?

—Supongo que sí. Pero, en cierto modo, me siento decepcionada.

Sebastian lo comprendía porque a él le ocurría lo mismo, a pesar de los riesgos que hubiera implicado un embarazo. Sin preocuparse por lo que pudiera pensar cualquiera que les estuviera viendo, entró en el cuarto de baño y cerró la puerta tras él para poder abrazar a Jane.

—No pasa nada.

—Sí, lo sé. Pero… no es solo la cuestión de si vamos o no a tener un bebé.

Sebastian le hizo inclinar la barbilla.

–Entonces, ¿cuál es la cuestión?

–Tú.

–¿Yo?

–Sí –bajó la voz–. Porque me temo que me he enamorado de ti.

Riéndose por el sentimiento de impotencia que reflejaban sus palabras, Sebastian le dio un beso en la nariz.

–Siento que te afecte tanto.

–¡Vives en Nueva York!

–¡Eres tú la que quieres que me vaya!

–Quiero que te vayas porque no quiero que te pase nada.

En el interior de Sebastian, comenzaban a removerse sentimientos que no había vuelto a experimentar desde la muerte de Colton, desafiando todos los acontecimientos negativos de su pasado. Se sentía de pronto más fuerte y mucho más feliz.

–No voy a volver. Voy a quedarme aquí, contigo.

–Pero es importante que te vayas… Por lo menos hasta que la policía capture a Malcolm.

–Quiero que confíes en mí, que confíes en que sé cuidar de mí mismo. Y en que puedo cuidaros a ti y a Kate.

–Es en Malcolm en quien no confío –replicó.

–Saldremos de esta. Todo saldrá bien.

Jane apoyó la cabeza en su hombro.

–¿Cómo habrías reaccionado si me hubiera quedado embarazada? ¿Habrías salido huyendo asustado?

¿Pero qué clase de idiota pensaba que era?

–En absoluto. Tengo cuarenta y cinco años, Jane, no veinticinco. Sé lo que significa tener un hijo. Te dije que me habría hecho feliz y eso no ha cambiado. Hubiera estado encantado, siempre y cuando tú también lo hubieras estado, claro.

–¿Y hasta qué punto cambia la situación el hecho de que no esté embarazada?

Jane alzó la cabeza. Esperaba que Sebastian le dijera que no estaba preparado para mantener una relación seria. Sí, Sebastian podría decírselo. Pero no era eso lo que quería decirle a Jane en aquel momento.

Tomó su rostro entre las manos y volvió a besarla.

—No, no ha cambiado nada. Sigo queriéndote.

—Lo dices en serio —intentó asegurarse Jane, buscando su rostro.

—Completamente.

Jane sonrió, le abrazó con fuerza y volvió a besarle. Ya no hubo más preguntas. Al parecer, estaba dispuesta a dejar pasar el tema de momento y Sebastian se alegraba. Todavía no sabía qué iba a hacer con el trabajo en Nueva York, si se trasladaría o si lo haría ella, si a Jane le importaría que hubiera gastado todo su dinero persiguiendo a Malcolm o si iba a necesitar un tiempo para reconstruir su vida… Todavía era demasiado pronto para resolver las cuestiones prácticas de su relación. Pero los dos sabían que querían estar juntos. De momento, era más que suficiente.

Jane apenas podía creer que hubiera encontrado a otro hombre que la quisiera. A veces, alzaba la mirada hacia Sebastian y le encontraba mirándola con tal ternura que sentía un cálido cosquilleo en su interior. Era eso lo que había echado de menos. Aquella… satisfacción. Nunca la había tenido, desde luego, no con Oliver. Oliver siempre había sido un hombre egoísta. Sebastian era muy diferente. Maduro, confiado, dispuesto a cuidar de los demás. Lo que sentía por él era tan maravilloso que la asustaba… Porque tenía miedo de que no durara. Las cosas buenas rara vez lo hacían. Tenía la profunda convicción de que nunca alcanzaría la felicidad, de que no se la merecía. Y si alguna vez lo olvidaba, no tendría que ir muy lejos para recordarlo. Sabía cómo reaccionaría Wendy cuando supiera la noticia.

–Mamá, ¿me has visto? –le gritó Kate.

–¡Lo estás haciendo muy bien, cariño! –Jane sonrió y saludó a su hija, que recorría la pista junto a Sebastian.

Aunque Jane había ido a patinar con frecuencia cuando era adolescente, aquella era la primera vez que lo hacía Kate. Se la veía un poco insegura, pero estaba pasándoselo en grande, y, sobre todo, disfrutando de la atención de Sebastian.

Jane acababa de ir al cuarto de baño, de hecho, esa era la razón de que no estuviera en la pista de hielo. Y estaba a punto de volver a la pista de patinaje cuando sonó el teléfono.

Era Skye.

–¿Diga?

–¡Hola, Jane!

Jane se apoyó contra la barandilla y buscó a Sebastian y a Kate con la mirada.

–¿Cómo estás?

–Mucho mejor. ¡Hemos encontrado al niño que estábamos buscando!

–¡Esa sí que es una buena noticia! ¿Cómo lo habéis encontrado?

–Gracias a un pariente de su padre, su primo. Tuvieron una discusión y al final decidió denunciarlo a la policía.

–¿Por qué fue la discusión?

–Por culpa de los platos sucios –contestó riendo–. Estaban viviendo juntos y al parecer la cosa no funcionaba muy bien.

–Así que habéis tenido suerte. ¿Vas a volver pronto?

–Mañana volamos hacia Sacramento. Estoy deseándolo. Echo tanto de menos a mi familia que ya casi no lo soporto.

–Sé que se alegrarán de verte.

–¿Cómo va todo?

Kate se cayó al suelo, pero no fue una caída muy dura y Sebastian la ayudó a levantarse.

–¿En la oficina? –preguntó Jane.

–Y en casa también. Tengo la sensación de que ha pasado una eternidad desde la última vez que hablamos.

Jane pensó en todo lo que tenía que contarle. ¿Por dónde empezar? ¿Por el caso? No, eso lo dejaría hasta que Skye estuviera de vuelta en casa. Y no quería pensar en Malcolm en aquel momento. Prefería hablar de los aspectos más positivos de su vida.

–He conocido a alguien –confesó.

–¿De verdad? Vaya, esa sí que es toda una noticia. Yo no he conseguido convencerte de que tuvieras ni una sola cita. ¿Quién es? –la emoción que reflejaba su voz hizo sonreír a Jane.

–Un inversor de banca de Nueva York.

–¿Dónde le has conocido?

–En la oficina.

–¿Es un cliente?

–Más bien un voluntario.

–Parece un hombre interesante.

–Digamos que es… especial.

–Vaya, eso sí que es bueno. Es mucho mejor de lo que esperaba oír nunca de ti. ¿Desde cuánto hace que le conoces? –le preguntó.

–Solo una semana. Pero no nos hemos separado desde entonces.

–¿En serio? ¿Le has presentado a Kate?

Kate era la prueba de fuego y Skye lo sabía.

–Sí. Ahora mismo están patinando juntos sobre hielo.

–¿Por qué todo tiene que pasar cuando yo estoy fuera? –se quejó Skye entre risas–. Estoy deseando conocerle.

–Ya le conocerás cuando vuelvas.

–Regresaré el lunes. No sé si pasaré mucho tiempo por la oficina durante los primeros días. Probablemente, solo lo suficiente para ponerme al día de todos los mensajes que han ido llegando mientras he estado fuera. Estaba pensando que podríamos convocar una reunión. Sheridan dijo que quería llevar al bebé para que pudiéramos verlo otra vez. Así podremos ponernos al día y organizar el trabajo de la próxima semana.

—Me parece perfecto. ¿A qué hora?

—¿Qué te parece alrededor de las cuatro?

—De acuerdo, nos veremos a las cuatro. Que tengas un buen…

—¿Jane? —la interrumpió Skye.

—¿Sí?

—Me encanta oírte tan contenta.

—Y a mí me encanta estar contenta —contestó.

Colgó el teléfono justo en el momento en el que Sebastian y Kate se detenían frente a ella.

—Eh, ¿no vuelves con nosotros? —preguntó Sebastian.

—Claro que sí.

La esperaron en la puerta y le tendieron la mano para que regresara a la pista.

—¿Con quién estabas hablando? —preguntó Kate.

—Con Skye.

Sebastian la ayudó a mantener el equilibrio mientras empezaban a patinar.

—¿Todavía está fuera?

—Mañana vuelve.

—¿Vas a decirle que has resuelto tu primer caso? —quiso saber Kate.

—Claro que sí. Me gustaría poder decirle que hemos detenido al secuestrador, pero…

—Seguro que pronto podrás decírselo también —le aseguró Kate.

Jane intercambió una mirada con Sebastian.

—Seguro.

Capítulo 26

Malcolm pasó la mayor parte del sábado y toda la mañana del domingo estudiando la web de El Último Reducto. Disponían de un apartado que permitía que cualquiera pudiera solicitar ayuda o información de manera anónima. La organización trabajaba con mujeres y niños víctimas de malos tratos, de modo que Malcolm imaginaba que aquella era la manera de hacer sentirse segura a una mujer que no supiera cómo escapar de su situación y de animarla a preguntar qué opciones tenía.

Realmente, era muy buena idea.

Y también la manera perfecta de asegurarse de que Jane iba a estar en la oficina al día siguiente por la tarde. Por lo menos merecía la pena escribir para ver cómo respondía.

Hizo clic sobre el apartado correspondiente, esperó a que saliera el formulario y empezó a teclear.

Mi marido es cada vez más violento, sobre todo cuando bebe. Me pega con frecuencia y la semana pasada me rompió la nariz. A veces pega también a nuestros hijos. Sé que tengo que hacer algo por ellos, pero si le busco problemas, me matará. Me lo dijo cuando le conté a su hermana lo que estaba ocurriendo. ¡Y tengo miedo de que cumpla su amenaza! Me gustaría poder citarme con alguien de su or-

ganización para pedirle consejo. Mañana mi marido estará fuera de la cuidad. Si hay alguien disponible, yo podría estar allí a las seis. Le pido disculpas por los inconvenientes que pueda causarles. No quiero ser ninguna molestia. Pero no sé a quién más acudir.

No firmó el mensaje. Imaginó que sería igualmente creíble. Después de enviarlo, estuvo viendo la televisión y llamó a su corredor de apuestas para ver si podía apostar. No se lo permitieron porque no había pagado las últimas. Colgó el teléfono y comenzó a pasear nervioso por la habitación. Si vivir solo en el rancho ya era terrible, aquello era mucho peor. Se sentía tan encerrado, tan… limitado.

Su vida era una porquería. ¿Cómo habría llegado a esa situación?

Soltó una maldición y decidió dar una vuelta por Stockton Boulevard. Había pasado mucho tiempo desde la última vez que había jugado a chantajear a las prostitutas haciéndose pasar por policía. A lo mejor si encontraba una mujer negra, joven y bonita como Latisha, podía intentar imaginarse que era ella…

—¿Os gustaría venir a Kate y a ti a cenar?

Jane se cambió el teléfono de oreja y vaciló un instante ante la oferta de su suegra. Sebastian, Kate y ella estaban sentados a la mesa de la cocina. Se habían pasado la mayor parte del fin de semana jugando a juegos de mesa. Y Jane tenía la impresión de que aquella era la primera vez que Sebastian se había olvidado realmente de Malcolm en mucho tiempo. Disfrutaba viéndole tan relajado, oyéndole reír. Habría preferido pasar el resto del domingo como hasta entonces, divirtiéndose los tres juntos en casa. Pero la verdad era que últimamente había estado muy concentrada en el trabajo y sus suegros la habían ayudado siempre que los había necesitado. Imaginaba que por lo menos podía preguntarle a Sebastian si no le importaría ir.

De modo que tapó el auricular y susurró:

—La abuela de Kate nos invita a cenar. ¿Te apetecería ir?

—¿Sabe cocinar? —bromeó Sebastian.

—¡Es la mejor cocinera del mundo! —le aseguró Kate.

Sebastian le guiñó el ojo.

—En ese caso, vamos. Nunca digo que no a una comida casera.

Jane sonrió al recordar la lasaña que le había pedido que le hiciera y después retomó la conversación.

—Tenemos una visita en casa que se muere por la cocina casera. ¿Puedo llevarle?

—¿Es un hombre? —preguntó Betty inmediatamente—. ¿Es ese detective de tu trabajo? ¿O uno de los voluntarios?

Jane intentó no echarse a reír al oírla tan aturullada.

—No, es otra persona. Se llama Sebastian Costas.

—Nunca lo habías mencionado. Estoy segura de que me acordaría de un nombre como ese. Costas… ¿es griego?

—Nunca me has oído hablar de él porque le conocí la semana pasada. Y sí, creo que el apellido es griego.

—Exacto —le confirmó Sebastian.

—¿Tienes un apellido griego? —preguntó Kate.

Sebastian continuó hablando con Kate mientras Betty seguía el interrogatorio.

—¿Y tenéis una relación sentimental? Porque es eso lo que parece. Por lo que dices, parece que por fin has encontrado a alguien.

Jane se dijo a sí misma que debería haberse esperado aquel interrogatorio. Betty llevaba tres años urgiéndola a salir con otros hombres. Pero Jane no quería comprometerse en la respuesta. Sabía que era una tontería, que era una superstición estúpida, pero temía llamar a la mala suerte si lo hacía.

–A lo mejor.

–En ese caso, claro que puedes traerle. No sabes cuánto he rezado para que pudieras… –se interrumpió de pronto.

Intentó continuar, pero Jane comprendió que se lo impedía la emoción.

–No tienes que preocuparte por mí –la tranquilizó–. Y aunque tuviera que pasar el resto de mi vida sola, continuaría estando bien.

–Es solo que… has tenido que sufrir tanto.

Aquel comentario le hizo recordar algo.

–¿Wendy también irá a cenar esta noche?

–Es posible. Siempre os invito a las dos. Algún día tendrá que empezar a comprender que no sirve de nada seguir guardándote rencor. Quiero que volvamos a ser una familia unida.

Jane apreciaba el sentimiento y el esfuerzo de sus suegros por cerrar las heridas. ¿Pero de verdad quería compartir la cena con Wendy? Aquel había sido un fin de semana tan agradable…

–La abuela tiene un perro enorme –le estaba contando Kate a Sebastian. Jane nunca la había visto tan animada–. Tengo ganas de que le conozcas. Y mi abuelo me compró una cama elástica. Sé hacer muchas cosas, ¡ya verás!

Con un suspiro, Jane decidió que en realidad no importaba si Wendy iba a estar allí o no.

–Allí estaremos. ¿A qué hora?

La tensión que había en la habitación era palpable. Sebastian la había notado desde el instante en el que la excuñada de Jane había entrado con los niños. Wendy estaba sentada frente a él, comiendo con expresión pétrea. De vez en cuando le dirigía a Jane una mirada asesina.

Jane permanecía estoicamente a su lado, sonriendo a Wendy esperanzada. Sebastian comprendía que se sintiera culpable por lo que había hecho. Pensaba incluso que debía sentirse culpable. Había cometido un gran error. Pero le molestaba que Wendy continuara negándose a perdonarla cuando era obvio que Jane necesitaba su perdón. Ya había pagado su penitencia durante cinco años. ¿Qué más podía hacer? Estaba arrepentida de lo que había hecho. Además, ella no había querido hacer ningún daño a nadie. No había sido ella la que había matado a Noah, y cuando había iniciado su relación con él estaba atravesando un momento extremadamente difícil. ¿Cómo era posible que no se diera cuenta de que su marido era igualmente culpable o incluso más que ella?

Sebastian contestó educadamente a los Burke cuando estos le hicieron las preguntas habituales: de dónde era, a qué se dedicaba. Parecían intrigados con él, pero en lo único en lo que podía pensar Sebastian era en los dardos que Wendy le lanzaba a Jane con la mirada.

—¿Y cómo os habéis conocido? —preguntó Wendy, violentando su propia norma de ignorar a Jane y a todo lo que tuviera que ver con ella.

—Hemos estado trabajando juntos en un caso.

—¿Qué clase de caso?

—Un secuestro —contestó Jane, clavando la mirada en el plato.

Aquella escueta respuesta le indicó a Sebastian que Jane no quería seguir hablando de ello. Estaba intentando proteger a Kate. No quería que supiera hasta qué punto era peligroso el hombre al que estaba persiguiendo. Y no quería que hablaran de asesinatos en la mesa. No era un buen tema para una familia que había sufrido un asesinato en carne propia. Pero fue la propia Kate la que explicó:

—No os preocupéis. Ahora la chica está a salvo en su casa.

Sebastian sonrió al advertir el alivio que reflejaba su voz, pero Wendy apenas hizo caso a su sobrina.

–¿Y cómo llega a implicarse un inversor en la resolución de un secuestro? –preguntó.

–Tengo un interés personal en el caso.

–¿La víctima es hija tuya?

–No exactamente –le dirigió una mirada cargada de intención–. Pero el caso está cerrado.

Wendy pareció entender la indirecta. Era obvio que Sebastian no estaba dispuesto a hablar de ese caso delante de los niños. Así que esperó a que Kate y sus hijos terminaran de cenar y se fueran a jugar a una de las habitaciones de la parte de atrás de la casa para sacar de nuevo el tema.

–Siento curiosidad por los motivos que te han traído hasta aquí desde Nueva York –comentó, cuando estaban sentados en el salón tomando una copa.

Betty y Maurice se tensaron ante la determinación que mostraba por revelar el misterio, pero Sebastian le dirigió una mirada amable y contestó antes de que ninguno de ellos pudiera intervenir.

–El hombre al que Jane está intentando encontrar mató a mi hijo –le contó sin ambages.

Wendy abrió los ojos como platos.

–Así que no eres la única persona que ha perdido a un ser querido –añadió.

Su voz no mostraba la menor compasión y tampoco ocultaba la irritación que sentía. Wendy se echó hacia atrás sorprendida, y Jane le miró boquiabierta, pero Sebastian no apartaba la mirada de Wendy.

–Las tragedias ocurren. A unas personas las golpean con más fuerza que a otras, pero ni por un momento creas que eres la única.

Wendy abandonó entonces la pátina de educación tras la que se había ocultado hasta entonces. Ver a Jane con un hombre debía sacar lo peor de ella. Sebastian era consciente de que se moría de ganas de demostrar su desaprobación desde el primer momento.

—Es posible que tengas razón, pero, ¿qué sientes por el hombre que mató a tu hijo? —le dirigió a Jane otra mirada fulminante.

Jane se sonrojó violentamente.

—Sebastian, ya está bien. Wendy tiene derecho a sentir lo que siente.

—No, no tiene ningún derecho a sentir lo que siente —tomó la mano de Jane para mostrarle su apoyo—. Jane no mató a tu marido, Wendy. Ella es tan víctima como tú de lo ocurrido —señaló con su mano libre su cicatriz—. ¿No crees que ya recibió suficiente castigo?

Wendy agarró el bolso y se levantó con brusquedad.

—¡No sé quién te crees que eres!

Sebastian no elevó la voz, pero pronunció de forma bien clara cada una de sus palabras.

—En ese caso, déjame explicártelo. Soy un hombre que ha empezado a formar parte de la vida de Jane y no está dispuesto a permitir que nadie la maltrate en mi presencia. Y aunque siento que hayas sufrido tanto, eso te incluye a ti.

Wendy lo miró boquiabierta mientras Sebastian se volvía hacia Betty y Maurice e inclinaba la cabeza para despedirse:

—La cena estaba excelente. Gracias por invitarnos —le tendió la mano a Jane—. ¿Nos vamos?

Jane se levantó y susurró:

—Lo siento. Haría cualquier cosa por devolverle la vida.

Wendy la miró con tanto odio que Jane corrió rápidamente a llamar a Kate y se dirigieron hacia la puerta.

—Una cena interesante —comentó Jane cuando estuvieron en el coche.

Sebastian ya estaba empezando a arrepentirse de lo que había hecho. O quizá fuera más correcto decir de cómo lo había hecho. Había abordado la conversación de forma muy brusca para ser alguien que se relacionaba por vez primera con aquella familia, lo que seguramente no le había granjeado las simpatías de nadie. No había sido capaz de proteger a Emily y a Colton y parecía querer compensar su error con Jane. Pero no podía permitir que Wendy la maltratara. La vida le había dado la oportunidad de hacer una mejor labor con la gente a la que amaba, prefería equivocarse por exceso que por defecto.

—Alguien tenía que decírselo —se limitó a decir.

Jane lo dejó ahí, pero Sebastian imaginó que habría sido más elocuente si no hubiera estado Kate delante. ¿Por qué no podía haber esperado hasta la tercera o cuarta reunión familiar para meter mano a los problemas de la familia? ¿Por qué siempre tenía que intentar arreglarlo todo?

Kate no paró de hablar durante todo el trayecto hasta la casa. Del perro de su abuela, Horse, que debía su nombre a que era tan grande como un caballo, de la cama elástica que tenían en el patio, lo mejor que había tenido jamás, de sus primos y de cómo se metía con ella el más mayor… No parecía notar la tensión que había entre Sebastian y Jane. Cuando llegaron a casa, se fue a la cama, no sin antes preguntar si Sebastian estaría allí cuando se despertara para ir al colegio al día siguiente. Le dijo también que le haría un regalo en la clase de cerámica.

Sebastian no sabía si debería quedarse. Jane significaba mucho para él. Quería que su relación funcionara. Pero temía que su pasado tiñera siempre el presente, de una u otra forma. Que les hiciera reaccionar de manera exagerada cuando no deberían hacerlo, o que los condujera a reprimirse cuando deberían insistir. No sabía cómo iban a poder superar todos aquellos obstáculos. No sabía si Jane estaría dispuesta a trabajar para solucionar todos aquellos problemas.

—¿Todavía estás enfadada conmigo? —le preguntó cuando por fin se quedaron solos en el salón.

Jane estaba encendiendo el ordenador. Sebastian había estado navegando en Internet en el suyo, revisando planos de Sacramento y moteles baratos en los que pensaba que Malcolm podía haberse alojado.

–No… Es solo que… me ha sorprendido, supongo. No estoy acostumbrada a que nadie me defienda.

–Creo que le ha sorprendido a todo el mundo.

–Desde luego –sacudió la cabeza y empezó a reír a carcajadas–. Wendy nos miraba como si acabara de tragarse una pelota de golf.

–Y Maurice y Betty se han quedado sin habla –añadió Sebastian pesaroso.

Jane dejó de reír, pero continuaba sonriendo.

–¿Siempre vas a intentar hacerte cargo de todo?

Sebastian deseó poder decirle que no, pero se conocía demasiado bien.

–Probablemente.

–Me lo imaginaba.

Sebastian la miró con atención y pasó a la siguiente pregunta.

–¿Crees que será un problema?

Jane le miró a los ojos.

–A veces –admitió–. Pero cuando me moleste, te lo haré saber.

Sebastian sonrió. A lo mejor también estaba exagerando al pensar que no podrían adaptarse el uno al otro.

–Me parece justo.

Jane comenzó a teclear y Sebastian cargó su correo. Mary le había enviado un mensaje diciéndole que tenía muchas ganas de regresar a su casa. Sebastian le contestó pidiéndole que intentara tener paciencia. Tenía también un mensaje de la calígrafa. Le confirmaba que la dirección de Cache Creek que había encontrado en Ione había sido escrita por Malcolm. La información llegaba tarde, pero cuando la había contratado, Sebastian no podía saber que los acontecimientos iban a desarrollarse como lo habían hecho. Gracias a la fuga de Latisha, tenían todas las pruebas que necesitaban. El problema había dejado de ser demostrar que Malcolm estaba vivo y era culpable. El problema era encontrarle para poder utilizar las pruebas contra él.

Pero sin ninguna pista, Sebastian no sabía cómo lo iban a conseguir. Aun así, no estaba tan desolado como lo habría estado una semana atrás. De alguna manera, estar con Jane había servido para limar los sentimientos que tanto daño le hacían.

Después de contestar el resto de mensajes, uno de su madre y otro de su jefe, continuó frente al ordenador. Fingía estar trabajando, pero, en realidad, estaba mirando a Jane. A pesar de que trabajaba con el ceño fruncido, estaba tan guapa que pensó que podría estar mirándola durante todo un día.

Jane alzó la mirada y le descubrió observándola.

—¿Qué ocurre? —preguntó.

Sebastian quería decirle que estaba pensando en cómo había cambiado su manera de verlo todo desde que la había conocido, pero aquellos sentimientos eran demasiado nuevos como para expresarlo con palabras.

—Estabas frunciendo el ceño. ¿Ocurre algo?

—En realidad, no. Solo estaba leyendo un mensaje que me ha llegado a través de la web de la organización. Normalmente es Skye la que se ocupa de eso, pero me pidió que los revisara mientras ella estaba afuera. Y es un mensaje que me preocupa.

—¿Qué clase de mensaje?

—Es de una mujer maltratada. Parece que tiene problemas serios.

Sebastian cerró el ordenador.

—¿Pide ayuda?

—Sí. Quiere quedar con alguien mañana por la tarde.

—¿Asumirás tú esa cita?

—Es posible —comentó mientras Sebastian se acercaba a ella—. Será justo después de la reunión que vamos a tener las trabajadoras del centro. Vendrán también Skye, Ava y Sheridan, pero Sheridan irá con el niño y Skye y Ava han estado fuera tanto tiempo que necesitan ver a sus familias. Puedo encargarme yo. No creo que me lleve mucho tiempo.

—Yo puedo quedarme en casa con Kate.

El ceño de Jane se transformó en una sonrisa de agradecimiento.

—Gracias. Déjame responder al correo y así acabo yo también.

Sebastian le masajeó los hombros mientras ella tecleaba.

—¿Cuánto suele tardar Kate en quedarse dormida? —preguntó Sebastian mientras Jane enviaba el mensaje.

Jane se volvió para mirarle.

—No lo sé, ¿por qué?

Sebastian giró la cabeza hacia el pasillo y sonrió.

—¿Cómo te gustaría que fuera la ducha?

Jane no contestó con palabras. Se levantó, se volvió hacia él y comenzó a sacarle la camisa de la cintura del pantalón mientras le besaba.

No había muchas chicas aquella noche. Hacía demasiado frío. Y las que había no se parecían a Latisha. Había sobre todo chicas blancas y alguna que otra asiática y mexicana. Con ninguna de ellas podría fingir que era Latisha. Y mucho menos en cuanto abrían la boca. La calle las había convertido en mujeres… muy duras. Era extraño que no lo hubiera notado antes. O que no le hubiera importado.

El verse limitado a buscar una persona parecida a Latisha le hacía sentirse herido. Pero a pesar de las pocas chicas que había, no le preocupaba no ser capaz de meter una chica en la furgoneta. Lo único que necesitaba era dinero.

Se detuvo en una esquina y bajó la ventanilla. En cuanto hizo contacto visual con una prostituta de origen latino, esta sonrió y caminó hacia el coche meciendo las caderas.

–¿Quieres una cita?

No debía hacer ni diez grados de temperatura, pero llevaba una minifalda muy corta y la blusa dejaba su ombligo al descubierto. No llevaba sujetador, seguramente para mostrar los piercings que llevaba en los pezones y que se adivinaban bajo la tela. No era negra, pero su piel tenía el mismo tono dorado que la de Latisha.

¿Le bastaría con ella? No le entusiasmaba particularmente, pero no podía ser muy tiquismiquis en noches como aquella.

–¿Cuánto?

–Eso depende de lo que quieras.

–Hace demasiado frío para pasar la noche en la calle –comentó Sebastian.

La prostituta se enderezó, se miró las uñas, que llevaba pintadas de rojo y miró tras la furgoneta, como si tuviera docenas de coches esperando.

–No te va a salir gratis, pero si quieres disfrutar de un sexo oral como nunca lo has conocido, acabas de llegar al lugar indicado.

Malcolm consideró sus opciones. Por lo que le estaba ofreciendo, podía deducirse que no practicaba el sexo a la manera tradicional. Algunas prostitutas lo evitaban o insistían en utilizar preservativos para evitar contagios. Su interés creció, porque eran muchas las posibilidades de que aquella chica estuviera limpia.

–¿Me dejarás atarte?

–Si lo pagas…

–¿Cuánto quieres?

–Cien dólares.

Ni en sueños. Nadie le iba a pagar cien dólares aquella

noche. Estaban en Sacramento, no en Nueva York. Pero no se molestó en discutir. De todas formas, no pensaba pagar.

Abrió la puerta de la furgoneta y la invitó a entrar.

–Sube.

–Espérame dando una vuelta. Tengo que ir a buscar el bolso.

–¿Para qué necesitas el bolso?

La prostituta elevó los ojos al cielo.

–Utilizo siempre preservativo. Esa es la única regla que no estoy dispuesta a romper. Así que, o lo tomas o lo dejas.

Malcolm la estudió con atención. No se parecía a Latisha, no era ni la mitad de dulce que ella. Estuvo a punto de largarse. No iba a permitir que una mujer, y menos una de su calaña, se comportara como si tuviera el más mínimo control sobre él. Pero ninguna de las otras que había por allí tenía la piel tan oscura. Y desde que había estado con Latisha, necesitaba de una piel oscura para excitarse.

Cuando volvió a doblar aquella esquina, la prostituta le estaba esperando como había prometido. Adoptaba una pose con la que pretendía resaltar sus limitados encantos.

–Te vas a arrepentir –se burló Malcolm en voz baja.

Abrió la puerta de la furgoneta y la joven entró.

–¿Puedo llamarte Latisha? –le preguntó.

La joven masticó ruidosamente el chicle que llevaba en la boca.

–¿Qué dices?

–Mientras estés conmigo, te llamaré Latisha.

–Por mí, puedes llamarme como te apetezca. Si me pagas como es debido, puedes llamarme hasta hermana Mary. ¿Adónde vamos?

–¿Conoces algún hotel cerca de aquí?

La prostituta se sacó el chicle de la boca y lo pegó en un vaso de cartón que llevaba semanas en la furgoneta.

–Tienes una furgoneta. ¿No podemos aparcar detrás de un edificio durante unos minutos?

–Me temo que tardaremos algo más –sacó la bolsa con la metanfetamina que había comprado de camino hacia allí y se la tiró al regazo.

Los ojos de la joven se iluminaron.

–¡Así que esto va a ser una fiesta!

–Toda una noche de fiesta, pequeña. Y la droga es gratis.

Capítulo 27

El lunes, Jane se dirigió a la oficina después de dejar a Kate en el colegio. Se le había acumulado una gran cantidad de trabajo mientras intentaba encontrar a Latisha. Tenía que contestar correos electrónicos, devolver llamadas de teléfono, revisar los proyectos que los voluntarios todavía tenían que terminar y ocuparse de las cuentas del banco. Normalmente siempre llevaba al día todo el papeleo, pero durante la última semana había estado muy ocupada.

Sabiendo que Skye y Ava llegarían esa misma tarde, quería ponerse al día. Tenía más posibilidades de que le permitieran seguir ocupándose de sus propios casos si era capaz de mantener su ritmo de trabajo habitual hasta que pudieran contratar a una persona a tiempo parcial que la sustituyera.

Consiguió hacer parte de la tarea, pero le costaba concentrarse. De vez en cuando, se descubría a sí misma con la mirada en el vacío, pensando en Sebastian y en cómo habían hecho el amor la noche anterior. ¿Había sido tan feliz alguna vez en su vida? Imposible. Aquella relación era tan distinta a todas las que había tenido como inesperada y... satisfactoria. Sabía que las cosas podían salir mal. Siempre salían mal. Pero, de momento, era perfecta.

De vez en cuando pensaba en Wendy y se preguntaba si

las palabras de Sebastian conseguirían algo más que aumentar el odio de su cuñada.

Para cuando llegó la hora a la que habían concertado la reunión, Jane estaba deseando ver a Skye, a Ava y a Sheridan, pero, sobre todo, estaba deseando volver a estar con Sebastian. El día se le había hecho eterno. Habría preferido estar fuera, buscando a Malcolm, como estaba haciendo David, visitando casinos o llamando a su exesposa y a sus amigos para ver si alguno había tenido noticias de él. Quería comunicar a su familia que estaba vivo para que pudieran ayudarles en su búsqueda. Aunque todavía no habían analizado las pruebas de ADN, había pruebas de que estaba vivo. Al menos, las suficientes como para que la policía estuviera dispuesta a escuchar.

Sebastian le había ido enviando correos electrónicos a lo largo del día. Había pasado la mañana llamando a todos los hoteles de la ciudad, preguntando por Wesley Boss y por Malcolm Turner, pero no había encontrado nada. Aquella tarde, y siempre con el permiso de David, iba a entrevistar a personas que vivían en los alrededores del rancho. Sebastian pensaba que podía encontrar a alguien que fuera conocido de Malcolm, alguien que hubiera podido alojarse en su casa. Pero por lo que hasta entonces había averiguado, era muy posible que Malcolm estuviera durmiendo en la furgoneta. Una vez más parecía haber desaparecido de la faz de la tierra.

Oyó que alguien abría la puerta de atrás.

—¿Jane?

Era Skye. Había llegado antes que Ava y Sheridan.

Emocionada al oír a la persona que le había salvado la vida y que la había ayudado a superar el periodo más oscuro de su existencia, Jane corrió a la zona de recepción para recibirla. La mayor parte de los voluntarios habían salido ya, pero quedaban dos en la oficina de Sheridan terminando un envío de peticiones para recaudar fondos. Los dos asomaron la cabeza para saludar, pero en cuanto regresaron al trabajo, Jane y Skye se metieron en la sala de reuniones para poder hablar a solas durante unos minutos.

–¡Ya era hora de que volvieras! No sabes cuánto me alegro de verte.

–Y yo de estar aquí –después de darle un abrazo, Skye se separó de ella para mirarla–. ¡Estás genial!

–Déjalo –contestó Jane riendo–. Solo han pasado un par de semanas desde la última vez que me viste. Estoy igual que siempre.

–No, estás mucho mejor –bajó la voz–. Debes de estar recuperando el tiempo perdido.

–Hola a todo el mundo –Ava apareció en la sala de reuniones antes de que Jane hubiera tenido tiempo de responder–. ¿Dónde está Sheridan?

–Todavía no ha llegado –contestó Jane.

–Qué pena. Estoy deseando ver al niño.

Se volvió para hablar con los voluntarios que volvieron a asomarse a la zona de recepción. Después de saludarlos, miró a Jane y retrocedió.

–¡Estás genial!

Exasperada, Jane elevó los ojos al cielo.

–Esto es una locura. No sé a qué viene esto.

Skye se inclinó hacia Ava para que los voluntarios, que habían vuelto ya a su trabajo, no pudieran oírla.

–No te dejes engañar. Está recuperando el tiempo perdido.

–Sí, tiene que ser eso –se mostró de acuerdo Ava mientras se sentaba a su lado–. Ya me han llegado noticias de que ha aparecido un hombre en tu vida.

La bombardearon a preguntas hasta que llegó Sheridan con su hijo y el bebé capturó toda su atención. Alegrándose de que hubieran dejado de fijarse en ella, Jane permaneció sentada en la sala de reuniones, escuchando atentamente y sin apenas hablar. No les habló del caso, y tampoco mencionó que quería ocuparse de algún otro más. No le apetecía aportar ninguna información que pudiera prolongar la reunión. Al día siguiente volverían a verse, y al otro, y al otro… tendrían tiempo más que suficiente para hablar de todo lo que había ocurrido en su ausencia.

Aunque le encantó volver a verlas, se alegró de que se fueran. Uno de los voluntarios continuaba en la oficina. Era un estudiante de instituto llamado Rick que quería terminar el envío esa misma tarde, pero no pensaba quedarse durante mucho más tiempo. Tampoco ella. Solo le quedaba una reunión más, la que había concertado con la mujer que estaba siendo víctima de malos tratos.

Después volvería a casa con Kate y con Sebastian.

Sebastian había ido a California a buscar a un asesino y había encontrado una familia. Mientras permanecía sentado en el salón con Kate, oyéndola hablar de lo que había hecho durante el día, de sus amigos y de las ganas que tenía de tener un perro, apenas podía creer que su vida hubiera cambiado tan rápidamente.

Durante los últimos doce meses, había vivido consumido por la sed de venganza. De hecho, había llegado a pensar que si encontraba por fin a Malcolm, sería capaz de matarle con sus propias manos. Y casi estaba deseando que llegara el momento de hacerlo.

Pero sus sentimientos habían cambiado. Jamás haría algo así, porque sabía que la única forma de proteger a Jane y a Kate de un mayor sufrimiento era hacer las cosas bien. Si cometía una locura, no podría formar parte de sus vidas.

—Leonard me ha pedido hoy que salga con él —le contó Kate.

Parecía sorprendida de que aquel chico se hubiera atrevido a proponerle una cosa así.

Sebastian disimuló una sonrisa. Se recordó a sí mismo en séptimo grado y pensó que, con una chica tan guapa como ella, quizá hasta él hubiera tenido el valor de intentar averiguar si le gustaba. De hecho, nunca había sido particularmente tímido.

–¿Adónde quiere que vayáis? –preguntó, fingiendo interpretar la pregunta de modo literal.

Jane sacudió la cabeza.

–No... eso significa que... Bueno, ya lo sabes. Que quiere que salgamos juntos.

Sebastian asintió.

–Sí, ya me lo has dicho. ¿Pero adónde?

–¡Ya basta! –Kate se echó a reír–. Ya lo sabes. Quiere ser mi novio.

–¡Ah, ya entiendo! Así que le pedirá a sus padres el coche para llevarte al cine y cosas de esa.

–No, tonto.

–Me alegro, porque tendrá que cumplir por lo menos trece años para que te permita montarte en coche con él.

Aquellas palabras salieron de su boca antes de que fuera consciente de lo paternales que sonaban, pero a Kate no pareció importarle.

–¿Trece? –repitió impresionada.

–Y solo si para entonces ya le ha salido bigote.

Kate continuó riendo a carcajadas.

–Los chicos de trece años no tienen bigote.

–En ese caso, será mejor que le digas que no.

–¿De verdad quieres que le diga que no? –mordió la corteza de su segunda porción de pizza.

A Sebastian le resultaba difícil imaginar un chico que fuera digno de salir con ella, pero suponía que estaba siendo excesivamente protector.

–Esa ha sido mi reacción inicial, pero en realidad no le conozco. ¿A ti qué te parece?

–Es bastante guapo.

–De acuerdo. En ese caso, a lo mejor deberías decirle que sí –Sebastian apartó el plato–. Siempre y cuando esté dispuesto a hablar conmigo sobre sus verdaderas intenciones.

Kate se echó a reír otra vez.

–Eres muy gracioso.

Sebastian se puso serio mientras recogía el plato de Kate.

–Estoy seguro de que con el tiempo, tendrás toda una cola de chicos esperando para salir contigo. De modo que, a no ser que realmente te apetezca, yo te diría: ¿a qué viene tanta prisa?

–Hay otro chico con el que sí me gustaría salir.

–En ese caso, dale a él esa oportunidad, ¿de acuerdo? –se levantó del taburete–. ¿Lista para marcharte?

–Lista –le dio el trago final a su refresco.

–Esas porquerías no son nada saludables, ¿sabes?

–Sí, ya lo sé. Mi madre no para de decírmelo –gruñó y comenzó a salir de la pizzería.

Sebastian vio su propio reflejo en el cristal de la puerta al salir. Maldita fuera. Llevaba el pelo demasiado largo.

–Kate, ¿sabes dónde podría ir a cortarme el pelo mientras esperamos a que termine tu madre?

Kate se detuvo en la puerta.

–Mi madre es peluquera. Puede cortártelo ella. A mí siempre me lo corta ella.

–Y parece que te lo corta muy bien, pero… –miró el reloj–, son solo las seis. Dijo que la reunión podría durar por lo menos media hora. Así que, mientras tanto, he pensado que podría ir a arreglarme un poco –le guiñó el ojo–. Quiero que me vea guapo, ¿sabes?

El rubor que tiñó las mejillas de Kate le hizo reír a carcajadas. Kate tenía un carácter muy distinto al de Colton, pero ambos compartían la misma arrebatadora inocencia.

–Seguro que ya te ve guapo.

Sebastian le sostuvo la puerta.

–Entonces, ¿crees que si le pido que salga conmigo aceptará?

Kate asintió con énfasis.

–Creo que sí.

–¿Y tú? ¿Te importaría que saliera con ella?

Kate dejó de caminar y alzó la mirada hacia él.

–¿Yo también te gusto?

La naturalidad con la que formuló la pregunta hizo que a Sebastian se le formara un nudo en la garganta. ¿Era eso lo único que quería de él? Porque él estaba más que dispuesto a dárselo.

–Claro que me gustas. De hecho, estoy convencido de que estoy loco por ti y por tu madre.

Con una expresión que reflejaba la alegría que le causaba aquella respuesta, Kate le dio la mano. Sebastian sonrió mientras abría la puerta del coche. No solo había encontrado una segunda familia, sino que era capaz de sentir algo más que un constante enfado.

Había vuelto a sentir esperanza.

Jane no sabía cuánto tiempo debía seguir esperando. Eran las seis y media y la mujer no había aparecido. Revisó el correo electrónico de la web y su cuenta de correo, la que había utilizado para responder. Aparte de la breve confirmación de la cita que le había enviado el día anterior, no tenía ningún otro mensaje.

A lo mejor el marido de la mujer había regresado antes de lo previsto. O quizá estuviera demasiado asustada. Jane tenía miedo de irse y de que, al final, la víctima estuviera llegando tarde por culpa del tráfico, por ejemplo. Pero no tenía ninguna manera de confirmarlo y no quería seguir perdiendo el tiempo si al final no iba a ir.

–Te daré quince minutos más –dijo en voz alta mientras iba preparando el bolso y el maletín.

–¿Me estabas diciendo algo? –preguntó Rick, asomándose a la puerta.

–No, estaba hablando sola. La persona con la que tengo que reunirme todavía no ha aparecido.

–Antes he visto a un hombre en el aparcamiento.

–No, estoy esperando a una mujer.

–Muy bien. Mira, me voy y me llevo los sobres. Ya sé que no podré enviarlos hoy, pero si te parece bien, le pediré a mi madre que los lleve a la oficina de correos mañana por la mañana, mientras estoy en el instituto.

–Estupendo, siempre y cuando a ella no le importe.

–No le importará. Ella misma está pensando en hacerse voluntaria. Cree que la gente debería involucrarse más en este tipo de organizaciones.

–Nos encantaría contar con ella –Jane rodeó el escritorio–. Déjame ayudarte a llevar las cajas al coche.

–No hace falta, ya las he llevado yo. Solo venía a despedirme.

Jane volvió a su asiento.

–Gracias, Rick. No sabes cuánto te agradecemos lo que estás haciendo.

–De nada –señaló el reloj–. ¿Tendrás que esperar mucho más?

Eran las seis y treinta y cinco.

–Esperaré otros diez minutos.

De hecho, si no le hubiera parecido una mujer tan desesperada, ya se habría ido. Pero no quería abandonar a una pobre víctima.

Mientras esperaba en el callejón, Malcolm suspiró aliviado al ver a un viejo Mustang girar en la calle. Por un momento, había estado a punto de marcharse. Había recorrido varias veces el aparcamiento, intentando averiguar cuál era el coche de Jane, y en una de ellas había estado a punto de atropellar a un chico larguirucho que llevaba una caja. Para no levantar sospechas, Malcolm le había sonreído a modo de disculpa y le había hecho un gesto para que cruzara, pero le preocupaba que el chico hubiera intuido que estaba pasando algo extraño y hubiera vuelto al interior de la oficina para alertar a Jane.

Al parecer, no había sido así, pues acababa de montarse en el coche y marcharse. Ya solo quedaba un coche en el aparcamiento y Malcolm no tenía la menor duda de a quién pertenecía. Jane le había citado esa misma tarde. Tenía que estar allí, esperándole. Malcolm llevaba desde las seis vigilando el aparcamiento. No podía haberse marchado.

Cuando el sonido del Mustang se perdió en la distancia, miró hacia la esquina. Las luces del exterior se habían encendido en el momento en el que había llegado. Eran más luminosas de lo que esperaba. Pero, en cualquier caso, no supondrían ningún impedimento, puesto que el coche de Jane estaba aparcado en un lugar poco iluminado y, además, había tenido la suerte de encontrarla a solas.

Nadie le vería meterse en el coche. No había nadie alrededor. Mantendría la mano en el seguro en todo momento y si Jane le veía, podría agarrarla antes de que tuviera tiempo de gritar para pedir ayuda.

Miró rápidamente en ambas direcciones, salió del callejón y cruzó el aparcamiento silbando, como si fuera el propietario del coche. Llevaba las palancas y el cable para abrir la puerta en una bolsa de papel. No tardaría ni medio minuto en meterse en el coche.

Y tardó menos de treinta segundos en llegar hasta allí. Pero apenas acababa de deslizar una de las palancas entre la puerta y el marco, cuando oyó un chirrido de frenos.

—¡Eh! ¿Qué demonios está haciendo? —le gritaron desde un coche.

Aunque Malcolm no podía ver al conductor, la voz le

indicaba que se trataba de un hombre. Y también tuvo la impresión de que de tamaño considerable. Pero no dejó que eso le amedrentara. Si mantenía la calma, podría convencerle de cualquier cosa.

Consciente de que era demasiado mayor como para ser un vulgar ladrón, le hizo un gesto con la mano.

—¡Me he dejado las llaves dentro!

El recelo del hombre desapareció al instante.

—¿Necesita que llame a un mecánico?

Justo en ese momento, Malcolm consiguió desbloquear el seguro de la puerta.

—No, ya está. ¡Gracias de todas formas!

—¡De nada! —respondió el tipo y se marchó.

Mientras intentaba comprobar si sus gritos habían alertado a Jane, Malcolm no paró de llamarse estúpido. Las luces de la oficina continuaban encendidas. Si Jane se hubiera asustado, estaría asomada a la ventana. Pero no había nadie mirando hacia la calle.

—Ha estado tirado —musitó mientras se subía al asiento de atrás.

Dejó las herramientas en el interior del coche para que nadie pudiera encontrarlas y se acurrucó tras el asiento de pasajeros, donde tenía menos posibilidades de ser visto.

Se sentía demasiado visible. ¿Pero cuántas veces habría salido Jane de aquel edificio y se habría montado en el coche para volver a su casa? ¿Cuántas veces habría abierto el seguro sin considerar siquiera la posibilidad de que hubiera alguien esperándola en el interior? Para ella, aquel era un día como cualquier otro.

Él era el único que sabía que sería el último día de su vida.

Capítulo 28

La mujer no iba a aparecer. ¿Le habría ocurrido algo o sencillamente se habría arrepentido? Jane sabía que la gente que más ayuda necesitaba era la última en buscarla. Había muchas razones para ello y Jane comprendía la mayor parte de ellas. Pero había tenido la sensación de que aquella mujer estaba dispuesta a cambiar la situación.

Frustrada por haber perdido tanto tiempo esperando para nada, cuando el reloj marcó las siete menos cuarto de la tarde, agarró el maletín y apagó las luces de la oficina. Acababa de llamar a Sebastian para decirle que iba hacia casa. Le habían guardado una porción de pizza y quería darse prisa para poder ver una película con ellos. Todavía le inquietaba que pasaran tanto tiempo juntos. Temía que la estabilidad que Sebastian le ofrecía terminara siendo una ilusión, como le había ocurrido con Oliver. Pero Kate y él parecían llevarse bien.

—Tienes que correr algún riesgo —se dijo a sí misma.

Además, seguro que Sebastian no la decepcionaría. Nunca había conocido a nadie como él.

Justo cuando estaba cerrando la puerta de la oficina, sonó el teléfono. Lo sacó del bolso, vio que era su suegra y descolgó mientras cruzaba el aparcamiento.

—¿Diga?

—¿Jane?

No habían vuelto a hablar desde que Sebastian había tenido aquel incómodo enfrentamiento con Wendy. Jane no estaba segura de que quisiera tener una conversación con ella en ese momento. No estaba segura de lo que podía pensar Betty sobre lo que había pasado el domingo por la noche.

—¿Sí?

—¿Qué tal estás?

Desbloqueó el coche utilizando el llavero y dejó el maletín en el asiento de pasajeros, pero estaba demasiado nerviosa como para montarse en el coche. De modo que permaneció de pie, con la cabeza inclinada, mientras jugueteaba dándole patadas a un guijarro.

—Bien, ¿y tú?

—Bien. Yo… solo quería hablar contigo. ¿Tienes un momento?

En realidad, no, pero Betty nunca había utilizado ese tono con ella. Por lo menos desde la muerte de Oliver.

—Claro que sí, ¿qué ocurre?

—Estoy preocupada por ti.

—Betty, no tienes que…

—No puedo evitarlo —la interrumpió—. Ya sé que no he parado de decirte que tenías que volver a salir con algún hombre. Pero el que trajiste a casa la otra noche… ¿Estás segura de que es la clase de hombre con la que quieres tener una relación?

Jane no estaba segura de nada, pero sintió la necesidad de defender a Sebastian. A lo mejor se había entrometido en algo que no le concernía, pero lo había hecho para protegerla, estaba convencida. Y también de que eso era mucho más de lo que Oliver había hecho nunca por ella.

—Seguramente no te habrá causado muy buena impresión, pero es una buena persona.

—¿Estás segura? Apenas lo conoces. Eso es lo que más

me sorprendió, que atacara a Wendy cuando todavía no forma parte de tu vida.

¡Claro que formaba parte de su vida! Sencillamente, no formaba parte de su familia. Eso era lo más difícil para Betty, y Jane lo sabía. Por mucho que deseara que Jane fuera feliz, no quería que apareciera alguien que pudiera suponer un peligro para la relación que mantenían.

—Él… no es como nosotros —le explicó—. Si tiene un problema con alguien lo dice abiertamente. No le gusta fingir.

—¿Y te parece que eso es propio de una persona… educada?

Jane se echó a reír. Oliver había sido un asesino en serie, pero siempre había sido exquisitamente educado.

—A lo mejor no. Pero es sincero. Y creo que en esta etapa de mi vida me conviene más un hombre sincero que un hombre educado.

Miró la hora en el teléfono. Si no salía ya, se iba a perder la película.

—Así que te gusta.

Aquella frase parecía transmitir cierta decepción, pero Jane la consideró seriamente. Pensó en la confianza de Sebastian y en su forma de enfrentarse a la vida y sonrió mientras se sentaba tras el volante.

—Sí, me gusta.

—¿Mucho?

Jane estaba convencida de que lo que sentía por Sebastian era algo mucho más fuerte que una mera atracción, pero era demasiado pronto como para admitirlo.

—Lo suficiente como para decirte que me gustaría que le dieras una oportunidad.

Betty vaciló un instante, pero al final, cedió.

—Si eso es lo que tú quieres, lo haremos.

Jane sonrió.

—Gracias, Betty.

–Ten mucho cuidado –le advirtió.

Jane no tuvo que pedirle ninguna explicación. Las dos sabían lo que estaba en juego.

–Lo tendré. Te llamaré más tarde, ¿de acuerdo?

Cuando colgó, Jane continuó pensando en la conversación y en la prudente esperanza que comenzaba a alimentar. Alargó la mano para dejar el teléfono en el salpicadero y arrancar el coche, pero alguien le arrancó el teléfono de las manos y le tapó la boca antes de que pudiera gritar.

¿Dónde se habría metido?

Sebastian paseaba nervioso por el cuarto de estar. Jane había dicho que estaba saliendo de la oficina, pero había pasado más de media hora desde que había llamado. No hacía falta tanto tiempo para llegar hasta allí. A lo mejor, la mujer a la que esperaba había aparecido en el último momento, pero entonces, ¿por qué no había llamado?

Soltó una maldición y volvió a llamarla. Había intentado localizarla más de una docena de veces y cada vez que la llamaba saltaba el buzón de voz.

Volvió a ocurrir cuando lo intentó una vez más.

–¡Maldita sea! –lanzó el teléfono al sofá con un gesto de frustración.

–¿Qué pasa?

Kate permanecía en la puerta del cuarto de estar con expresión preocupada. Cuando habían terminado la pizza, Sebastian la había animado a hacer los deberes para que pudieran ver después la película. Llevaba tanto tiempo en el dormitorio que Sebastian había dado por sentado que estaría completamente concentrada con las Matemáticas.

–Nada –farfulló.

Pero estaba demasiado nervioso como para sentarse. Necesitaba hacer algo con las manos. Como no sabía qué, decidió meterlas en los bolsillos.

–¿Dónde está mi madre? ¿No ha dicho que venía ya para casa?

–Probablemente haya parado a comprar algo –contestó Sebastian con falsa naturalidad.

Pero cuando en ese momento sonó el teléfono, se abalanzó a contestar.

Era un número sin identificar. Descolgó inmediatamente.

–¿Diga?

–Tengo algo que puede interesarte –le dijo una voz de hombre.

A Sebastian se le encogió el pecho de tal manera que apenas podía respirar. Había reconocido aquella voz. Aunque había pasado mucho tiempo desde la última vez que la había oído, había hablado con esa persona por lo menos una vez a la semana durante varios años. Era Malcolm, el asesino de Colton, el hombre al que había perseguido durante más de un año.

–¿Qué es? –preguntó.

Pero ya estaba intentando asimilar lo que le esperaba a continuación. En el fondo, sabía que Malcolm estaba hablando de Jane. Haría falta ser un estúpido para no saberlo. La satisfacción que rezumaban las palabras de Malcolm así se lo indicaba.

–¿No te lo imaginas? No es muy grande. De hecho, comparada contigo es bastante pequeña. Y muy manejable. Y muy guerrera, además de bonita. Entiendo que te guste, aunque no se parece a las mujeres con las que acostumbrabas a salir.

Sebastian sintió náuseas. Sabía lo que Malcolm era capaz de hacer y se sentía impotente para impedírselo.

–No sé de qué estás hablando.

–¿Ah, no? –chasqueó la lengua–. Ya me imaginaba que podrías mostrarte escéptico. Pero aquí la tienes. De esta forma será más fácil.

Sebastian se aferró con fuerza al teléfono mientras oía a Malcolm animando a alguien a hablar. A los pocos segundos, llegaron hasta él las palabras precipitadas de Jane.

–¡No lo hagas, Sebastian! ¡No hagas nada de lo que te pida! Cuida a Kate y…

El grito que interrumpió aquellas palabras penetró en el corazón de Sebastian como una astilla de cristal. Tragó saliva y miró a la hija de Kate, que continuaba mirándole desde el pasillo con abierta curiosidad.

–Malcolm, no te atrevas…

–¿A qué no quieres que me atreva? –se burló Malcolm–. ¿A matarla? Es posible que le haya roto la mandíbula, pero no está muerta. Todavía. En realidad, eres tú el que va a decidir su destino.

Sebastian tenía que encontrar la manera de arrebatarle a Malcolm aquel poder.

–Te estás equivocando de persona. Yo no tengo nada que ver con ella. Por lo menos, de la forma que tú crees. No puedes hacerme sufrir haciéndole daño a ella.

Sebastian se había esforzado en hacer convincente su mentira, pero su actuación solo provocó una carcajada.

–Bonito intento. Pero estoy mejor informado de lo que piensas. Dejaste a Constance por ella, ¿verdad?

–No. Constance y yo estábamos muy distanciados.

Jane era la prueba de la brecha que se había abierto entre ellos. Pero no podía negar que Jane le había sanado como Constance nunca había llegado a hacerlo.

–No fue eso lo que Constance me dijo –replicó Malcolm.

–Estás mintiendo. Constance podría estar enfadada, pero jamás se habría puesto en contacto contigo. Te odia tanto o más que yo.

–Bueno, ya sabes lo que se dice de una mujer despechada. Si quieres, puedo reenviarte el correo electrónico que me mandó.

Entonces, era cierto. Malcolm parecía tan complacido por poder demostrarle que Constance le había traicionado como de hacerle saber que tenía a Jane en sus manos.

Sebastian cerró los ojos e inclinó la cabeza. ¿Qué podía hacer?

—¿Sebastian? ¿Estás bien? —preguntó Kate.

Estaba comenzando a asustarse. Sebastian le contestó abiertamente para evitar que Malcolm pudiera sentirse amenazado al oírle susurrar. No quería que le hiciera ningún daño a Jane.

—Sí, estoy bien. ¿Has terminado los deberes?

—Solo me quedan dos problemas que son muy difíciles.

—¿Por qué no intentas resolverlos? —le pidió—. Te ayudaría, pero esta es una llamada muy importante.

—Entonces, ¿no tiene nada que ver con mi madre?

Sebastian se encogió por dentro al ver la esperanza que asomaba a sus ojos.

—No.

¿Tendría que retractarse más adelante? ¿Tendría que decirle que su madre había muerto?

El recuerdo de los cuerpos sin vida de Colton y Emiliy le robó las fuerzas. No…

—¿Quién es esa? —le exigió saber Malcolm.

—¿No lo sabes? Es una niña.

—¿Qué niña?

Sebastian esperó hasta estar seguro de que Kate estaba en el dormitorio.

—La hija de Jane —contestó con voz apenas audible—. Si matas a Jane, se quedará huérfana.

—Si de verdad te importan Jane y su hija, te sugiero que hagas lo que te pido.

—¿Qué tengo que hacer?

—Te voy a ofrecer un cambio: tu vida a cambio de la suya.

—¿Cómo?

—Tienes que venir a la granja.

Si era posible, Sebastian prefería enfrentarse con Malcolm en la ciudad, donde tendría más posibilidades de escapar o de conseguir ayuda.

—No sé dónde está.

—Entonces, consigue un bolígrafo y te daré la dirección. ¿Qué debería hacer?

—Todavía estás ahí, ¿verdad? –preguntó Malcolm.

—Sí, estoy aquí –respondió Sebastian entre dientes mientras fingía estar escribiendo la dirección que le dictaba–. ¿Cuándo quieres que nos encontremos?

—Ahora mismo.

—Te estás buscando problemas, Malcolm. La policía ni siquiera ha terminado de registrar la casa. Es posible que estén ahora mismo allí.

—Los técnicos forenses nunca trabajan a esta hora, y menos cuando ya han terminado la mayor parte de su trabajo. Y la policía no tiene ninguna prisa porque ni siquiera han podido localizar al sospechoso. No nos pasará nada.

Como siempre, la situación continuaba estando a favor de Malcolm. Sebastian quería decirle que iría a prisión, o al infierno. Preferiblemente lo último. Pero Kate volvió a salir del dormitorio con la excusa de ir a buscar un vaso de agua.

—Ella es lo único en lo que puedes apoyarte.

—¿De qué estás hablando?

—Ya sabes de lo que estoy hablando.

Malcolm se echó a reír.

—No has podido encontrar otra manera de decirlo, Sebastian. «Ella es tu único punto de apoyo» –se burló.

Eso era lo único que podía decir delante de Kate.

—Acepto el trato. Pero te advierto que no... –miró a Kate, que continuaba escuchando mientras bebía el vaso de agua–, ya sabes.

—No le haré ningún daño a no ser que llames a la policía. Si llamas a la policía, dala por muerta.

Sebastian sabía que, a menos que tuvieran mucha suerte, Malcolm la mataría de todas formas.

–Voy hacia allí.

–El tiempo corre –le advirtió Malcolm, y colgó.

Jane estaba esposada a una barra en la parte de atrás de una furgoneta sin ventanas. Sentía el retumbar de las ruedas contra el pavimento y oía la música que sonaba en la radio. Y en cuanto dejó de tener la visión borrosa, pudo distinguir también la espalda del hombre que la había atacado cuando se había metido en el coche. Era Malcolm Turner.

Le habría conocido aunque no hubiera estado toda una semana llevando su fotografía consigo. No había conseguido encontrarle. Pero él la había encontrado a ella.

Tras reducirla y amordazarla, había desaparecido. Pero había regresado inmediatamente. En aquella ocasión, con una furgoneta blanca que había aparcado al lado de su coche para poder arrastrarla de un vehículo al otro.

Jane le recordaba vagamente utilizando su teléfono móvil para llamar a Sebastian. Después, los recuerdos se iban apagando… Se acordaba de lo que Malcolm había dicho por teléfono y de cómo había reaccionado cuando ella había intentado decirle a Sebastian que no le escuchara. Le dolía la mandíbula. Y los pómulos le latían de tal forma que temía que le hubiera roto algún hueso. Tenía el ojo derecho tan hinchado que no podía abrirlo por completo.

¿Habría sobrevivido al intento de asesinato de Oliver para terminar muriendo a manos del hombre que había matado a Marcie? Y si moría, ¿qué sería de Kate? ¿La cuidaría Wendy?

«¡No, Dios, mío, por favor, no!». Podía imaginar las mil y una maneras que encontraría Wendy de castigar a Kate por culpa de unos errores que no había cometido.

Wendy no lo haría de forma intencionada, por supuesto. Básicamente, era una persona decente, y una mujer a la que Jane admiraba en otra época. Pero el dolor y el resentimiento que se habían ido enconando en su interior terminarían aflorando, Jane estaba segura. El problema era que Jane tampoco quería que su hija viviera con los Burke. Eran demasiado mayores para criar a una niña.

Kate necesitaba una madre. Eso quería decir que la única opción que tenía era salir de aquello con vida. Por muy asustada que estuviera, por insegura que se sintiera de su capacidad para soportar aquella nueva andanada de terror, tenía que pensar rápidamente y actuar con valor.

Miró el tatuaje que llevaba en la mano. No le proporcionó ninguna respuesta, pero le recordó quién era ella. Había pasado por una situación similar y había sobrevivido. Conseguiría sobrevivir otra vez. Por el bien de Kate. Por Sebastian. Porque la vida le ofrecía por fin la posibilidad de ser feliz y no iba a dejar que alguien como Malcolm se la arrebatara.

—Eh, ¿ya has vuelto en ti? —le gritó Malcolm.

Jane no esperaba que le hablara. Parecía demasiado concentrado en la música y en sus propios pensamientos.

Con un doloroso suspiro, apoyó la cabeza en los brazos.

Al ver que no contestaba, Malcolm se volvió para mirarla. Jane lo supo por la diferencia en el volumen de voz.

—¿Cómo te encuentras?

—Como si acabara de darme una paliza un fracasado sin conciencia —musitó.

—Qué graciosa. Eres una auténtica humorista. Pero a lo mejor deberías mostrar más respeto y alegrarte de que ese fracasado no te haya matado. Todavía puedo cambiar de opinión.

Sí, Jane lo sabía. Pero si no la había matado todavía, era porque tenía algún motivo para mantenerla con vida.

—¿Qué estás haciendo, Malcolm?

Le hablaba como si no fuera más que un niño travieso. No iba a darle el placer de revelarle lo asustada que estaba.

—Sabes perfectamente lo que estoy haciendo. Te estoy utilizando para atraer a Sebastian. Estoy cansado de sus tonterías. Voy a acabar con todo esto de una vez por todas. Y después, seré libre.

—Es posible que consigas matar a Sebastian, o que termines matándome a mí, pero no serás libre. Tus crímenes te perseguirán durante toda tu vida. Mis compañeras de El Último Reducto no descansarán hasta que te vean entre rejas. Esto no acabará nunca.

—No intentes asustarme. Conseguí engañar a todo el Departamento de Policía de Jersey. Estoy seguro de que podré manejar a tres mujeres que trabajan para una organización benéfica. Nunca me encontrarán. Nadie me encontrará —soltó una carcajada triunfal—. Sebastian no me habría seguido hasta Sacramento si yo no hubiera cometido la estupidez de confiar en Mary. Y yo jamás le habría localizado si él no hubiera cometido la estupidez de confiar en Constance. Si no confías en nadie, no tienes nada de lo que preocuparte.

—Si no confías en nadie, no puedes vivir una verdadera vida —respondió Jane—. A lo mejor puedes seguir existiendo, pero eso no significa nada.

Gruñó como si estuviera intentando cambiar de postura para ponerse más cómoda, pero, en realidad, estaba probando las esposas. ¿Habría alguna manera de quitárselas?

No. De hecho estaban tan apretadas que hasta le estaban cortando las muñecas. La barra también era muy sólida. Ni siquiera utilizando todas sus fuerzas sería capaz de romperla. Estaba atada como un pobre pavo, completamente impotente y cada vez más cerca del destino que Malcolm tenía planeado para ella.

—Te aseguro que yo de confianza sé mucho —añadió.

—Pareces cansada.

—Y tengo razones para estarlo.

—Sí, supongo que todos las tenemos.

¿Dónde estaba el teléfono móvil? Malcolm se lo había quitado antes de darle un puñetazo en la cara. ¿O no había sido un puñetazo? Jane no había visto que llevara ningún arma, pero le dolía como si le hubieran pegado con un bate de béisbol.

—¿Qué necesitarías para olvidarte de Sebastian?

Malcolm soltó una carcajada.

—¿Ahora estás intentando sobornarme?

—Ya has matado a su hijo, ¿con eso no tienes bastante?

—Colton era como su padre. Se lo merecía.

—Colton solo era un niño.

—¡Cierra el pico! No quiero seguir hablando contigo.

Jane empujó la puerta trasera con los pies. A lo mejor no la había cerrado bien.

—Sería más inteligente que me dejaras en la cuneta y huyeras ahora que todavía estás a tiempo.

—No pienso huir hasta que estéis los dos muertos.

Aquellas palabras hicieron renacer el miedo en Jane. Su intención era más que evidente. Y por mucho que presionara la puerta, no cedía ni un milímetro. No tenía forma de escapar. No había manera de salir de allí.

—Esta vez no vas a salir indemne.

Pero a media que iban devorando los kilómetros, mayores eran las posibilidades de que volviera a escapar a la justicia.

Sebastian dejó a Kate en casa de los suegros de Jane y se dirigió hacia las afueras. El Lexus continuaba en posesión de la policía, de modo que iba a terminar pagando el alquiler de los dos coches, pero en aquel momento aquella era la última de sus preocupaciones. No había llamado a la policía para contar lo que estaba ocurriendo, pero no porque Malcolm le hubiera pedido que no lo hiciera. Pensaba enviar un mensaje a David en cuanto llegara a la casa. Ya lo había tecleado. Solo necesitaba darse antes algún tiempo. No podía permitirse el lujo de que la policía tomara el control de la situación antes de que él estuviera preparado y sabía que si les avisaba, harían exactamente eso. Él solo era un civil. Le pedirían que se mantuviera al margen. Pero Sebastian no podía confiar en que salvaran a Jane. David la apreciaba, pero no tanto como él. Aquel era un duelo entre él y el hombre que había asesinado a su hijo. Siempre había sabido que aquel encuentro llegaría…

Pero eso no significaba que no se arrepintiera a cada minuto que pasaba de la decisión que había tomado. Cuanto más se acercaba al rancho, mayor era la tentación de llamar a David antes de llegar hasta allí. ¿Habría sobreestimado su capacidad?

No lo creía, pero a lo mejor ya no era capaz de ser objetivo. Continuaba recordando el momento en el que había posado la mirada en el frío cadáver de su hijo. Colton y Emily habían muerto antes de que él fuera consciente siquiera de los problemas a los que se enfrentaban. No permitiría que eso volviera a ocurrir. Jamás. Jamás volverían a hacer daño a uno de sus seres queridos. Salvaría a Jane aunque para ello tuviera que sacrificar su propia vida. Un policía no podía ofrecerle más.

La pistola que normalmente llevaba bajo el asiento descansaba en su regazo. Estaba dispuesto a utilizarla si era necesario, pero sabía que un arma no era garantía de nada. Malcolm también tenía una pistola.

Pero entonces, ¿cómo iba a conseguir que Jane saliera de la casa antes de que se desatara el infierno?

Intentaría ser más astuto que ese hijo de perra.

Vio la casa a la derecha. Redujo la velocidad, localizó el camino de entrada a la casa y, al cabo de un rato, el espacio que quedaba junto a una furgoneta blanca. Excepto por la luz del porche, la casa estaba a oscuras. Malcolm quería ocultarle lo que estaba pasando dentro.

Pero Sebastian había elegido el aparcamiento perfecto. Malcolm tampoco podía verle a él desde el interior. Y no iba a entrar por la puerta principal. Si Malcolm podía dispararle abiertamente, lo haría. Y entonces no tendría ningún motivo para mantener a Jane con vida.

Después de enviarle a David un mensaje, dejó las llaves en el encendido para que Jane pudiera conducir si tenía la suerte de salir de la casa y rodeó el maletero. Una vez allí, se quitó el abrigo y se puso un chaleco antibalas que había comprado en Internet varios meses atrás. También llevaba una linterna en el maletero, además de unas gafas de infrarrojos y un casco de combate.

Aunque la temperatura parecía estar descendiendo a toda velocidad, Sebastian dejó el abrigo en el coche. No quería llevar nada que pudiera restringirle los movimientos. Tenía demasiada adrenalina bombeando por sus venas como para que pudiera molestarle el frío.

—Ya está —se prometió—. Este será el final.

Después de llenarse los bolsillos de munición, cerró el maletero en silencio. Se agachó y comenzó a desplazarse hacia la parte de atrás de la casa.

Capítulo 29

Malcolm permanecía a un lado de la ventana del cuarto de estar. Había visto cómo se acercaba el coche y giraba hacia el camino de la entrada. Había observado después cómo se apagaban las luces. Y le habían entrado ganas de disparar con la esperanza de poder matar a Sebastian antes de que la cosa fuera a más. Pero solo habría conseguido romper los cristales de la ventana y asustar a Sebastian antes de que hubiera entrado en la casa.

De modo que tenía que tomarse su tiempo y esperar que llegara el momento oportuno. Pero tenía todos los nervios en tensión. Tal como esperaba, el equipo forense que estaba analizando la casa se había marchado. No iban a regresar esa noche porque no tenían ningún motivo para pensar que iba a volver, pero había numerosas pruebas de que había estado allí. El Luminol y el polvo para detectar huellas digitales lo cubrían todo. Y lo que revelaban hizo que le entraran ganas de marcharse. Había restos de sangre en la moqueta del pasillo y en el dormitorio, y todos con la forma de su pie. Veía la fluorescencia en la oscuridad y odiaba a Latisha por haberle obligado a dejar tantas pruebas en manos de la policía.

—¿Y qué? —se dijo en voz alta para mantener la cabeza fría.

No podía matar a todo el mundo. Se encargaría de Sebastian y de Jane. Esos eran los únicos que realmente importaban. Después, se marcharía de la ciudad y desaparecería para siempre.

Jane gimió. Al parecer, se había dado cuenta de que había llegado su maravilloso amante. Tanto si se lo creía como si no, Sebastian estaba a punto de morir y ella no podía hacer nada para impedirlo. Malcolm la tenía amordazada y atada a una silla. Al no ver aparecer a Sebastian, la apuntó con la pistola a la cabeza.

–Más te vale que no intentes hacer nada raro.

Mientras esperaban, Malcolm sentía el sudor empapando el cabello de Jane. Aunque se hubiera hecho la dura, era obvio que estaba asustada. Y tenía motivos. Si podía, pensaba matarla delante de Sebastian. A lo mejor antes la violaba. Le arrebataría lo que Sebastian le había arrebatado. No había tortura suficientemente terrible para aquel hombre al que odiaba por encima de todo.

Se imaginó hiriendo a Sebastian y atándole después, para poder divertirse a placer con los dos. A lo mejor le cortaba las muñecas a Jane y la violaba mientras se desangraba a los pies de Sebastian.

Malcolm sonrió al imaginarla gimiendo de dolor mientras Sebastian los miraba indefenso.

–Relájate, cariño –le acarició el pelo al ver que comenzaba a temblar–. Todo esto terminará dentro de un momento.

¿Dónde demonios estaba Sebastian? Dejó a Jane y se apoyó contra el frío cristal de la ventana, intentando discernir entre las sombras. Antes de que el cristal quedara empañado por su respiración, la visibilidad era completa, pero no fue capaz de distinguir la sombra de un hombre. No se oía nada. No había ninguna clase de movimiento.

–Me estás empezando a fastidiar, estúpido –farfulló en voz alta y Jane comenzó a gemir–. Tú misma lo estás viendo, ¿verdad? Eres consciente de que me está enfadando. Voy a tener que castigaros a los dos.

Se oyó entonces un golpe suficientemente alto como para resucitar a un muerto. Aquel ruido repentino le sobresaltó y no volvió a relajarse hasta que averiguó lo que lo había causado. Sebastian acababa de dar una patada a la puerta de atrás. Estaba en el interior de la casa.

Tomó aire para tranquilizarse, giró la silla y posó el cañón de la pistola en la sien de Jane. El espectáculo acababa de comenzar.

Jane sentía los latidos del corazón en la garganta mientras rezaba en silencio para que Malcolm no consiguiera matar a Sebastian. No soportaría ser testigo de su muerte después de haber visto a Noah, el único hombre al que realmente había querido antes de Sebastian, morir. Le había pedido a Sebastian que se marchara, le había pedido que se alejara de allí a pesar de lo mucho que significaba para ella. Pero sabía que el hombre que se había acercado hasta aquella casa de Ione como si fuera un miembro de algún cuerpo de élite del ejército no velaría por su propia seguridad. De hecho, estaba segura de que ni siquiera había llamado a la policía.

Y eso significaba que alguien iba a morir aquella noche. Ese alguien podía ser Sebastian, o ella, o quizá murieran los dos.

Solo si tenían una suerte extraordinaria sería Malcolm.

Decidida a asegurarse de que Sebastian supiera de dónde procedía el verdadero peligro, comenzó a gruñir y a gemir lo más alto que pudo.

—¡Calla! —siseó Malcolm, y la golpeó tres veces con la pistola.

El dolor se reavivaba con cada golpe. Jane sentía la sangre corriendo hacia sus ojos. Pero no se detuvo. Malcolm no podía matarla, todavía no. Era su seguro de vida y lo único que podía detener a Sebastian.

Guiándose por los sonidos mudos que llegaban hasta él, Sebastian encontró lo que estaba buscando. Pero no entró en la habitación. Utilizó la puerta de la cocina como escudo contra posibles balas.

Con las gafas de infrarrojos, podía ver a Malcolm al lado de Jane, que estaba atada a una silla. No podía recibir un disparo, pero tampoco podía disparar por miedo a dar a la persona equivocada.

–Suéltala –pidió.

Malcolm estaba tan enfadado que Sebastian podía oírle resollar cada vez que respiraba.

–¡Zorra estúpida! –gritó–. Voy a matarla. Si Dios me ayuda, voy a mataros a los dos.

–Vas a necesitar más ayuda que la de Dios, porque si está muerta, tú también eres hombre muerto.

–¡No está muerta! –gritó, y le hizo levantar la cabeza agarrándola del pelo–. ¡Di algo! –le gritó a Jane.

Jane gimió e intentó abrir los ojos, pero parecía aturdida, mareada. Y era obvio que estaba sangrando. Sebastian sintió todos los músculos en tensión al ver sus heridas. Él pensaba que Malcolm se cuidaría mucho antes de arriesgarse a hacerle ningún daño.

Pero estaba perdiendo el control, estaba sacrificando la razón a los sentimientos. No era una buena noticia. Le hacía menos predecible y más peligroso.

¿Qué podía hacer? Necesitaba que Jane estuviera consciente, alerta. Necesitaba que fuera capaz de caminar y conducir el coche. La quería tan lejos de aquel escenario como fuera posible.

–Jane, ¿estás bien? –preguntó.

No hubo respuesta.

—¡Contesta! —le ordenó Malcolm.

Alzó la pistola como si pretendiera golpearla otra vez, pero Sebastian gruñó, advirtiéndole así que no se le ocurriera hacerle ningún daño.

—Como vuelvas a pegarle, disparo en este mismo instante, ¿entendido?

—Tú no sabes disparar —replicó Malcolm.

Pero todo evidenciaba lo contrario. Sebastian ya no era el abogado y padre respetuoso con las leyes que Malcolm conocía un año atrás. Y la voz de Malcolm reflejaba suficiente inseguridad como para indicarle a Sebastian que había percibido los cambios.

Sebastian se arrodilló y apuntó.

—Ponme a prueba.

Era un farol, pero funcionó. Malcolm no golpeó a Jane. Bajó la pistola y le dio una bofetada con la mano.

—¡Eh, despierta! Sebastian está aquí. Dile que estás bien —le quitó la mordaza—. Dile que quieres volver a casa.

—Quiero volver a casa —repitió Jane como una autómata.

Sebastian deseó, más que nada en el mundo, hacerlo posible.

—Desátala. Ella no tiene nada que ver con esto, Malcolm. Este es un asunto entre tú y yo.

—Tira la pistola y la soltaré.

Sebastian no podía hacerle caso. Sabía que, en el instante en el que lo hiciera, tanto él como Jane quedarían a su merced.

—No pienso renunciar a mi pistola.

—Sebastian, vete de aquí —Jane parecía estar recuperando sus facultades.

Pero Sebastian la ignoró. No podía permitir que nada le distrajera en aquel momento.

—Desátala y déjale salir —le pidió a Malcolm.

—¿Estás de broma? ¿Para que pueda ayudarte? ¿Para que llame a la policía?

Sebastian comenzó a apretar en gatillo. No iba a resolver aquel asunto tan rápidamente como esperaba. Probablemente la policía ya estaba en camino. ¿Dispararía Malcolm al oírles llegar?

–Este es tu juego, agente Turner. Tú decides.

–Exacto. Está decidido: es mujer muerta.

Malcolm hablaba como si estuviera cansado de hacer el tonto, como si matar a Jane fuera su única opción. En aquella ocasión, cuando le puso la pistola en la cabeza, Sebastian temió que fuera capaz de apretar el gatillo.

Presa del pánico, alzó su propia arma para disparar con la esperanza de poder salvarle la vida. Pero el disparo ensordecedor que resonó en la habitación le indicó que Malcolm había disparado primero.

El estallido le pilló a Malcolm completamente por sorpresa. Estaba a punto de apretar el gatillo cuando alguien había disparado desde la puerta. ¿Quién demonios era? ¿Habría llamado Sebastian a la policía? Estaba tan concentrado en Sebastian que no había oído ningún movimiento, ningún ruido.

Intentó ponerse a cubierto antes de que comenzaran a disparar en todas direcciones y consiguió esconderse tras el sofá, que le protegía de las dos puertas. Jane era la única que quedaba completamente expuesta. Estaba atada a la silla y no podía moverse. Pero poco le importaba. Pensaba que sería una gran ironía del destino que Sebastian terminara matándola. Después de aquello, a lo mejor era Sebastian el que se pudría en la cárcel mientras él huía a las Bahamas o a cualquier otro paraíso tropical.

Sonó otro disparo. Aquella vez pareció impactar en la pared. Y siguió un tercero. Sebastian gritó para que quienquiera que fuera dejara de disparar, pero si era un policía, no parecía ser consciente de que había una tercera persona en peligro. No dejaba de disparar.

Sebastian salió para salvar a Jane, y recibió un disparo. Malcolm oyó el disparo y el consiguiente gruñido. Él también había disparado varias veces, pero no había dado a nadie.

En ese instante, Sebastian perdió el equilibrio, tiró una silla y se lanzó sobre Jane para protegerla con su cuerpo. Estando en el suelo, Malcolm tendría que incorporarse para dispararle y sabía que en el instante en el que lo hiciera, sería hombre muerto.

—¿Quién eres y qué quieres? —gritó al desconocido.

—Te quiero a ti —fue la respuesta.

—¿Luther? ¡Luther, para! —era Jane.

Parecía haber reconocido la voz del hombre, pero Malcolm no conocía a ningún Luther. ¿Quién era ese hombre y por qué les había encontrado? ¿Por qué tenía una pistola? Era evidente que no era policía.

Y de pronto, todo se aclaró.

—Esto es por Latisha —gritó el hombre, y volvió a disparar—. No volverás a ponerle la mano encima en toda tu vida.

Malcolm fue entonces consciente de que Sebastian estaba sacando a Jane de la habitación. Quería detenerlos, pero no podía levantar la cabeza sin arriesgarse a que se la volaran. El hijo de perra que había entrado por la puerta principal parecía decidido a seguir disparando. Pero estaba pensando en ello cuando dejaron de sonar disparos.

—Llévatela y lárgate de aquí —gritó Luther en el silencio que siguió al tiroteo.

En ese instante, Malcolm se dio cuenta de su error. La bala que había dado a Sebastian era la suya, porque Luther no pretendía herir a Jane. Había estado disparando para ofrecerle a Sebastian la cobertura que necesitaba.

Y en ese momento iba a comenzar a disparar para matarle. No habría nada que le detuviera.

Aquel era el final. Tenía que salir de allí, ¿pero cómo? La policía estaba en camino. Aunque pudiera llegar a la puerta, le agarrarían antes de que hubiera llegado a la furgoneta. Y ser detenido era una opción peor que la muerte. Entonces todos sus conocidos, su familia, sus vecinos, los amigos que tenía en la policía... todo el mundo sabría lo que había hecho.

Se acercaban las sirenas. Segundos después, oyó las puertas de los coches patrulla y los gritos de hombres a los que no conocía. Tenía que tomar una decisión. Dejó la pistola en el suelo, levantó las manos y se colocó delante del padre de Latisha.

—¡Mátame! —le gritó—. ¡Dispara! ¡Aquí me tienes!

Luther le miró sorprendido, pero parecía dispuesto a darle a Malcolm lo que le estaba pidiendo. Sin embargo, en último momento, bajó el arma.

—No, no merece la pena. Me temo que prefiero dejarte a tu suerte —disparó por última vez hacia el techo y salió por la puerta de atrás.

El sonido de las carreras le indicó a Malcolm que la policía estaba entrando por la puerta principal. Se agachó a por la pistola y en cuanto la recuperó, apuntó hacia la puerta. Si no había conseguido que le disparara el padre de Latisha, conseguiría que le matara el primer policía que iba a entrar. Pero el policía no disparó. Se protegió tras la pared y le gritó:

—¡Baja la pistola!

—¡No vas a detenerme! ¡No pienso ir a prisión! —respondió Malcolm.

Giró la pistola y se colocó el cañón en la sien. Cerró los ojos, tragó saliva y se dijo a sí mismo que tenía que disparar. Un disparo y sus sesos se esparcirían contra la pared. Todo habría terminado. Era la única manera de salir invicto.

Pero no fue capaz. No tuvo valor.

Cayó de rodillas y tiró la pistola mientras las lágrimas comenzaban a empapar su rostro. Sebastian había ganado.

Jane no podía creer que Sebastian estuviera a salvo. Había visto la marca que había dejado la bala en el chaleco y que señalaba el lugar en el que había impactado el proyectil. El impacto había sido tan fuerte que Sebastian se había desplomado. Sebastian admitía que le dolía, e incluso tenía un moratón en el pecho, pero el daño no había sido serio. Estaba bien y, aunque tenía la sensación de que la cabeza iba a estallarle en cualquier momento, Jane sabía que también ella se recuperaría. Una vez más, había sobrevivido.

—¿Dónde está Kate? —preguntó mientras Sebastian la abrazaba.

Estaban detrás del coche de David. Él estaba dentro, pero había insistido en llamar a la ambulancia para que los dos recibieran ayuda médica. Más tarde, tendrían que contestar a muchas preguntas. Pero eso podía esperar. En aquel momento, la policía tenía cosas más importantes que hacer.

—En casa de tus suegros.

—¿Sabía que estaba en peligro?

—No, no le he dicho nada.

—Mejor —cerró los ojos y así permaneció hasta que Sebastian la apretó ligeramente.

—¿No te cuesta creer que todo ha terminado? —musitó.

Jane desvió la mirada hacia el coche en el que tenían a Malcolm. Él no los miraba. Tenía la cabeza gacha, como si supiera que había cometido el mayor error de su vida.

—Irá a prisión.

—Es un policía que ha matado a tres personas. Y esta vez las pruebas son irrefutables. Creo que le condenarán a pena de muerte.

—¿Dónde se supone que le juzgarán?

—Aquí.

—Pero mató a dos personas en New Jersey. Allí también existe la pena de muerte, ¿verdad?

—Sí, pero afortunadamente no ha habido ninguna ejecución desde mil novecientos setenta y seis.

En ese momento, se acercó hacia el coche un policía. Fruncía el ceño mientras revisaba las notas que tenía en una tablilla.

—Cuando he llegado aquí, he oído dos tipos diferentes de disparos, pero ustedes son las únicas personas que han salido de la casa. ¿Había dentro alguien más además de ustedes y el señor Turner?

Jane se incorporó en el asiento a pesar del dolor de cabeza y miró a su alrededor. ¿Luther se había ido? Al parecer, había desaparecido en cuestión de segundos. ¿Por qué no se habría quedado?

Y de pronto lo comprendió. Seguramente había órdenes de arresto contra él. Si se hubiera quedado, habría terminado en prisión, aunque Sebastian y ella le debieran la vida.

—No, creo que no. Pero la verdad es que estoy un poco confundida. Malcolm me golpeó varias veces en la cabeza. Y aunque oía los disparos, no sabía de dónde venían.

El policía se volvió hacia Sebastian.

—¿Y usted?

Sebastian miró a Jane. Parecía entender lo que estaba haciendo y porqué.

—Yo disparé varios tiros. Y Turner también. Uno de ellos me dio. Por lo que yo sé, no había nadie más.

El policía frunció el ceño.

—Maldita sea —musitó, y se alejó de allí.

Jane sonrió a Sebastian y le pidió el teléfono. Sebastian lo sacó del bolsillo, que tenía lleno de munición, y lo conectó antes de tendérselo.

Jane no estaba segura de si recordaría el número de Luther, pero tras tres intentos fallidos, lo consiguió.

–¿Cómo lo sabías?

–¿Cómo sabía qué?

–Dónde estábamos.

–He ido a las oficinas, pero no he conseguido encontrarte. Quería decirte que el tipo al que buscábamos le había dado una paliza a una prostituta esta mañana. Al parecer había vuelto a las viejas costumbre. En cuanto he visto la furgoneta en el aparcamiento he sabido que era suya. Era la misma que me habían descrito mis chicas. He intentado seguirle, pero le he perdido. Me ha costado un buen rato volver a encontrarla en esta maldita carretera. Pero de pronto la he visto en el camino de la entrada.

–Y nos has salvado la vida.

–Hiciste todo lo que pudiste por Latisha… Y te lo agradezco.

Era lo más amable que Lucifer, Luther, le había dicho nunca.

–Vaya –musitó–. Me estás emocionando. A lo mejor ya no odias a las perras blancas.

Luther respondió con una profunda carcajada.

–No dejes que se te suba a la cabeza.

Jane tomó la mano de Sebastian.

–La policía está preguntando por una tercera persona armada –le dijo a Luther.

–¿Qué habéis respondido?

–Que no sabemos nada.

Se produjo una ligera pausa.

–Probablemente sea lo mejor.

–Sí, eso nos ha parecido. Pero a lo mejor no lo pasan por alto. Las pruebas demostraran que había otra persona disparando.

–Sí, pero no sabrán que he sido yo, a no ser que les des mi nombre.

Probablemente era cierto.

–¿Cómo voy a darles tu nombre si no te he visto? Estaba demasiado confundida como para comprender realmente lo que estaba pasando. Y Sebastian tampoco ha visto nada, ¿verdad?

–En ese caso, no hay nada de lo que preocuparse.

Jane comprendió que estaba a punto de colgar el teléfono.

–¿Luther?

–¿Sí?

–Gracias –contestó con una sonrisa, y colgó.

–¿Te encuentras bien? –le preguntó Sebastian.

Jane se estrechó contra él con un suspiro de satisfacción.

–Hacía mucho tiempo que no me encontraba tan bien.

–¿Porque estás enamorada de mí?

–No, porque tú estás enamorado de mí –replicó.

Y le dio un beso en los labios.

Epílogo

Celebrar el día de San Valentín, tal como Jane había sugerido, fue una gran idea. Estando Malcolm encarcelado, Sebastian tenía ganas de fiesta.

Recorrió con la mirada la multitud que llenaba la sala de reuniones y la recepción de El Último Reducto. Había mucha gente que no conocía. Personas que trabajaban como voluntarios para la organización, miembros de otras organizaciones… pero también había algunos conocidos. Una antigua profesora de Jane, Kate, Jonathan, el detective privado al que había conocido días atrás en la oficina y Zoe, su prometida, Sheridan y su marido, Cain. También Mary había aceptado la invitación. Se había comprado un vestido nuevo y hablaba sonriente con todo el mundo. Gloria y Latisha estaban en una esquina, hablando con Skye. Hasta Luther había aparecido. Pero él no se mezclaba con nadie. Permanecía apoyado contra la pared con los brazos cruzados, mirando a todo el mundo desde la distancia, pero parecía contento.

—Jane me ha dicho que piensas quedarte en Sacramento.

Sebastian se volvió y vio que Mary se había acercado a él.

—¿Para siempre?

—Eso creo.

A no ser que pudiera convencer a Jane y a Kate de que se fueran a Nueva York con él. Pero comprendía las razones por las que no querían marcharse de allí. Él tampoco quería que Kate tuviera que dejar una escuela que le gustaba. A lo mejor, cuando se graduara, podían decidirse a cambiar.

—¿De qué vas a trabajar?

—Espero encontrar algo en el campo de las inversiones. Esta misma semana tengo varias entrevistas de trabajo.

En realidad, no le preocupaba mucho. En Lincoln Hawke Financial no había hecho mucha gracia su renuncia, pero había sido el trabajador con más alto rendimiento de la compañía y le habían prometido una buena recomendación. Sebastian estaba deseando disfrutar de una vida normal, comenzar a conocer un nuevo mercado y a ganar dinero para poder comprar la casa que quería para Jane y para Kate. Y si encontraba a alguien que le comprara la casa de Nueva York, podría conseguirlo antes de lo que pensaba.

—¡Vaya! —exclamó Mary, pero su exclamación no tenía nada que ver con su respuesta.

Sebastian desvió la mirada de Jane, que estaba con Sheridan y su bebé.

—¿A qué viene esa exclamación? —le preguntó Sebastian.

Mary sonrió.

—No sé si alguna vez había visto a un hombre tan enamorado.

—¿Tanto se nota? —preguntó Sebastian riendo.

—Parece que no puedes apartar los ojos de ella.

—No —admitió.

Pero en parte era por lo asombroso que le parecía poder volver a sentir otra vez, cuando estaba convencido de que nunca volvería a hacerlo.

—Espero llegar a enamorarme así algún día —suspiró

Mary, y se volvió para darle las gracias a alguien que acababa de admirar su vestido.

Sebastian estaba a punto de acercarse a la improvisada barra, pero vio a Jane caminando hacia él con una de las trabajadoras de la organización a la que todavía no conocía.

–Sebastian, me gustaría presentarte a Ava y a su marido, Luke.

Sebastian le tendió la mano a Ava y después a su marido, un hombre alto, con el pelo cortado al estilo militar y los ojos azul verdosos.

–Me alegro de conocerte.

–Yo también –contestó Ava, y le estrechó la mano.

–Debes de estar muy orgulloso de Jane –añadió Ava.

–Lo estoy. Es una gran investigadora.

–Sí, ya me he dado cuenta. ¡Menuda historia!

–No fui yo quien salvó a Latisha –le recordó Jane.

Ava descartó con un gesto sus palabras.

–No, pero hiciste todo lo que pudiste para conseguirlo y llevaste el caso muy bien. Gloria no para de contarle a todo el mundo lo maravillosa que eres.

Sebastian bajó la voz.

–Supongo que sabes lo que pasó en la casa del rancho.

–Sí, lo sé.

Se volvió hacia Luther y alzó su vaso a modo de reconocimiento. Jane le dirigió una sonrisa cómplice.

–Otro héroe inesperado.

Sebastian la recordó diciendo algo parecido sobre la anciana que había salvado la vida de Latisha, pero lo cierto era que tenía razón. Malcolm podría haberlos matado a los dos si Luther no hubiera llegado a tiempo.

–Por raro que pueda parecer –añadió, repitiendo lo que había dicho David en la primera ocasión.

–¿Qué pasará con la mujer que le dio a Malcolm la información sobre Jane? –preguntó Ava.

–¿Constance? No lo sé, pero van a juzgarla –contestó Sebastian–. La policía tiene una copia del correo electrónico que le envió a Malcolm.

–Me cuesta creer que fuera capaz de hacer algo así. ¿De verdad pretendía hacer tanto daño?

Sebastian pensó en la mujer con la que en otro tiempo había pensado casarse, y se alegró de no haberlo hecho.

–Dejó que los celos la llevaran a hacer una estupidez y ahora tiene que pagar por ello. Y no será la única. Al parecer, Malcolm pagó a una técnica del laboratorio forense para que falsificara las pruebas. La policía también la ha detenido.

–¿Le ayudó a conseguir un cadáver? –preguntó Ava.

–No, ella dice que Malcolm pretendía robar un cadáver de un cementerio, pero que temía que fuera demasiado obvio.

–Así que mató a un vagabundo –añadió Jane.

–¿Cómo lo sabes?

–Él mismo lo confesó. Quiere evitar la pena de muerte, así que está haciendo todo lo posible para colaborar con la justicia.

David se sumó al grupo.

–¡Eh! Hay alguien que pregunta por ti –le dijo a Jane.

–¿Quién?

David señaló hacia la puerta.

Jane se volvió y abrió los ojos como platos. También para Sebastian fue toda una sorpresa. Era Wendy. Estaba en la entrada, vestida para la fiesta.

–¿Por qué crees que habrá venido? –le preguntó Jane a Sebastian.

Sebastian le tomó la mano y se la estrechó con cariño.

–La invité yo. La llamé para pedirle perdón por lo que había dicho durante la cena. Después, le dije que ya era hora de que olvidara el pasado y comenzara a ocuparse de vivir y le pregunté que si pensaba que estaba preparada para ese desafío.

-¿Y ella qué contestó?

-Me colgó el teléfono. Pero a juzgar por su aspecto, creo que ha cambiado de opinión.

Notó que Jane estaba nerviosa. La vio acercarse vacilante a su cuñada, insegura, pero cuando Wendy la abrazó, parecieron alejarse todos sus miedos.

A Sebastian le habría gustado acompañarla, pero no lo hizo. Sabía que necesitaban tiempo para arreglar sus diferencias. Las observó apartarse hacia un rincón. Por sus expresiones, podía decirse que hablaban con entusiasmo. Sonrió para sí. Aquello se iba a solucionar. Lo supo en el instante en el que las lágrimas comenzaron a rodar por sus mejillas y volvieron a abrazarse.

Hundió las manos en los bolsillos y respiró hondo. Lo que él había pasado, lo que Jane y muchos otros habían tenido que pasar, no había sido fácil. Pero con el perdón, la esperanza y la firme determinación de perseverar, podían construir una nueva vida.

Sonriendo de nuevo, fue a buscar una copa.

www.ingramcontent.com/pod-product-compliance
Lightning Source LLC
Chambersburg PA
CBHW011922300726
48970CB00008B/2544